Liebe unerschöpflich

MAIN Verlag

Printausgabe, erschienen Juli 2016

ISBN: 978-3-95949-091-7

1. Auflage

Umschlaggestaltung: Christina McKay
Umschlagmotiv: Himmel: Pixabay Bildnr. 1048995
Tattoo: Pixabay Bildnr. 294387
Landschaft und Paar: Christina McKay

Druck: Print Group Sp. z o.o., Szczecin

www.main-verlag.de
www.facebook.com/MAIN.Verlag
order@main-verlag.de

Die Handlung, die handelnden Personen, Orte und Begebenheiten dieses Buchs sind frei erfunden. Jede Ähnlichkeit mit toten oder lebenden Personen oder Persönlichkeiten des öffentlichen Lebens, ebenso wie ihre Handlungen sind rein fiktiv, nicht beabsichtigt und wären rein zufällig.

Alexa Lor

Liebe unerschöpflich

Jäger der Dessla 4

Am Anfang war der Mensch. Vom Schöpferpaar aus einer Laune heraus erschaffen, um die Erde mit intelligentem Leben zu erfüllen.

Die letzten Hochrechnungen gehen von einer Weltbevölkerung von rund sieben Milliarden Menschen aus, aber nur viereinhalb davon gehören wirklich zur Spezies Homo Sapiens. Die restlichen zweieinhalb Milliarden sind ... etwas anderes.

Nicht gänzlich unentdeckt, doch von den Menschen ins Reich der Mythen, Legenden und Fantasie verbannt, leben sie mitten unter uns. Permanents - Langlebige - und Immortals - Unsterbliche -, die einander erkennen, wenn sie sich begegnen, wozu nur wenige Ephermals - Kurzlebige, Menschen - fähig sind.

Zwischen Immos und Perms gibt es Allianzen und Feindschaften, Liebe und Hass, Freundschaft und Kampf. Alle Rassen folgen ihren eigenen Strukturen, Regeln und Gesetzen, aber es gibt auch ein gemeinsames Gesetz, vom Schöpferpaar und dessen Kindern, den Erschaffern der einzelnen Spezies, erlassen, dessen Einhaltung von den unsterblichen Angerol überwacht wird.

Die Angerol ahnden Verstöße und bestrafen die Verbrecher, und es ist die Aufgabe der Jäger der Dessla, diese Kriminellen zu jagen, einzufangen und der Gerichtsbarkeit der Angerol zuzuführen.

Doch am Horizont verdichten sich die Wolken einer Gefahr, welche die Existenz des gesamten Volkes der Dessla bedroht.

Glossar

Angerol

Die einzige nicht von einem der Schöpferpaarkinder erschaffene Spezies. Sie bilden eine der beiden unsterblichen Rassen. Es gibt zwei Arten: die Mehrheit der weißen Angerol und die Minderheit der schwarzen Angerol. Grundsätzlich sind Angerol, auch aufgrund ihres eher zarten Körperbaus, nicht aggressiv. Sie können erkennen, ob jemand lügt, Emotionen erspüren und sind nach ihrer Geschlechtsreife fähig, Gedanken zu lesen. Daher wurden sie dazu auserkoren, die Richter über diejenigen zu sein, die nicht der Spezies Homo Sapiens angehören und entweder gegen eines der allgemeingültigen Gesetze verstoßen oder eine speziesübergreifende Straftat begangen haben.

Dessla

Zweite unsterbliche Rasse. Geschaffen von dem Gott Dessmon. Die Dessla leben in einer 6-Klassen-Gesellschaft, bestehend aus der Schicht der Wächter der Zeremonien, der Jäger, der Krieger, des Adels und der Oberschicht sowie des gemeinen Volks. Früher gab es noch eine siebte Schicht, die Leibeigenen. Das Leibeigentum wurde Anfang der 1980er jedoch vom König der Dessla abgeschafft. Die Dessla sind relativ groß mit starkem, robustem Körperbau und verfügen über ausgeprägte Sinneswahrnehmungen, Geruchssinn und Sehvermögen sind besonders hochausgebildet. Dessla sind leicht aufbrausend und insbesondere die Männer neigen nach ihrer Initiation zu Aggression. Sie haben bei den anderen Rassen keine ausgemachten Freunde, sind allerdings eine Allianz mit den Angerol eingegangen. Die erklärten Feinde der Dessla sind die Lykomorphe.

Dessmon

Eins der drei Kinder des Schöpferpaares und dessen einziger Sohn. Erschaffer und Gottheit der Dessla. Im Gegensatz zu dem Gottwesen der Menschen ist Dessmon, ebenso wie seine beiden Schwestern, ein erfahrbarer Gott, der sich allerdings kaum noch in die Belange der Dessla einmischt. Er ist eher stiller Beobachter, ggf. noch Ratgeber, und residiert nicht auf der Erde, sondern in seinem eigenen Reich.

Ephermals

Andere Bezeichnung für kurzlebige Rasse, deren einzige Vertreter Homo Sapiens = die Menschen sind.

Immortals

Andere Bezeichnung für unsterbliche Rasse. Hierzu gehören die Angerol und die Dessla. Entgegen der üblichen Vorstellungen können Unsterbliche sehr wohl getötet werden, sie sterben nur nicht an Altersschwäche, weil sie ab einem bestimmten Punkt/Ereignis nicht mehr altern. Gebräuchliche Abkürzung = Immo.

Initiation

Kostenlose Zeremonie, bei der ein Dessla erwachsen wird. Sie findet am 27. Geburtstag des Dessla im örtlichen Tempel statt und wird vom Ersten Wächter durchgeführt. Erst bei der Initiation entstehen die Geschlechtsmerkmale und somit der Geschlechtstrieb.

Inkobal

Eigentümer eines oder einer Luwan. Früher häufig vorkommend, seit etwa drei- bis vierhundert Jahren kaum noch gebräuchlich. Die meisten Inkobal sind/

waren Männer, es gibt/gab nur vereinzelt auch weibliche Inkobal.

Jäger

Zweite Klassenschicht in der Gesellschaftsstruktur der Dessla. Sie haben sich aus der Kriegerschaft entwickelt, deren stärkste Vertreter sie waren. Ihre Aufgabe besteht darin, Kriminelle sämtlicher Rassen (außer Homo Sapiens) einzufangen und der Gerichtsbarkeit zu überstellen. Für Angehörige der Dessla ist dies der entsprechende Rat der Schicht, für alle anderen Spezies sind das die Angerol. Es gibt sowohl männliche wie weibliche aktive Jäger, wobei die männlichen überwiegen. Jäger sind ausgesprochene Einzelgänger und bleiben üblicherweise unter sich. Jedem Jägersohn wird schon bei der Geburt oder spätestens im Kindesalter eine Jägertochter als zukünftige Partnerin zugeteilt. Die Zusammenführung erfolgt einen Tag nach der Initiation des jüngeren der beiden Partner. Nur Kinder aus diesen Verbindungen werden selbst als Jäger anerkannt. Jeder Jäger hat die Verpflichtung, einen Sohn oder zwei Töchter zu zeugen, um den Fortbestand der Schicht zu sichern. Nach Erfüllung dieser Pflicht kann sich ein Jäger von seinem Partner trennen, um einen anderen frei zu wählen, sobald das jüngste Kind initiiert ist. Dann ist auch die Verbindung mit einem Angehörigen der Kriegerschicht gestattet. Verbindungen mit darunter liegenden Schichten sind eher unüblich, ab der Oberschicht abwärts bedarf es der Genehmigung durch den Rat der Jäger, die meistens jedoch nicht erteilt wird. Äußeres Kennzeichen eines Jägers ist eine um den rechten Oberarm tätowierte Gliederkette.

Kashka

Ähnlich dem menschlichen Patenkind. Allerdings hört die Verantwortung der Sushak genannten „Paten“ für ihren Kashka nicht mit dessen Volljährigkeit auf. Sie übertrifft stellenweise sogar die Verantwortung der leiblichen Eltern.

Krieger

Dritte Klassenschicht in der Gesellschaftsstruktur der Dessla. Nur die stärksten Nachkommen der Dessla werden zu Kriegern ausgebildet. Für Nicht-Kriegerkinder sind die Aufnahmebedingungen allerdings dermaßen hoch, dass sie meistens daran scheitern. Aufgabe der Krieger ist es, die Dessla gegen alle Feinde, intern und extern, zu beschützen. Sie sind beim gemeinen Volk daher die am meisten verehrte Schicht. Äußeres Kennzeichen eines aktiven Kriegers ist ein auf die Stirn tätowierter roter Tropfen, der symbolisiert, dass sein Träger bereit ist, für die Spezies sein eigenes Blut zu vergießen.

Luwan

Besondere Form der Leibeigenschaft. Die meisten Luwan sind weiblich, es gibt/gab aber vereinzelt auch männliche Luwan. Die Person, die zur Luwan wird, geht in das alleinige Eigentum des Inkobal genannten Besitzers über, der fortan das uneingeschränkte Bestimmungsrecht über die Luwan hat. Dafür ist der Inkobal verpflichtet, die Luwan vollumfänglich zu versorgen. Die Zugehörigkeit der Luwan zu ihrem Inkobal gilt ein Leben lang und wird üblicherweise erst durch den Tod gelöst. In Ausnahmefällen kann ein Inkobal seine Luwan jedoch von ihrem Schwur entbinden. Auch Nicht-Leibeigene können eine Luwan sein, da man das nur freiwillig werden kann, ein Luwan-/Inkobal-Verhältnis innerhalb der gleichen Schicht ist jedoch ausgeschlossen. Während der Zeremonie erhält die Luwan ein dreiteiliges Brandzeichen direkt über der Schambehaarung. Eine Luwan ist die einzige Dessla, die zu absoluter Treue ihrem Inkobal gegenüber verpflichtet ist.

Lykomorph

Bei den Angehörigen der nicht-menschlichen Spezies die übliche, gebräuchliche Bezeichnung für Werwölfe. Die Lykomorphe werden zwar zu den Gestaltwandlern gezählt, vor allem von Menschen, gehören aber nicht wirklich dieser Gattung an. Sie sind die erklärten Feinde der Dessla.

Minur

Altdesslanischer Begriff. Heißt übersetzt so viel wie „Leuchtende". Die Bezeichnung sowohl für ein leuchtendes Paar wie auch für jeden einzelnen des Paares. Wenn ein Paar leuchtet, wird das von den Dessla als Fügung des Schicksals betrachtet, dass die beiden Liebenden zusammengehören. Ihre Seelen verbinden sich miteinander.

Zeugt ein leuchtendes Paar ein Kind, entsteht um das rechte Auge beider Minur herum ein *Minuresh* genannter Kreis. Er beginnt am Tag der Zeugung an der Nasenwurzel und kennzeichnet nach Außen die durch das gemeinsame Kind entstehende noch tiefere Verschmelzung der beiden Seelen. Der Kreis endet in der Mitte des Unterlids, sobald diese Seelenverschmelzung abgeschlossen ist. Das geschieht grundsätzlich vor der Geburt des Kindes. Wann davor, ist von Minur zu Minur unterschiedlich.

Permanents

Andere Bezeichnung für langlebige Rasse. Hierzu gehören sämtliche Gestaltwandler und seit einer Bestrafung auch die Wempyre, die vorher unsterblich waren. Gebräuchliche Abkürzung = Perms.

Rat

Die Geschicke der einzelnen Klassenschichten innerhalb der Gesellschaft der Dessla werden von einem Rat gelenkt. Es gibt vier Räte, den der Jäger, der Krieger, des

Adels und der Oberschicht. Letztgenannter ist auch für das gemeine Volk zuständig. Die Wächter haben keinen Rat. Die einzelnen Räte bilden sich aus hochangesehenen Vertretern der Schichten, die per Wahl bestimmt werden. Sie sind unterschiedlich groß.

Schöpferpaar

Entgegen der landläufigen Auffassung in den meisten monotheistischen Religionen von Homo Sapiens, wurden das Universum und alles, was sich darin befindet, nicht von einem allmächtigen Gott erschaffen, sondern von einem Schöpferpaar. Dieses Paar hat auch den Menschen erschaffen. Die anderen Spezies - mit Ausnahme der Angerol und der Lykomorphe - wurden von den drei Kindern des Schöpferpaars erschaffen.

Sushak

Ähnlich eines menschlichen Paten, allerdings mit wesentlich größerer Verantwortung. Wenn der Kashka genannte Schutzbefohlene eines Sushak in Schwierigkeiten gerät, obliegt es dem Sushak, das „Patenkind" aus diesen Schwierigkeiten wieder herauszuholen bzw. ihm zu helfen, selbst daraus herauszukommen.

Tasha

Bezeichnung für die Partnerin eines Desslaners nach der Vereinigung.

Terra

Jüngere der beiden älteren Schwestern von Dessmon. Erschafferin der Gestaltwandler.

Vereinigung

Zeremonie, mit der die Dessla die innigste Form der Partnerschaft eingehen. Sie wird üblicherweise nur aus tiefer Liebe eingegangen, da eine Trennung danach mit großer gesellschaftlicher Achtung einhergeht. Gekennzeichnet wird eine Vereinigung dadurch, dass die üblicherweise grüne Partnerschaftslinie blau übertätowiert wird. Erfolgt wider Erwarten doch eine Trennung, erhält derjenige, der für die Trennung verantwortlich gemacht wird, einen Doppelstrich quer über der Partnerschaftslinie, um seine Unfähigkeit zur Führung einer ernsthaften Beziehung weithin und für jeden sichtbar zu machen. Auch nach einer Vereinigung besteht keine Verpflichtung zur absoluten Treue.

Wächter der Zeremonien

Oberste Klassenschicht in der Gesellschaftsstruktur der Dessla, dennoch haben sie keinen offiziellen Einfluss auf Politik und Geschicke der Bevölkerung. Die Wächter üben keine Macht aus, werden von den Räten bei heiklen Angelegenheiten gerne hinzugezogen. Sie dienen in den unterirdischen Tempeln und stellen eine Art Priesterschaft dar. Ihr Oberhaupt ist der Erste Wächter. Er ist der Mittelsmann zwischen den Dessla und Dessmon, das Sprachrohr des Gottes und der einzige Wächter, der die Initiation durchführen kann und darf. An der Spitze der einzelnen Tempel steht der Oberste Wächter. Wächter leben nicht zölibatär, binden sich aber auch nicht. Nur Wächter-interne Nachkommen werden als solche anerkannt, und nur Wächterkinder können selbst zu Wächtern werden. Es gibt sowohl männliche wie weibliche Wächter. Äußeres Kennzeichen eines Wächters ist sein kahlgeschorener Schädel und ein Ohrring im linken Ohr.

Wempyre

Erste nach den Menschen, von Dessmons ältester Schwester Sarpenzia erschaffene Spezies. Mächtigste der langlebigen Rassen. Gehörten früher zu den Unsterblichen, haben dieses Privileg aber aberkannt bekommen. Von Menschen irrtümlich Vampire genannt, haben sie diese Bezeichnung mittlerweile für sich übernommen. Nennen sich selbst nur noch Wempyr im Umgang mit den anderen nicht-menschlichen Spezies. Verfügen über vielfältige Fähigkeiten, u. a. der Fähigkeit zur Teleportation.

Zirkel

Zusammengesetzt aus den zwei führenden Mitgliedern jedes Rates, dem Obersten Rat und dessen Stellvertreter, besteht der Zirkel aus acht Mitgliedern. Offiziell hat der Zirkel eine lediglich beratende Funktion für den König. Inoffiziell ist er die eigentliche Machtinstitution der Dessla.

Zusammenführung

Kostenpflichtige Zeremonie im Tempel, mit der eine Partnerschaft offiziell gemacht wird. Die beiden zusammengeführten Partner bekommen eine grüne Linie übers Kinn bis zum Halsansatz tätowiert. Nach der Geburt des ersten Kindes wird diese Linie bis zum Kehlkopf ergänzt, wenn es eine Tochter ist, bei einem Sohn oder nach der Geburt des zweiten Kindes wird die Linie bis zur Halskuhle gezogen. Nach einer Trennung wird die Linie mit einem schwarzen Querstrich kurz oberhalb des Kinns ungültig gezeichnet. Im Fall des Todes eines der beiden Partner wird die Linie schwarz übertätowiert. Jede weitere Zusammenführung erhält einen neuen grünen Strich, der immer so lang ist wie der ursprüngliche/vorherige. Auch nach erfolgter Zusammenführung besteht für keinen Dessla die Verpflichtung zur Monogamie. Jeder Desslaner und jede Desslanerin darf einen oder auch mehrere Geliebte/Liebhaber haben.

Was bisher geschah

Über 300 Jahre lang glaubt der Dessla Gor, Anführer einer Jägergruppe, seine große Liebe Inkia an den Tod verloren zu haben. Doch eines Tages steht sie plötzlich vor ihm - und das ausgerechnet, kurz nachdem er sich mit einer anderen Frau, Lyssa, vereint hat. Für Gor und Inkia scheint es keine gemeinsame Zukunft geben zu können. Obwohl die Liebe zwischen ihnen noch immer heiß brennt, können sie sich ihre Gefühle zueinander nicht eingestehen.

Erst Lyssas Intrigen bereiten der Heimlichtuerei ein Ende. Der Rat der Jäger stimmt schließlich einer Trennung von Gor und Lyssa zu und erlaubt die neue Verbindung von Gor mit Inkia.

Das Leben könnte perfekt sein - doch ein Krieg zwischen den Dessla und den Lykomorphen schickt bedrohlich seine Schatten voraus. Die Werwölfe wollen die ihnen verhassten Unsterblichen vernichten.

Gor wird von Dessmon, dem Gott der Dessla, zum Heerführer im Kampf gegen die Lykomorphe ernannt. Seine Gruppe muss nach England umsiedeln.

Jäger und Krieger müssen vereint werden und Krus, einer der Jäger aus Gors Gruppe, wird an vorderster Front gebraucht.

Die Umsiedlung kommt ihm nicht ungelegen, besteht in England doch nicht die Gefahr, seiner Partnerin Ara über den Weg zu laufen. Für Krus sind die Begegnungen mit Ara immer schmerzvoll, weil er davon ausgeht, dass sie von seiner Entstellung im Gesicht ebenso abgestoßen ist wie jeder andere. Er ahnt nicht, dass Ara ihn liebt, und sie traut sich nicht, ihm ihre Gefühle zu offenbaren. Als die Ereignisse sich überschlagen und Ara in Lebensgefahr gerät, erwacht Krus aus seiner Starre und eilt der Frau zu Hilfe, die er mehr liebt als sein Leben.

Doch erst der Befehl des Rats, dass Krus sich von Ara trennen muss, um eine andere Partnerin zu bekommen, die ihm ein Kind schenken kann, bringen die Wende, und beide erkennen ihre wahren Gefühle füreinander.

Während eines Aufenthalts in den Staaten, bei dem sich Gor mit dem König der Wempyre treffen will, begegnet Zegg seiner einstigen Liebe Shannon wieder. Zu gern würde er sich auf mehr einlassen, doch ein dunkler Fluch hindert ihn daran.

Während der Krieg seine Schatten voraus schickt, bricht für Zegg eine Welt zusammen. Was er um jeden Preis verhindern wollte, ist geschehen. Shannon hat ihre Gefühle ausgesprochen und sich in eine Steinstatue verwandelt!

Gor trifft sich wegen Zegg und Shannon mit Dessmon, aber der Gott kann Zegg nicht helfen. Stattdessen lernt Gor Dessmons Schwester Terra kennen, die Schöpferin der Gestaltwandler, und erfährt, dass deren Sohn die Lykomorphe erschaffen hat. Sie will mit ihrem Sohn sprechen, um zu versuchen, den Krieg so zu verhindern.

Zegg glaubt, der Fluch könne nur durch seinen Tod gebrochen werden, und um Shannon zu befreien, beschließt er, seinem Leben ein Ende zu setzen. In letzter Sekunde stürzt überraschend Temm in Zeggs Suite und verhindert den Selbstmord. Er zwingt Zegg dazu, der Statue zu versprechen, so etwas nie wieder zu tun.

Nachdem sich Zegg damit abgefunden hat, zukünftig mit einer Statue zusammen zu leben, macht er Shannon einen Heiratsantrag.

Am Tag der Zeremonie, die im Londoner Tempel stattfindet, erhält Zegg eine Warnung von dem Angerol Rachaniel. Ezekial, Herrscher der Angerol, plant, Inkia entführen zu lassen, um Gor zur Herausgabe von Manus zu erpressen.

Im Tempel muss der Erste Wächter intervenieren, damit der Oberste Wächter bereit ist, die Zusammenführung eines Jägers mit einer Steinstatue durchzuführen. Doch Zegg will nicht nur eine Zusammenführung, sondern eine Vereinigung. Der Oberste Wächter lehnt kategorisch ab, nicht mal der Erste Wächter kann ihn überzeugen. Erst als Dessmon persönlich im Tempel auftaucht, glätten sich die Wogen.

Es ist der Gott selbst, der die Vereinigungszeremonie durchführt, nach der er auch die alte Tradition der gegenseitigen Schwüre verlangt. Zegg erklärt seine tiefe Liebe für Shannon. Das bricht den Fluch!

Einige Tage später geschieht das Unfassbare: Inkia wird tatsächlich entführt!

Prolog

Hellas, ca. 500 v. Chr.

Die Sonne stand nicht mehr im Zenit, aber immer noch hoch am wolkenlosen Himmel. Doch im Schatten der Olivenbäume, in den sie sich geflüchtet hatten, war die Hitze erträglich. Obwohl es jetzt, etwa sechs Wochen vor der Ernte, nicht mehr ganz so heiß wurde wie im Hochsommer. Trotzdem, schweißtreibend waren die Temperaturen auch im Schatten. Selbst, wenn man bewegungslos gegen einen Baumstamm gelehnt saß und nichts weiter tat, als die Frau zu betrachten, deren Kopf man im Schoß liegen hatte.

Nerulea.

Wie unglaublich wunderschön sie war, sogar im Schlaf. Ihre dichten Wimpern, die bei geschlossenen Lidern auf den hohen Wangenknochen auflagen. Das gerade, unbeschreiblich süß aussehend spitz zulaufende Näschen. Die leicht geöffneten, vollen Lippen, deren sattes Rot eine hervorragende Abrundung zum Orange ihrer Haare bildete.

Nerulea.

Wie sehr er sie liebte. Niemals hätte er gedacht, so intensiv empfinden zu können, wie er es für diese Frau tat, die er vergötterte. Dabei hatte sie sein Herz bereits in der allerersten Sekunde für sich eingenommen. Da war sie gerade mal ein paar Stunden alt gewesen. Das lag jetzt dreißig Jahre zurück. Es kam ihm vor, als wäre es erst gestern gewesen, als sich ihre kleinen, zarten Fingerchen erstmals um seinen ihr hingestreckten Zeigefinger geschlossen hatten. Wenn er gewusst hätte, was sich daraus im Laufe der

Zeit entwickeln würde, vielleicht wäre er davongelaufen. Zum Glück hatte er es nicht gewusst.

Die Liebe. Er hatte sie bestimmt nicht gesucht - und sie hatte ihn trotzdem gefunden. Am letzten Ort, an dem er das erwartet hätte. Dabei hatte sie sich leise, still und heimlich durch die Hintertür an ihn herangeschlichen. Ehe er begriffen hatte, was mit ihm geschah, war es zu spät gewesen.

Nie wieder hatte er sich verlieben wollen, nachdem die Wunden des ersten ernsthaften Liebeskummers verheilt waren. Vor so vielen Jahrzehnten, dass wahrscheinlich schon Jahrhunderte zusammengekommen waren. Er hatte irgendwann aufgehört, die Jahre zu zählen.

Seine erste Liebe. Wie jung und unbedarft er damals gewesen war, kaum dass er sich als Mann bezeichnen konnte. Allzu lange hatte seine Initiation da noch nicht hinter ihm gelegen. Und er war so schrecklich naiv gewesen. So naiv, dass er wirklich geglaubt hatte, diese Liebe könnte den Graben überwinden, der zwischen ihm und der von ihm auserkorenen Frau klaffte. Eine Hürde, die nicht sie beide kreierten, sondern die Zugehörigkeit zu unterschiedlichen Spezies ihnen auferlegt hatte. Alles, was sie gemeinsam hatten, war ihre Unsterblichkeit, ihre Jugend und ihre Naivität. Sie hatten beide geglaubt, es könnte eine gemeinsame Zukunft für sie geben, allen Widrigkeiten zum Trotz, und waren eines Besseren belehrt worden. Es hatte verdammt wehgetan, als sie ihn verließ, um sich den Konventionen ihrer Rasse zu beugen.

Wie lange war er danach durch die Lande gestreift? Er wusste es nicht. Die Zeit war an ihm vorbeigeflogen, weil sie keine Bedeutung mehr gehabt hatte. Schließlich war er in Albion gelandet, wo sich ein Angehöriger der Bewahrer der Zeremonien seiner angenommen hatte. Das war ein paar Jahre nach dem letzten großen Krieg gewesen, in dem er, als Sprössling eines Kriegers, selbstverständlich gekämpft hatte. Die Wunden seines Körpers waren schnell verheilt, die auf seiner Seele nicht. Die hatten sich entzündet, waren zu eitrigen Ekzemen geworden, die ihn Nacht um Nacht geplagt hatten. Bis der Bewahrer ihn in den Tempel brachte, wo er während seines monatelangen Aufenthalts allmählich gesundete. Als er als Wächter in den Dienst der königlichen Familie eintrat - eine Position, für die ausschließlich die Verdientesten aller Krieger in Betracht gezogen wurden, und die er nur dem Zuspruch des Bewahrers verdankte - waren auch die Wunden seiner Seele zu verblassenden Narben verheilt, wie die auf seiner Haut.

Dort, in Albion, in der Sommerresidenz des Königs, begegnete er seinem Schicksal, ohne es zu ahnen.

Nerulea.

Die Wärme, die ihn durchflutete, bloß, weil er sie ansah - ihr anbetungswürdiges Gesicht, wie sich Brustkorb und Oberbauch unter den regelmäßigen Atemzügen hoben und senkten, die langen, schlanken Finger ihrer schmalen Hände - ließ die Sonne am Himmel kalt erscheinen. Wären sie in der Sommerresidenz auf Albion geblieben, bräuchte er keine wärmende Kleidung, die ihn vor den kühlen Nordwinden schützte. Selbst ein Aufenthalt in Germania, wo bald mit den ersten Nachtfrösten gerechnet werden konnte, schreckte ihn nicht. Seine innere Wärme würde selbst Eis und Schnee wegschmelzen lassen, bevor er eins von beidem wahrzunehmen vermochte. Dessen war er sich über jeden Zweifel erhaben sicher.

Das Glück, das er sein eigen nannte ... er konnte es immer noch nicht fassen, nicht begreifen.

Womit hatte er es verdient? Was machte ihn zu etwas Besonderem, dass eine Frau wie Nerulea sich für ihn entschieden hatte? Sie, um die Anführer und Fürsten gebuhlt hatten, und es bis heute taten, weil sie die Beziehung, die Nerulea mit ihm eingegangen war, nicht akzeptierten. Nun, das war - immer noch - das einzige daran, was er verstand, denn ihre Beziehung war nicht akzeptabel und würde offiziell auch niemals anerkannt werden. Dazu stand er viel zu weit unter Nerulea. Ihre beiden Stände waren schlicht nicht miteinander vereinbar. Noch nie hatte ein Paar wie sie existiert, und vermutlich würde es auch kein zweites ihrer Art geben.

Der einzige Grund, aus dem sie nicht gewaltsam voneinander getrennt wurden, war, weil das Schicksal entschieden hatte, dass sie zusammengehörten. Sie waren Minur, eins der seltenen leuchtenden Paare. Eine als göttlich angesehene Verfügung, die nicht einmal der Oberste aller Bewahrer der Zeremonien, der Erste Bewahrer, in Frage stellte, oder die von einem Angehörigen des desslanischen Adels angezweifelt wurde. Nur das erlaubte ihnen, zusammenzubleiben. Nicht offiziell. Sie würden nicht heiraten können, das verboten die Regeln, über die sich nur ihr Gott Dessmon hinwegsetzen konnte, aber ihre Liebe, ihre Beziehung wurde toleriert. Stillschweigend.

Sachte ließ er eine seiner Fingerspitzen über das Muster gleiten, das sich um Neruleas rechtes Auge zu bilden begann. Zwei ineinandergreifende Schnörkel. Der erste in derselben Farbe wie ihr Haar, orange, nur etwas heller, aber das würde sich intensivieren, wie die Erfahrung gezeigt hatte. Der zweite, noch deutlich blassere von beiden, in der Farbe seines Haares, zitronengelb. Er trug exakt denselben Schnörkel um das rechte Auge, nur die Farben zeigten sich in umgekehrter Reihenfolge.

Er konnte sich noch gut daran erinnern, wann ihm die Anzeichen des ersten Schnörkels, da noch als dünne, geschwungene Linie, erstmals aufgefallen waren. Am Morgen nach Neruleas letzter Fruchtbarkeit. Den er gar nicht hätte erleben dürfen, weil er - Leuchten hin oder her - während ihrer Fruchtbarkeit eigentlich ganz weit weg von ihr hätte sein müssen, anstatt diese Zeit mit ihr zu verbringen. Wäre da nicht der übermächtige Wunsch von Neruleas Mutter nach Enkeln gewesen, er hätte diese Regel bestimmt nicht gebrochen.

Bei der Erinnerung an das Blitzen in den Augen dieser Mutter, als sie erfuhr, dass sich ihr Wunsch erfüllte, verzog sich sein Mund zu einem Lächeln.

»Woran denkst du gerade, Temm?«

»An alles und nichts.«

Keine sonderlich aussagekräftige Antwort und eine, mit der sich Nerulea nicht zufrieden gab, wie ihr Blick verriet.

Bei Dessmon, sie hatte die schönsten Augen der Welt, dabei hatte er rote Iriden bisher nicht gemocht, doch ihr Rubinrot, das liebte er.

»Ich habe daran gedacht, was für ein vom Glück gesegneter Mann ich doch bin, weil du mich liebst.« Wenn Neruleas Augen blitzten, sah das noch besser aus als bei ihrer Mutter, und da war es schon ein beeindruckender Anblick. »Einen glücklicheren Mann als mich kann es nicht geben.«

»Und keine glücklichere Frau als mich, weil du mich zurückliebst und«, Nerulea griff nach seiner Hand und legte sie auf ihren Bauch, »weil ich dein Kind unter dem Herzen tragen darf.«

Nein, es gab kein glücklicheres Paar als sie beide, dessen war er sich sicher. Es konnte kein glücklicheres geben.

Nerulea war die Liebe seines Lebens, wie er die ihre, und in wenigen Monaten würde sie die Mutter seines Kindes werden. Der lebende Beweis ihrer Liebe.

Bis in alle Ewigkeit wollte und würde er Nerulea auf Händen tragen. Nichts konnte sich zwischen sie drängen. Nichts diese Liebe schmälern. Nichts ihr gemeinsames Glück trüben. Nichts und niemand.

War das Leben nicht fabelhaft? Oh ja, das war es.

Vor ihnen lag eine wunderbare Zukunft, und als Dessla hatten sie jede Menge Zukunft. Unbegrenzte Zukunft.

Das Leben war großartig!

1

Palast von Ezekial, Herrscher der Angerol
Etwas außerhalb von Helsinki, Finnland
Anfang Mai 2014

Dröhnend krachte die Messingvase gegen die Wand und fiel scheppernd zu Boden, doch Levania wagte es nicht zu zucken, um Ezekials Aufmerksamkeit nicht auf sich zu ziehen. Sonst richtete er seinen Zorn womöglich auf sie und kam auf die Idee, sich an ihr abzureagieren. Wie er es in der ersten Wut bei Rachaniel getan hatte, der jetzt mit einer bösen Platzwunde am Kopf in der Ecke saß und sich ebenso wenig traute wie sie, einen einzigen Mucks von sich zu geben. Der Bote, der die schlechten Nachrichten brachte. So war es schon im alten Griechenland gewesen.

»Bin ich denn nur von Inkompetenz umgeben? Es kann doch, verdammt nochmal, nicht so schwierig sein, dieser Missgeburt endlich habhaft zu werden.«

Diese Missgeburt. Ezekial sprach von Manus, dem Sohn ihrer Tochter Gasina, seinem eigenen Enkel. Den er, wie gute Großväter das üblicherweise zu tun pflegten, eigentlich lieben sollte. Doch zu Liebe war Ezekial schon lange nicht mehr fähig. Zerfressen von Ehrgeiz und Machtgier, war Hass alles, was er noch zu empfinden imstande war.

Wie war das geschehen? Wann war aus dem ambitionierten Angerol, der für alle stets das Beste gewollt hatte, dieses Monster geworden? Und wieso?

Macht korrumpiert, das ist wahr. Sie erschafft Diktatoren und Tyrannen, die über Leichen gehen. Ezekial war einer davon. Er führte ein Terrorregime, das auf Angst basierte. Und er räumte alles und jeden aus dem Weg, den er für seine Position als gefährlich einstufte. Ohne Rücksicht darauf, wer es war.

Heilige Schöpfer, sie hatte ihn einmal verehrt und geachtet, ja, in gewisser Weise sogar geliebt. Das war lange her. Durch Verimans Tod war das alles erkaltet, obwohl sie danach trotzdem noch eine lange Zeit gebraucht hatte, um zu erkennen, dass Ezekial hinter dem als Unfall getarnten Tod ihres Sohnes steckte. Er hatte Veriman töten und es wie einen Unfall aussehen lassen, weil er nicht mehr den Sohn in ihm gesehen hatte, sondern bloß noch den Rivalen. Aus dem einstmals gefeierten Thronfolger war in Ezekials Augen ein Konkurrent geworden, und den hatte er ausgeschaltet.

Endgültig umgeschlagen waren ihre Gefühle, als sie dabei hatte zusehen müssen, wie Gasina starb. Diesen Anblick würde sie niemals vergessen. Ebenso wenig wie die grellen Schreie ihres zehnjährigen Enkels, den Ezekial gezwungen hatte, an dem Schauspiel teilzuhaben, den Tod seiner Eltern mitzuerleben.

Wie heute hatte sie auch damals geschwiegen, war jedoch nicht untätig geblieben. Wenn Ezekial jemals erfuhr, wer hinter Manus' Flucht steckte, wer sie geplant hatte, sie wäre die nächste zu betrauernde Leiche. Wie damals verbarg sie ihre Abneigung tief in sich, damit er sie nicht bemerkte. Mochten die Schöpfer ihr beistehen, wenn er herausfand, was sie wirklich fühlte. Zum Glück interessierte ihn das nicht.

Mit fünf langen Schritten war Ezekial bei Rachaniel, packte ihn am Kragen und zog ihn auf die Füße.

»Wieso ist es euch noch nicht gelungen, den Bastard herzubringen?«

Wenn Ezekial zischte, war das schlimmer, als würde er brüllen. Rachaniel war sich dessen ebenfalls bewusst, trotzdem musste er antworten.

»Weil er von dem Jäger Gor beschützt wird.«

Die Wahrheit, die Ezekial kannte, nichtsdestotrotz keine gute Antwort. Sie brachte Rachaniel einen Schlag in die Rippen ein, der ihm den Atem raubte.

»Aber auch dieser Gor ist nur ein Dessla, und wie jeder Dessla ist er nicht unverwundbar. Er hat eine Schwachstelle. Seine schwangere Tasha. Bringt die Frau her, und dann werden wir sehen, ob ihm das Leben seines Schützlings immer noch etwas bedeutet, oder ob er nicht doch gewillt ist, ihn einzutauschen.«

Das Lächeln, eiskalt und bar jeglichen Gefühls, das Ezekial aufsetzte, verursachte das Bedürfnis, sich zu übergeben. Sie kämpfte das Gefühl nieder, wie sie alle Empfindungen - Ekel, Abscheu und Angst - zum Schweigen brachte, wenn er in der Nähe war.

Es konnte so nicht weitergehen. Sie musste eine Möglichkeit finden, dem ein Ende zu bereiten. Nur hatte sie nicht die leiseste Idee, wie das zu bewerkstelligen war. Vielleicht fiel ihr noch was ein. Nein, nicht vielleicht. Ihr musste etwas einfallen.

Eine Stunde später konnte sie sich endlich zurückziehen. Während sie den Thronsaal verließ, gab sie Rachaniel ein heimliches Zeichen, ihr zu folgen. In gebührendem Abstand natürlich, damit es nicht auffiel. Rachaniel stand lange genug in Ezekials Diensten oder, besser gesagt, heimlich in Wemrotts Diensten, um den Wink zu verstehen. Er war ein guter Mann. Treu und loyal. Man durfte nur nicht genauer nachfragen, wem gegenüber. Ihm kam Ezekials Blindheit ebenso zugute wie ihr.

Auf dem Gang holte Rachaniel sie ein, blieb aber nicht stehen, sondern lief in scheinbarer Eile an ihr vorbei, lediglich einen knappen Gruß auf den Lippen. Dabei ließ er auf ihrer Höhe jedoch ein einzelnes Rosenblatt fallen. Woher immer er es haben mochte.

Sie verstand die Botschaft.

Über unzählige Umwege, um ja nicht denselben Weg

zu nehmen wie er, begab sie sich zum Rosenpavillon in einem der äußersten Winkel des Gartens. Dort blühten nicht wirklich Rosen, nicht mal im Sommer und jetzt, wo der Frühling erst allmählich Einzug hielt, erst recht nicht, aber der Holzpavillon war mit Rosenornamenten verziert. Das gab ihm den Namen. Er war nach fast allen Seiten offen, was es potentiellen Lauschern schwer machte, sich anzuschleichen oder zu verbergen. Nur eine kleine Ecke war windgeschützt und konnte vom Palast aus nicht eingesehen werden.

Dort traf sie sich mit Rachaniel. Heute nicht zum ersten Mal.

»Was kann ich für Euch tun, Herrin?«

Eigentlich sollte sie diese Frage stellen. Nicht sie war von Ezekial malträtiert worden, sondern Rachaniel. Er sah wirklich schlimm aus.

»Wemrott muss die Jäger warnen.«

Sein Lächeln sah ein bisschen verschoben aus. Wahrscheinlich tat ihm der Kopf weh, was kein Wunder wäre.

»Das geht leider nicht, Herrin. Seit seinem letzten Telefonat mit dem Ratsoberhaupt kam es zu ein paar sonderbaren ... naja ... Begebenheiten. Momentan ist es besser, wenn der Richter die Füße stillhält. Wir brauchen ihn noch.«

Wie immer fragte sie nicht, wer „wir“ war. Besser, sie wusste nicht zu viel.

»Wir müssen doch irgendwas tun können, Rachaniel. Es geht doch nicht nur um ...«

Sachte legte er ihr einen Finger auf die Lippen. Im Grunde genommen eine ungebührliche Geste, für die er mit Sanktionen zu rechnen hätte. Nicht in ihrem Fall.

»Ich weiß, Herrin. Macht Euch darum keine Sorgen. Er ist da, wo er gerade ist, gut aufgehoben und in Sicherheit. Wegen dem anderen lasse ich mir etwas einfallen.«

Nachdem er sich nach allen Seiten sichernd umgesehen hatte, huschte Rachaniel aus dem Pavillon. Sie ließ erst noch ein paar Minuten verstreichen, bevor auch sie in den Palast zurückging.

Hoffentlich hatte Rachaniel Recht und Manus war wirklich in Sicherheit. Die Ungewissheit, wie es ihrem Enkel ging, machte sie noch krank.

In ihrem Schlafzimmer - sie schlief schon seit Langem nicht mehr mit Ezekial in einem Raum - öffnete sie den geheimen Schrein, der sich hinter dem Kleiderschrank befand. Dort versteckte sie Erinnerungsstücke an ihre Kinder. Unter anderem eine Locke von Veriman, die vermutlich längst zu Staub zerfallen wäre, würde sie sie nicht luftdicht hinter Glas verwahren. Spielzeug aus einer Zeit, als sie alle noch glücklich gewesen waren. Eine Schwarzweiß-Fotografie von Gasina, die kurz vor deren Flucht aus dem Palast aufgenommen worden war. Das Bild war über hundert Jahre alt und bereits stark verblasst beziehungsweise vergilbt. Dennoch war ihre Tochter gut zu erkennen, obwohl sie oft dachte, dass es vielleicht nur ihr Mutterherz war, das das Gesicht erkennen wollte.

Tränen sammelten sich in ihren Augen, die sie nicht zurückhielt. Zwei Kinder. Unter Schmerzen geboren und getötet vom eigenen Vater. Sie hatte ein Recht darauf zu weinen, um ihren Sohn und ihre Tochter zu trauern. Schlimm genug, dass sie es heimlich tun musste.

Wobei das Trauern um Veriman nicht verboten war. Offiziell war er ja das Opfer eines Unfalls geworden. Allerdings sah Ezekial es nicht gerne, wenn sie über Verimans Tod weinte. Der läge schon zu lange zurück, meinte ihr Gatte. Was waren zweieinhalb Jahrtausende für eine Mutter, die ihr Kind verloren hatte? Nichts.

Anders verhielt es sich bei Gasina. Sie war aus den Chroniken der Angerol getilgt worden, weil sie Hochverrat begangen hatte. Wegen Gasina zu weinen, zu trauern war, als würde man selbst ebenfalls Hochverrat begehen. Als ob es ein Verbrechen wäre zu lieben. Das war auch das einzige, was man Gasina hatte vorwerfen können. Dass sie geliebt hatte. Den von ihr erwählten Partner und ihren Sohn. Sie hatte sich geweigert, sich von beiden loszusagen - und ihre Liebe mit dem Leben bezahlt.

»Mein wunderschöner Engel«, flüsterte sie und hauchte einen Kuss auf das Foto. »Ich habe dir versprochen, mich um deinen Sohn zu kümmern. Es wird Zeit, dieses Versprechen einzulösen. Und ich gebe dir noch eins. Ich werde dafür sorgen, dass dein Vater unschädlich gemacht wird. Ich weiß noch nicht wie, aber ich schwöre, ich werde einen Weg finden.«

Noch ein Kuss, ein letzter wehmütiger Blick auf die Haarsträhne von Veriman, dann legte sie alles zurück in das Geheimfach und brachte die Wandtäfelung davor wieder an. Ein entschlossenes Durchatmen, ein Straffen der Brust. Ja, es wurde Zeit, aus der Theorie endlich Praxis werden zu lassen.

2

Landsitz von Vrebal II.
Mitte Mai 2014

Während er die Flöte vorsichtig ins Regal zurücklegte, fragte sich Temm, wie Shannon es geschafft hatte, ihn zum Spielen zu veranlassen. Seit über zweitausend Jahren hatte er nicht mehr gespielt, hatte gar nicht gewusst, dass er es überhaupt noch konnte. Anscheinend erinnerten sich seine Finger und seine Lippen jedoch sehr gut daran, wie es ging.

Verdammt. Er hätte es nicht tun dürfen. Flöte zu spielen, diese Flöte zu spielen, war gefährlich. Es brachte ihn zu nah an den Rand des Grabens, in den er seine Emotionen geworfen hatte. Emotionen, die er seit unendlicher Zeit nicht mehr gefühlt hatte und die er auch nicht mehr fühlen wollte.

Warum hatte er die Flöte aufbewahrt, anstatt sie wegzuwerfen? Sie war ein Relikt aus längst vergangenen Tagen. Flötespielen gehörte in ein Leben, das schon lange nicht mehr seins war. Zu einer Zeit, als das Leben noch einen Sinn gehabt hatte. Diese Zeit war vergangen und es half nichts, sie durch Erinnerungen wieder heraufzubeschwören. Das brachte sie nicht zurück oder sein Leben oder den Sinn in seinem Leben. Nichts konnte irgendetwas zurückbringen.

Vielleicht sollte er sie jetzt wegwerfen. Jetzt, nachdem er gemerkt hatte, welche Macht sie immer noch über ihn hatte. Schon streckte er die Hand nach dem alten Instrument aus.

Bitte, Temm, spiele für mich.

Was gäbe er dafür, könnte er diese Worte noch ein einziges Mal hören. Wahrhaftig hören. Gesagt durch die Frau, der er nichts hatte abschlagen können. Für die er durchs Feuer oder bis ans Ende der Welt gelaufen wäre. Barfuß, wenn nötig. Für die er gestorben wäre, leichten Herzens, wenn ihr das einen Tag mehr geschenkt hätte. Doch die Worte bildeten sich nur in seinem Kopf. Er würde sie nie wieder hören, weil der Mund, sie auszusprechen, für immer verstummt war.

Seine Zähne knirschten, als er sie massiv aufeinander presste. Sternchen bildeten sich hinter seinen Lidern, so fest kniff er sie zusammen.

Nein, keine Erinnerungen. Die brachten Gefühle mit sich, und das war das Letzte, was er wollte oder gebrauchen konnte.

Tief atmete Temm durch, um den Spalt, den Shannon in seine Mauer gerissen hatte, zu verschließen.

Er musste ihr aus dem Weg gehen. Was gar nicht einfach werden würde, da sie bei Tisch neben ihm saß, auf dem Platz, wo vorher Hurtas gesessen hatte. Shannon war noch gefährlicher als die Flöte. Sie hatte etwas an sich, das ihn dazu veranlasste, die Kontrolle über sich sinken zu lassen, den Schutzschild ein Stück weit herunterzufahren. Was immer es war, er war nicht in der Lage, es zu benennen, aber es war da. Diese Menschenfrau berührte etwas in ihm, das besser unangetastet blieb.

Moment mal. War Shannon überhaupt noch ein Mensch? Nach Dessmons Auftritt beziehungsweise seinem Geschenk anlässlich ihrer Vereinigung mit Zegg, war sich Temm da nicht mehr sicher. Schließlich waren Menschen üblicherweise nicht unsterblich.

Ja, der Gott konnte echt großzügig sein, wenn er wollte. Er konnte aber genauso gut geflissentlich die Augen verschließen, wenn Unrecht geschah, und das nahm Temm ihm übel. Nicht, dass er es Shannon nicht gönnte. Sie hatte es verdient, nach allem, was sie hatte durchmachen müssen. Zegg ebenso. Aber, verdammt nochmal, es war nicht gerecht und fair gleich zweimal nicht.

Nach welchen Kriterien traf der Gott seine Entscheidungen? Welche Maßstäbe setzte er an? Das Zufallsprinzip? Vielleicht würfelte er oder ließ seine zahlreiche Nachkommenschaft Lose ziehen.

Bevor er völlig in Blasphemie versank, versuchte er, jegliche Gedanken beiseite zu schieben. Denken wurde ohnehin überbewertet, zumindest was derartige Dinge anging. Fast ebenso sehr wie Fühlen. Wenn man das Erste auf das Notwendigste beschränkte und das Zweite komplett bleibenließ, war das Leben um einiges einfacher.

Also, Konzentration zurück auf das Wesentliche. Hatte er noch ein Paar Springerstiefel in Übergröße? Konnte er mit der Verletzung trainieren?

Die erste Frage beantwortete sich durch einen Blick in den Schrank. Ja, hatte er. Er packte den linken Schuh und zwängte den Fuß hinein. Au, verflucht. Shannon hätte den Verband ruhig ein bisschen weniger auftragend gestalten können. Tja, das kam davon, wenn man beim Reinigen einer Schusswaffe nicht aufpasste und sich selbst in den Fuß schoss.

Die zweite Frage würde sich durch die Praxis beantworten. Er würde es sehen und war zuversichtlich, dass es ging. Immerhin hatte er bereits mit schlimmeren Verletzungen gekämpft. Na gut, das war lange her, dennoch sollte ein mickriges Loch im Fuß ihn nicht abhalten. Es stand schließlich einiges auf dem Spiel. Auszufallen konnte er sich nicht leisten. Das widerstrebte seiner Einstellung.

Probeweise lief er ein paar Schritte auf und ab. Scheiße, das tat echt höllisch weh, wurde allerdings mit jedem Schritt besser.

Gerade wollte er sich erneut seiner Pistole widmen, die nach wie vor unfertig auf dem Tisch lag, als ein Schrei ihn bis ins Mark erschütterte.

Den Schmerz und die Verzweiflung, die mit solch einem Wehklagen ausgedrückt wurden, kannte er gut. Sehr gut. Zu gut. Es war Gor, der schrie, und für diese Art von Schrei kannte Temm nur eine Erklärung. Oh Himmel, bitte nicht.

Seinen aufjaulenden Fuß ignorierend, stürmte er aus dem Zimmer, über den Flur und die Treppe hinunter. Mitten in der Eingangshalle kniete Gor, nach wie vor schreiend.

Großer Dessmon, nein. Das durfte einfach nicht sein.

Den leichenblassen Zegg, der irgendwas von wegen es wäre seine Schuld vor sich hin brabbelte, passierte er, ohne weiter auf ihn zu achten.

Die fliegenden Fäuste, mit denen Gor wild um sich schlug, ignorierte er ebenfalls geflissentlich, als er sich vor ihn kniete, obwohl ihn mehr als ein Schlag traf. Gut, morgen würde sein Gesicht vermutlich in allen Regenbogenfarben blitzen, momentan war das scheißegal, also verschwendete er keinen Gedanken daran.

Der erste Versuch, Gors Gesicht zu fassen zu bekommen, misslang. Erst als Krus hilfreich hinzusprang und Gor von hinten umschlang, sodass er die Arme nicht mehr benutzen konnte, bestand eine Chance. Würde Gor nur seinen Kopf mal ruhig halten. Tat er nicht. Also holte Temm aus und verpasste ihm eine schallende Ohrfeige, die außer den Chef alle anderen ebenfalls zusammenzucken ließ.

Aus großen Augen starrte Gor ihn an. Dessen Schreck interessierte Temm nicht, er hielt nach etwas anderem Ausschau. Was er auf den ersten Blick sah, war ein Schnörkel in ultramarin und dunkeltürkis. Puh. Das Schlimmste war demnach nicht eingetreten. Dessmon sei Dank.

»George! Theo!« Weit konnten die Diener nicht gewesen sein, denn sie erschienen keine zehn Sekunden, nachdem er sie gerufen hatte. »Bringt Gor in eins der unbenutzten Gästezimmer und sorgt dafür, dass er es nicht verlässt.«

Die beiden gehorchten prompt. Auf jeder Seite packten sie Gor unter den Achseln, zogen ihn auf die Füße und brachten ihn aus der Halle. Skall folgte ihnen auf dem Fuß, wie sich das für einen anständigen, besorgten Verwandten gehörte.

Gor ließ sich widerstandslos wegführen. Diese Lethargie fand Temm schlimmer als das Schreien, weil sie so abrupt eingetreten war. Im Augenblick war das dennoch besser als ein tobender Gor, vor allem für George und Theo.

»Also.« Mit zusammengekniffenen Lidern blickte er in die Runde, nachdem er wieder aufrecht stand. »Bringt mich auf den aktuellen Stand.«

Zunächst sagte niemand ein Wort. Alle blickten betreten auf Manus, der schließlich mit gesenktem Kopf flüsterte: »Inkia ist entführt worden.«

Was?! Wie hatte das passieren können?

Während er auf Manus zuging, bemühte er sich, ruhig zu bleiben. Es erstaunte ihn selbst, wie schwer ihm das fiel. Vor dem Angerol blieb er stehen.

»Du warst für ihre Sicherheit verantwortlich.« Er war nicht fähig, normal zu sprechen. Die Worte kamen gepresst zwischen seinen Zähnen hindurch.

Manus nickte, da holte Temm aus. Seine Faust fand ihren Weg in Manus' Gesicht beinahe ohne sein Zutun und traf den Angerol exakt an der Stelle, die bereits einen Schlag abbekommen hatte. Man musste dem Mann ja keinen beidseitig geschwollenen Mund verpassen.

»So, und jetzt will ich wissen, wieso du versagt hast.«

»Inkia hat mich zum Kaffeetrinken geschickt, solange sie in der Praxis ist«, nuschelte Manus, der aufgrund der eingesteckten Schläge inzwischen Schwierigkeiten mit dem Reden hatte, während er sich das Blut vom Mund wischte. »Sie wollte mich anrufen, wenn sie fertig ist. Hat sie nicht. Stattdessen ist sie alleine rausgekommen. Ich sah sie das Gebäude verlassen, weil ich in dem Café gleich gegenüber saß. Sie hat mir zugewinkt und ich stand auf, um ihr entgegen zu gehen. Und dann ging alles schrecklich schnell. Ein Lieferwagen schoss um die Ecke, hielt kurz an und brauste keine fünf Sekunden später mit quietschenden Reifen davon. Inkia war weg, wie vom Erdboden verschluckt. Ich konnte dem Wagen nicht folgen, ohne dass die ganze Straße mitbekommen hätte, dass ich kein Mensch bin. Ich hätte es trotzdem tun sollen.«

Nein, das wäre das Verkehrteste gewesen. Um diese Tageszeit war es auf Londons Straßen zu belebt. Man stelle sich vor, welches Aufsehen Manus erregt hätte, wenn er seine Flügel ausgefahren hätte, um dem Lieferwagen durch die Luft zu folgen. Verloren hätte er ihn im dichten Londoner Verkehr zur Rush Hour wahrscheinlich trotzdem, somit hätten sie durch seine Enttarnung nichts gewonnen. Und falls die Angerol dahintersteckten, war das vielleicht sogar Teil ihres Plans gewesen, um ihn identifizieren zu können. Dann müssten sie jetzt nach zwei Verschwundenen suchen.

»Fürs Protokoll. Die Verantwortung für jemandes Sicherheit zu tragen bedeutet, ihm nicht von der Seite zu weichen. Ungeachtet dessen, ob er einen dazu auffordert.«

»Hätte ich vielleicht mit ins Untersuchungszimmer gehen sollen?«

»Genau das. Ich hätte es getan. Das hilft uns jetzt aber nicht weiter. Gut, Manus, was hast du gesehen? Konntest du die Entführer erkennen?«

»Nein. Die Schiebetür des Wagens befand sich nicht auf meiner Seite. Der Fahrer trug eine Baseballkappe. Es waren definitiv Menschen.«

»Woher weißt du das?« Ah, Krus hatte seine Sprache wiedergefunden.

»Weil es an der Stelle nicht nach Lyks gestunken hat, und mit Angerol wäre Inkia sogar in ihrem Zustand leicht selbst fertig geworden.«

Bestechende Logik. Allerdings führte die zu der Frage, wer hinter der Entführung steckte. Die ausführenden Menschen waren Handlanger. Doch von wem? Beide Parteien - sowohl Lykomorphe wie Angerol - kamen in Betracht. Die Wempyre oder sonstigen Gestaltwandler schloss Temm aus. Die hatten kein Motiv. Lyks und Angerol dagegen schon. Beide.

Die Angerol wollten Manus, der unter Gors Schutz stand. Die Lyks wollten den Krieg gewinnen, und Gor war der Heerführer auf Seiten der Dessla. Mit Inkia als Faustpfand wurde Gor erpressbar. Zumindest aus der Sicht Außenstehender.

Sie würden warten müssen, bis eine Forderung einging. Vorher machte es keinen Sinn, nach Inkia zu suchen. Scheiße! Hoffentlich warteten die Entführer nicht allzu lange, bis sie Gor kontaktierten, sonst drehte der durch. Todsicher.

»Okay, ich geh nach Gor sehen. Du, Krus, holst in der Zwischenzeit Urion her.«

Sein Jägerkollege nickte. Erstaunlich wie kommentar- und widerstandslos Krus akzeptierte, dass Temm das Kommando übernahm, und davonstapfte, um Gors Pendant auf Seiten der Krieger herzuschaffen. Naja, war ja nur vorläufig, bis sich Gor wieder auf der Höhe befand. Was hoffentlich bald der Fall war. Er hatte mit Urion zwar gut zusammen gearbeitet, während die anderen in New York gewesen waren, aber auf Dauer war das nichts für ihn. Er war ein Einzelgänger. Teamwork lag ihm nicht.

Nicht sonderlich enthusiastisch stieg er die Treppe hoch. Sobald er außer Sicht der anderen war, lehnte er sich an die Wand. Er musste sich erst sammeln, bevor er Gor konfrontieren konnte.

Verdammt. Er hatte gewusst, dass es irgendwann zu solch einer Situation kommen würde. Einer Situation, die ihn zwang, sich mit Gefühlen und Innenleben, ein Stück weit auch mit seinen eigenen Erfahrungen auseinander zu setzen. Oh ja, er hatte es gewusst. Vor fünfzig Jahren schon, als Gor ihn gefragt hatte, ob er ein Teil seiner Truppe werden wolle. Er hätte ablehnen sollen.

Mit Inkias Auftauchen war die Wahrscheinlichkeit noch gewachsen. Von Anfang an hatte sie einen Punkt in ihm berührt, der lange unangetastet geblieben war, und er hatte angefangen, sich kleinere Emotionen zu gestatten. Ein dummer Fehler, wie er jetzt feststellte.

Tja, und dann war Shannon in ihrer aller Leben gerumpelt. Das hatte seiner über viele, unzählig viele Jahrhunderte aufgebauten Kälte und Emotionslosigkeit ... nein, nicht den Todesstoß versetzt, der dicken Mauer jedoch enorme Risse zugefügt.

Würde er die jemals wieder kitten können? Nun, das würde er müssen, ob er wollte oder nicht - und er wollte.

Vor allem jetzt war es wichtig, einen kühlen, klaren Kopf zu bewahren. Extrem wichtig. Sie standen kurz vor einem Krieg, man konnte ihn bereits riechen, da wäre es fatal, wenn einer von ihnen die Nerven verlor. Gut, von Gor konnte man gerade nicht erwarten, über den Dingen zu stehen. Dazu war er zu empfindlich am eigenen Leib betroffen. Aber alle anderen mussten sich zusammenreißen, und er musste dafür sorgen, dass sie es taten. Das war jetzt sein Job.

Sobald er sich distanziert genug fühlte, setzte er den Marsch fort. In welches Gästezimmer er musste, verriet ihm seine Nase. Auf dem Weg dorthin machte er einen kleinen Abstecher in seine eigene Suite, um dort zu holen, was Gor jetzt dringend brauchte - eine Runde Auszeit.

Vor der Tür zum Gästezimmer stand George mit leidlich verkniffenem Gesichtsausdruck. Temm merkte, wie er eine Augenbraue in die Stirn zog, als er den Schlüssel in Georges Hand entdeckte.

»Wir hielten es für besser, Sire Gor einzuschließen.«

»Er ist da nicht allein drin, oder?«

»Nein, wo denkt Ihr hin? Theo und Sire Skall sind bei ihm.«

Ein letztes Mal atmete er tief durch, dann beschied er George, ihn reinzulassen. Eine Aufforderung, der der Chefdiener umgehend nachkam. Als er den Raum betrat, bot sich ihm exakt das Bild, das er erwartet hatte. Skall und Theo, die gemeinsam versuchten, Gor am Rausstürmen zu hindern, indem sie ihn von hinten und seitlich umarmten und sich gegen ihn stemmten. Sie ließen erst los, als sich der Schlüssel hinter Temm im Schloss gedreht hatte.

Gor schoss wie ein Pfeil auf ihn zu. »Du hast mich geschlagen.«

Ja, hatte er. Um zu ihm durchzudringen. Keine Entschuldigung für einen Jäger. Man griff seine Vorgesetzten nicht an, selbst dann nicht, wenn man einen guten Grund dafür hatte. Bei den Kriegern sah das ein bisschen anders aus, die Jäger jedoch verstanden diesbezüglich überhaupt keinen Spaß.

»Danke, Temm.« Hoppla. Damit war nicht zu rechnen gewesen. »Ich war dabei, in einem Sumpf zu versinken. Deine Ohrfeige hat mich rausgezogen.«

Dann war er ja gerade noch rechtzeitig gekommen. Das nannte sich wohl perfektes Timing. Schöner wäre es gewesen, er hätte nicht erst zuschlagen müssen.

»Aber mich einzusperren, geht gar nicht. Das akzeptiere ich nicht. Ich muss raus, muss los und nach Inkia suchen.«

»Und wo willst du mit der Suche beginnen? Ich meine, nachdem du jeden Quadratzentimeter vor der Praxis umgedreht und dabei festgestellt hast, dass du keinen einzigen Anhaltspunkt hast.«

Mit den flachen Händen rieb sich Gor über das Gesicht. »Ich kann hier nicht untätig rumsitzen.«

»Brauchst du nicht. Du hast eine Aufgabe, schon vergessen?«

»Dafür habe ich gerade keinen Kopf. Das krieg ich nicht auf die Reihe.«

»Du musst. Wenn die Lyks dahinterstecken und du wirfst jetzt das Handtuch, haben sie gewonnen. Willst du das? Würde Inkia das wollen?«

Gor schüttelte den Kopf. Immerhin, einigermaßen klar denken ging noch. Zum Glück.

»Im Moment kann ich's aber wirklich nicht. Ich muss mich erst wieder sortieren.«

Verständlich und der Grund, aus dem er zuvor in seiner Suite gewesen war.

»Ich hab dir was mitgebracht, um dir dabei zu helfen.« Mit dem Versuch eines Lächelns hielt er Gor das Fläschchen hin, das er bei sich trug.

»Was ist das?«, wollte Skall wissen. Eine durchaus berechtigte Frage.

»Etwas, das ihn für mindestens zehn Stunden schlafen lässt. Traumlos. Danach sollte es ihm besser gehen.«

»Ein Schlafmittel?«

»Rein pflanzlich. Macht nicht abhängig. Ich nehm es selbst, wenn ich das Bedürfnis nach ruhigem, erholsamem Schlaf habe.«

Mit skeptischem Blick nahm Gor ihm die Ampulle ab. »Okay. Aber nur unter einer Bedingung. Du musst meine Stelle ausfüllen, solange ich es nicht kann.«

Was, er? Keine gute Idee. Trotzdem nickte er. Für ein paar Stunden würde es gehen.

Gor nickte zurück, setzte sich auf die Bettkante und kippte die durchsichtige Flüssigkeit in einem Zug in sich hinein. Braver Chef. Anschließend legte er sich der Länge lang auf die Matratze. Es würde nicht lange dauern, eine oder zwei Minuten höchstens, bis er weg war.

»Gor hat Recht«, meinte Skall, sobald sein Cousin zu schlafen schien. »Du bist der einzige von uns, der seinen Platz einnehmen kann.«

Das sah er anders, und nicht bloß er. »Wenn du die anderen Jägeranführer fragst, werden die dir bestimmt gerne widersprechen. Erinnerst du dich noch, was diese Schnarchnase beim ersten Treffen über mich gesagt hat? Ein emotionales Wrack, das einer Zeitbombe gleicht. Damit hat er nicht übertrieben, Skall. Ich tauge nicht zum Anführer.«

»Wer soll's denn sonst machen? Zegg? An dem haftet der Ruf als Schürzenjäger noch viel zu sehr. Mittlerweile vereinigt oder nicht, dem würde kein anderer Mann wirklich vertrauen. Oder ich? Ich bin der Pausenclown. Jeder weiß das. Wer würde mich schon ernst nehmen?« In Skalls Worten lag nicht wenig Wahrheit.

»Wie wäre es mit Krus? Den achten alle, vor allem die Briten. Er hat keinen schlechten Ruf und gilt als seriös. In meinen Augen die ideale Besetzung.«

»Ja, Krus käme womöglich statt dir in Frage, wenn er über mehr Erfahrung verfügen würde. Er ist ein hervorragender Jäger und ein zuverlässiger Mann. Du bist von allen jedoch der einzige mit Kriegserfahrung, und wir bereiten uns hier nicht auf ein harmloses Geplänkel vor, sondern auf einen Krieg.«

»Dann schlage ich Urion vor. Er ist doch eh offiziell der zweite Mann neben Gor.«

»Als Vertreter der Krieger. Wir brauchen noch einen Vertreter der Jäger. Dessmon hat einen Jäger zum Heerführer bestimmt. Die anderen werden einem Krieger nicht folgen, auch wenn er noch so geeignet wäre.«

Scheiße, Skall hatte Recht. Verabscheuungswürdigerweise hatte er das. Ihm würde nichts anderes übrig bleiben, als die Lücke, die Gors Ausfall riss, zu füllen.

»Und, Temm. Du solltest dich darauf einstellen, dass du länger der Anführer sein wirst, als nur bis zu dem

Moment, wenn Gor wieder aufwacht. Ich kenne ihn besser als jeder andere, und ich glaube nicht, dass er sich von diesem Schlag schnell erholen wird, obwohl er gerade eben einen erschreckend vernünftigen Eindruck gemacht hat. Ich hab ihn erlebt, damals, als seine Eltern getötet wurden. Wir werden eine Achterbahnfahrt mit ihm durchstehen müssen. Insbesondere solange er nicht weiß, ob ...«

„Inkia noch lebt“ wagte Skall nicht auszusprechen, obwohl er es unübersehbar dachte.

3

Drei Tage waren seit Inkias Entführung vergangen, die Temm wie eine kleine Ewigkeit erschienen. Gor schlug sich wacker, versuchte sein Bestes, den Anschein von Normalität aufrecht zu erhalten, um die fürs Training auf dem Gelände anwesenden Jäger und Krieger nicht im Übermaß zu beunruhigen. Wirklich gelang ihm das jedoch bloß bei denjenigen, die ihn nicht kannten.

Sie hatten nur eingeweiht, wer unbedingt Bescheid wissen musste. Urion, als Vertreter der Krieger, und Obbs, als Oberhaupt des Jägerrates, der seinerseits den Rat informiert hatte.

In Absprache mit Urion nahm Gor momentan nicht am Training teil. Offiziell, weil er sich einen blöden Virus eingefangen hatte und niemand anstecken wollte. In Wahrheit, weil keiner von ihnen das Risiko einzugehen bereit war, dass er die Beherrschung verlor und mitten im Training seinen aktuellen Sparringspartner mit einem der Entführer verwechselte. Was dann passierte, konnte man sich an einem einzigen Finger abzählen. Man musste ihm lediglich dabei zusehen, wie er die Sandsäcke im Fitnessraum im Keller malträtierte.

Drei Tage und mit jeder verstreichenden Stunde spürte Temm mehr, wie Recht Skall gehabt hatte. Gor war noch weit davon entfernt, das Ruder zurück zu nehmen. Dazu war er zu oft geistig abwesend, nicht bei der Sache. Die Rolle als inoffizieller Anführer würde ihm als Gors offiziellem Vertreter noch eine Weile erhalten bleiben.

Interessanterweise hatten die Krieger damit weit weniger Probleme als die Jäger. Er konnte nur mutmaßen, woran das lag. Wahrscheinlich an der Tatsache, dass er kein gebürtiger Jäger war. Als er geboren wurde, hatte es die Jäger noch gar nicht gegeben. Er war der Sohn eines Kriegers, die zur damaligen Zeit diese Bezeichnung noch völlig zurecht getragen hatten. Bevor er als Wächter in die Dienste des Königshauses getreten war, war er selbst ein Krieger gewesen. Eine Information, die er niemandem außer Gor gegeben hatte, und die trotz dessen Verschwiegenheit, keine Ahnung, aus welcher Quelle, durchgesickert war. Die Krieger akzeptierten ihn als ihresgleichen. Die Jäger hatten das nie getan und jetzt ihre Begründung dafür gefunden.

Heute stand ihm jedoch eine weitaus schlimmere Konfrontation als die mit unwilligen Jägern bevor. Ein Treffen, das er gerne gegen eine Auseinandersetzung mit wildgewordenen Lyks bei Vollmond eintauschen würde. Da wusste er wenigstens, woran er war und wie er reagieren würde.

Das letzte Mal, als er das als Bürogebäude getarnte Haus in der Coventry Street betreten hatte, war das als Begleiter von Gor gewesen. Heute ging er als Anführer hinein, wenn auch lediglich als Interimsanführer. Heute würde er im Mittelpunkt des Interesses stehen. Eine Position, die ihm nicht im Geringsten schmeckte. Hatte sie noch nie. Zeit seines langen Lebens hatte er sich in keinem einzigen Moment um eine solche Funktion gerissen, unfreiwillig bekommen hatte er sie oft genug.

Vrebal der Zweite, König der Dessla. Vor dem letzten Treffen vor ein paar Wochen hatten sie sich lange nicht gesehen. Viele Jahrhunderte lang nicht. Trotzdem hatte Vrebal ihn wie einen Freund begrüßt. Einerseits hatte das gut getan, andererseits alte Wunden angerissen. Es gab einen Grund, warum er das Königshaus schon derart lange mied, obwohl er einst einen lebenslangen Treueeid darauf geleistet hatte. Jetzt war das mit dem Meiden erst mal passé. Wenn Gor die Entführer nicht platt machte, er würde den Rest von ihnen entsorgen. Allein deswegen, weil sie ihn durch ihre Aktion zwangen, jetzt einen Kontakt wiederherzustellen, den er nicht haben wollte.

Es war allerdings unumgänglich, König und Zirkel über die jüngsten Ereignisse zu informieren. Auch darüber, dass er, Temm, momentan die Heeresführung innehatte, wenn auch nur unter der Hand. Gor war am Morgen zusammengebrochen. Es war abzusehen gewesen, dass das früher oder später passieren würde, zumal er sich wirklich unglaublich zusammengerissen hatte. Die „Alles ist in Ordnung"-Fassade konnte er schlicht nicht dauerhaft aufrechterhalten. Kein Mann mit Herz in der Brust wäre dazu in der Lage, und Gors Herz war riesig, wenn es um Inkia ging.

Wie beim letzten Mal saß Vrebal mit ernstem Gesicht auf dem Thron. Ohne Schnörkel und Insignien, die ihn als König auswiesen. So war er schon immer gewesen. Etwas, das ihn extrem von seinem Vater - Vrebal I. - unterschied, der unglaublichen Wert auf ein pompöses Auftreten gelegt, dem man den König auf hundert Kilometer Entfernung angesehen hatte. Der zweite Vrebal war ein eher bescheidener Mann.

Wie beim letzten Mal war außer dem König und dem Zirkel niemand im Thronsaal anwesend. Natürlich nicht. Das Volk war über die Bedrohung, die über ihnen allen schwebte, nach wie vor nicht informiert, und es galt, Diskretion zu wahren. Jedes zusätzliche Ohr stellte eine potentielle Schwachstelle dar. Erstaunlich genug, dass es bisher bei vagen Gerüchten über die Vorkommnisse auf dem Landsitz geblieben war, die sich trotz diverser Spekulationen nicht verdichten wollten.

Wie beim letzten Mal erhob sich der König von seinem Thron, sobald die Gruppe Jäger - alle außer Gor hatten Temm begleitet - plus Manus vor ihm standen, und stieg von dem Podest herunter. Ehrerbietig begrüßten sie ihn unisono, als hätten sie es einstudiert.

»Temm.« Na, wenigstens gab es heute vonseiten des

Königs keine Freundschaftsbezeugung in Form einer angedeuteten Umarmung. »Wie ich hörte, wurde Gor Opfer eines unerfreulichen Schicksalsschlags.«

So konnte man es auch ausdrücken. Offensichtlich hatte Obbs den König und seine Zirkelkollegen bereits ins Bild gesetzt.

»Ja, Majestät. Das ist richtig.«

»Und du bist für ihn eingesprungen?«

»Auch das stimmt. Momentan obliegt mir die Verantwortung über das Heer.«

Vrebal nickte. »Dann weiß ich meine Krieger und Jäger in den besten Händen, die es geben kann. Das beruhigt mich ungemein.«

Die Zirkelleute, insbesondere die aus Adel und Oberschicht, schienen da anderer Meinung zu sein. Zumindest ließen ihre verkniffenen Gesichter darauf schließen. Ob das an ihm als Person lag oder daran, dass Vrebal *meine* Krieger und Jäger gesagt hatte, vermochte Temm nicht zu beurteilen. Jedenfalls zuckten die jeweils zwei Räte der betroffenen Schichten nicht annähernd so heftig zusammen, wie es ihre Kollegen aus Adel und Oberschicht getan hatten.

Allerdings fragte er sich, warum er eigentlich hier war, wenn der König doch schon Bescheid wusste. Ein Anstandsbesuch wahrscheinlich, auf den er gut hätte verzichten können.

Auf Bitte des Königs brachte er die Anwesenden auf den aktuellen Stand in Sachen Training. Sie waren weit vorangekommen. Wenn sich die Lykomorphe entschieden, morgen eine Offensive zu starten, würden sie eine Überraschung erleben, denn das desslanische Heer war mittlerweile gut aufgestellt. Noch nicht vollständig und bei Weitem noch nicht perfekt, aber für den Verteidigungsfall gerüstet.

Vrebal nickte, nachdem Temm seinen Bericht beendet hatte. Er schien zufrieden mit dem, was er hörte. Jetzt könnte er sie eigentlich entlassen. Tat er sogar, allerdings anders, als Temm es erhoffte.

Er schenkte den Jägern und Manus ein Lächeln, das wesentlich ehrlicher aussah, als das für den Zirkel. »Meine Herren, ich gedenke, mich noch unter vier Augen mit dem aktuellen Heeresführer zu unterhalten. Zu diesem Zweck werde ich mich mit ihm in mein privates Audienzzimmer begeben, weil es mir einfacher erscheint, wenn zwei Leute den Thronsaal verlassen und der Rest bleibt und wartet, als umgekehrt.«

Mit einem entsprechenden Handzeichen bedeutete er Temm, ihm zu folgen, während er auf eine kleine Tür im hinteren Bereich des Thronsaals zuschritt.

Verdammte Scheiße. Er wollte nicht unter vier Augen mit dem König sprechen. Unter achtundzwanzig war anstrengend genug. Widersetzen konnte er sich jedoch nicht, also folgte er Vrebal zähneknirschend.

»Wir waren immer ehrlich zueinander, nicht wahr, Temm?«, eröffnete der König die Konversation, sobald sich die Tür hinter ihm geschlossen hatte. »Und offen.«

Beides wahr, deshalb nickte er, um die Frage zu beantworten, und versuchte, sich nicht auszumalen, was als Nächstes kam.

»Ich möchte deine offene und ehrliche Einschätzung, wer für die Entführung verantwortlich ist, und bevor du etwas sagst ... Obbs hat mich in einem geschickten Moment über euren ungewöhnlichen Schützling unterrichtet.«

Geschickter Moment hieß vermutlich, dass die anderen Zirkelmitglieder außer Hörweite waren.

»Dann weißt du, dass nicht bloß die Lykomorphe infrage kommen, sondern ebenso die Angerol.«

»Ja, und wir wissen beide, dass die Angerol weniger harmlos sind, als sie gerne vorgeben zu sein.«

Das wussten sie in der Tat. Aus persönlicher Erfahrung. Derselben obendrein.

»Ich kann dir keine Einschätzung geben, Majestät. Beide Parteien haben ein starkes Motiv. Ich wüsste nicht, welche ich bevorzugen sollte.«

»Ich persönlich glaube, dass die Lykomorphe dahinter stecken. Willst du wissen, warum?« Eine rein rhetorische Frage, bei der er sich nicht die Mühe machte, sie zu beantworten. »Weil Ezekial bislang noch nicht mit der Forderung, ihm Manus auszuliefern, an mich herangetreten ist.«

»Wie könnte er das, ohne zu offenbaren, wieso er ihn haben will?«

»Als ob ihn das interessiert oder abgehalten hätte. Als ob er einen Grund bräuchte. Manus ist ein Angerol. Ezekial ist der Herrscher über die Angerol.«

»Dennoch zieht er, zumindest laut unserem Informanten, die Variante Entführung vor, wenn ich richtig verstanden habe, was Zegg über die Warnung berichtet hat. Und ich glaube nicht, dass ich es falsch interpretiert habe.«

»Nein, vermutlich hast du das nicht.«

»Würdest du ihm Manus geben, wenn Ezekial ihn verlangt?«

»Ich würde mich kaum weigern können. Allerdings lebt Manus nicht hier im Palast, sondern bei euch. Ich bin seiner nicht habhaft, also kann ich ihn nicht ausliefern. Ich kann euch dazu auffordern, es zu tun. Ob ihr dieser Aufforderung Folge leistet, darauf habe ich keinen Einfluss.«

»Du bist der König, Majestät.«

Mit einem Megaseufzer drehte Vrebal sich um. Seine Schultern sanken herab, während er zu der Vitrine blickte, in der sich die Insignien seiner Königswürde befanden – Zepter und Krone. Beides aus massivem Gold, im Gegensatz zu den Utensilien, die die Menschen verwendeten, ansonsten jedoch schmucklos. Weder der Stab noch der schlichte Goldreif mit der nach oben deutenden geschwungenen Spitze an der Vorderseite waren mit Edelsteinen besetzt.

»Erinnerst du dich noch an den Tag, als ich die Krone bekommen habe?«

Wie könnte er das nicht? Natürlich erinnerte er sich an die Krönung. Als wäre es erst gestern geschehen, dabei lag es unzählige Jahrhunderte zurück. Er war anwesend gewesen und das nicht ausschließlich in seiner Funktion als Mitglied der Wächter, die an diesem Tag wie an keinem anderen für die Sicherheit der königlichen Familie zu sorgen hatten.

Vrebal der Zweite war noch extrem jung gewesen, erst um die sechzig, als ihn der unverhoffte Tod seines Vaters auf den Thron zwang. Nie zuvor hatte es einen derart jungen König der Dessla gegeben. Nichtsdestotrotz hatte er die Position gut ausgefüllt. Das Volk hatte ihn geliebt und war ihm ohne zu zögern gefolgt. Heute war das ein bisschen anders, was daran lag, dass nicht mehr viele übrig waren, die wussten, wie es war, einen König zu haben, der wirklich regierte. Möglicherweise war er sogar der einzige, den es noch gab.

»Ich erinnere mich daran. Und ich erinnere mich ebenso daran, mit wie viel Stolz du sie getragen hast. Wieso trägst du sie nicht mehr?«

»Weil ich es nicht mehr verdient habe, sie zu tragen. Ich habe das Recht dazu verloren, als ich ...«

Vrebal sprach nicht weiter. Das war nicht nötig. Temm ahnte, was er sagen wollte. Zur Gewissheit wurde die Ahnung durch einen Blick in Vrebals Augen. Es lag so viel Traurigkeit darin. Der König trug an dem Gewicht mindestens ebenso sehr wie er selbst und schon genauso lange.

»Endgültig verwirkt habe ich es, als ich dem Zirkel erlaubte, mir die Macht aus den Händen zu nehmen«, fuhr Vrebal in deutlich nüchternerem Tonfall fort. »Du hast gesagt, ich sei der König, aber das stimmt nicht, Temm.

Ich war einmal der König, ich bin es schon lange nicht mehr. Jetzt bin ich eine Gallionsfigur, die lediglich repräsentiert, nicht mehr herrscht.«

»Das, Majestät, ist etwas, das du ändern kannst und ändern solltest.«

Das Lächeln, das Vrebal ihm schenkte, sah verflucht resigniert aus. Das gefiel Temm nicht.

»Das kann ich nicht, mein alter Freund. Ich würde den Versuch nicht überleben.« Jetzt lachte Vrebal gar. Abgehackt und kalt klingend, was Temm noch viel weniger gefiel. »Der Zirkel hat den Kronprinz auf seiner Seite. Das gilt ebenso für die Königin, was kein Wunder ist, da sie sich seit, oh, ich weiß nicht genau, etwa fünfhundert Jahren das jeweilige Ratsoberhaupt des Adelsrates in ihr Bett holt. Deswegen ist der ja so arrogant. Er hat die volle Unterstützung der Königin. Zumindest solange er es ihr ordentlich besorgt. Ob er das weiß, entzieht sich meiner Kenntnis. Es interessiert mich auch nicht. Fakt ist, die Leibwache steht ebenfalls zum Zirkel, weil meine geschätzte Gattin und mein erstgeborener Sohn es tun. Keiner von den alten Wächtern ist mehr da, Temm. Nach und nach wurden sie alle ausgetauscht, und nicht jeder ging freiwillig wie du. Ich stehe völlig allein. Isoliert. Da ist niemand, mich zu unterstützen, wenn ich versuchen würde, dem Zirkel die Macht wieder zu entreißen, an die er sich so schön gewöhnt hat. Ich hätte nicht die geringste Chance, weil nicht mal mehr ein einziger da ist, mich zu beschützen oder über mich zu wachen. Schon die Überlegung, den Zirkel abzusetzen, könnte mich das Leben kosten.«

Großer Dessmon. Dass die Verhältnisse im Palast seit geraumer Zeit nicht mehr stimmten, hatte er gewusst. Wie jeder andere ebenso. Dass es dermaßen schlimm war, hätte er sich in seinen bösesten Alpträumen nicht ausmalen können.

Eine Hand legte sich auf seinen Arm, Vrebals Hand,

und zu seiner eigenen Überraschung zuckte er nicht zurück.

»Du siehst, ich vertraue dir mein Leben immer noch an, wie ich es getan habe, solange ich denken kann. Ich wünschte, du hättest uns nicht verlassen.«

»Ich konnte nicht bleiben, und du weißt warum.«

»Ja, und ich weiß auch, dass du mir nie wirst vergeben können.« Vrebal hob eine Hand und hinderte ihn mit dieser Geste an einer Erwiderung. »Versuch nicht, mir zu widersprechen, Temm. Ich weiß, dass du mir nicht vergeben wirst, und wie könntest du auch? Ich kann mir doch selber nicht verzeihen.«

»Du solltest dir keine Vorwürfe machen, Majestät. Das ändert nichts an dem, was geschehen ist.«

Bei Dessmon, war er das, der da so abgebrüht und unbeteiligt klang? War er wirklich schon so tot? Nun, hoffentlich war er das. Er hatte immerhin lange und hart daran gearbeitet, nichts mehr zu empfinden.

»Du hasst mich für das, was ich getan habe. Nicht wahr, Temm?«

»Dich habe ich nie gehasst, Majestät. Du hast getan, was du für das Richtige gehalten hast.«

»Ich hätte mich weigern sollen, anstatt nachzugeben. Ich hätte Ezekial die Stirn bieten müssen.«

»Und dann? Einen Krieg mit den Angerol riskieren? Selbst wenn die uns nicht gewachsen waren, hätte uns eine solche Auseinandersetzung doch geschwächt. Und die Lyks hätten das zu nutzen verstanden. Als König konntest du nicht anders handeln.«

»Ich war nicht ihr König, Temm. Sie war nicht irgendjemand aus meiner Gefolgschaft, irgendeine Frau, die mir nichts bedeutet hat. Ich habe sie auch geliebt, Temm, anders aber bestimmt nicht weniger als du, obwohl es dir vielleicht schwerfällt, das zu glauben.«

»Daran habe ich nie gezweifelt, Majestät.«

»Hör, verdammt nochmal, endlich auf, mich Majestät

zu nennen.« Unübersehbar erschrak Vrebal über die Schärfe in seiner eigenen Stimme. »Tut mir leid, ich wollte dich nicht anschreien, aber bei dir ertrage ich das einfach nicht. Du bist viel mehr für mich als ein Untertan, der mich so nennen muss. Du warst mein Freund, Temm. Wahrscheinlich der einzige, den ich je hatte. Und du solltest noch etwas ganz anderes sein als das. Wenn ich mehr Mut gehabt hätte, wärst du es.«

»Dadurch wäre es nicht verhindert worden. Es hätte Ezekial nicht abgehalten. Er hätte seine Forderung trotzdem gestellt und du hättest sie trotzdem erfüllen müssen.«

»Als deine offizielle Partnerin wäre es anders gewesen. Die Bewahrer hätten nie zugestimmt, dass die Forderung erfüllt wird, und das, was heute der mächtige Zirkel ist, hätte mich nicht dazu drängen können, sie zu erfüllen.«

»Sie war aber nicht meine offizielle Partnerin.«

»Nein, war sie nicht, aber sie war meine Schwester. Ich war der König, Temm, und ich konnte meine eigene, kleine Schwester nicht beschützen.«

Was sollte er dazu sagen? Ihm fiel nichts ein. Sein Kopf war wie leer. So war es immer, wenn er gezwungen war, an diesen Teil seines Lebens zu denken, weil er ihn rigoros daraus verbannt hatte. Er wollte nicht darüber nachdenken und darüber sprechen gleich zweimal nicht. Nicht mal mit Vrebal. Erst recht nicht mit Vrebal.

»Lass uns zu den anderen zurückkehren, bevor der Zirkel auf dumme Gedanken kommt.«

Der König nickte, ohne weiter auf das vorherige Thema einzugehen. Zum Glück.

»Worüber habt ihr so lange gesprochen?« In der Stimme des Adelsrates lag nicht wenig Misstrauen.

Es war dermaßen deutlich herauszuhören, dass Obbs eine Augenbraue in die Stirn zog und der zweite Mann des Jägerrates ziemlich irritiert erschien. Sogar der oberste Kriegerrat sah seinen Kollegen vom Adel missbilligend an. Das gab Temm die Hoffnung, dass diese drei Männer nicht so intrigant waren wie der Rest des Zirkels, und vielleicht, mit einem kleinen bisschen mehr Glück, traf das auf den zweiten Krieger ebenfalls zu.

»Über gemeinsam Erlebtes«, erwiderte Vrebal leichthin. »Wir schwelgten in einer lange zurückliegenden Vergangenheit. In diesem Saal befindet sich niemand, der diese Zeit erlebt hat, außer uns beiden. Es dürfte also für niemanden sonst sonderlich interessant sein.«

Obbs' Blick huschte zwischen Temm und dem König hin und her, er enthielt sich jedoch jeglichen Kommentars. Neugierig war er, das war ihm anzusehen, trotzdem fragte er nicht.

»Die Jäger werden nun auch zu ihren Aufgaben zurückkehren«, ergänzte der König und entließ sie damit. »Temm, ich möchte von dir persönlich auf dem Laufenden gehalten werden. Zu diesem Zwecke erwarte ich, dich in der nächsten Woche wieder hier zu sehen.«

Wäre ja zu schön gewesen, wenn Vrebal es bei diesem einen Gespräch belassen hätte.

»Wie du wünschst, Majestät.« Eine andere Erwiderung kam nicht in Frage.

Er verbeugte sich vor dem König und die Jungs taten es ihm gleich. Bevor sie den Thronsaal verließen, wandte er sich nochmals an Obbs. »Wirst du morgen Abend wie gewöhnlich zu uns kommen, um Krus zu besuchen?«

Das Ratsoberhaupt nickte lächelnd. »Ist morgen schon wieder Dienstag? Wie die Zeit vergeht. Ja, Temm, sofern nichts dazwischen kommt, werde ich wohl bei euch sein.«

»Gut, dann sage ich George Bescheid.«

Temm war sicher, dass Obbs die Botschaft verstanden hatte, nämlich, dass er etwas mit ihm besprechen wollte. Ohne Grund war dieser Jäger nicht zum Ratsoberhaupt geworden.

4

Ehrfürchtig stand Levania vor dem Landsitz und betrachtete die fünf Stufen, die zum Eingang hinaufführten. Sie konnte kaum fassen, dass sie es bis hierher geschafft hatte. Erstaunlich genug, dass sie es fertiggebracht hatte, aus dem Palast zu entkommen. Sich bis nach England durchzuschlagen, ohne aufgehalten zu werden, grenzte an ein Wunder.

Noch fünf lächerliche Schritte trennten sie von der vermeintlichen Sicherheit dieser aus ihrer Sicht Zufluchtsstätte. Dabei erinnerte sie sich noch gut an den ersten Schritt ihrer Flucht - war ja erst drei Tage her -, die ursprünglich nicht als solche, sondern als Auszeit gedacht war.

»Na? Was wollte deine Schwester?« Wenn sich Ezekial im leichten Plauderton nach Dingen erkundigte, über die er eigentlich nichts wissen sollte, wie einen Anruf von Hiralies zum Beispiel, war Vorsicht geboten.

Der Blick aus seinen lilafarbenen Augen schien durch Levania hindurch zu dringen wie Röntgenstrahlen. Sie war versucht, den ihren abzuwenden, wusste jedoch, dass dies das Letzte war, was sie tun durfte.

»Nichts Besonderes. Nur wissen, wie es uns geht. Ich habe ›Wie immer‹ gesagt. Das war hoffentlich in deinem Sinne.«

Bei dem Lächeln, das er ihr schenkte, lief es ihr eiskalt den Rücken hinunter. Kein Wunder, es lag keine Wärme darin. Früher war das anders gewesen. Vor unendlich langer Zeit, als ihn dieses Lächeln noch attraktiv gemacht hatte, weil es ehrlich gewesen und von Herzen gekommen war. Dabei war Ezekial kein hässlicher Angerol. Im Gegenteil. Er sah überaus gut aus. Bloß für ihre Augen nicht mehr, weil sie erkannt hatte, dass äußerliche Schönheit nichts bedeutete, wenn man Innen verfault war und stank.

»War es, meine Liebe. Etwas knapp vielleicht, aber ausreichend. Ach, noch was. Was hattest du denn noch mit Rachaniel zu besprechen, nachdem er neulich hier war?«

Wenn sich die Kälte seines Lächelns bis in seine Stimme fortsetzte, wurde es schwierig, die Gänsehaut zu verbergen. Sämtliche Alarmglocken schrillten lautstark, jetzt nichts Falsches zu sagen, und falsch konnte so ziemlich alles sein.

»Nichts Besonderes.« Sie wiederholte sich. Das war nicht gut. Gar nicht gut, weil es nach Ausrede klang. Was es war, er aber nicht wissen musste. Er ahnte es jedoch, wie seine zusammengekniffenen Augen sagten. »Ich fragte ihn lediglich, ob sonst noch irgendetwas passiert ist. Leider wusste er nichts zu berichten, was mich sonderlich interessiert hätte.«

»So. Wusste er also nicht.« Ezekial kam auf sie zu und sie musste sich zusammenreißen, um nicht vor ihm zurückzuweichen. Noch mehr, sich nicht zu versteifen, als er mit den Außenseiten seiner Finger über ihre Wange strich. »Meine arme Gemahlin. Wie langweilig muss dir sein, wenn du dir Zerstreuung von einem kleinen Lakai erhoffst.«

»Ja, ich gebe zu, es ist in letzter Zeit etwas eintönig hier im Palast. Da dachte ich ...«

»Nun? Was dachtest du?«

Die Eingebung war schnell wie ein Blitz über sie gekommen. Sie hatte den Gedanken noch nicht einmal durchdacht und daher noch keine passende Formulierung dafür. Doch Ezekial wartete auf eine Antwort und sie musste ihm eine geben, möglichst rasch.

»Wegen etwas, das Hiralies am Rande erwähnte. Dass wir uns lange nicht mehr gesehen haben. Und, naja, ich fände es schön, wenn ich sie mal wieder besuchen könnte.«

»In Österreich? Allein?« Der misstrauische Unterton war selbst für einen Tauben kaum zu überhören.

»Du könntest doch mitkommen. Darüber würde sich meine Schwester bestimmt freuen, und ich mich auch.«

Eine glatte Lüge, nicht bloß, was sie selbst betraf, die er hoffentlich nicht erkannte. Einen Angerol anzulügen, war eine heikle Angelegenheit. Es gelang selten, nicht mal einem anderen Angehörigen ihrer Spezies, und Ezekial war nicht irgendein Angerol. Um seinen ohnehin bereits vorhandenen Argwohn zu besänftigen, versuchte sie sich an einem Lächeln.

»Für ein paar Tage aus dem Palast zu kommen und den Alltag hinter dir zu lassen, würde dir gut tun.« Sie legte eine Hand auf seinen Unterarm. »Es würde uns gut tun. Wann haben wir so was zum letzten Mal gemacht, du und ich?«

Das lag dermaßen lange zurück, dass sie tief in ihrem Langzeitgedächtnis kramen musste, um es daraus hervorzuholen. Schien Ezekial ebenso zu gehen. Er sah zumindest aus, als würde er sich angestrengt zu erinnern versuchen - und über das Ergebnis seiner inneren Nachforschungen nicht zufrieden sein. Für den Bruchteil eines Moments huschte ein Ausdruck von Bedauern über sein Gesicht. Echtes Bedauern, kein aufgesetztes. Leider verschwand er viel zu schnell.

»Sind deine Eltern dort?«

Davon hatte ihre Schwester zwar nichts gesagt, aber das eine schloss das andere nicht aus. Von Ungarn nach Österreich war es schließlich nicht unüberwindbar weit.

»Ich weiß es nicht. Möglich. Oder sie kommen, sobald sie erfahren, dass ich beziehungsweise wir da sind.«

»Das ist eine Begegnung, auf die ich keinen großen Wert lege.«

Was mal anders gewesen war. Es hatte eine Zeit gegeben, da war Ezekial ihren Eltern und insbesondere ihrem Vater näher gestanden als sie. Die beiden waren ganz erpicht darauf gewesen, sie mit Ezekial zu vermählen. Er war die Wahl ihrer Eltern gewesen, nicht ihre eigene. Sie hatte sich nur gebeugt. Gut, man hatte sie nicht unter Folter dazu zwingen müssen, dennoch war „freiwillig“ nicht gerade das Wort, das sie wählen würde, um die Beweggründe zu ihrem Einverständnis mit dieser Ehe zu beschreiben.

Nach der Hochzeit hatte ihr Vater Ezekial gefördert und unterstützt, bis er ein paar Jahrzehnte später zum Anführer der Angerol geworden war. Durch einen Sturz des damals amtierenden Herrschers, der keine Nachkommen gehabt hatte.

Noch eine ganze, lange Weile nach Ezekials Aufstieg waren die beiden Männer bestens miteinander ausgekommen. Ungefähr bis zu Gasinas Tod, den selbst ihr Vater nicht ohne Weiteres zu schlucken bereit gewesen war.

Dann hatte Ezekial ihren Vater seines Amtes - er war Richter, stand in der Hierarchie unmittelbar unter Wemrott, dem Obersten aller Richter der Angerol - enthoben. Das hatte ihr Vater ihm nie verziehen, und sie hatte Stunden damit verbracht zu beten, dass Ezekial ihm die offene Kritik nicht dadurch vergalt, ihm das Leben nehmen zu lassen. Es hätte Ezekial ähnlich gesehen, das zu tun. Umso erstaunlicher, dass er es nicht getan hatte. Naja, noch nicht. Was nicht war, konnte noch werden.

»Es wäre eine gute Gelegenheit, sich mit Vater auszusprechen.«

»Falls ich darauf Wert legen sollte.«

»Ihm deine Entscheidung zu erklären.«

»Was ich nicht muss. Ich bin niemandem Rechenschaft schuldig, Levania. Das gilt auch für deinen Vater.«

»Natürlich bist du das nicht. Aber du kennst Vater. Wie lange jetzt, dreitausend Jahre? Er ist ein alter Dickschädel, das weißt du doch.«

Zum ersten Mal seit gefühlten Äonen sah Ezekials Lächeln echt aus, klang sein unterdrücktes Glucksen, als würde er sich wirklich über etwas Lustiges amüsieren.

»Soweit ich gehört habe, sagt er dasselbe über mich.«

»Dann beweise ihm, dass er Unrecht hat.«

»Ein verlockender Gedanke. Dumm nur, dass ich hier nicht weg kann.«

Erleichterung durchströmte Levania. Sie hatte nicht wirklich gewollt, dass Ezekial sie begleitete. Obwohl. Vielleicht, wenn er für eine Weile von der Macht entfernt war, würde der Teil von ihm wieder zum Leben erwachen, den sie immer geschätzt hatte. Er konnte nicht ganz verschwunden sein. Nach wie vor weigerte sie sich, daran zu glauben, dass gar nichts mehr von dem alten Ezekial übrig sein sollte, obwohl er ihr jeden Tag aufs Neue bewies, dass es so war.

»Schade.« Sie seufzte und das war nicht gespielt. »Na gut, bleiben wir eben hier.«

Wie er sie ansah. In den Tiefen seiner Augen flackerte tatsächlich etwas auf, das ihr einst vertraut gewesen war.

»Ich kann hier nicht weg. Wenn du deine Schwester besuchen möchtest, werde ich dir keine Steine in den Weg legen.« Er zog an dem Klingelstrang, der die Dienstboten rief, und als einer davon in den Saal trat, beschied er ihn, Vorbereitungen für die Abreise seiner Gemahlin zu treffen.

Einen Tag später kam Levania in Wien an. In Begleitung von Ustiel, einem von Ezekials treusten Untergebenen. Offiziell als ihr Leibwächter mitgeschickt, war sie sich darüber im Klaren, dass er in Wahrheit als Spion eingesetzt wurde. Doch selbst der allerbeste Wachhund kam nicht ohne Schlaf aus, und so wurden die wichtigen Gespräche in die Nacht verlegt, wenn sich Ustiel im Reich der Träume befand und seinen Schützling ebendort wähnte.

Schnell stellte sich heraus, dass Levanias Vater seine

Meinung über Ezekial komplett geändert hatte. Sie hatte sich ins Gegenteil verkehrt. Jetzt hielt er ihn für wahnsinnig und darum für gefährlich. Eine Einschätzung, deren Zutreffen nicht von der Hand zu weisen war. Wenn sie von Ezekial weg wolle, würde er alles tun, um ihr zu helfen. Wenn es nur so einfach wäre.

Das Konzept der Scheidung gab es bei den Angerol nicht. Ein Paar konnte sich trennen, blieb aber trotzdem verheiratet, was das Eingehen einer neuen Ehe gänzlich unmöglich machte. Man konnte mit einem neuen Partner nur das leben, was die Menschen eine „wilde Ehe" nannten. Sprösslinge aus solchen Verbindungen galten als illegitim und waren von der Erbfolge ausgeschlossen. Da waren sogar die Menschen fortschrittlicher als die Angerol.

Das Schlimmste daran war, dass in der patriarchalen Gesellschaft der Angerol der Ehemann immer das Sagen hatte. Er bestimmte, wo es lang ging. Die Ehefrau hatte offiziell kein Mitspracherecht. In einer guten Ehe wurde sie gefragt, ihre Meinung wurde angehört, mit viel Glück in Betracht gezogen und floss in die Entscheidung ein. Es war aber der Mann, der entschied. Unter Umständen völlig entgegengesetzt zu dem, was seine Frau wollte oder sich wünschte, und sie konnte nichts dagegen machen. Das bedeutete, dass eine Frau auch nach einer Trennung immer noch tun musste, was ihr Ehemann wollte, weil sie ihm nach wie vor gehörte, und sie wurde gesellschaftlich geächtet, wenn sie es nicht tat.

Aus diesen Gründen kam es selten zu Trennungen. Schlicht, weil sie im Grunde genommen witzlos waren.

Dennoch hatte ihr Vater Recht. Sie wollte nicht nur weg von Ezekial, sie musste es. Bliebe sie, würde das früher oder später ihren Tod bedeuten, der vermutlich ebenso sorgfältig als Unfall getarnt wäre wie der ihres Sohnes. Denn eins durfte selbst ein Ehemann nicht: Seiner Ehefrau das Leben nehmen. Er durfte darüber bestimmen, nicht aber es auslöschen. Das galt ebenso als Mord wie das Töten von anderen.

So kam es, dass sie bereits in den frühen Morgenstunden der folgenden Nacht Wien schon wieder verließ. Heimlich, still und leise. Ustiel war durch ein Betäubungsmittel in seinem Abendessen außer Gefecht gesetzt. Ihre Familie nahm dasselbe Mittel ein, nachdem sie weg war, um glaubhaft nicht mit ihrer Flucht in Verbindung gebracht und der Verschwörung angeklagt zu werden. Es würde sie trotzdem nicht vor Sanktionen durch Ezekial schützen, diese würden aber glimpflich ausfallen. Hofften sie alle jedenfalls.

Es war eine spontane Flucht, kaum durchorganisiert, und sie führte Levania auf Anraten von Wemrott nach England. Zu den Jägern, bei denen auch ihr Enkel Manus Unterschlupf gefunden hatte. Über Rachaniel hatte Wemrott Kontakt zum Ratsoberhaupt der Jäger aufgenommen und den dazu veranlasst, ihr zu helfen.

Ja und hier stand sie jetzt. Vor dem Anwesen, in dem die Jäger hausten und das dem König der Dessla gehörte. Fünf Schritte, nach denen sich ihr weiteres Schicksal entschied.

»Ich hoffe, du bist wirklich so vertrauenswürdig, wie mir gesagt wurde.« Das Ratsoberhaupt, mit dem sie gekommen war, seufzte.

Sie verstand seine Zweifel. Er wusste ja nicht mal, wer sie war. Verließ sich blind auf das, was Wemrott ihn über Rachaniel hatte wissen lassen. Das war wenig genug. Gerade mal, dass es sich bei ihr um eine Frau handelte, die Hilfe brauchte und eine wichtige Nachricht für den Anführer dieser Jäger hatte.

Als ihr klar geworden war, wohin die Reise führen würde, hatte sie sich entschlossen, besagten Gor nochmal über die Pläne von Ezekial in Kenntnis zu setzen. Darüber, dass der vorhatte, die Partnerin dieses Jägers entführen zu lassen, um ihn dadurch zu erpressen. Sie nahm zwar an, dass Rachaniel diese Information bereits weitergegeben hatte, es war jedoch wichtig, dass die Jäger begriffen, wie ernst es Ezekial war. Niemand konnte das eindringlicher zustande bringen als Ezekials Ehefrau, also sie.

Zusammen stiegen sie die Stufen hoch. Lange mussten sie nicht warten, bis ihnen die Tür geöffnet wurde. Von einem sichtlich überraschten Diener, der bekundete, dass am heutigen Abend niemand mit einem Besuch des Ratsoberhauptes gerechnet habe. Er hatte sie demnach nicht angekündigt. Die Jäger seien alle im Blauen Salon, und sie folgten dem Diener dorthin.

Der Salon entpuppte sich als Bar, und es hatten sich tatsächlich etliche Jäger darin versammelt. Vermutlich für einen gemeinsamen Feierabendumtrunk.

Sie war noch dabei, sich die einzelnen Männer anzusehen, als das Ratsoberhaupt die Runde bereits begrüßte. Den Satz, er habe jemanden mitgebracht, vermochte der Oberjäger nicht bis zum Ende auszusprechen. Mittendrin schoss einer der Jäger wie von einer Giftspinne gebissen auf sie zu. Keine zehn Sekunden später blickte Levania in den Lauf einer Pistole, der ihr direkt ins Gesicht gehalten wurde.

5

Die Bar hatte bereits einiges an Stimmungen miterlebt, seit sie hier eingezogen waren - wie vorteilhaft, dass Wände und Möbel nicht erzählen konnten -, aber das, was momentan abging, empfand Temm doch als reichlich surreal. Jeden Abend trafen sie sich dort, um den Tag nochmal Revue passieren zu lassen. Vorwiegend deshalb, damit Gor auf dem Laufenden blieb.

Eine Woche war seit Inkias Entführung vergangen, und sie hatten noch nichts von den Entführern gehört. Keine Forderungen, kein Lebenszeichen, kein gar nichts. Das zehrte nicht nur an Gors Nerven, es machte sie alle mehr oder weniger unleidlich und drückte immens auf die Laune. Wie gut, dass er schon lange keine Laune mehr hatte, die gedrückt werden konnte. Es hatte eben auch Vorteile, innerlich abgestorben zu sein, nichts mehr zu fühlen, weder im Guten noch im Schlechten. Wenn man es genau betrachtete, hatte es mehr Vor- als Nachteile, darum war er diesen Weg ja gegangen.

Trotzdem kam er nicht umhin, die augenblickliche Lage als sonderbar einzuordnen.

Gor saß auf einem Sessel. Die Ellbogen auf den Knien abgestützt, das Gesicht in den Händen vergraben. Er gab den Prototyp vom Bild des leidenden Mannes ab, und wer konnte ihm das verdenken. Seine Tasha war entführt worden und er wusste nicht, wie es ihr ging. Er wusste nicht mal, wo sie war und in wessen Hand. Ein Wunder, dass er überhaupt noch zu klarem Denken fähig war, obwohl die Momente dessen rapide abnahmen. Und das war keine Überraschung. Wenn die Entführer sich nicht bald meldeten, würde Gor durchdrehen, und dann würde nichts und niemand ihn daran hindern können, jeden

Stein auf der ganzen Welt zehnmal umzudrehen, um Inkia zu finden. Oder das, was von ihr übrig war.

Noch lebte sie. Temm genügte ein einziger, kurzer Blick in Gors Gesicht, um das zu wissen. Die Frage war, wie lange es so blieb, ob es einen Zeitpunkt gab, an dem sich das änderte, und wann dieser eintrat.

Skall war neben dem Sessel in die Hocke gegangen. Eine Hand auf Gors Rücken flüsterte er seinem Cousin etwas zu. Worte, die ihn beruhigen oder aufmuntern sollten. Ausgerechnet Skall. Wer hätte das vor ein paar Wochen gedacht? Wer hätte vermutet, dass sich Skall innerhalb eines Wimpernschlags vom Pausenclown zum ernsthaften Mann verändern würde? Und das ohne ersichtlichen Grund. Die Veränderung dieses Jägers war das Krasseste, was Temm seit langem erlebt hatte. Sie war dermaßen krass, dass Skalls eigene Partnerin ihn nicht wiedererkannte. Nur wenn er mit seiner Tochter spielte, flammte zuweilen das alte Verhalten auf und blitzte durch. Diese Gelegenheiten waren jedoch selten geworden seit Inkias Entführung.

Er wusste noch nicht, was er davon halten sollte, ob ihm der neue Skall gefiel oder nicht. Ja, Skalls Flachsprüche waren nervig gewesen. Manchmal mehr als das. Sie hatten das Potential besessen, einen in den Wahnsinn zu treiben oder an den Rand, einen Mord zu begehen. Vorwiegend am Urheber der Sprüche. Dennoch. Oftmals hatten sie dazu beigetragen, verfahren wirkende Situationen aufzulockern, Konfrontationen die Schärfe zu nehmen. Das war etwas, das sie gerade jetzt wirklich gut gebrauchen könnten.

Richtig scheiße war die Situation für Krus und Zegg, insbesondere für den Letztgenannten. Sie waren beide frisch verliebt, okay, Zegg ein bisschen frischer als Krus, erst seit Kurzem mit ihren Partnerinnen vereinigt. Eigentlich eine Phase, in der man die Finger nicht vom anderen lassen konnte. Sie taten es trotzdem. Mit nichts zeigten sie ihren frischgebackenen Tashas, was sie für sie empfanden. Nicht die kleinste Geste deutete darauf hin. Weil sie sich zwangen, es nicht zu zeigen - um Gor durch das Geturtel nicht zu verletzen. Ein unglaublicher Kraftakt für beide und für die dazugehörenden Tashas ebenso.

Ja, Jäger konnten rücksichtsvoll sein, wenn sie wollten.

Die Rücksichtnahme dieser zwei trieb allerdings seltsame Blüten. Sie ging so weit, dass sie sich am Esstisch sogar von ihren Tashas getrennt hatten hinsetzen wollen. Eine Maßnahme, die zum Glück nicht nötig war, weil Gor nicht an den gemeinsamen Mahlzeiten teilnahm. Er könne den Anblick des leeren Stuhls, auf dem Inkia üblicherweise saß, nicht ertragen. Verständlich.

Ob Zegg und Krus auch so weit gingen, keinen Sex mehr mit Ara und Shannon zu haben, vermochte Temm nicht zu sagen. Die nächtliche Geräuschkulisse oder, besser gesagt, deren Fehlen ließ jedoch darauf schließen.

Mitten in diese doch eher trübsinnigen Gedanken platzte George, der ihnen den Besuch des Ratsoberhauptes ankündigte. Gut. Obbs war am vergangenen Dienstag nicht da gewesen, weil ihm etwas dazwischen gekommen war. Temm hatte noch nicht mit ihm reden können. Jetzt war er in der Lage, das nachzuholen, obwohl Obbs' heutiger Besuch durchaus überraschend zu nennen war. Was er wohl wollte?

Noch bevor sich diese Frage klärte, entdeckte er die Gestalt, die hinter Obbs eintrat. Eine Frau - aber nicht irgendeine. Der Anblick ihres Gesichts schleuderte ihn ohne Ankündigung aus dem Stand in die Vergangenheit. Zu einem Spätherbst-Nachmittag vor dreitausendeinhundert und dreizehn Jahren, um exakt zu sein.

Zehn Jahre waren seit Temms Initiation vergangen und mittlerweile hatte er das damit einhergehende höhere Aggressionspotential im Griff. Nicht jeder junge Desslaner kam schnell und gut damit klar. Es war nicht leicht, quasi von heute auf morgen damit umgehen können zu müssen, dass der Körper, den man siebenundzwanzig Jahre lang zu kennen glaubte, plötzlich völlig anders funktionierte als vorher. Dass es da immer wieder zu diversen Schüben kam, die einen komplett wuschig machten, und „wuschig" war ein sehr verniedlichender Ausdruck. Man fühlte sich total aufgeladen, war hitzig und heiß, insbesondere auf Frauen, und fand man kein Ventil, um sich abzureagieren - vorzugsweise mit einer Frau - setzte das enorme Aggressionen frei. Einem Desslaner, der sich in einer solchen Phase befand, ging man besser aus dem Weg, ganz besonders dann, wenn man ein Mann, noch dazu selbst ein Desslaner war.

Wahrscheinlich war das der Grund, warum die desslanische Armee so riesig war, obwohl die Zeiten schon seit zwei Jahrhunderten mehr als friedlich waren, und nicht ausschließlich aus Angehörigen der Kriegerkaste bestand. Viele junge Desslaner fanden schlicht kein anderes Ventil als die kräftezehrenden Übungen, die einem die Zugehörigkeit zur Armee auferlegte.

In den ersten fünf Jahren nach der Initiation hatte er ebenfalls die Grundausbildung in der Armee durchlaufen. Für ihn als Sohn eines Kriegers war das allerdings kein freiwilliges Unterfangen gewesen, sondern obligatorisch. Ebenso wie er irgendwann - spätestens mit Erreichen seines fünfzigsten Jahres - wieder zur Armee zurück musste, um selbst ein Krieger zu sein wie sein Vater, sein Großvater, sein Urgroßvater et cetera es gewesen waren und wie es sein Sohn, sein Enkel, sein Urenkel und so weiter ebenfalls sein würden. Wobei das mit dem Sohn ruhig noch eine Weile warten konnte. Er hatte es damit nicht eilig. War auch nicht vorgeschrieben, das schnell zu erledigen. Hauptsache, man erledigte es irgendwann überhaupt.

Er hatte noch dreizehn Jahre bis dahin. Die wollte er genießen, und genau das hatte er in den vergangenen fünf Jahren getan. Das Leben genossen und sich, salopp ausgedrückt, in der Gegend herumgetrieben. Als Kriegersohn zwischen Grundausbildung und endgültiger Verpflichtung hatte man diesbezüglich sozusagen Narrenfreiheit, konnte machen, was man wollte. Sogar über die Stränge schlagen, solange man es damit nicht über Gebühr übertrieb und die Spezies nicht in Verruf brachte. Also, noch mehr, als sie es eh schon war.

Es gab keine andere Rasse, die einen dermaßen schlechten Ruf hatte, wie die Dessla. Was hauptsächlich, ach was, ausschließlich an der Aggressivität der Männchen lag, vor allem der ungebundenen. Wobei die freien Weibchen dem in nichts nachstanden. Mit denen wollte man sich ebenfalls nicht anlegen, wenn es sich vermeiden ließ. Das veranlasste nicht wenige andere Rassen dazu, eine Gesetzesänderung bei den Dessla zu fordern, die besagte, dass jeder Desslaner und jede Desslanerin unmittelbar nach der Initiation einen Partner zugewiesen bekommen sollte. Bis jetzt verschloss sich König Vrebal dem, bestand darauf, dass die Partnerwahl immer noch eine freiwillige war. Wer wusste, wie lange er sich der Forderung noch widersetzen konnte.

Nun, wie dem auch sei. Ihn ging das und Politik im Allgemeinen nichts an. Es interessierte ihn auch nicht sonderlich. Was ihn interessierte, war, die Welt kennenzulernen. Dazu gehörten die anderen Spezies ebenso, mit denen er sich intensiv auseinandersetzte.

Die älteste aller Rassen war die menschliche. Dummerweise waren die Menschen die geistig zurückgebliebenste Spezies. Sie waren nicht unintelligent, wussten ihr Potential nur nicht zu nutzen. Außerdem waren sie schrecklich intolerant gegenüber Andersartigem. Sie neigten dazu, vernichten zu wollen, was sie nicht verstanden, und darunter fiel alles, was sie nicht kannten. Also sämtliche anderen Spezies, weshalb bereits vor Urzeiten beschlossen worden war, ihnen die Existenz der anderen Lebewesen vorzuenthalten.

Die Wempyre waren keine besonders geselligen Typen, blieben lieber unter sich. Das musste mal anders gewesen sein, aber das war lange her. Er wusste es nur vom Hörensagen. Seine eigene Erfahrung bestätigte eher die Ungeselligkeit. Man konnte mit ihnen auskommen, wenn man nicht empfindlich war, ein besonderes Vergnügen war der Umgang mit ihnen allerdings nicht.

Die Gestaltwandler waren recht umgänglich. Kam natürlich darauf an, welches Tier in ihnen steckte. Da gab es solche und solche. Im Großen und Ganzen war es mit ihnen jedoch leicht und ihre Festivitäten versprachen unterhaltsame Kurzweil. Er hielt sich gerne bei den Gestaltwandlern auf.

Was die Lykomorphe - eine Sonderart von Gestaltwandlern - betraf, waren diese noch recht neu auf dem Antlitz der Erde. Sie waren erst vor ein paar Jahrzehnten auf der Bildfläche erschienen. Niemand wusste sie einzuordnen, es war nicht viel über sie bekannt. Außer, dass neben einem übermäßig großen Wolf in ihnen eine Bestie steckte, der man besser nicht begegnete, die sich aber glücklicherweise nur in den drei Vollmondnächten zeigte. Leider konnten die Lykomorphe diese Bestie nicht beherrschen, was bedeutete, dass sie bei Vollmond völlig unberechenbar waren, ebenso für sich selbst, da sie den Ausbruch der Bestie nicht zu verhindern in der Lage waren. Aus dem Grund gingen ihnen die anderen Spezies überwiegend aus dem Weg, und zwar großräumig, obwohl sie außerhalb der Vollmondphasen relativ normal waren. Für Wandlerverhältnisse.

Am liebsten mochte er die Angerol. Sie waren von allen die körperlich Schwächsten, zumindest schien es optisch so. Verhältnismäßig klein - kaum einer wurde größer als einen Meter siebzig - und zartgliedrig. Ein krasser Gegensatz zu den Dessla, die die körperlich größte und stärkste Spezies darstellten. Es war aber nicht das Gefühl der körperlichen Überlegenheit, der ihn die Angerol mögen ließ, sondern ihre freundliche Art. Klar, auch die Angerol konnten aus der Haut fahren, keine Frage, und das mitzuerleben, war wenig angenehm. Zum größten Teil ihres Daseins jedoch waren sie friedlich.

Das Aussehen der Angerol war ... gewöhnungsbedürftig, und dabei war die Statur noch das Harmloseste. Lilafarbene Iris mit weißer Pupille und silbrig-weißes Haar zu blassbläulich schimmernder, fast durchscheinend wirkender Haut. Damit musste das durchschnittliche Nichtangerol-Auge erst mal fertig werden. Wie die Menschen sie wohl wahrnahmen? Die Gesichter waren überirdisch schön und makellos, man konnte beim Anblick Angst bekommen zu erblinden.

Am meisten schätzte er ihr enormes Wissen, mit dem sie nicht geizten, sondern es freigiebig teilten. Genau darum hielt er sich so oft es ging bei ihnen auf.

Wie an diesem wunderschönen Tag. Der Herbst war bereits fortgeschritten, trotzdem war es noch ungewöhnlich warm. Seit drei Wochen war er jetzt auf diesem Landgut. Er hatte bei der Weinlese geholfen. Eine Arbeit, die ihm unerwartet großen Spaß gemacht hatte. Gestern war die Lese beendet worden und heute würde es ein kleines Fest geben, um die gute Ernte zu feiern.

Als der Sohn des Hauses wild gestikulierend aus einer der Scheunen trat, konnte sich Temm ein Lachen nur mit Mühe verkneifen. Armer Nikelio. Er kannte ihn erst, seit er hier war, aber er mochte ihn, betrachtete ihn beinahe als Freund - und der bedauernswerte Kerl war mit der Situation völlig überfordert. Das konnte man ihm von Weitem bereits ansehen. Ihm oblag die Organisation des Festes und das gehörte zu den Dingen, die Nikelio überhaupt nicht lagen.

Seufzend ließ sich der Angerol neben ihn auf den Boden fallen. »Ich wünschte, alles wäre schon vorbei und die Gäste wieder abgereist.«

Das Glucksen zu unterdrücken war nicht einfacher

als beim Lachen. »Es sind noch nicht mal alle angekommen.«

»Stimmt. Dieser ominöse Freund meiner Eltern samt seiner Familie fehlt noch.«

»Ominöser Freund?«

»Ja. Ein Freund, von dem ich bis vor ein paar Tagen noch nichts wusste. Weißt du, was ich denke, was ihn zum Freund meiner Eltern macht?« Nikelio wartete nicht auf eine Erwiderung. Er beantwortete die Frage sofort. »Dass er zwei unverheiratete Töchter hat. Es würde mich kein bisschen überraschen, wenn meine nur auf mein Bestes bedachten Eltern versuchen würden, mich mit einer davon, vorrangig der Älteren zu verkuppeln.«

Ein Verdacht, der sich im Laufe des Abends erhärtete. Wobei großartige Anstrengungen seitens der Eltern gar nicht vonnöten waren. Zwischen Nikelio und der holden Maid namens Hiralies funkte es beinahe augenblicklich, sobald sie einander gegenüber standen. Liebe auf den ersten Blick, völlig ohne Zweifel.

Er selbst fand die jüngere der beiden Angeroltöchter ja ansprechender. Hübscher, interessanter. Ihre Stimme klang weicher, ihr Lachen ansteckender. Levania. Sie war einfach bezaubernd. Nein umwerfend, sogar für ihn als Desslaner, und es war definitiv kein neuer Schub Männerhormone, der sein Herz schneller schlagen ließ, wenn er dieses liebreizende Gesicht betrachtete.

Ein Gesicht, das jetzt, über dreitausend Jahre später, unverhofft wieder vor ihm erschien. Ein Anblick, der ihn wie von einer Steinschleuder angetrieben von seinem Beobachtungsplatz an der Theke wegkatapultierte. Auf sie zu, aber nicht, um sie freudig zu begrüßen. Oh nein.

Diese Frau würde er nicht näher als unbedingt nötig an einen seiner Freunde herankommen lassen. Und ganz sicher würde er zu verhindern wissen, dass sie sich jemals in einem Raum mit Manus aufhielt, der momentan glücklicherweise nicht in der Bar war.

Noch im Rüberhasten zog er seine Knarre. Die verdutzten Mienen der anderen und Obbs' empörten Fluch ignorierte er, als er die Waffe entsicherte und sie Levania direkt unter die Nase hielt.

6

»Was, zur Hölle! Sag mal, spinnst du?«

Temm verzog den linken Mundwinkel, ohne den starrenden Blick seiner eiskalten Augen von Levania abzuwenden. Ein Blick, der ihr mehr sagte, als Worte es vermochten.

»Witzig. Ich wollte dich gerade dasselbe fragen.« Er antwortete dem Ratsoberhaupt, ohne den Mann anzusehen. Der verächtliche Tonfall, den er dabei anschlug, sprach Bände.

»Wie kannst du es wagen ...«

»Du bringst die Schlange direkt in unser Haus, Obbs. Da sind Zweifel an deinem Geisteszustand durchaus angebracht, finde ich.«

Kurz schielte sie zur Mündungsöffnung, die nach wie vor erschreckend nah auf sie gerichtet war. Sie hatte Temm verletzt, das wusste sie, aber, bei allen Göttern, das war über dreitausend Jahre her. Das konnte er ihr doch unmöglich immer noch nachtragen.

»Dass du möglicherweise nicht sonderlich gut auf mich zu sprechen sein würdest, damit habe ich gerechnet. Dass du mich so sehr hasst, damit nicht.«

Das abgehackte Gackern, das er von sich gab, war wohl eine Variante von negativem Kichern oder irgend so was.

»Du überschätzt deinen Einfluss auf mich und mein Gefühlsleben. Das hat nichts mit Hass zu tun. Es ist nur eine Vorsichtsmaßnahme.«

»Ich bin unbewaffnet, Temm.«

»Das hat gar nichts zu heißen.«

Obbs, wie Temm das Ratsoberhaupt genannt hatte, blickte von ihm zu ihr und zurück. Er war unübersehbar irritiert. Was, wie ein Schielen in die Runde ergab, auf alle anderen ebenso zutraf.

»Ihr ... kennt euch?«

»Wir kannten uns mal. In einem anderen Leben. Ist lange her.«

Mehr als die Worte verursachte der Tonfall ein Frösteln. Temm sprach völlig emotionslos. In seiner Stimme lag weder Wut noch Bedauern noch sonst irgendetwas.

»Dann verstehe ich nicht ...« Ja, das war Obbs durchaus anzuhören. »Willst du die Knarre nicht allmählich mal runternehmen?«

»Nen Teufel werd ich. Sag mal, Obbs, tust du jetzt nur so unbedarft, oder hast du wirklich keine Ahnung, wen du uns da angeschleppt hast?«

»Wemrott ließ mich wissen, dass sie Hilfe benötigt und eine wichtige Nachricht für Gor hat.«

Aus dem Augenwinkel heraus nahm sie wahr, dass sich einer der Jäger, der, der bisher gebeugt auf einem Sessel saß, kerzengerade aufrichtete. Seine komplett schwarzen Augen verengten sich zu Schlitzen und er presste die Lippen aufeinander.

»Für Gor. Tatsächlich? Nun, dann haben wir unsere Antwort jetzt ja, wie mir scheint.«

Was meinte Temm damit? Was für eine Antwort und worauf? Fragen, die sich Obbs ebenfalls stellte. Sein Gesichtsausdruck ließ zumindest darauf schließen. Besagter Gor, falls es sich bei dem Jäger auf dem Sessel um diesen handelte, machte den Eindruck, als würde er aus Temms Worten schlau werden. Jedenfalls hievte er sich hoch. Langsam, wie in Zeitlupe. Die Adern an seinen Schläfen traten hervor. Das sah alles andere als beruhigend aus.

»Temm, würdest du uns ...« Weiter kam der Jäger neben dem vermeintlichen Gor nicht, bis eine Handbewegung von Temm ihn stoppte. Temm hob einfach seine freie Hand und streckte sie in die Höhe.

»Das hier ist niemand anders als Levania. Ezekials Gemahlin.«

Die Worte wirkten wie ein Startschuss. Als hätte Temm die Pistole in seiner Hand wirklich abgefeuert.

Der Jäger mit den ultramarinblauen Haaren stieß einen Schrei aus, der ihr das Blut in den Adern gefrieren ließ, und noch ehe sie sich's versah, rammte sein Körper in ihren. Ein Blinzeln später prallte sie mit dem Rücken gegen die Wand. Der Schmerz nahm ihr den Atem und ließ sie für einen Moment Sternchen sehen. Zeit, sich zu erholen, bekam sie nicht. Mit dem Unterarm gegen ihren Hals gepresst, pinnte der Jäger sie an Ort und Stelle fest. Sie befand sich mit ihm auf Augenhöhe, was bedeutete, zwischen ihren Fußsohlen und dem Boden lagen mindestens dreißig Zentimeter.

»Ihr habt sie?«, zischte der Jäger.

Komisch, normalerweise würde es sie abstoßen, Spucketropfen ins Gesicht geschleudert zu bekommen. Jetzt registrierte sie es kaum. Wie sich die Prioritäten doch verschoben, wenn man um Luft kämpfte, die sein Unterarm ihr nicht gewährte.

»Ich bring dich um, wenn ihr auch nur ein Haar gekrümmt wird. Und deinen verfluchten Scheißmann gleich mit. Ich schwör's dir.«

Okay. Seine Worte ergaben nicht viel mehr Sinn als die von Temm. Es sei denn ...

Sie versuchte zu antworten, ohne Luft konnte das jedoch nicht gelingen.

»Lass sie los, Gor«, bemühte sich Obbs, ihr den Atem zu verschaffen, den sie allmählich dringend benötigte.

Zu ihrer eigenen Überraschung gehorchte der Mann. Wenig sanft plumpste sie auf ihre Füße. Aber, puh, sie konnte atmen. Dem Himmel sei Dank.

»Lass mich raten, Levania.« Temms Stimme lag immer noch jenseits jeglichen Gefühls. »Deine Nachricht für Gor lautet ›Inkia gegen Manus‹. Richtig? Es überrascht mich, dass Ezekial dich schickt, um sie zu überbringen. Denn dadurch gibt er uns die Möglichkeit, mit ›Inkia gegen Levania‹ zu kontern. Wie gefällt dir das?«

Noch drang die Bedeutung der Worte wie durch Watte zu ihr, weil die Lebenserhaltungssysteme noch über Verstand und Logik lagen. Doch allmählich begriff sie, was Temm damit ausdrücken wollte. Es war also geschehen. Sie war zu spät gekommen.

»Nein. Nein, nein, nein.« Gor hatte ihre Stimmbänder mächtig in Mitleidenschaft gezogen, als er ihr den Hals abdrückte. Nur krächzig verließ die Stimme ihre Kehle. Sie musste sich räuspern, was echt schmerzhaft war. Als sie endlich einigermaßen wiederhergestellt war und sich umsah, wurde sie von sechs Augenpaaren durchbohrt.

»Beantworte mir eine Frage und sei, um deiner selbst willen ehrlich. Habt ihr Inkia? Ist sie bei euch?« Obbs klang wertneutral, das rechnete sie ihm hoch an.

»Nein. Das heißt, ich weiß es nicht. Derartiges ist mir nicht zu Ohren gekommen, bis ich den Palast verließ, und das hätte ich bestimmt erfahren. Aber ich kann es nicht mit Sicherheit sagen.«

Ein Stöhnen entfuhr dem Jäger Gor. Jetzt sah er verzweifelt aus. »Wir sind keinen Schritt weiter.«

»Nur, wenn du beschließt, ihr zu glauben.« Was Temm anscheinend nicht vorhatte. Autsch, das tat weh. »Wann hast du den Palast verlassen?«

»Vor drei Tagen.«

»Inkia wurde vor einer Woche entführt. Sie hätte schon längst dort sein müssen, wenn die Angerol wirklich dahinter stecken.« Der Jäger, der jetzt sprach, hatte bisher noch nichts gesagt.

»Das weiß ich, Krus, das bedeutet aber gar nichts. Sie können sie auch woanders hingebracht haben. Sie direkt im Palast gefangen zu halten, ein solches Risiko geht nicht mal Ezekial ein. Er mag verrückt geworden sein, aber für so verrückt halte ich ihn dann doch nicht.« Erneut wandte sich Temm an sie. »Wieso hast du den Palast verlassen?«

Ein Seufzen entfloh ihrer Brust. »Weil ich, ob du es glaubst oder nicht, an meinem Leben hänge. Ezekial ist noch viel verrückter, als ihr glaubt. Er misstraut allem und jedem. Das schließt mich ein. Niemand im Palast ist noch sicher, und außerhalb ist es kaum besser. Er lässt jeden bespitzeln. Wemrott, die anderen Richter und, wie ich feststellen durfte, mich ebenso. Ich habe es einfach nicht mehr ausgehalten. Es wurde auch zunehmend schwieriger, meine Gefühle für ihn tief genug zu vergraben, dass er sie nicht entdeckt. Hätte er das, und früher oder später wäre das auf jeden Fall passiert, hätte ich nicht mehr lange genug gelebt, um mich noch von irgendjemandem zu verabschieden.«

»Deine Gefühle. Welche da wären?«

»Angst. Abscheu. Ekel. Um nur ein paar zu nennen. Ich erhielt die Erlaubnis, meine Schwester zu besuchen. Erstaunlich genug. Von dort war es leicht, den nächsten Schritt zu tun. Mit Vaters Hilfe bin ich in einer Nacht- und Nebelaktion nach England aufgebrochen, und Wemrott hat dann alles mit eurem Ratsoberhaupt geregelt.«

»Dein Vater?« Temm lachte kalt. »Und das soll ich dir glauben. Zufällig weiß ich, dass deine Eltern ausgesprochene Fans von Ezekial sind.«

»Waren. Das endete, als ... Gasina ... starb.«

»Wieso hat Wemrott mich nicht wissen lassen, wer du bist?« Eine berechtigte Frage des Ratsoberhauptes, deren Antwort jedoch auf der Hand lag. Fand sie zumindest.

»Hättest du mich hergebracht, wenn du gewusst hättest, wer ich bin?« Obbs schüttelte den Kopf. »Deshalb.«

»Okay.« Jetzt mischte sich der Jäger mit den kurzen schwarzen Haaren ein. »Mir erschließt sich aus deinen bisherigen Ausführungen noch nicht genau, was du hier willst.«

»Es war Wemrotts Idee, dass ich hierher komme. Er

meinte, wo Manus in Sicherheit ist, da gibt es vielleicht auch eine sichere Zuflucht für mich.«

»Klingt, als hätte sie gerade einen Asylantrag gestellt.« Das war der mit den hellblauen Haaren, der vorhin neben Gor gestanden hatte. »Können wir das überhaupt entscheiden oder muss das von anderer Seite abgesegnet werden? Vrebal? Der Zirkel?«

Obbs hob die Schultern. »Für solche Situationen gibt es meines Wissens keine Regelungen. Ich, für meinen Teil, würde sagen, ihr könnt bei euch aufnehmen, wen ihr wollt. Falls ihr sie aufnehmen wollt. Immerhin stellt sie zu beherbergen ein noch höheres Sicherheitsrisiko dar wie bei Manus. Was mich momentan allerdings mehr interessiert, ist die Nachricht, die sie für Gor hat.«

»Die ist unbedeutend geworden. Ich wollte ihn warnen, dass er Ezekials Vorhaben nicht auf die leichte Schulter nehmen soll. Ich bin nicht rechtzeitig genug gekommen.« Sie drehte sich zu Gor, der lange nicht mehr so lebendig aussah, wie es sich noch vor wenigen Minuten angefühlt hatte. »Das tut mir wirklich schrecklich leid.«

»Schon gut. Mir tut's leid, dass ich dir wehgetan habe.« Er drehte sich um und ging zu dem Sessel zurück, in den er sich fallen ließ, als wären seine Beine nicht länger in der Lage, sein Gewicht zu tragen.

»Darf ich das dann so verstehen, dass ihr sie bleiben lasst?«, fragte Obbs.

Auf die Antwort war sie gespannt. Mit ihr stand und fiel ihr weiteres Schicksal. Im Grunde hing ihr Leben davon ab.

Die fünf Jäger tauschten Blicke untereinander. Einer nach dem anderen zuckte mit den Achseln. Sie schienen sich nicht schlüssig zu sein. Obbs' Argument mit dem hohen Risiko für die Sicherheit der Jäger war nicht von der Hand zu weisen. Ezekial würde nicht gut darauf reagieren, wenn er erfuhr, dass sie ausgerechnet bei denselben Jägern war wie Manus. Wobei er, wie sie wusste, keine Ahnung hatte, wo die gerade lebten. Trotzdem, das Risiko war hoch. Immerhin steckte Temm die Waffe weg. Das war ein Anfang.

»Ich finde, diese Entscheidung sollte keiner von uns treffen«, meinte der Jäger, den Temm Krus genannt hatte. Er drehte sich von ihr weg und ging Richtung Tür los.

»Wo willst du hin?« Die Frage des Ratsoberhaupts stoppte ihn.

Er drehte sich nochmal um und lächelte. »Manus Bescheid sagen.«

7

Der Wälzer, der vor Manus auf dem Schreibtisch lag, war ziemlich anstrengend zu lesen. Altdesslanisch. Nicht gerade, was er fließend beherrschte. Um nicht zu sagen, er beherrschte es überhaupt nicht, hatte mit dem heutzutage verwendeten Neudesslanisch schon genug Schwierigkeiten, immer noch, wobei er das im Vergleich zu vor ein paar Monaten inzwischen richtig gut hinbekam. Notgedrungener Maßen. Die Dessla, mit denen er zusammenlebte, pflegten untereinander ausschließlich desslanisch zu sprechen, und wollte er da irgendwas verstehen oder mithalten, tja, blieb ihm nichts übrig, als diese Sprache ebenfalls zu benutzen. Immerhin wurde es mit jedem Tag besser. Altdesslanisch jedoch ...

Indes, er hatte keine andere Wahl, als sich da durchzukämpfen. Schriftstücke über desslanische Geschichte und den Teil davon, der ihn am meisten interessierte - desslanische Legenden - gab es nicht in neudesslanisch. Erstaunlich genug, dass es überhaupt Aufzeichnungen darüber gab. Die Dessla waren nicht dafür bekannt, sonderlich viel Wert auf die Vergangenheit zu legen, nicht mal auf ihre eigene. Umso überraschter war er gewesen, in der Bibliothek - natürlich war das Anwesen als königlicher Landsitz mit einer ebensolchen, noch dazu umfangreich und gut bestückten, ausgestattet - etliche Bücher zu finden, die sich allesamt genau damit befassten, der Geschichte und den Legenden der Dessla.

All diese Bücher waren von unschätzbarem Wert. Sowohl im übertragenen Sinne aufgrund ihres Inhaltes wie auch real wegen ihres Alters, und sie waren in erstaunlich gutem Zustand.

Zum Glück fand sich in der Bibliothek auch ein Wörterbuch. Das machte das Lesen ein klein wenig einfacher, wenn auch nicht viel.

Er war so vertieft in seine Lektüre, dass er das Klopfen zunächst nicht bemerkte. Erst nachdem es klang, als wäre der Bittsteller um Einlass mittlerweile leicht ungehalten, riss ihn das aus dem spannenden Absatz.

»Ja bitte?« Krus steckte den Kopf durch die Tür. Sein Kumpel sah verhältnismäßig ernst aus. Wie früher, vor seiner Aussprache mit Ara, nur ohne Narben. Kein erfreulicher Anblick und Manus versteifte sich innerlich. Wenn Krus solch ein Gesicht zog, waren die Nachrichten, die er brachte, höchstwahrscheinlich unangenehm. »Was gibt es denn?«

»Wir haben Besuch.«

Na und? War nicht das erste Mal, würde definitiv nicht das letzte Mal sein. Was war an dem jetzt besonders?

»Jemand hat um Asyl bei uns ersucht und wir sind zu der Ansicht gelangt, dass nur du darüber entscheiden kannst, ob wir es gewähren.«

Er? Wieso das? Das hier war weder sein Landsitz noch war er der Chef der Truppe. Himmel, er war nicht mal Desslaner.

»Es handelt sich um deine Großmutter.«

Was?! Levania, Ezekials Ehefrau, war hier? Hier in England und in diesem Haus? Seine Gedanken überschlugen sich. Was wollte sie hier? Wirklich Asyl oder steckte etwas anderes dahinter? War das ein Trick, um an ihn heranzukommen? Konnte man ihr vertrauen? Oder war sie auf Ezekials Geheiß hier, um zu versuchen, ihn aus dem Haus zu locken, um seiner habhaft zu werden?

»Hör zu, Manus, wenn du sie nicht sehen willst, schicken wir sie fort. Punktum. Ende der Diskussion. Auf mich hat sie allerdings einen glaubwürdigen Eindruck gemacht. Vielleicht solltest du mit ihr reden, hören, was sie zu sagen hat, bevor du eine Entscheidung triffst.«

Es war Ara, die da aus Krus sprach, und zum ersten Mal wusste Manus nicht, ob er den Einfluss, den sie auf Krus ausübte, gut finden sollte.

»Ich weiß nicht. Ich ... Keine Ahnung.« Verdammt. Musste er das etwa jetzt sofort entscheiden?

Krus' Lippen verzogen sich zu einem verständnisvollen Lächeln. Er kam in den Raum hinein und blieb erst neben Manus stehen. Freundschaftlich legte er ihm eine Hand auf die Schulter. »Wenn du Zeit brauchst, um dir darüber klar zu werden. Niemand drängt dich.«

Nette Theorie. Gor würde, wäre er noch Herr über sich selbst. Daran bestand kein Zweifel. Apropos.

»Hat sie irgendwas wegen Inkia gesagt?«

Das leise Lachen, das Krus wohl nicht unterdrücken konnte, klang ein bisschen schief. »Du machst mir vielleicht Spaß. Ich sag dir, dass deine Großmutter hier ist, und du denkst an Inkia. Aber schön. Sie weiß nichts über Inkia. Solange sie noch im Palast war, hätte sie nichts gehört.«

»Was vorgeschoben sein kann.«

Jetzt kicherte Krus gar. »Komisch, das sagt Temm auch. Mitzuerleben, dass ihr zwei euch mal über was einig sein würdet, hätte ich nicht gedacht.«

»Ach, komm schon. Ich war schon öfter mit Temm einer Meinung.«

Krus' hochgezogenen Augenbrauen schrien ihm das ›Wann denn?‹ förmlich ins Gesicht. Von der Hand zu weisen, war diese Reaktion nicht. Ebenso wenig wie die Frage. Er musste arg in seinem Gedächtnis kramen, um ein Beispiel zu finden – auf die Schnelle gelang es ihm jedenfalls nicht.

Das Verhältnis zwischen ihm und Temm war nicht gerade freundschaftlich zu nennen. Der alte Haudegen akzeptierte ihn, um es diplomatisch auszudrücken. Vielmehr war es wohl eine Art Hinnehmen, weil Temm es nicht ändern konnte, dass er nun mal hier war. Tatsächlich war er sogar der Ansicht, dass Temm ihn nicht leiden konnte. Sofern sich in Temms Gefühlsleben derartige Emotionen überhaupt finden ließen. Sein Raster verneinte das vehement, das gab es nämlich schlicht nicht. Wobei ...

Der bodenlose Abgrund, der sich noch vor ein paar Monaten vor ihm auftat, wenn er sich Temms Gefühlsraster ansah, schien ein wenig an Endlosigkeit verloren zu haben. Kam ihm nicht mehr ganz so bodenlos vor, auch weit weniger dunkel. Nicht mehr dieser alles verschlingende Schlund, mehr wie eine tiefe Felsspalte. Okay, eine sehr tiefe Felsspalte.

Vielleicht lagen Temms Vorbehalte ihm gegenüber daran, dass er zu den Angerol gehörte, auf die Temm - wusste der Teufel wieso - nicht gut zu sprechen war. Allerdings war es Temm, dem er zu verdanken hatte, dass er seine Maskerade nicht mehr aufführen musste. Seit ein paar Wochen versteckte er sich nicht mehr hinter der Normales-Aussehen-Fassade, sondern sah eben so aus, wie er aussah, bot das Bild des schwarzweißen Angerol-Mischlings, der er war. Zumindest innerhalb dieser Mauern und sofern kein fremder Besucher da war. Mittlerweile hatten sich daran auch alle gewöhnt, inklusive ihm selbst.

»Weißt du was? Ich geh wieder runter und sage ihr, dass du das heute nicht entscheiden kannst und sie morgen nochmal kommen soll, wenn sie das dann immer noch will.«

Auf eine Erwiderung wartete Krus nicht. Er stapfte einfach los Richtung Tür.

»Warte. Ich komme mit.« Sein Freund drehte sich zu ihm um. Der Ausdruck in seinen Augen sagte, dass er genau das erwartet hatte. Blöd, wenn jemand einen so verdammt gut kannte.

Während er hinter Krus durch die Flure schlich, versuchte er, seine Gefühle zu ergründen. Wie würde er auf das Zusammentreffen mit seiner Großmutter reagieren?

Er war nervös. Schrecklich nervös, um ehrlich zu sein. Und aufgeregt. Noch wertfrei. Naja, relativ. Zumindest bemühte er sich, in sich keine Vorwürfe gegen sie wegen des Tods seiner Eltern laut werden zu lassen. Da er nicht wusste, inwieweit sie darin verstrickt war.

»Bereit?« Krus sah ihn durchdringend an.

Oh Himmel. Sie waren bereits vor der Tür zur Bar angekommen. Das hatte er überhaupt nicht gemerkt.

»Nein. Aber lass uns trotzdem reingehen.«

»Hey, wir sind alle für dich da.«

Danke für die Aufmunterung, Kumpel. Obwohl das mit dem „alle“ doch eine sehr überschaubare Anzahl an Dessla innerhalb des vor ihm liegenden Raums umfasste. Im Grunde genommen sogar nur einen einzigen, der sich gerade nicht mal in der Bar aufhielt - weil er direkt vor ihm stand.

Gor? Falls er drin war, war er todsicher zu sehr damit befasst, wegen Inkias Entführung nicht durchzudrehen oder wahlweise in Trauer oder Wut zu verfallen.

Skall? War seit Weihnachten schräg drauf und hauptsächlich mit sich selbst beschäftigt.

Zegg? Hatte seit Inkias Verschwinden alle Hände voll zu tun, sein überschäumendes Liebesglück mit Shannon nicht zu offensichtlich nach draußen zu tragen. Aber davon mal abgesehen ... Ja, der könnte eventuell noch auf seiner Seite stehen.

Temm? Schied aus. Bestenfalls befand er sich heute mal in der neutralen Ecke, weil Levania ebenfalls Angerol war.

Ob sonst noch jemand in der Bar war, wusste er nicht, ging allerdings nicht von vielen anderen Anwesenden aus. Die Mädels waren sicherlich nicht da - aus Rücksicht auf Gor, sofern der da war. Oder sie waren es, weil Gor nicht da war.

Herrje, über was er sich gerade Gedanken machte.

»Sag mir, wenn du so weit bist.«

Wenn Krus es so formulierte: Nie.

Seit der Entführung war er bedacht darauf, Ansammlungen von mehr als drei Personen aus dem Weg zu gehen. Bis jetzt hatte er die Teilnahme an Derartigem erfolgreich vermieden. Das lag nicht daran, dass ihm irgendjemand irgendwelche Vorwürfe machte - außer er sich selbst. Nicht mal Gor tat das. Der Grund lag darin, dass ihn die völlig aus den Fugen geratenen Gefühlsraster der Dessla überforderten. Er kam damit nicht klar, war nicht in der Lage, das zu verarbeiten. Jetzt würde er sich dem doch stellen müssen, noch dazu wären die Raster der Einzelnen heute zusätzlich um Verwirrung und Irritation über die Anwesenheit von Ezekials Ehefrau ergänzt.

Na super. Hoffentlich schmorten ihm seine Synapsen nicht durch.

Nach einem tiefen Atemzug, mit dem er sich beruhigen wollte, nickte er Krus zu, der ohne zu zögern die Tür öffnete. Nach seinem Freund trat er ein.

Das erste, was ihm auffiel, war, dass er die Raster der anderen überhaupt nicht wahrnahm. Ein einziger Blick auf seine Großmutter genügte ... und sein eigenes krachte - Krawumm! - in sich zusammen.

8

Für Temms Geschmack verstrichen die Minuten, bis Krus - mit oder ohne Manus - zurückkehrte, viel zu lahm. Es kostete Kraft, Levania nicht anzusehen und wurde mit jeder Sekunde schwieriger. Immer wieder ertappte er sich dabei, es trotzdem zu tun.

Sie hatte sich kein Bisschen verändert. Kunststück. Sie gehörte - wie er - zu den Immortals, den Unsterblichen. Die veränderten sich nicht. Nicht großartig jedenfalls.

Natürlich hatte Levania sich nicht verändert. Es hätte ihn überrascht wenn. Wobei böse Zungen ihm ja unterstellten, er wäre zu Gemütsregungen überhaupt nicht fähig. Was totaler Quatsch war. Selbstverständlich gab es Dinge oder Ereignisse, die ihn überraschten. Genügend. Ebenso, wie es Sachen oder Situationen gab, die ihn nervös machen konnten. Er hatte sich nur abgewöhnt, das zu zeigen. Das hieß nicht, dass er es nicht empfand. Derlei Emotionen waren ungefährlich, man musste sich ihnen nicht verschließen. Manchmal retteten sie einem sogar den Arsch.

Hoffentlich kam Krus bald zurück, bevorzugt in Manus' Begleitung. Levanias Auftauchen hatte sie in einen halbgaren Zustand des Nichtwissens, wie es weiterging, geschubst. Nicht gerade förderlich für die Stimmung, die seit der Entführung ohnehin im Kellergewölbe rumkroch.

Nicht, dass sie sich vorher wesentlich weiter oben befunden hätte. Ab und zu ein Aufflackern von Freude, kurze Momente des Verschnaufens. Alles nicht dauerhaft. Der bevorstehende Krieg warf seine Schatten voraus, und er kam näher. Mit jedem Tag ein Stückchen mehr.

Temm spürte ihn. Vermutlich als einziger von ihnen

allen, die trainierenden Jäger und Krieger eingeschlossen. Diese besondere Spannung lag in der Luft, die wahrscheinlich nur Männer wie er - echte Soldaten, die bereits echte Schlachten hinter sich hatten - wahrnahmen. Als wäre die Atmosphäre energetisch aufgeladen.

War lange her, dass er sie zuletzt gespürt hatte. Ein bisschen mehr als zweieinhalb Jahrtausende, als der letzte große Krieg getobt hatte. Kurz vor den beiden Vereinigungen hatte er sie erstmals seit damals wieder gespürt. Mitten in der Nacht war er hochgeschreckt und sie war da gewesen, war ihm in jede Pore gekrochen. Da hatte er begriffen, dass es diesmal wirklich mehr als ernst war. Scharmützel hatte es öfter mal gegeben seit dem letzten Krieg. Manche davon durchaus auch größer mit weitreichenderen Folgen. Auf was sie jetzt zugingen, sprengte diese Dimensionen jedoch. Das war was mächtig Riesiges, das ihn, ja, mit Furcht erfüllte.

Über Krieg nachzudenken, war kein schöner Zeitvertreib. Die augenblickliche Alternative dazu hieß, Gefahr zu laufen, in Erinnerungen abzudriften. Er konnte sich nicht entscheiden, was von beidem er schlimmer fand.

Die Tür ging auf und Krus kam herein. Endlich. Manus trat hinter seinem Freund in die Bar. Jetzt wurde es spannend.

Üblicherweise war Manus ein Angerol, der jede Gelegenheit zu lachen ergriff. Manus lachte gern. Erstaunlicherweise, wenn man bedachte, was er hinter sich hatte und was auf ihm lastete, nämlich die Verfolgung durch seine eigene Rasse. Momentan sah er allerdings nicht aus, als wäre ihm danach zumute. Im Gegenteil. Sein Gesichtsausdruck wirkte ungewohnt verschlossen und ernst. Seit er sein wahres Äußeres nicht mehr hinter einem menschlichen Aussehen verbarg, waren die Zeiten eines gesunden, leicht gebräunten Teints passé. Der für sie alle langsam normal werdende bläuliche Schimmer seiner

Haut war jetzt jedoch seltsam fahl und um die Nase verdächtig grünstichig.

Levania verspannte sich sichtlich, während Manus schweigend weiter in den Raum schritt. Er wich ihrem direkten Blick aus. Das musste sich für sie ziemlich niederschmetternd anfühlen. Jedenfalls schien es kein gutes Omen zu sein. Sie zitterte. Ihre Finger ballten sich zu kleinen Fäusten, um sich sofort wieder auszustrecken. Immer wieder. Ob sie das merkte?

Ungefähr drei Meter von ihr entfernt blieb Manus stehen. Sein Brustkorb, der durch das Training immens an Umfang gewonnen hatte, dehnte sich durch den tiefen Atemzug, den er in seine Lungen sog. Die Muskeln seiner Oberarme zeichneten sich deutlich erkennbar unter dem Shirt, das er trug, ab. Ebenso ihr Spiel. Manus war wohl der einzige Angerol, den Temm kannte, der, ebenfalls dem Training geschuldet, über einen für Flügelträgerverhältnisse beeindruckenden Bizeps verfügte.

Schließlich trafen sich ihre Augen doch und die anwesenden Jäger wurden Zeugen eines Schauspiels, das Temm dutzende von Malen gesehen hatte, damals, in seinem früheren Leben. Die Schwingen von beiden brachen aus ihren Rücken, völlig synchron, und entfalteten sich zu ihrer vollen Größe. Was ein Glück trugen Angerol grundsätzlich Oberteile mit entsprechenden Schlitzen hinten, und auch Manus' Kleidung war seit kurzem mit diesem Accessoire versehen.

Manus' Spannweite von fünf Metern war echt enorm. Krus konnte sich nur durch einen gekonnten Hechtsprung zur Seite davor retten, von einer der Schwingen getroffen zu werden. Levanias dreieinhalb Meter waren jedoch auch nicht zu verachten. Angerolflügel sahen auf den ersten Blick zwar wie die eines Vogels aus, bestanden also aus Federn, waren allerdings wesentlich flexibler, beweglicher als die Piepmatzvariante. Eher wie die Flügel von Fledermäusen. Die vier Spitzen der zwei Flügelpaare bewegten sich aufeinander zu. Berührten sich, tasteten sich vorsichtig ab, während die beiden dazugehörenden Angerol den Blickkontakt aufrechterhielten.

Das passierte grundsätzlich, wenn sich zwei Angerol trafen, die nicht wussten, ob sie einander freundlich oder feindlich gesonnen waren. Früher hatte sich Temm zuweilen gefragt, ob das in eine ähnliche Kategorie fiel wie das Beschnüffeln des Hinterns, das Hunde an den Tag legten. Er wusste es bis heute nicht mit Sicherheit. Da die Angerol auf diese Reaktion nicht den geringsten Einfluss hatten, war es wohl doch was anderes.

Was er wusste, war, dass das Ergebnis dieser besonderen Art der Tuchfühlung darüber entschied, ob Levania blieb oder nicht.

*

Levania hatte Mühe, ihr Herz dazu zu bringen, nicht mit dem Schlagen aufzuhören, als Manus in den Raum kam. Das wischte alles andere beiseite, machte sogar Temms verbissenen Gesichtsausdruck, seine Abwehrhaltung unbedeutend.

Ihr Enkel war noch nicht ganz zehn gewesen, als sie ihn zum letzten Mal sah. Ein Kind noch. Jetzt stand ein ausgewachsener Mann vor ihr. Und was für einer. Bei allen Göttern, er sah gut aus. Mehr als das. Manus war nicht nur der größte, sondern mit Abstand der schönste Angerolmann, den sie jemals zu Gesicht bekommen hatte. Er schlug sogar seinen Vater um Längen, und seine Zweifarbigkeit tat dem Aussehen nicht den geringsten Abbruch, sondern unterstrich seine Schönheit noch.

Als er sie endlich ansah, sich ihre Blicke trafen, versank sie in der Tiefe seiner ebenfalls zweifarbigen Augen. Sie bemerkte nicht einmal, dass sich ihre Flügel einen Weg aus ihrem Rücken bahnten. Das registrierte sie erst, als sie seine sah. Himmel, was für eine Spanne. Seine Schwingen passten zum Rest. Ohne Zweifel.

Wie hatte Ezekial dieses außergewöhnliche Wesen bloß von sich stoßen können? Manus war Fleisch von seinem Fleisch, Blut von seinem Blut. Der Sohn seiner Tochter. Sein Enkel. Sie hatte es nie verstanden, jetzt kam es ihr noch unbegreiflicher vor. Wie konnte Ezekial sein Herz vor seinem Enkel verschließen? Ihr eigenes quoll über vor Liebe, die in diesem Augenblick von ihr Besitz ergriff und sie durchströmte wie ein warmer Sonnenstrahl.

Die Spitzen ihrer Flügel berührten sich und Tränen schossen in ihre Augen. Weil sie nicht spürte, was sie mehr gefürchtet hatte als den Tod. Sie fühlte seine Zweifel, auch ein gewisses Maß an Misstrauen. Doch da war keine Ablehnung, keine Zurückweisung. Nach allem, was geschehen war, strahlte ein Gefühl durch, das sie nicht erwartet hatte, und es war deutlicher spürbar als alle anderen: Hoffnung. Manus hatte den Glauben an seine Rasse noch nicht verloren, trotz der schrecklichen Dinge, die er hatte sehen müssen, die ihm angetan worden waren.

Ein Gefühl des Verlusts überkam sie, als sich ihre Flügel voneinander trennten, zum Glück nur kurz. Sie beobachtete, wie er seine hinter dem Rücken zusammenfaltete, sodass sie immer noch zu sehen waren, und tat es ihm gleich, während sie langsam, vorsichtig, beinahe zögernd auf ihn zuging.

Wie er dastand. Wie er ihr entgegensah. Manus musste den Kopf leicht neigen, um sie weiterhin ansehen zu können, als sie direkt vor ihm stand, und sie ihren anheben, weil er gut einen Kopf größer war als sie. Dabei wirkte er nicht herablassend. Er strahlte eine Würde aus, die Ezekial früher auch einmal zu eigen gewesen war, die der aber längst verloren hatte.

Das war also die Zukunft ihres Volkes. So sah sie aus. So wurde sie verkörpert. Durch Manus. Er war die Zukunft ihrer Rasse. Schon lange hatte ihr nichts mehr dermaßen klar vor Augen gestanden wie diese Tatsache. Das war Ezekials Problem. Er hatte Angst vor Manus, deshalb wollte er ihn auslöschen.

Allmählich sollte sie endlich mal was sagen. Schließlich war sie zu ihm gekommen. Sie wollte etwas von ihm, nicht umgekehrt. Doch er war schneller und sprach, noch bevor sie ihre Worte sortieren konnte.

»Ich erinnere mich an dich. Ich habe dich gesehen. In der Halle. An dem Tag, als ...«

Er vollendete den Satz nicht, trotzdem wusste sie, welchen Tag er meinte. Den schwärzesten ihres Lebens. Als sie ihre Tochter hatte sterben sehen. Auf ihren Knien war sie vor Ezekial gelegen, hatte ihn angefleht, Gasina und Bagnaol zu verschonen. Sie ins Exil zu schicken oder sonst irgendwas, aber sie am Leben zu lassen. Vergeblich. Anstatt dessen hatte Ezekial sie gezwungen, der Ermordung beizuwohnen, sie mitanzusehen.

Kurz zuckte Manus zusammen, als hätte er einen Blick auf ihre düsteren Gedanken geworfen oder gemerkt, wie die Erinnerung sie in einen dunklen Strudel reißen wollte, gegen den sie sich mit aller Kraft stemmte.

Seine Stimme war dunkler und voller als die eines Durchschnittsangerols, selbst von den Schwarzen. Sie klang angenehm und beinhaltete keinen Vorwurf. Das half ihr, in der Gegenwart zu bleiben.

»Deine Gesichtszüge ähneln denen deiner Mutter.« Es war das erste, was ihr in den Sinn kam, und es stimmte. »Die Statur hast du aber eindeutig von deinem Vater.«

»Du kanntest ihn?«

»Natürlich. Er war einer meiner Diener. So haben sich deine Eltern kennengelernt. Ich mochte deinen Vater.«

»Bis er es wagte, sich in meine Mutter zu verlieben.«

»Da erst recht, weil ich sah, wie glücklich er sie machte.« Das Stutzen, das für einen Moment über Manus' Gesicht huschte, brachte sie zum Lächeln. »Glaubst du, ich hätte nicht gewusst, dass die beiden ein Paar waren und was sie füreinander empfanden? Meinst du, es wäre ihnen möglich gewesen, sich heimlich zu treffen, ohne jemanden, der sie deckt? In einem Palast, in dem die Wände Augen und die Möbel Ohren haben? Wie, denkst du, sind sie aus diesem goldenen Gefängnis entkommen, wenn nicht mit meiner Hilfe?«

»Wieso hast du ihren Tod nicht verhindert?«

»Weil ich es nicht konnte, und das werde ich mir wohl bis ans Ende aller Zeiten vorwerfen.«

Nachdenklich musterte Manus sie. Er zog seine Augenbrauen dabei zusammen, sodass eine senkrechte Falte auf seiner Stirn entstand. Plötzlich, ohne zunächst ersichtlichen Grund, schnappte er nach Luft.

»In dem Keller. Nachts. Die verhüllte Frau, die mich in den Arm nahm und tröstete. Die mich wiegte, bis ich ruhiger wurde, und mich in den Schlaf sang. Ich hab immer gedacht, ich hätte das geträumt, aber das war kein Traum, nicht wahr?«

»Nein, das war kein Traum.«

»Und die Frau, die mich befreit und aus dem Palast geschmuggelt hat. Das war nicht die Kinderfrau meiner Mutter, wie ich immer glaubte, sondern du. Du warst dort und hast das getan. Richtig?«

Sie konnte nur nicken. In jener Nacht, das war ihr damals allerdings noch nicht bewusst gewesen, hatte sie nicht bloß das Leben ihres Enkels gerettet, sondern die Zukunft der Angerol. Beinahe wäre sie dabei erwischt worden. Haarscharf war sie an der Entdeckung vorbeigeschrammt. Zum damaligen Zeitpunkt war ihr das egal gewesen. Es hätte ihr nichts ausgemacht, wenn Ezekial sie getötet hätte. Ihr Leben hatte durch Gasinas Tod und den Verlust ihres Enkels, den sie nie wiederzusehen glaubte, ohnehin keinen Sinn mehr für sie gehabt. Jetzt war sie froh, mitzuerleben, zu was Manus sich entwickelt hatte.

»Darf ich ...« Sie wagte kaum, die Frage auszusprechen, konnte es nur flüsternd. »Darf ich dich umarmen?«

Statt zu antworten, breitete Manus die Arme aus und sie sank gegen seine starke Brust. Es tat gut, ihn zu halten und von ihm gehalten zu werden, und als sich auch noch seine Flügel um sie legten, brach der Damm, hinter dem sie ihre Gefühle zu lange vor Ezekial versteckt hatte. Ein Schluchzen entkam ihrer Kehle und die Tränen, die sie nicht mehr zurückhielt, durchnässten Manus' Shirt.

Ach, könnte sie doch für immer so verharren. Sie wollte ihn jetzt, da sie ihn endlich wiedergefunden hatte, nicht mehr loslassen. Und eins stand fest: Egal, was auch immer kommen mochte, was das Schicksal noch für sie bereithielt, nie wieder würde sie sich von ihm abwenden können.

9

Hatte Manus die Besprechungen in der Bar für anstrengend gehalten, musste er jetzt feststellen, dass die gemeinsamen Mahlzeiten noch viel schlimmer waren. Seit Gor wieder daran teilnahm – Levania zu Ehren. Wobei es besser geworden war, nachdem er mit der Faust auf den Tisch schlug. Nicht nur rein bildlich gesprochen.

Zegg, Shannon, Krus und Ara sollten endlich aufhören, so tun zu wollen, als wären sie nicht kürzlich erst vereinigt worden, sondern lediglich gute Freunde. Er wisse ihre Rücksichtnahme zwar durchaus zu schätzen, das würde ihm aber keinen Deut helfen und es nicht besser machen.

Seither herrschten in den beiden Lagern wenigstens normale Verhältnisse. Wie man in einer solchen Situation „normal" eben umreißen konnte.

Dennoch war der Stuhl neben Gor seit gestern nicht mehr leer. Mera war kurzerhand einen Platz aufgerückt und saß jetzt neben ihrem ehemaligen Partner, was den kein bisschen zu stören schien. Naja, nach über dreihundert Jahren Zusammenleben war er an Meras unmittelbare Anwesenheit gewöhnt und die beiden waren auch nach der Trennung immer noch die besten Freunde geblieben. Das hatte sich dadurch, dass Mera jetzt zu Gors Truppe gehörte, ihm also quasi unterstellt war, nicht geändert. Sie kannte ihn besser als jeder andere hier in diesem Raum, inklusive Skall, und war seit der Entführung mehr als je zuvor sein Fels in der Brandung, an dem er sich festhielt. Ohne Mera wäre Gor vermutlich nicht so gut drauf. Wobei von gut nicht wirklich die Rede sein konnte.

Jedes Mal, wenn Manus den Fehler beging, einen

Blick auf Gors Gefühlsraster zu werfen, wurde ihm spätestens nach zehn Sekunden schwindelig von all den Wirbelstürmen, die darin tobten. Heute war es besonders schlimm, gleichzeitig war das Raster jedoch sonderbar verzerrt, die einzelnen Linien verschwommen, nicht klar und gestochen scharf wie sonst. Heute bekam er bereits nach drei Sekunden einen Drehwurm, daher konzentrierte er sich auf den Teller vor ihm.

Leider konnte er sich nicht durch ein Gespräch mit seiner Großmutter ablenken. Levania war unpässlich und nahm deshalb nicht am Essen teil. Kopfschmerzen. Zumindest lautete die offizielle Entschuldigung darauf. Er hingegen nahm an, dass es etwas damit zu tun hatte, wie Temm sie behandelte. Nach wie vor misstrauisch und ablehnend. Ja, und frostig. Mehr noch als es üblicherweise seine Art war. Sie hatte am Vormittag wohl versucht, mit Temm zu sprechen, und der hatte sie eiskalt abserviert, einfach kaltschnäuzig stehenlassen.

Temm selbst war momentan ebenfalls nicht bei Tisch, weil er mit Obbs telefonierte. Nicht weiter tragisch, da sie mit dem Hauptgang ohnehin bereits fertig waren, und Temm war kein großer Freund von Desserts. Ob er nochmal wiederkam, war fraglich. Falls ja, würde er versuchen, Temm vorsichtig darauf hinzuweisen, dass er das Verhalten Levania gegenüber nicht okay fand.

Sie hatten unglaublich viel geredet in den letzten paar Tagen, seit Levania auf dem Landsitz angekommen war. Über alles Mögliche. Seinen Onkel Veriman, der lange vor der Geburt seiner Schwester, Manus' Mutter, gestorben war. Am meisten natürlich über seine Eltern Gasina und Bagnaol. Sogar Ezekial war ein Thema gewesen. Der frühere Ezekial. Der Ezekial aus Levanias Jugend und den ersten Jahrhunderten ihrer Ehe. Sein Großvater hatte sich ganz schön verändert und nicht zu seinem Vorteil. Wobei er selbst das vermutlich anders sah.

Das einzige, was Levania bei ihren Erzählungen großzügig aussparte, wo sie jeder Frage auswich, war, woher sie und Temm sich kannten. Was sie miteinander verband oder, Temms Verhalten nach zu urteilen, eben nicht beziehungsweise nicht mehr verband. Es musste was Größeres sein und mächtig alt.

Das erkannte Manus an Temms Raster, das eigentlich gar nicht da sein sollte, weil es nie da gewesen war. Okay, seit Inkia und vor allem seit Shannon war die gänzliche Abwesenheit durch ein vages Aufglimmen ersetzt worden, das einem die Idee vermittelte, dass es auch in Temm etwas wie Leben gab. Seit Levania hier war, zuckten zuweilen sogar Blitze durch die nicht mehr ganz so tiefe Schwärze, die Temm umgab. Nicht solch grelle, wie man sie von einem Gewitter kannte, es sah eher wie ein kurzes Zucken innerhalb des Abgrunds aus.

Levanias Raster gab ihm leider keine Auskünfte. Das konnte er nämlich nicht lesen. Von ihr bekam er lediglich das Gefühl ihrer Emotionen mit, als würde das Echo davon in ihm widerhallen. Sie zu sehen, vermochte er nicht.

»Gor, was ist mit dir?« Aha. Mera war also ebenfalls nicht entgangen, dass mit Gor etwas nicht stimmte.

Neugierig, wie er nun mal war, drehte er den Kopf zu den beiden. Meras Hand lag auf Gors Handgelenk.

»Nichts.« Die Antwort klang eher wie ein Knurren, was nicht dazu beitrug, sie glaubhaft zu machen.

»Das kannst du einem anderen erzählen, aber nicht mir.« Wie gesagt, nicht glaubhaft. »Du stehst schon den ganzen Tag völlig neben dir.« Was jetzt nichts Neues war. »Und du hast noch nichts gegessen. Trotzdem hast du jetzt in deinem Essen bloß lustlos herumgestochert und nicht einen einzigen Bissen zu dir genommen.«

Der Seufzer, den Gor hören ließ, klang, als würde man eine uralte Wasserleitung erstmals seit Jahren wieder in Betrieb nehmen. Als würde das Wasser von ganz weit her kommen.

»Werde ich jemals irgendetwas vor dir verbergen können?«

»Nein.« Mera lächelte mitfühlend. »Also, was ist los?«

Gor sah seine Ex an mit einem Blick, der unendliche Verzweiflung ausdrückte. »Heute vor einem Jahr, Mera.«

Sie schien zu wissen, was Gor damit meinte, denn sie stand wortlos auf und nahm ihn einfach in den Arm. Den betretenen Mienen der anderen entnahm Manus, dass sie es ebenfalls wussten. Da hatten sie ihm alle was voraus, er hatte nämlich nicht die leiseste Ahnung.

»Heute vor einem Jahr setzte Inkias Fruchtbarkeit ein«, flüsterte Poki ihm zu. »Heute, morgen oder spätestens übermorgen müsste das Kind kommen.«

Ach du Scheiße. Waren seit der Entführung wirklich schon vierzehn Tage vergangen? Ja, war wohl so. Zwei Wochen, und sie hatten immer noch nichts von den Entführern gehört.

»Elfeinhalb Monate haben wir uns auf diese Zeit gefreut, konnten wir es gar nicht abwarten, bis wir unser Kleines endlich im Arm halten dürfen«, schluchzte Gor gegen Meras Oberbauch. »Und jetzt weiß ich nicht mal, ob sie überhaupt noch leben.«

Ein weinender Gor. Das war nur schwer zu ertragen. Vor allem für seine Männer.

»Doch, das weißt du.« Die Worte waren draußen, bevor er sich dessen bewusst war, und nicht nur Gors Kopf fuhr zu ihm herum. Mit wesentlich mehr Sanftheit in der Stimme wiederholte er: »Du weißt, dass Inkia noch lebt, weil du sie noch spürst. Ihr seid Minur, altdesslanisch für Leuchtende. Eure Seelen haben sich verwoben, sind zu einer Seele aufgeteilt in zwei Körpern geworden. Inkia ist ein Teil von dir, wie du ein Teil von ihr bist. Wenn einer von beiden Minur sein Leben verliert, weiß der andere das. Er spürt es, exakt in dem Moment, in dem es passiert, weil ein Teil von ihm mitstirbt. Hast du etwas Derartiges gespürt, seit Inkia entführt wurde?«

Für ihn nicht unerwartet, schüttelte Gor den Kopf.

»Woher weißt du es?«, fragte Krus.

»Ich habe mich ausführlich mit euren Überlieferungen beschäftigt. Unter anderem um etwas über leuchtende Paare zu erfahren.«

»Das meine ich nicht.« Ach nein? Was meinte Krus denn sonst? »Woher weißt *du*, dass Inkia noch lebt? Deine Seele ist ja wohl nicht mit ihrer verbunden.«

»Das verrät mir sein Minuresh.«

Die Tür ging auf und Temm kam herein. Irritiert blickte er in die Runde. Gor nach wie vor in Meras Armen musste ein seltsamer Anblick sein, wenn man nicht miterlebt hatte, wie es dazu gekommen war.

Kurz schwenkte Gors Blick zu seinem Stellvertreter, bevor er sich erneut auf Manus richtete. »Mein was?«

»Dein Minuresh.« Er hatte das Wort noch nicht komplett ausgesprochen, als er bemerkte, wie Temm zusammenzuckte. Jetzt richtete er die Augen auf den alten Desslaner. »Willst du ihm erklären, was ein Minuresh ist, oder soll ich es tun?«

»Was hat Temm denn damit zu tun?« Außer Poki stellten sich die anderen die gleiche Frage, sie war nur die einzige, die es laut tat. Verständlich. Außer ihm und Temm gab es in diesem Raum niemanden, der noch wusste, was ein Minuresh war.

Auweia. Der Blick, mit dem Temm ihn aufspießte, beantwortete gänzlich ohne Ton, was dieser von der Idee hielt, Gor aufzuklären. Ein Wunder, dass er nicht tot vom Stuhl kippte.

»Übersetzt heißt Minuresh in etwa Kreis oder Ring der Leuchtenden.« Mit dem Zeigefinger fuhr er sich ums rechte Auge. »Er ist das äußere Zeichen für die Seelenverschmelzung eines leuchtenden Paares, und er entsteht, wenn dieses Paar gemeinsamen Nachwuchs zeugt. Dadurch wird die Verschmelzung nämlich noch intensiver als ohnehin schon. Der Ring zeigt sich erstmals nach vollzogener Zeugung. Wie schnell er sich bildet, hängt allerdings nicht vom Schwangerschaftsverlauf ab, sondern davon, wie schnell die Verschmelzung voranschreitet. Wenn er in der Mitte des Unterlids ankommt, wie bei Gor und Inkia, ist die Verschmelzung abgeschlossen. Das passiert grundsätzlich vor der Geburt, wie lange davor ist von Paar zu Paar unterschiedlich.«

»Na schön. Jetzt wissen wir, dass die beiden uns nicht belogen haben, wenn sie sagten, es wäre kein Partnerschafts-Tattoo, das sie sich heimlich stechen ließen. Aber was hat das jetzt damit zu tun, dass du weißt oder es dir verrät, dass Inkia noch lebt? Ich kann den Zusammenhang noch nicht herstellen.« Da war Zegg nicht allein.

Manus sah Temm nicht direkt ins Gesicht. Dennoch nahm er wahr, dass dieser leichenblass geworden war. Und dass sein Raster in Bewegung geriet.

»Das Minuresh ist zweifarbig. Immer abwechselnd in den Farben der beiden Minur. Ultramarin und dunkeltürkis im Fall von Gor und Inkia. Vorhin sagte ich, der überlebende Minur spürt den Tod des anderen in dem Moment, in dem er stattfindet. Wenn er ein Minuresh trägt, passiert noch etwas anderes. Das Minuresh wird genau im Augenblick des Todes ...«

Temms Schläfenadern traten hervor. Die Knöchel seiner zu Fäusten geballten Finger wurden weiß.

»Ja?«, hakte Ara nach. »Was wird es denn?«

Tief atmete Manus durch, bevor er die Frage beantwortete und dadurch gleichzeitig eine Ecke des Geheimnisschleiers, der Temm umgab, anhob. »Schwarz.«

Wie vorhin schossen die Köpfe herum. Diesmal allerdings nicht zu ihm, sondern zu Temm, der mit geschlossenen Augen dastand, als wäre er eingefroren. Wenn man von dem Zittern, das seinen Körper durchlief, einmal absah.

»Temm?« Manus hatte Gors Stimme noch nie so leise, so zaghaft und zögerlich verwendet gehört.

»Ich. Werde. Nicht. Darüber. Reden.« Temms Lippen bewegten sich kaum, während er die Worte durch seine aufeinandergepressten Zähne quetschte. Er öffnete die Lider und sein Blick unterstrich seine Worte, dann wandte er sich um und stürzte aus dem Esszimmer. Die Tür fiel mit lautem Knall hinter ihm ins Schloss.

Für eine Weile, ein paar Minuten, die sich wie Stunden anfühlten, saßen sie alle da und starrten auf die Tür. Es war, als würden sie alle erst erfassen müssen, was sie soeben erfahren hatten, und als wäre es unglaublich und unfassbar für sie.

Ja, war ihm genauso gegangen, als er den Absatz in dem alten Buch entdeckt und dadurch erkannt hatte, was Temm widerfahren sein musste. Temm leuchtend, weil er zutiefst liebte und wiedergeliebt wurde, war schwer vorstellbar. Temm und Gefühle war schon schwierig genug. Temm und Liebe, noch dazu tiefe? Irgendwie unreal, unwirklich. Dennoch musste es so gewesen sein, andernfalls würde er kein schwarzes Minuresh tragen.

»Das heißt also, solange Gors Minuresh nicht schwarz ist, besteht Hoffnung, dass wir Inkia lebend wiederbekommen.« Eine logische und richtige Schlussfolgerung, die Skall da zog.

»Nein, es heißt, dass Temm nicht immer so kalt war wie er jetzt, sondern dass er einmal zu Liebe fähig war und geliebt hat. Mehr noch, dass er ein Leuchtender war, seine Seele sich mit der Seele einer Frau verbunden hat. Dass diese Frau gestorben ist, vermutlich gewaltsam, und dass er über diesen Verlust bis heute nicht hinweg gekommen ist, wenn ich mir seinen Zustand ansehe. Das heißt es.« Damit gab Ara die weibliche Betrachtungsweise der Neuigkeit von sich.

»Jesus Christus. Die Frau auf den Bildern«, hauchte Shannon. Welche Frau? Auf welchen Bildern? »Sein ganzes Zimmer ist voll damit.« Shannon sprang von ihrem Stuhl hoch. »Ich muss ...«

Wohin sie wollte, wusste er nicht. Weit kam sie jedoch nicht. Sie war noch nicht ganz an der Tür, als diese aufging und Theo den Kopf hereinsteckte.

»Verzeiht, wenn ich störe. Sire Temm bat mich, Euch wissen zu lassen, dass er in die Stadt gefahren ist.«

»Allein? Na, hoffentlich geht das gut.« Er teilte Zeggs Befürchtung. Temm war momentan nicht gerade in der Verfassung, ein Auto verkehrsgerecht zu steuern. Blieb zu hoffen, dass ihm kein anderer Verkehrsteilnehmer begegnete, bis er in London ankam.

10

Zehn Schritte weit kam Temm nach Verlassen des Speisesaals, bevor die Knie unter ihm nachgaben. Unfähig, sich aufrecht zu halten, rutschte er an der Wand entlang, bis er auf seinem Arsch landete.

Scheiße! Gottverdammte Dreckscheiße!

Dieser elende Flügelträger. Wieso hatte der nicht einfach sein Maul gehalten? Nachdem er rausgefunden hatte, was es mit der Zeichnung auf sich hatte, hätte ihm klar sein müssen, was er möglicherweise aufrührte, wenn er den Finger auf die Wunde legte. Aber nein, er hatte zusätzlich noch Salz darüber streuen und den Finger richtig tief reinrammen müssen. Arschloch, verfluchtes!

Warum? Um Gor das Minuresh zu erklären, hätte er andere Worte wählen können. Er hätte bezüglich der Farbveränderung nicht auf ihn zeigen müssen. Aus welcher Motivation heraus hatte Manus das getan?

Aber natürlich. Manus hatte sich mit seiner Großmutter ausgesöhnt und zusammengetan. Das beantwortete die Frage nach dem Warum. Die Antwort lag jetzt sogar ganz klar vor ihm, und sie hieß Levania. Die Angerol waren Meister der Manipulation, nur noch übertroffen von den Wempyren, und es machte ihnen Spaß, Gefühle hervorzurufen und diese dann zu ... Hm. Was war das richtige Wort dafür? Enttäuschen? Hintergehen? Ausnutzen? Am Zutreffendsten war wohl eine Mischung aus all dem. Die Angerolfrauen waren dabei beinahe unschlagbar, und Levania war eine mächtig alte und demzufolge erfahrene Angerolfrau – die dieses Spiel aufgrund ihrer Ehe mit Ezekial vermutlich schon lange nicht mehr hatte treiben können. Oder das, was sie damals erreicht hatte, war nicht genug gewesen, und sie legte jetzt nochmal nach.

Miststück. Durchtriebenes, intrigantes Weibsbild. Ihr war nicht zu trauen. Das war ihm von der ersten Sekunde, da er sie sah, klar gewesen, jetzt erhielt er dafür bloß noch den Beweis. Wenn man ihr nicht trauen konnte, dann ab sofort auch Manus nicht mehr. Das würde ihm bloß keiner glauben. Wie sollte er die anderen warnen?

Gottverdammte Dreckssscheiße war wahrlich die Untertreibung des Tages.

»Sire Temm. Um Dessmons willen. Geht es Euch nicht gut? Soll ich Euch ein Glas Wasser bringen?«

Mit einem Satz war er auf den Füßen und am Kragen eines erschrockenen Theos, der ihn entsetzt anstarrte.

Reiß dich zusammen, Mann. Das war bis vor ein paar Tagen doch auch kein Problem.

Naja, um genau zu sein, war es bis vor ein paar Tagen gar nicht nötig gewesen, sich zusammen zu reißen.

»Entschuldige, Theo. Ich wollte dich nicht erschrecken.« Er nahm seine Hände von Theos Kragen und strich ihn wieder glatt. »Ich benötige nichts, danke. Du kannst aber trotzdem etwas für mich tun. Ich muss nochmal in die Stadt. Sage bitte den anderen Bescheid. Sie sind alle noch im Speisesaal.«

Um die Jungs über den befohlenen Trip in die Hauptstadt zu informieren, war er nach dem Telefonat nochmal ins Esszimmer gegangen. Aus keinem anderen Grund. Eine Möglichkeit dazu hatte er nicht erhalten. Ebenso wenig wie Obbs ihm eine Chance gelassen hatte, um den Ausflug in die Londoner City herumzukommen. Vrebal der Zweite befahl ihn zu sich. Da konnte selbst er sich nicht weigern, obwohl er es zunächst versucht hatte.

Himmel, er hatte nicht die geringste Lust. Weder auf die Fahrt noch auf den Besuch beim König. Jetzt erst recht nicht mehr. Drumherum kam er trotzdem nicht, also besser, es gleich anzugehen.

Theo nickte und verschwand Richtung Speisesaal. Er sollte schnell die Beine in die Hand nehmen und das Anwesen verlassen, bevor einer der anderen auf die Idee kam, ihn aufzuhalten und mit Fragen zu löchern. Normalerweise taten sie das zwar nicht, vor allem nicht, wenn er signalisierte, dass er sowieso nichts sagen würde. In diesem speziellen Fall jedoch, zählte er darauf besser nicht. Die Bombe, die Manus hatte platzen lassen, war einfach zu groß, um es auf sich beruhen zu lassen. Dessen war er sich nur zu bewusst.

Die Fahrt zog sich ewig, obwohl er nicht seinen senilen Golf, sondern eine richtig zackige Karre mit mächtig PS unter der Haube unterm Arsch hatte. Oh Mann, eine Stunde konnte wirklich verdammt lang sein.

Oder zu kurz. So kam es ihm nämlich vor, als er vor Vrebal stand. Nicht im Thronsaal, sondern in dem privaten Audienzzimmer, in dem heute ein Hauch von Brugmansia, besser bekannt als Engelstrompete, hing. Ein Duft, der ihm früher mehr als vertraut gewesen war, obwohl er ihn da noch nicht hatte benennen können, und den er freiwillig lange nicht gerochen hatte. Einst war dieser Geruch mit einem Gefühl von Wissen, wo man hingehörte, verbunden. Jetzt schickte er ein Gefühl von Unbehagen durch ihn hindurch, obwohl seine Nase ihn wahrscheinlich nicht mal wirklich wahrnahm, sondern ausgelöst durch Vrebal, lediglich eine Truginformation an sein Gehirn übersandte.

»Du wünschtest, mich zu sehen, Majestät, hier bin ich. Ich kann dir allerdings nicht viel Neues berichten. Das Training wurde auf meine Anweisung hin nochmal verschärft. Das veranlasst die Soldaten zwar zu meckern, trotzdem tun sie ihr Bestes, die gesteckten Ziele zu erreichen. Ich bin zufrieden mit dem, was sie leisten. Obwohl ich mich wohler fühlen würde, wären sie echte Berufssoldaten, echte Krieger, wie es sie früher gegeben hat.«

»Danke, Temm, aber das war nicht der Grund, aus dem ich dich gerufen habe.«

Ach nein? Welchen Grund sollte Vrebal sonst haben?

Zu dem anderen Thema hatten sie sich vergangene Woche bereits ausgetauscht. Dazu gab es nichts Zusätzliches zu sagen. Jedenfalls nicht von seiner Seite aus.

»Nicht ich wünschte dich zu sehen, sondern jemand anders. Ich hatte nur so eine Ahnung, dass du nicht kommen würdest, wenn du es wüsstest.«

Oh scheiße. Das klang nicht gut. Alles andere als das sogar. Bei Vrebals traurig angehauchtem Lächeln beschlich ihn sofort eine Idee, wer dieser andere Jemand sein könnte.

Der König blickte zu den dicken Brokatstores hinüber und nickte. Sogleich trat eine Gestalt hinter den Vorhängen hervor, deren Anblick Temm bis ins Mark erschütterte. Seine Nase hatte ihn nicht getrogen. Isleen. Sie war wirklich hier. Verdammt nochmal. Hatte sich heute denn die ganze Welt gegen ihn verschworen? Verfickte Scheiße noch eins.

Drei Schritte auf ihn zu reichten, ihn auf ein Knie sinken und den Kopf neigen zu lassen. Es war mehr als eine reflexartige Handlung, ging weit über einen Bewegungsablauf, den er lange einstudiert hatte und der ihm darum in Fleisch und Blut übergegangen war, hinaus. Es war die Bezeugung seines Respekts und seiner Achtung für diese Frau. Beides hatte er immer empfunden, und es hatte nie aufgehört, auch nach seinem Weggang nicht.

»Herrin.« Zu mehr als einem krächzigen Hauchen war er nicht fähig. Seine Stimme versagte ihm schlicht den Dienst.

»Temm, nicht doch.« Ihre klang noch genauso, wie er sie in Erinnerung hatte. Klar, wieso hätte sie anders werden sollen?

Mit den Fingerspitzen unter seinen Kieferknochen zwang sie ihn nicht bloß, sie anzusehen, sondern ebenso, sich zu erheben, obwohl die Berührung zart war wie ein Blütenblatt. So zart wie die ganze Frau vor ihm.

Länger als eine Sekunde konnte er ihr nicht in die

Augen sehen. Konnte dem musternden Blick, mit dem sie ihn bedachte, nicht standhalten. Ein Blick, den sie exakt auf diese Weise schon einmal auf ihn gerichtet hatte. Vor unendlich langer Zeit. Eine einzige Sekunde schleuderte ihn dorthin zurück.

»Sind das die besten Anwärter?« Die Stimme der Königin klang warm und weich. Sie schritt die Reihe der zehn ausgesuchten Wächter ab, während sie auf die Antwort des Hauptwächters wartete, und schien dabei jeden prüfend zu durchdringen.

Temm war einer davon und allein darauf mächtig stolz, auch wenn er nicht ausgewählt werden würde. Seit zwölf Jahren verrichtete er seinen Dienst als Wächter im Palast der königlichen Familie, auf die er bisher nicht mehr als einen flüchtigen Blick hatte erhaschen können. Meistens von hinten. Wenn man für die Sicherung der Außenanlagen zuständig war, kam man dem König und seinem Anhang üblicherweise nicht sonderlich nahe. Höchstens, wenn für irgendwelche Festivitäten Verstärkung gebraucht wurde.

Heute jedoch wurde eine Stelle der persönlichen Leibwächter der Königin neu besetzt. Der bisherige Inhaber war aufgrund von ungebührlichem Betragen daraus entfernt worden. Weitere Einzelheiten waren nicht bekannt. Isleen, die Königin, war eine wunderschöne Frau. Er hatte eine ziemlich konkrete Vorstellung davon, inwiefern sich der bisherige Leibwächter daneben benommen hatte.

Deshalb wurde die Auswahl jetzt besonders sorgfältig getroffen. Niemals hätte er sich vorzustellen gewagt, hierfür in Betracht gezogen zu werden. Dennoch war es so, und er konnte sich nicht erklären, wieso.

»Ich würde den mit den zitronengelben Haaren nehmen.« Vrebal, der zehnjährige Sohn des Königspaares und Thronfolger von Vrebal dem Ersten, grinste verschmitzt von einem Ohr zum anderen.

Seine Mutter erwiderte das Grinsen mit einem gütigen Lächeln. »Und warum würdest du das?«

»Weil er der einzige ist, der genug Schneid hatte, dir in die Augen zu sehen.«

Ihr Lachen klang amüsiert, belustigt und zustimmend zugleich. »Ja, das ist wahr.«

Der einzige, der genug Schneid hatte, dir in die Augen zu sehen. Es war dieser Satz, an den er sich erinnerte, der ihn in die Gegenwart zurückbrachte. Isleen mochte es nicht, wenn man an ihr vorbei sah, und obwohl er wusste, wie sehr es ihn schmerzen würde, er hatte nicht vor, sie zu beleidigen, indem er ihrem Blick weiterhin auswich.

»Du hast dich verändert, Temm.«

»Es ist viel Zeit vergangen, Herrin.«

»Zu viel. Du fehlst mir. Niemand konnte mir ein solch tiefes Gefühl von Sicherheit geben wie du.«

Das Schlucken fiel ihm schwer. Was sollte er darauf erwidern?

»Ich konnte nicht bleiben.« Den Satz hatte er ihrem Sohn, seinem König, ebenfalls gesagt. War erst ein paar Tage her.

»Ich weiß, deshalb ließ ich dich gehen. Trotz deines Schwurs.« Mit den Fingern glitt sie durch seine Haare, ließ eine Strähne davon hindurchgleiten, spielte sogar kurz damit. »Früher hast du dein Haar kurz getragen. Ich finde, das sah besser aus.«

Was kümmerte ihn sein Aussehen? Nichts. Die kurzen Haare waren praktischer gewesen für das Tragen des Helms. Den brauchte er heute nicht mehr, es bestand also keine Notwenigkeit, die Frisur ordentlich einzukürzen und in Zaum zu halten.

Mit zwei Fingern fuhr sie die Linie seines Partnerschaftsstriches nach. Wie vorhin war die Berührung nicht mehr als das Schlagen eines Schmetterlingsflügels. »Den kenne ich nicht.«

Nein, natürlich nicht. Den hatte er erst bekommen,

nachdem er den Dienst mit ihrer Erlaubnis quittiert hatte. Nachdem die Gesetze geändert worden waren, und er sich diesen neuen Gesetzen hatte unterwerfen müssen wie jeder andere.

Als sie bei seiner Halskuhle ankam, wurde ihr Blick melancholisch. »Zwei Töchter oder ein Sohn?«

»Ein Sohn.«

Jetzt tippte sie kurz gegen den Querstrich, der die Partnerschaft als beendet markierte. »Du hast seine Mutter verlassen.«

Komisch, dass sie wusste, dass er derjenige gewesen war, der ging und nicht seine Expartnerin. Was vermutlich daran lag, dass Isleen ihn besser kannte als jedes andere Lebewesen auf diesem Planeten.

»Einen Tag nach seiner Initiation.« Der frühestmögliche Zeitpunkt für eine Trennung. Diese Regel galt damals bereits und tat es bis heute.

Jetzt war er es, der ihr Gesicht erforschte und dazu musste er nicht mal weit nach unten sehen, weil Isleen beinahe genauso groß war wie er. Sie hatte bei seinen Worten nicht mal gezuckt, und er versuchte herauszufinden, was sie dachte. Ob sie ihn für seine Haltung ablehnte. Doch in ihren Zügen fand sich nichts außer Sanftmut und, lieber Himmel, Zuneigung. Das war wirklich das Letzte, was er zu sehen erwartet hatte.

»Du hast dich danach nicht mehr gebunden.« Keine Frage, eine simple Feststellung. »Das ist traurig. In meinen Träumen, in meinen Wünschen hast du irgendwann angefangen, glücklich zu sein.«

Er merkte, wie er den Kopf schüttelte. Er würde nie wieder glücklich sein, weil er es nicht wollte. Was war Glück denn anderes als eine Illusion? Eine riesengroße Lüge, die man Leichtgläubigen aufschwatzte, um sie zu irgendwas zu motivieren. Mehr nicht. Er brauchte das nicht. Nochmal gab er dem Leben, dem Schicksal bestimmt keine Chance, die Seifenblase namens Glück zu zerschmettern und ihn niederzumetzeln. Sein Bedarf daran war gestillt. Ausreichend für eine Lebensspanne, fünfmal so lange, wie sie bereits hinter ihm lag.

Erneut näherte sich ihre Hand seinem Gesicht. Diesmal umkreiste ihr Zeigefinger das schwarze Minuresh.

»Das hätte nicht passieren dürfen.« Zum ersten Mal lag Trauer in ihrer Stimme. Ihre Augen schimmerten feucht und eine einzelne Träne bahnte sich ihren Weg über ihre Wange.

»Das trifft auf vieles zu, das trotzdem passiert ist und noch passiert.« Ob sie ihn verstanden hatte, vermochte er nicht zu beurteilen. Sonderlich laut waren die Worte nicht über seine Lippen gekommen. Verdammt, er war sich nicht mal sicher, ob er sie wirklich ausgesprochen hatte.

Für einen Moment sah es aus, als würde Isleen ihren Gefühlen erliegen. Was er begrüßen würde, weil es bedeutete, dass sie vielleicht von ihm abließ und ging. Leider fing sie sich wieder. Ein tiefer Atemzug, ein Straffen ihrer Schultern. »Weißt du, dass deine Tochter zu uns zurückgekehrt ist?«

Wham! Diese Worte trafen ihn wie eine Keule. Eher wie eine Abrissbirne. Die mit dem Schwung von einem Kilometer Entfernung auf ihn prallte. Er spürte, wie er schwankte.

Bei Dessmon, bis gerade eben hatte er nicht mal gewusst, dass er überhaupt eine Tochter hatte. Ja, natürlich hatte er mitbekommen, dass sein Kind geboren worden war, weil er es gespürt hatte. Er hatte nie wissen wollen, welches Geschlecht es hatte, weil er immer davon ausgegangen war, dass auch dieses Kind ... Damals, als die Mutter ...

»Sie lebt bei mir in Somerset.« Nein, das wollte er nicht hören. »Und sie wünscht sich nichts mehr, als irgendwann, eines Tages ihren Vater kennenzulernen.«

Hör auf. Bitte.

Er wollte seine Hände heben und auf seine Ohren pressen. Es gelang ihm nicht.

Irgendetwas in ihm zerrte an ihm. Es fühlte sich beinahe an, als würden seine Eingeweide mit Schmirgelpapier bearbeitet. Was sonderbar war, denn zu solchen Anwandlungen fähig zu sein, hatte er längst hinter sich gewähnt.

»Sie wird sich dir nicht aufdrängen, Temm. Sollte einmal der Tag kommen, an dem du so weit bist, weißt du, wo du sie findest.«

Er, anstelle der Königsmutter, würde darauf besser nicht warten. Diese Frau zu sehen, die Isleen seine Tochter nannte, war so ziemlich das Letzte, was er sich vorstellen konnte. Es würde ihn umbringen, dessen war er sicher. Nun, dann war es vielleicht gar keine schlechte Idee. Sobald der Krieg vorbei war und er nicht mehr gebraucht wurde.

»Und wie sie, werde auch ich dich nicht weiter bedrängen. Ich sehe doch, wie schwer es dir fällt, mit mir in einem Zimmer zu sein.«

Oh Gott, so hatte er nicht auf sie wirken wollen. Ja, es stimmte. Am liebsten würde er davonlaufen. Für ihn selbst überraschend - schreiend. In ihm tobte ein Gewitter, dessen Ursprung er nicht nachvollziehen konnte. Da sollte eigentlich nichts mehr übrig sein, das in Aufruhr geraten konnte. Dennoch verhielt es sich so. Verdammt.

Sie beugte sich zu ihm vor und hauchte einen Kuss auf seine Stirn.

Was hatte da gerade so verdächtig geknirscht? Vrebal, der sich taktvoll im Hintergrund hielt, machte nicht den Eindruck, als hätte er etwas gehört. Ob er sich das Geräusch eingebildet hatte?

Isleen wandte sich von ihm ab und schritt auf eine kleine, halbwegs verborgene Tür zu, die im Muster der Wand kaum zu erkennen war. Sie hatte den Griff bereits in der Hand, als sie sich nochmal zu ihm umdrehte. »Ich habe dich nie von deinem Schwur entbunden, Temm. Ich ließ dich gehen in der Hoffnung, dass du eines Tages zurückkommst. Auf den Platz, auf den du gehörst.«

Wie lange sie schon weg war, als er das Zimmer um sich herum wieder wahrnahm, vermochte er nicht zu sagen. Sie hatte ihn völlig aus dem Konzept gebracht. Etwas, an dem sich seit etlichen Jahrhunderten viele die Zähne ausgebissen hatten.

Verdammt, wo kam nur diese Schwäche auf einmal her? Die konnte er sich nicht leisten. Die musste er auf schnellstem Wege wieder loswerden.

»Majestät.« Er nickte Vrebal lediglich knapp zu und stürzte aus dem Audienzzimmerchen. Unhöflich und in höchstem Maße respektlos, aber mehr schaffte er nicht, und er wusste, dass der König es ihm in diesem speziellen Fall nicht übelnahm.

Draußen auf der Straße sog er die kühle Nachtluft ein. Sein Blick wanderte zum Himmel. Bald würde es regnen. In England nichts Ungewöhnliches und momentan äußerst passend zu seiner Stimmung.

Er zog sein Handy aus der Jackentasche und tippte eine Nachricht an Krus, dass er die Nacht in London verbrachte und erst am nächsten Vormittag auf das Anwesen zurückkam. Im Augenblick war er schlicht nicht in der Lage, ein Auto zu lenken, ohne eine Gefährdung für die gesamte Bevölkerung von London darzustellen.

II

Das Frühstück verlief schrecklich schweigsam. Jeder hing seinen Gedanken nach. Die meisten davon kreisten entweder um Gor und Inkia oder um Temm und dessen unerwartetem Ausflug in die Stadt. Auch Levania fragte sich, wohin er gegangen war und was er dort machte. Musste was Wichtiges gewesen sein, dass es nicht bis heute hatte warten können, sondern er sich noch am Abend auf den Weg machte. Wann er wohl zurückkam? Im Laufe des Vormittags, wie Krus seine Freunde hatte wissen lassen, war ein recht dehnbarer Zeitraum.

Nach dem Frühstück war es in dem Anwesen ebenfalls furchtbar still, weil sich die Jäger alle auf dem Trainingsgelände aufhielten. Mit den Frauen war sie noch nicht warm geworden. Die brachten ihr ein nicht geringes Maß an Misstrauen entgegen. Ob Temm wusste, wie sehr er geschätzt wurde, dass sich die Jägerpartnerinnen beinahe blind auf sein Urteil verließen?

Einen Vorwurf machte sie den Dessla wegen deren Zurückhaltung nicht. War ja nachvollziehbar. Zum Einen war noch nicht geklärt, ob Ezekial, immerhin ihr Ehemann, nicht doch hinter der Entführung von Gors Tasha steckte. Zum Zweiten hatten sie kaum einen Grund, ihr zu vertrauen. Mit nichts hatte sie bewiesen, Vertrauen zu verdienen. Um ihr eigenes war es auch nicht gerade gut bestellt. Wem vertraute sie denn? Außer ihrem Enkel im Grunde niemandem. Noch nicht, weil sie ebenfalls keinen Grund hatte, es zu tun.

Sie war hier ebenso isoliert wie im Palast von Ezekial. Der einzige Unterschied lag darin, dass sie nicht auf jedes Wort, jede Geste, jede Mimik achten musste. Die Angst war verschwunden. Zumindest die um ihr Leben. Was die

Zukunft - im Allgemeinen und ihre eigene - anging, war Entspannung sicherlich noch nicht angebracht.

Wenigstens musste sie sich nicht erst daran gewöhnen, untätig herumzusitzen. An einer sinnvollen Beschäftigung hatte es in Finnland ebenfalls gemangelt. Darin, die Zeit totzuschlagen, den Tag irgendwie rumzubringen, war sie ein Experte, dem wohl niemand etwas vormachen konnte.

Vielleicht konnte sie sich im Garten nützlich machen. Der Gärtner des Anwesens kämpfte nach wie vor verbissen um die Rosen, die umgesetzt worden waren, als der Irrgarten, den sie früher mal umsäumten, zugunsten des Trainingsgeländes plattgemacht worden war.

Vor ihrer Hochzeit mit Ezekial hatte sie gerne gegärtnert. In den Außenanlagen, die das Haus ihrer Eltern umgaben, gab es immer etwas zu tun, und sie hatte es geliebt, mit Pflanzen zu arbeiten. Früher hatte sie sich darauf verstanden, das besessen, was heutzutage ein Grüner Daumen genannt wurde. Als Ehefrau des Herrschers der Angerol war es ihr nicht mehr erlaubt gewesen, ihre Hände schmutzig zu machen. Gartenarbeit war etwas für Diener, nicht für die erste Frau der Spezies.

Sie würde den hiesigen Gärtner fragen, ob er ihr erlaubte, ihm zur Hand zu gehen. Mit etwas Glück gab er seine Zustimmung.

Auf dem Weg durch die Eingangshalle überlegte sie, wie sie ihr Anliegen formulieren wollte. Es sollte sich wie eine Bitte anhören, um dem Gärtner die Chance zu geben, nein sagen zu können. Der Mann sollte sich schließlich nicht genötigt fühlen. Verzweifelt sollte es nicht klingen.

Gerade in dem Moment, da sie die Hand nach der Klinke ausstrecken wollte, ging die Tür auf. Ein Temm, der hochgradig übernächtigt aussah, kam herein. Liebe Güte, die schwarzen Kringel unter seinen Augen ließen vermuten, dass er mindestens die halbe Nacht nicht geschlafen hatte. Was er wohl stattdessen tat? Womöglich mit einer netten Desslanerin ...? Ihr Magen grummelte bei dem Gedanken. Was war das denn? Und wo kam es her?

Bei ihrem Anblick zuckte er erst zusammen, dann zurück. Autsch. Reflexartig griff seine Hand zu seinem hinteren Hosenbund. Da steckte, wie sie wusste, seine Pistole. Nicht mehr nur Autsch. Im letzten Augenblick überlegte er es sich anders. Mit verbissenem Gesichtsausdruck schickte er sich an, sie großräumig zu umrunden.

»Temm, bitte. Lass uns reden.«

Er war schon fast an ihr vorbei, und sie ging davon aus, dass er weitergehen würde. Wider Erwarten blieb er tatsächlich stehen.

»Ich wüsste nicht, worüber.«

Schade, dass er sich nicht zu ihr umdrehte.

»Ich denke, da gibt es durchaus etwas zwischen uns zu klären.«

Jetzt drehte er sich doch um. Der Blick, mit dem er sie musterte, war, nein, erstaunlicherweise nicht kalt. Das hätte sie nicht überrascht. Der Blick war leer, und das machte ihr eine gehörige Gänsehaut.

»So, denkst du. Ich denke das nicht.«

»Bei dem Empfang, den du mir bereitet hast, mit einer Pistole, ist klären wohl das Mindeste.«

Ein völlig gefühlloses Lächeln verzerrte seinen Mund zu einer Karikatur, die kein Cartoonist besser hinbekommen hätte. »Wie ich an dem Abend schon sagte, es war eine reine Vorsichtsmaßnahme.«

»Und hatte rein gar nichts mit dem zu tun, was vor dreitausend Jahren geschehen ist.«

Wieder dieses sonderbar bellende Lachen, das er in der Bar ebenfalls von sich gegeben hatte. Wann hatte er sich das bloß antrainiert? Es klang schauderhaft. Dabei war sein echtes Lachen schön anzuhören.

»Ich meine, auch das bereits gesagt zu haben, aber ich

wiederhole mich gerne. Du überschätzt deinen Einfluss auf mich.«

»Wir konnten uns nie aussprechen. Ich konnte dir nie sagen, dass es mir leid tut.«

»Ach, und du meinst, das spielt heute noch eine Rolle? Wie du es sagtest, das ist über dreitausend Jahre her. Schnee von gestern. Ich gehöre nicht zu der Sorte, die olle Kamellen aufwärmen muss. Und jetzt entschuldige mich bitte, ich hab noch zu tun.« Er machte auf dem Absatz kehrt und stapfte davon.

Sie blickte ihm hinterher und ehe sie es verhindern konnte, rutschte ihr heraus: »Du hast dich verändert, Temm, und nicht zu deinem Vorteil.«

Temm hielt nicht an, während er antwortete. »Ja, ich weiß. Die kurzen Haare standen mir besser. Wurde mir erst vor ein paar Stunden gesagt.«

Nicht bloß das. Er war insgesamt schmaler geworden. Hagerer. Die Wangen eingefallener, als würden ihm Backenzähne fehlen. Sie konnte es zwar nicht sehen, traute sich jedoch zu wetten, dass seine Muskeln nicht mehr so ausdefiniert waren, wie sie sie in Erinnerung hatte. Seine Optik war allerdings nicht, was sie meinte.

»Was ist nur mit dem jungen Desslaner passiert, an den ich mich erinnere? Der es liebte, mit seinen Freunden zusammen zu feiern, zu lachen und zu scherzen?« Sie musste die Stimme erheben, damit sie ihn noch erreichte.

Ihre Worte wirkten wie eine Bremse. Er blieb abrupt stehen. Ein Wunder, dass seine Stiefel nicht quietschten oder qualmten. Umso langsamer drehte er sich ihr wieder zu. Mit zusammengekniffenen Lidern blitzte er sie an. Seine Augen schienen wirklich Blitze zu verschleudern. Wenigstens war jetzt ein bisschen Leben in ihnen.

»Der ist erwachsen geworden, Levania, als er sich zusammen mit seinem ehemaligen Freund Nikelio unter den Tisch gesoffen hat.«

Ihre Gedanken überschlugen sich. Wenn er das in diesem Zusammenhang erwähnte, vielleicht sogar unbeabsichtigt und ohne es zu merken, konnte dieses gemeinsame Trinkgelage nur aus einem Grund stattgefunden haben: Um Liebeskummer zu ertränken.

Nikelio hatte wie ein Tier um ihre Schwester Hiralies gekämpft und trotzdem verloren. Dabei war er ursprünglich der Wunschkandidat ihres Vaters gewesen. Bevor ein anderer, in dessen Augen noch besserer, auf der Bildfläche erschienen war. Dann war ihrer Schwester dasselbe passiert wie ihr. Hiralies war in eine ungewollte Ehe gedrängt worden.

Temm war ihrem Vater von vornherein ein Dorn im Auge gewesen. Man stelle sich das vor, ein Desslaner und eine Angerol. Völlig undenkbar. Da war Ezekial gerade recht gekommen. Jung, dynamisch und ehrgeizig. Noch dazu mit den besten Kontakten und einer aussichtsreichen Zukunft. Dass er einmal der Herrscher werden würde, das hatte ihr Vater sicher nicht erwartet. Ein hohes Amt zu bekleiden, ja, darauf hatte er von Anfang an spekuliert.

Ob aus Kostenersparnis oder weil es praktisch gewesen war - ihre Eltern jedenfalls hatten sich lange gerühmt, die denkwürdigste Doppelhochzeit veranstaltet zu haben, die die Angerol je erlebt hatten. Wie die beiden Töchter dazu standen, das hatte keine Rolle gespielt. Frauen zählten bei den Angerol nicht viel und deren Meinung noch viel weniger.

»Nein, er ist verbittert geworden.«

»Desillusioniert ist das passendere Wort. Nicht mehr so leichtgläubig und vertrauensselig. Und bevor du dir einbildest, du hättest einen Anteil an dieser für mich durchaus erfreulichen Entwicklung. Tut mir leid, mit dir hat das nichts zu tun. Oder höchstens am Rande, allerdings nicht, wie du vielleicht meinst.«

»Was meine ich denn?« Da sie das halbe Schreien leid

war, ging sie zu ihm hinüber. Er versuchte nicht, den Abstand zu vergrößern, als sie vor ihm stehen blieb. Gut. Auf die Art redete es sich leichter. »Dass es mir Spaß gemacht hätte, dich zu verlassen? Glaubst du, ich bin damals freiwillig gegangen? Ich habe mir meine Zukunft anders vorgestellt und erträumt. Vor allem an der Seite eines anderen Mannes, und das weißt du sehr gut. Was hätte ich denn tun sollen? Mich gegen meinen Vater auflehnen? Ja, natürlich. Du kennst die angerolische Kultur besser als jeder andere Dessla. Du weißt, dass mich das zu einer Ausgestoßenen gemacht hätte, für die es nie wieder ein Zurück gegeben hätte. Und, hätte deine Rasse mich als deine Partnerin etwa akzeptiert? Mich, eine Angerol, eine Frau, die dir keine Kinder schenken kann? Nein, das hätte sie nicht. Du bist also desillusioniert worden. Na, herzlichen Glückwunsch. Glaubst du, du wärst der einzige? Meine Illusionen sind auch geplatzt, als ich gezwungen wurde, einen Mann zu heiraten, den ich nicht wollte. Aber soll ich dir mal was sagen? So sehr ich damals gelitten habe, jetzt, im Nachhinein, bin ich sogar dankbar, dass mich mein Vater von deiner Seite gezerrt hat. Und willst du wissen, warum? Deshalb.« Sie deutete auf sein rechtes Auge. »Wäre ich wirklich mit dir durchgebrannt, was wäre wohl aus mir geworden, als du *ihr* begegnet bist?«

Sie hatte sich so in Rage geredet, ihr war gar nicht aufgefallen, dass er nicht mal versucht hatte, sie zu unterbrechen. Erst jetzt, als sie außer Atem vor ihm stand und auf seine Erwiderung wartete, fiel ihr auf, wie bleich er geworden war.

»Es tut mir wirklich leid, dass du diese Frau verloren hast, weil sie starb«, fuhr sie in wesentlich sanfterem, versöhnlicherem Tonfall fort, »aber dafür kann ich nichts. Es ist nicht meine Schuld.«

»So, meinst du?« Er spuckte die Frage förmlich aus.

Bevor sie sich von dem Schreck, dass er so was sagte,

erholt hatte und nachhaken konnte, ergriff Temm die Flucht. Er rannte geradezu davon. In einem Tempo, das sie begreifen ließ, es war zwecklos, ihm nochmal hinterher zu rufen oder gar ihm nachzugehen.

Was wollte er damit sagen? Wie meinte er das? Sie hatte die Frau nicht gekannt. Herrje, sie wusste nicht mal, wer sie gewesen war. Wie konnte er da ernsthaft in Betracht ziehen, dass sie etwas mit ihrem Tod zu tun hatte? Wie absurd.

12

Mit ausgestreckten Gliedmaßen lag Temm auf seinem Bett und starrte die Decke an. Der heutige Tag schien nahtlos da weitermachen zu wollen, wo der gestrige aufgehört hatte. Anders konnte er die Begegnung mit Levania sofort nach seiner Rückkehr nicht interpretieren.

Verdammt, er hätte sie ignorieren sollen. Sich die Ohren zuhalten und weiterlaufen. Nicht auf das hören, was sie sagte. Das hätte er tun sollen. Wieso hatte er es nicht?

Wäre ich wirklich mit dir durchgebrannt, was wäre wohl aus mir geworden, als du ihr begegnet bist?

Die Worte hatten ihn ganz schön getroffen. Interessant, dass Worte das seit einiger Zeit wieder schafften. Dabei waren sie lange Zeit einfach an ihm abgeprallt. Wie Regentropfen an einem imprägnierten Stück Stoff. Egal, was man ihm an den Kopf warf. Jetzt taten sie das nicht mehr. Jetzt drangen sie wieder zu ihm durch und brachten ihn zum Nachdenken.

Wie wäre sein Leben wohl verlaufen, wäre Levania damals tatsächlich mit ihm durchgebrannt, anstatt sich ihrem Vater zu beugen und Ezekial zu heiraten?

Jeder Ansatz, diese Frage zu beantworten, befand sich natürlich im Bereich der vagen, schnöden Theorie. Eins erschien ihm sicher. Hätte Levania ihn nicht verlassen, wäre er vermutlich kein Wächter geworden, und somit wäre er *ihr*, Nerulea, höchstwahrscheinlich gar nicht begegnet.

Wie wäre sein Leben mit Levania gewesen?

Um diese Frage einigermaßen realistisch zu beantworten, war es notwendig, sie mit den Augen des jungen Temm zu betrachten. In der Welt der Angerol hatte sich in den vergangenen dreitausend Jahren nicht viel verändert. In der der Dessla einiges, und vieles davon grundlegend. Zur damaligen Zeit hatte es viele Dinge, die heute selbstverständlich waren, noch nicht gegeben.

Die Zusammenführung war lediglich eins davon. Damals hatten die Dessla noch geheiratet. Freiwillig und nach eigener Wahl. Als junger Mann hätte er sich bestimmt nicht vorstellen können, dass es einmal anders sein würde. Dass Partnerschaften für den einen oder die andere bereits im Säuglingsalter vereinbart würden und man dem nicht entkommen konnte. Die Zwangszusammenführung, heute die gängige Praxis, bei der man weder ein Mitspracherecht noch die Wahl hatte. Für die damaligen Dessla undenkbar. Ebenso wie die Nachkommenschaftsverpflichtung, die einige Jahrzehnte später eingeführt wurde, weil die aufgezwungenen Partnerschaften zu oft kinderlos blieben und es dadurch zu einem eklatanten Bevölkerungsschwund kam.

Die Gesellschaftsschicht der Jäger hatte es vor dreitausend Jahren ebenfalls noch nicht gegeben. Die war erst später entstanden. Dem Druck von Ezekial nachgebend. Wieder mal. Ursprünglich waren die Jäger einmal eine Schutztruppe für hochrangige Angerol gewesen, entstanden aus der überschüssigen Elite der Wächter, die nicht der Königsfamilie direkt dienten. Damals hatten sie noch eine andere Bezeichnung gehabt, aber er konnte sich nicht mehr daran erinnern, welche, weil er nie dazugehört hatte.

Die Jäger, wie man sie heute kannte und unter dieser Bezeichnung, gab es erst seit etwa zweitausend Jahren. Sie entwickelten sich als eigene Klasse während der kompletten Umstrukturierung der Gesellschaft. Vorher hatte es drei Schichten gegeben: die Krieger, den Adel und den Rest. Über allen herrschte der König uneingeschränkt.

Die Bewahrer der Zeremonien waren als Priesterschaft keine eigene Gesellschaftsschicht und verfügten über keinerlei Macht.

Dann kam die Umstrukturierung und plötzlich gab es eine Sieben-Klassen-Gesellschaft, die fast unverändert auch heute noch existierte, unter der mehr oder weniger heimlichen Führung des Zirkels, der zeitgleich ins Leben gerufen wurde.

Die Wächter als Kriegerelite für den König wurden weitestgehend abgeschafft. Heute konnte sich jeder Hinz und Kunz für einen Posten bei der Palastwache bewerben. Dass das die Position des Zirkels zusätzlich stärkte, war sicherlich bloß ein Zufall. Um das bekannte Wort Wächter auch weiterhin am Leben zu erhalten - vielleicht, damit die Entmachtung des Königs nicht so auffiel - wurden die Bewahrer in Wächter der Zeremonien umbenannt und zur eigenen, noch dazu obersten, allerdings immer noch völlig machtlosen Gesellschaftsschicht erklärt.

Temm ertappte sich dabei, wie er seinen Gedanken erlaubte abzuschweifen. Der kleine Ausflug in die Entwicklungsgeschichte der desslanischen Gesellschaft diente nur einem Zweck: Sich vor der Beantwortung der eigentlichen Frage zu drücken.

Wie wäre sein Leben mit Levania gewesen?

Machte es überhaupt Sinn, sich eine solche Frage zu stellen? Was wäre wenn. Was brachte das? Es war nicht so. Punkt. Ein Leben mit Levania hatte es nicht gegeben, wozu sich also fragen, wie es hätte sein können? Was änderte das? Nichts.

Ja, sie hatte ihn bezaubert. Damals, im Jahr 1099 vor Christus, um es mal in der menschlichen Zeitrechnung auszudrücken. An jenem Abend auf dem Weingut von Nikelios Eltern, als er ihr zum ersten Mal begegnet war. Liebe auf den ersten Blick, wie bei Nikelio und ihrer Schwester Hiralies, war es nicht gewesen. Definitiv nicht. Dessmon bewahre. Er ein Dessla, sie eine Angerol.

Dennoch, er hatte sich sofort von ihr angezogen, zu ihr hingezogen gefühlt. Umgekehrt war es genauso gewesen. Das erste Herzklopfen hatte es erst zwei Tage später gegeben. Die Schmetterlinge im Bauch hatten einen Tag länger gebraucht, um loszufliegen. Beim ersten Kuss, von beiden eher aus Neugier ausprobiert. Gefunkt hatte es beim anschließenden gegenseitigen Blick in die Augen. Gewaltig gefunkt. Mann, Nikelio hatte ihn damals ganz schön aufgezogen deswegen. Gutmütig natürlich, wie es sich für einen guten Freund, der selbst bis über beide Ohren verliebt war, gehörte.

Temm merkte, wie sich seine Lippen verzogen. Scheiße, lächelte er bei dieser Erinnerung etwa? Innerlich verpasste er sich eine gehörige Ohrfeige, um sich selbst wieder zur Räson zu rufen. Mit sofortiger Wirkung war das Thema gestorben und er würde keinen einzigen Gedanken mehr daran verschwenden. Diesen Vorsatz vor sich hin murmelnd, erhob er sich vom Bett und ging hinüber in den Wohnbereich. Wurde Zeit, sich endlich für das Training fertig zu machen, bevor der Vormittag komplett gelaufen war.

Es passte ihm ganz gut in den Kram, dass es exakt in diesem Moment zaghaft an der Tür klopfte. Das unterstützte ihn in seinem Vorhaben. Besuch zwar eher weniger, aber wenn der half, blödsinnige Gedanken fernzuhalten, nahm er ihn ausnahmsweise mal in Kauf.

Überraschenderweise steckte Gor den Kopf zur Tür herein und schob seinen massigen Körper gleich hinterher, bevor er die Tür sorgfältig verschloss. Gor. Was wollte der denn jetzt von ihm?

Mit unschlüssigem Gesichtsausdruck blickte Gor sich um, bevor er ihn ansah. »Ist sie das?«

Eine selten dämliche Frage, die er lediglich mit einem Brummen beantwortete. Wer sollte es denn sonst sein? Dass Gor sie stellte, zeigte ihm jedoch, wie sehr der Chef um das eigentliche Thema herumeierte.

»Schöne Frau.«

War sie gewesen, in der Tat. Wenn Gor gekommen

war, um ihm Informationen über Nerulea und die Beziehung mit ihr aus der Nase zu ziehen, hatte er den Weg umsonst gemacht. An seiner Einstellung vom Vorabend im Esszimmer hatte sich nichts geändert. Das schien ihm im Gesicht zu stehen, denn Gor hob abwehrend die Hände.

»Versteh mich nicht falsch, Temm. Ich bin nicht wegen ihr hier.« Schön, das ersparte Temm, ihn rauszuwerfen. »Also, nicht direkt.« Gab es bei sowas denn auch ein indirekt? »Es ist nur so, dass ...«

Mit den Händen fuhr sich Gor übers Gesicht. Das machte er in letzter Zeit erschreckend oft. Es war eine Geste der Hilflosigkeit und hilflos wollte kein Jäger seinen Anführer sehen. Es unterwanderte die Stärke der Truppe.

Mühsam hielt er sich davon zurück, Gor zu drängen. Ungehalten zu reagieren, war in den letzten Jahrhunderten eine der wenigen echten Reaktionen gewesen. Ungehalten zu sein die einzige Gemütsverfassung, die er sich nie verboten hatte. Ungeduld jedoch war etwas anderes. Sie zerstörte mehr, als sie bewirkte, und in diesem speziellen Fall würde sie vermutlich einen Streit vom Zaun brechen, der sich hinterher nur schwer wieder beheben ließ.

»Seit Inkia weg ist«, fuhr Gor schließlich mit leiser, zittriger Stimme fort, »versuche ich, mir vorzustellen, was passiert, wenn das Schlimmste eintreten sollte. Doch als Manus gestern über das Minuresh sprach, wurde mir klar, dass meine Vorstellungskraft nicht ausreicht, um es mir auszumalen. Ich muss es aber wissen, Temm. Wenn noch jemand anders da wäre, den ich fragen könnte, würd ich's tun. Da ist aber niemand. Du bist der einzige, der es mir sagen kann.«

Da hatte Gor allerdings Recht.

Nach einem tiefen Atemzug deutete er auf einen der Stühle. »Setz dich hin, Gor, und lass mich einen Moment nachdenken, wie ich es beschreiben kann.«

Gor nickte und nahm Platz. Damit begann Temms Wanderung durch das Zimmer.

Wie fühlte es sich an? Er hatte keine Ahnung, ob es für jeden gleich war. Ihm war nie ein anderer Minur begegnet. Zumindest nicht, soweit ihm bekannt war. Diejenigen von ihnen, die keine Kinder zeugten, trugen kein Minuresh als Erkennungszeichen. Zu erkennen hatte sich ihm gegenüber jedenfalls keiner je gegeben. Ob aus Taktgefühl wegen der schwarzen Färbung seines Minureshs oder weil er wirklich nie einen getroffen hatte, wusste er nicht.

Der Tag, an dem für ihn das Schlimmste eintrat. Eine Erinnerung, die er üblicherweise tief in sich vergrub und nie herausholte. Sie war dermaßen tief vergraben, dass es ihn überraschte, wie leicht und schnell er sie hervorziehen konnte. Und wie intensiv sie sich anfühlte. Als wäre es erst gestern geschehen.

Noch immer versah Temm als Erster Wächter der Königsmutter jeden Tag seinen Dienst. Das war das einzige, was seinem Leben noch einen Sinn gab, seit ihm Nerulea genommen worden war. Dreieinhalb Jahre waren vergangen, seit jenem schrecklichen Tag, als Vrebal der Zweite, König der Dessla, gezwungen gewesen war, seine eigene, hochschwangere Schwester als Faustpfand in die Fremde zu schicken. In ein Land, das sie noch nie gesehen hatte, um bei einer Rasse zu leben, die nicht die ihre war.

Es war ein Tag wie jeder andere seither. Er stand neben der Tür zu Isleens Privatgemächern und wachte darüber, dass sich keiner ihrer Besucher daneben benahm. Sie hatten Respekt vor ihm. Alle miteinander. Niemand wagte es, sich ungebührlich zu verhalten, wenn er Dienst hatte. Nach wie vor war er eine einschüchternde Gestalt, und die meisten Angehörigen des Adels fürchteten ihn, obwohl jeder wusste, welchen Verlust er erlitten und wie sehr ihn das getroffen hatte.

Wenn es sich nicht ausgerechnet um die Schwester des

Königs, die Tochter der geschätzten, ja, geliebten Königsmutter handeln würde, viele würden ihm wahrscheinlich gonnen, dass ihm das passiert war, wären hämisch und würden hinter seinem Rücken über ihn herziehen. So traute sich keiner. Ihm war es egal, ob sie es taten oder nicht. Ihm war alles egal, seit Nerulea weg war. Alles, außer der Schutz von Isleen. Den nahm er verflucht ernst, und jeder wusste das.

Mit geübtem Blick musterte er die heutigen Besucher. Ein paar alte Freundinnen von Isleen, mit denen sie eine leichte Konversation betrieb. Die Königsmutter litt ebenfalls, und diese Freundinnen waren gekommen, um sie ein wenig abzulenken. Sie kamen häufig, und sie kamen nie, um sich an Isleens Schmerz zu laben, sondern weil sie ehrlich um sie besorgt waren. Diese Frauen waren harmlos und niemand, vor dem man Isleen beschützen musste.

Trotzdem stand er mit angespannten Muskeln neben der Tür, den Speer, der neben dem Schwert die Bewaffnung eines Wächters darstellte, fest im Griff, um Isleen jederzeit verteidigen zu können, wenn es notwendig wurde.

Plötzlich, ohne jegliche Vorwarnung, überrollte ihn der Schmerz. Derart stark, dass es ihn mit einem Schrei auf die Knie zwang. Der Speer entglitt seinen Händen und fiel polternd auf den Boden. Das letzte, was er wahrnahm, bevor sich sein Oberkörper nach vorne krümmte, war, dass Isleen und ihre Freundinnen von ihren Stühlen aufgesprungen waren und ihn entsetzt und erschrocken anstarrten. Die nächste Schmerzwelle überrollte ihn, noch gewaltiger als die erste.

Es war, als würde ihm jemand bei lebendigem Leib die Hände in den Brustkorb rammen und seine Rippen auseinanderzerren. Er fühlte sie förmlich brechen und konnte kaum noch atmen. Der Steinboden unter seinen Knien und Händen fühlte sich kalt an, trotzdem war es ihm, als würde er durch die Luft geschleudert und dabei in lauter kleine Teile zerrissen werden.

Noch nie in seinem ganzen Leben hatte er solche Schmerzen erlitten. Nicht mal die schweren Verletzungen, die er im Krieg davontrug, hatten dermaßen höllisch wehgetan. Der Schmerz durchdrang ihn vollständig, tobte in jeder einzelnen Körperzelle. Wie lange schon? Stunden? Tage? Wochen? Würde er je wieder aufhören?

Er starb gerade, er spürte es überdeutlich. Irgendetwas saugte ihm das Leben aus den Lungen, presste es ihm aus den Eingeweiden. Es war unmöglich, dagegen anzukämpfen. Er konnte nichts tun, war dem hilflos ausgeliefert. Musste geschehen lassen, was mit ihm geschah, ohne genau zu wissen, was das eigentlich war. Er starb, obwohl er am Leben blieb. Oder war es umgekehrt? Blieb er am Leben, obwohl er starb?

Ebenso abrupt, wie er gekommen war, riss der Schmerz ab. Dumpfe Stille trat an seine Stelle. Ein tiefes inneres Schweigen. Er war leer. Keine Empfindung mehr in diesem Augenblick. Er war tot. Noch atmete er, oder bildete er sich das ein? Nein, keine Einbildung. Jetzt da der Schmerz weg war und die Stille lauter wurde, gierten seine Lungen nach Luft, als hätte er seit Jahrzehnten nicht mehr geatmet.

Allmählich kehrte das Körpergefühl zurück. Er merkte, dass er am ganzen Leib zitterte, dass ihm kalter Schweiß die Stirn hinabströmte, übers Gesicht lief und auf den Steinboden tropfte.

»Temm! Um Dessmons willen, was ist mit dir?« Isleen kniete neben ihm und strich ihm über das schweißnasse Haar. Er drehte den Kopf, um sie anzusehen, und registrierte, wie ihre Gesichtsfarbe von bleich zu leichenblass wechselte. Die zweite Hand vor den Mund geschlagen, nuschelte sie durch die Finger: »Dein Minuresh. Großer Dessmon, nein.«

Er musste ihre Tränen nicht sehen oder die Trauer in

ihren Augen, um zu wissen, was passiert war. Nerulea war gestorben, genau in diesem Augenblick. Er wusste es, er spürte es, weil er es miterlebt hatte, weil ein Teil von ihm mit ihr gestorben war.

»Dein Gesichtsausdruck gefällt mir nicht.« Gors Flüstern brachte Temm in die Gegenwart des englischen Landsitzes zurück.

Erst jetzt blieb er stehen und betrachtete seinen Boss. Dann setzte er sich auf den Stuhl neben Gors.

»Als Manus gestern sagte, der Überlebende spürt, wenn der andere stirbt, hatte er Recht. Es ist ein unglaublicher Schmerz. Stell dir vor, du wirst an deinen vier Gliedmaßen gepackt und auseinandergezerrt. Bei lebendigem Leib und langsam. Jetzt vervielfache deine Vorstellung dieses Schmerzes um eintausend, und das trifft es noch nicht mal annähernd. Der Schmerz ist gigantisch, er reißt dich in Stücke, zerfetzt dich in viele tausend Einzelteile, und du hältst ihn nur aus, weil du keine Wahl hast. Hinterher bist du für eine Weile herrlich leer, fühlst nichts mehr. Das kommt daher, dass ein Teil von dir mit deinem Minur zusammen stirbt. Aber eben bloß ein Teil, und wenn der Teil, der nicht mitstirbt, merkt, dass er noch am Leben ist, fällst du in ein tiefes, bodenloses Loch. Ein anderer Schmerz ergreift Besitz von dir. Trauer, aber um ein Vielfaches stärker als normal, und es ist ein Strudel, aus dem man sich nicht leicht befreien kann. Es dauert lange, bis dieser Schmerz endlich schweigt, bis er dir nachts nicht mehr ins Ohr brüllt, um dich vom Schlafen abzuhalten. Bis dein Herz wieder einen Weg findet, in einem normalen Rhythmus zu schlagen.«

»Und dann?« Gor atmete tief durch, bevor er ergänzte und seine Stimme klang ängstlich: »Werde ich dann wie du?«

Wie er? Gefühllos und kalt? Emotional tot? Oder was meinte Gor damit?

»Wie dein Leben aussieht, wenn du dich danach dazu

entscheidest, weiterzuleben, wählst du selbst, Gor. Ich habe mich dafür entschieden, nichts mehr zu empfinden, weil mir Empfindungen kein Glück gebracht haben. Nicht dauerhaft. Für mich war das richtig, aber ich wage zu bezweifeln, dass es dein Weg ist, sollte das Schlimmste eintreten.«

»Nein. Mein Weg wird der der Rache sein.« Gor sprang von seinem Stuhl hoch. Seine Augen funkelten, wie sie es seit der Entführung nicht mehr getan hatten, allerdings nicht im positiven Sinne. Hass stand in ihnen und auch sein Gesicht drückte das aus. »So oder so. Es ist mir egal, wie die Sache ausgeht. Ob Inkia stirbt oder ob ich sie gesund wiederbekomme, spielt keine Rolle. Nicht mehr. Es ist mir auch völlig egal, wer dahintersteckt. Wer auch immer, ich werde diejenigen zur Verantwortung ziehen. Sie werden den Tag bereuen, an dem sie Inkia entführen ließen. Nein, sie werden den Tag bereuen, an dem sie geboren wurden. Und wenn ich mit ihnen fertig bin, wird nichts mehr übrig sein, das noch betrauert werden könnte.«

Heilige Scheiße. Die Kälte und der Hass in Gors Stimme machte sogar ihm Angst. Verdammt, in welche Gefilde war sein Chef jetzt denn abgerutscht? Und was hatte das ausgelöst? Hoffentlich nichts, was er gesagt hatte.

Auch er stand auf und trat neben Gor, weil er hoffte, ihn irgendwie beruhigen zu können. Er kam nicht mehr dazu.

Gor versteifte sich, griff sich mit der rechten Hand an den linken Oberarm und zischte: »Scheiße, nicht ausgerechnet jetzt.«

Schon sackte er in sich zusammen. Temm bekam ihn gerade noch zu halten, bevor er auf dem Boden aufschlug.

13

Als Gor die Augen aufschlug, befand er sich wider Erwarten nicht wie üblich in Dessmons Innenhof neben dem Brunnen. Er saß im Schneidersitz auf einer grünen Wiese, umzingelt von einer nicht unerheblichen Schar von Dessmons zahlreichen Kindern.

»Hallo, Gor«, rief eins der lockigen Mädchen fröhlich.

Er hatte sich die Namen immer noch nicht gemerkt, was allmählich peinlich wurde, sondern sich angewöhnt, die Kids anhand ihrer optischen Merkmale auseinanderzuhalten. Zumindest konnte er sie auf die Art den entsprechenden Müttern zuordnen.

»Spielst du mit uns?« Erwartungsvoll sahen die Jungs und Mädels ihn an.

Zum Spielen war er nun wirklich nicht aufgelegt. Gerade eben hielt er seine Wut im Zaum, um sie nicht an den Kindern auszulassen. Die konnten schließlich nichts dafür. Weder für die Entführung von Inkia noch dafür, dass ihr Papa ihn ständig in den unmöglichsten Momenten zu sich rief.

»Tut mir leid, Kleines, ich bin heute nicht in der Stimmung.«

»Geht's dir nicht gut?«, fragte einer der Jungen.

Was sollte er darauf antworten? Das waren Kinder, die konnte er doch nicht mit seinem Scheiß behelligen. Er war mies drauf, richtig. Kein Grund, den Kids die Laune ebenfalls zu verderben.

Noch ehe er sich fragen konnte, ob die huschenden Blicke, die sie sich zuwarfen, bedeuteten, dass sie etwas ausheckten, fand er sich unter einem Berg Leiber begraben wieder. Johlend hatten sich die Kids auf ihn gestürzt und versuchten jetzt alle gleichzeitig, ihn zu kitzeln.

Oh verdammt. Das war ...

Den ersten Impuls, sich freizustrampeln, die kleinen Körper einfach abzuschütteln, unterdrückte er. Zu Kindern konnte er nicht grob sein. Er brachte es ebenso wenig fertig, seine Stimme zu erheben, um sie loszuwerden. Innerlich seufzend ergab er sich in sein Schicksal und machte mit.

Ihm entkam ein Glucksen, und es war nicht mal vorgetäuscht.

Unerbittlich bohrten sich die Finger in seine Seiten, seinen Bauch und andere Körperteile. Die Kids amüsierten sich prächtig über seine scheinbar unbeholfenen Versuche, ihnen zu entkommen. Wenigstens sie hatten ihren Spaß. Wobei er nicht verhehlen konnte, dass das Kichern, das inzwischen aus ihm brach, echt war.

»Kinder!« Die strenge Frauenstimme erklang just in dem Moment, da aus dem Kichern ein Lachen wurde. »Lasst Gor in Frieden. Er ist nicht zu eurem Vergnügen hier.«

Die Kinder maulten zwar, ließen aber gehorsam von ihm ab. Schade, irgendwie. Es hatte gut getan, mal für ein paar Augenblicke nicht zu denken, einfach nur zu sein.

Er rappelte sich auf, klopfte sich Gras und Staub von den Klamotten und ging zu der Frau – selbstredend eine von Dessmons Ehefrauen und sicherlich die Mutter des einen oder anderen Quälgeistes von gerade – hinüber, um sie zu begrüßen.

Entschuldigend lächelte sie ihn an. »Kinder. Sie denken immer, alles dreht sich ausschließlich um sie. Das Ergebnis der Erziehung ihres Vaters.«

»Der mich bestimmt bloß aus Versehen mitten unter ihnen hat ankommen lassen. Ebenso wie es ganz sicher keine Absicht war, dich vorzuschicken. Nicht wahr?«

Ihr ertappter Gesichtsausdruck beantwortete die Frage. Treffer – versenkt.

»Naja. Er dachte, es wäre sinnvoll, wenn du erst von deinem Hasstrip runterkommst.«

Oder was? Was erwartete Dessmon, das er tun würde? Ihm an den Hals springen? Okay, er war in letzter Zeit nicht komplett zurechnungsfähig. Zugegeben. So durchgedreht jedoch, einen Gott anzugreifen, noch dazu seinen eigenen, war er nicht.

»Wie beruhigend.«

Ah. Da war der Herr des Hauses ja. Vermutlich war er die ganze Zeit da gewesen, hatte es allerdings vorgezogen, sich noch nicht zu zeigen.

»Du standst gerade gefährlich nah am Abgrund, Gor. Das ist sogar Temm aufgefallen. Da dachte ich, ein bisschen zu extrovertieren würde dir guttun. Und einem dabei zu helfen, darin sind Kinder einfach unschlagbar.«

Da hatte Dessmon allerdings Recht. Außer Inkias Rückkehr in unversehrtem Zustand, hätte nichts und niemand ihn dazu bringen können zu lachen. Emotional auf der Kippe gestanden war er ebenfalls, das war nicht zu leugnen. Also sollte er jetzt vielleicht artig Männchen machen und sich bedanken. Wie er seinen Gott kannte, legte der darauf keinen gesteigerten Wert, weil er ihn aus einem anderen Grund hergeholt hatte.

»Richtig. Du bist hier, weil ich dir etwas zeigen möchte.«

Na, da war er jetzt aber gespannt, was das wohl sein mochte.

»Wir müssen einen kleinen Ausflug machen.« Dessmon streckte die Hand aus.

Erinnerte ihn an das erste Mal, als er im Münchner Tempel um eine Audienz ersucht hatte. Im Gegensatz zum Ersten Wächter schaffte Dessmon das Mitnehmen oder Abliefern oder was immer anscheinend einhändig. Na gut. Er legte seine in die des Gottes und es ging los. Das Reisen mit Dessmon war zum Glück sogfrei, und schneller schien es ebenfalls zu gehen. Er hatte nicht das

Gefühl, die Haut des Gottes länger als eine Nanosekunde berührt zu haben, da standen sie bereits auf einer anderen Wiese, vor einem Tor aus verwitterten Holzlatten. Irgendein Grünzeug überwucherte dessen Bogen.

»Wo geht's da hin?« Die Frage auszusprechen wäre nicht nötig gewesen. Im Umgang mit Dessmon sprach man als Dessla nicht viel, wenn überhaupt, er tat's zuweilen, um den Gebrauch seiner Stimme nicht zu verlernen.

»Ins Reich der Toten.«

Sämtliches Blut sackte ihm in die Zehen, der Blutdruck fiel noch ein gutes Stück tiefer. Seine Knie drohten, unter ihm nachzugeben.

»Nein, nein, nein. Nicht umkippen. Beruhige dich, wir sind nicht wegen deiner Tasha hier.«

Puh. Da hatte ihm Dessmon einen gehörigen Schrecken eingejagt, zweifarbiges Minuresh hin oder her, und er hatte gute Lust, ihm eine reinzudonnern.

»Nur zu, wenn's hilft.« Dessmon lachte. Kurz, sehr kurz, bevor er ernst wurde. »Bist du bereit? Können wir?«

Seinetwegen konnte es losgehen. Wenn hinter dem Tor nicht Inkia auf ihn wartete, schreckte ihn nichts, und dann wollte er nicht unnötig Zeit verplempern.

Das Tor quietschte in den Angeln, als es sich öffnete. Als wäre es seit ewigen Zeiten nicht mehr bewegt worden. Was vermutlich sogar der Fall war. Sie schritten hindurch, Gor zuerst, Dessmon hinter ihm.

Erstaunlicherweise standen sie auf halber Höhe auf einem Abhang, nachdem sie die Pforte durchschritten hatten, kein Tor mehr hinter ihnen. Am Fuß des Hügels, geschätzte hundert Meter entfernt, stand ein einstöckiges Häuschen. Rechteckig mit einer der schmalen Seiten ihnen zugewandt. Die Wände weiß getüncht mit eher abgerundeten Ecken, das Dach reetgedeckt, kleine Sprossenfenster vermittelten den Eindruck von Niedlichkeit. Hinter dem Haus standen Obstbäume, davor gab es einen kleinen Gemüse-, Kräuter- und Blumengarten auf der einen und eine einladend wirkende Sitzgruppe auf der anderen Seite vor der Eingangstür. Das Ganze eingerahmt von einem leicht windschief aussehenden Zaun, der Gor vermutlich nicht weiter als bis zu den Knien reichte. Ein idyllisches Bild, friedlich und harmonisch.

Die Frage, wer hier wohnte, verkniff er sich. Wenn Dessmon es ihn im Vorfeld wissen lassen wollte, hätte er es bereits gesagt. Sollte wohl eine Überraschung werden.

Gemeinsam stiegen sie den Hügel hinab bis zu dem Zaun, der ein bisschen höher war als gedacht. Er reichte ihm bis zur Mitte der Oberschenkel. Definitiv diente dieser Zaun trotzdem nicht dazu, jemanden oder etwas drinnen beziehungsweise draußen zu halten, sondern lediglich der optischen Abrundung. Soviel stand fest.

»Was wollen wir hier?«

Dessmon schmunzelte. »Wart's ab. Du siehst es gleich.«

Tatsächlich. Es dauerte nicht länger als einen Wimpernschlag, da kam ein Mann auf das Haus zu. Auf einem Schotterweg, von dem Gor schwor, es hätte ihn vor zehn Sekunden noch nicht gegeben. Vielleicht hatte er nur nicht darauf geachtet. Vor dem Türchen im Zaun blieb der Mann, der sich bei näherer Betrachtung als Lykomorph entpuppte, stehen.

Ein schriller Pfiff auf den Fingern. »Hallo?! Jemand zu Hause?!«

Die Tür ging auf und über die Schwelle trat ...

»Papa.« Gor sackte buchstäblich in sich zusammen. Mit allem Möglichem und Unmöglichem hatte er gerechnet, aber nicht damit, seinem Vater zu begegnen.

»Was stehst du da draußen so blöd rum, Lorenzo? Komm rein und setz dich.« Grinsend deutete Happ mit dem Kinn auf die Sitzgruppe, dann drehte er den Kopf zum Haus. »Wir haben Besuch!«

Der Lykomorph durchschritt das Türchen und ging auf die Sitzgruppe zu. Happ ging ihm entgegen. Auf halber Strecke trafen sie aufeinander, umarmten sich, klopften einander auf die Rücken. Sie begrüßten sich wie alte Freunde. Ein Lykomorph und ein Dessla. Mehr noch, ein Jäger, der von Lykomorphen getötet worden war.

Gor sah es mit eigenen Augen, trotzdem tat er sich schwer, es auch zu glauben.

Die beiden Männer setzten sich an den Tisch und begannen eine lockere Konversation, scherzten und lachten miteinander. Ein wirklich surreales Bild.

Die Tür öffnete sich zum zweiten Mal. Dass nun seine Mutter ins Freie trat, kam zwar nicht gänzlich überraschend, es traf Gor trotzdem wie ein Fausthieb in den Magen. Tränen schossen ihm in die Augen. Er wollte über den Zaun springen und sie in die Arme nehmen, ihr sagen, wie sehr er sie und seinen Vater immer noch vermisste.

»Sie können dich weder sehen noch hören, Gor.«

Das hatte er anhand der fehlenden Reaktion seines Vaters darauf, dass er immerhin an seinem Zaun stand, bereits vermutet. »Wieso nicht?«

»Weil dein Körper noch lebt. Ihrer nicht. Seelen von Lebenden können normalerweise nicht hierher kommen, es sei denn in Begleitung einer Gottheit. Wie du jetzt. Du siehst und hörst sie, weil ich bei dir bin.«

Unterdessen hatte seine Mutter das Tablett, mit dem sie herausgekommen war, auf dem Tisch abgestellt.

»Mmmh«, gab der Lyk von sich. »Selbstgebackener Apfelkuchen.«

»Grade frisch aus dem Ofen. Er ist noch warm, und geb's zu, du hast ihn gerochen.«

Der Lyk grinste. »Als ob ich jemals einem deiner Kuchen widerstehen könnte.«

Seit wann konnte seine Mutter denn backen? Das war ja ganz was Neues. Zu Lebzeiten hatte sie alles, was auch nur entfernt mit Küche zu tun hatte, den entsprechenden Dienern überlassen, hauptsächlich Inkias Mutter.

Dessmons verhaltenes Kichern sagte ihm, dass die Dinge im Reich der Toten wohl extrem anders abliefen als in seiner Welt. Sehr viel anders, als er es sich jemals vorgestellt hätte.

»Ebenso wenig wie ich einer so schönen Frau wie dir widerstehen könnte, würde ich noch leben«, fuhr der Lyk immer noch grinsend, jetzt sogar noch eine Spur breiter, fort.

»Du alter Charmeur«, erwiderte Gors Mutter kokettierend.

»Flirtest du etwa schon wieder mit meiner Partnerin, Lorenzo?« Happs Empörung war unübersehbar gespielt. »Ich glaube, ich muss dir eine neue Lektion in Benimm erteilen.«

Lorenzo lachte. »Ja, tu das, aber diesmal bitte nicht mit dem Schwert wie letztes Mal. Durch das Loch, das du mir verpasst hast, zieht es immer noch.«

Happ fiel in das Lachen ein. »Ach, und du meinst, bei dem Loch, das ich von dir habe, wär's anders?«

Was redeten die beiden denn da? Moment mal. Schwert? Löcher? Sollte das etwa heißen ...?

»Ja, Gor. Lorenzo ist nicht irgendein Lykomorph. Er ist *der* Lykomorph. Der Anführer der Gruppe, die dein Elternhaus überfallen hat. Derjenige, der für den Tod deiner Eltern verantwortlich ist. Der erst deine Mutter und dann, noch im Sterben wegen des Schwerthiebs, den er durch deinen Vater einsteckte, diesen tötete.«

Und die drei saßen hier und behandelten sich wie Freunde. Das konnte nicht sein. Das war nicht möglich. Wie konnten seine Eltern mit jemandem reden, der sie umgebracht hatte?

»Weil das hier keine Rolle spielt. Das ist es, was ich dir zeigen wollte. Nach dem Tod sind Emotionen wie Hass, Neid, Missgunst und all das völlig unbedeutend. Ebenso wie Gier oder Macht. Der Tod, Gor, macht alle gleich. Arm oder reich, Lykomorph oder Dessla. Es macht keinen Unterschied mehr. Ob du vorher geliebt oder gehasst hast, interessiert nicht mehr, sobald du hier bist. Alle, die hier sind, haben eins gemeinsam: Sie sind nicht mehr am Leben. Rache oder den Gedanken daran gibt es hier ebenfalls nicht. Mit was willst du einen Toten bedrohen? Wie willst du dich an ihm rächen? Indem du ihm etwas wegnimmst? Hier gibt es so was wie Besitz nicht. Indem du ihn folterst oder ihm Schmerz zufügst? Er hat keinen Körper mehr, der gefoltert werden oder Schmerz empfinden könnte. Indem du ihn tötest? Er ist schon tot.«

Klang logisch, in einem hinkte Dessmons Vortrag allerdings. Die Sache mit dem Besitz, den es angeblich nicht gab. Immerhin standen sie hier vor einem Haus.

»Illusion. Ebenso wie der Kuchen übrigens. Eine körperlose Seele muss nicht essen. Eine körperlose Seele braucht auch kein Dach über dem Kopf. Eine körperlose Seele braucht gar nichts, außer ein bisschen Zerstreuung hin und wieder. Sie braucht nicht mal ein Aussehen. Die meisten behalten ihre alte Optik nur der Gewohnheit wegen bei. Alles hier, alles, was du siehst, Gor, ist reine Illusion. Das komplette Reich der Toten. Wie groß es ist, wie es aussieht. Jeder hier schafft sich sein eigenes Reich nach seinen eigenen Vorstellungen, und es verändert sich ständig. Die Reiche derjenigen, die neu hier ankommen, noch in den Denkmustern ihrer Leben verhaftet, dass man nur, wenn man etwas hat, jemand ist, sehen genau nach dem aus. Riesig mit einem Schloss oder zumindest einer Villa, ausladende Ländereien und jede Menge andere Besitztümer. Schmuck und dergleichen mehr. Doch je länger sie hier sind, umso mehr wird ihnen bewusst, dass das alles hier nichts wert ist. Hier braucht man niemanden zu beeindrucken und man muss für nichts bezahlen. Die Häuser und das Land darum herum werden kleiner, manchmal verschwinden diese Dinge ganz. Das Haus deiner Eltern war am Anfang auch größer als jetzt. Es war sogar größer als das, das ihr in Nürnberg hattet. Wer weiß wie es in ein paar Wochen oder Monaten aussieht? Es gibt hier sogar Hängematten zwischen Palmen am Strand, und zwar gleich nebenan.«

Was wollte Dessmon ihm damit sagen? Denn der Gott hatte immer eine Lektion parat, die er ihm mit allem, was er sagte oder ihm zeigte, zu erteilen suchte. Was war die Lektion dessen? Dass alles, was man im Leben tat, für die Katz war? Die Besitztümer, die man im Leben anhäufte, konnte man nicht mitnehmen, das wusste wohl jeder. Man sammelte sie, um sie den Nachkommen zu hinterlassen, damit die nicht bei Null anfangen mussten. Die Macht, die man im Leben erreichte, ging nicht über dieses Leben hinaus. Bei der Gier nach Macht ging es hauptsächlich darum, es für sich selbst bequem zu machen, seine Gegner möglichst gering zu halten, damit man es leichter hatte. Im Leben.

»Oh, da kommt ja noch ein Besucher. Mit dem habe ich heute gar nicht gerechnet, aber schön, dass du ihn mitbekommst.«

Dessmons Worte rissen Gor aus seinen Gedanken und er drehte den Kopf. Auf dem kleinen Schotterweg kam ein junger Mann daher, den er kannte. Er kannte ihn gut. Nhunn. Sein Enkel. Sohn seines zweiten Sohnes. Vor drei Jahren erst durch einen saudämlichen Unfall ums Leben gekommen.

Im Leben hatte Nhunn seine Urgroßeltern nicht gekannt. Sie waren lange vor seiner Geburt gestorben. Im Tod hatten sie sich gefunden. Das ließ zum ersten Mal Wärme durch Gors Adern strömen.

Nhunn hielt sich nicht mit dem Öffnen der Gartentür auf. Seinen langen Beinen sei Dank, stieg er einfach über den Zaun und gesellte sich breit grinsend zu den anderen.

»Sieh mal, Frau. Unser Urenkel lässt sich mal wieder blicken.« Happ klopfte Nhunn auf den Rücken, während der sich an den Tisch setzte. »Was verschafft uns diese seltene Ehre?«

»Uromas Apfelkuchen natürlich. Was denn sonst? Hallo, Lorenzo.«

Allgemeines Gelächter und Nhunn schob sich ein Stück des Kuchens in den Mund.

»Ich war neulich am Brunnen«, meinte er, nachdem das Gebäck verputzt war. »Ihr werdet nochmal Großeltern.«

Gors Eltern legten denselben erstaunten Gesichtsausdruck auf, den er bei sich selbst vermutete. Woher wusste Nhunn das? Und von was für einem Brunnen sprach er? Seltsamerweise fühlte sich Dessmon gerade nicht dazu berufen, diese Fragen zu beantworten. Der Gott schmunzelte vor sich hin.

»Ach?« Mehr gab Happ nicht von sich.

»Wie erfreulich.« Gors Mutter schien etwas gesprächiger zu sein. »Dann läuft seine Partnerschaft mit Mera ja wirklich gut. Darüber bin ich sehr froh.«

»Oh«, erwiderte Nhunn mit der Hand bereits am nächsten Kuchenstück, »die Frau, die ich gesehen habe, war nicht Oma.«

»Dann hast du vielleicht falsch interpretiert, was du gesehen hast.«

Würde er an der Stelle seines Vaters jetzt wohl auch mutmaßen.

»Nee, hab ich nicht. Der grüne Partnerschaftsstrich meiner Großeltern war durchgestrichen. Ein zweiter in blau genauso. Der dritte, ebenfalls in blau, war es nicht, und die Frau trug den gleichen. Bei Opa scheint beziehungstechnisch einiges los gewesen zu sein, seit ich das letzte Mal am Brunnen war.« Nhunn lachte. Gors Eltern wechselten einen eher irritierten Blick.

»Außerdem«, nuschelte sein Enkel um einen Bissen Kuchen herum, »sahen die beiden schrecklich verliebt aus. Ich glaube, ich hab Opa noch nie so glücklich gesehen. War ein schöner Anblick. Und ich kann ihn verstehen. Die Frau ist echt bildhübsch.«

Die Wärme, die Gor durchströmte, stieg um einige Grad an und breitete sich über seinen ganzen Körper aus.

»Wie sieht sie denn aus?« Die weibliche Neugier verschwand mit dem Tod also nicht.

»Sie ist etwas kleiner als Oma, mit langen türkisfarbenen Haaren.«

Happs Augen wurden groß. »Türkisfarben? Du hast nicht zufällig gehört, wie sie heißt?«

»Doch, aber ich hab's mir nicht gemerkt. Irgendwas mit I.«

»Inkia?«

»Ja, genau. Kennt ihr sie etwa?«

»Das will ich meinen, Urenkel.« Happ wandte sich seiner Frau zu. »Ich bin erfreut zu hören, dass Slims Plan am Ende gescheitert ist und die beiden sich gefunden haben. Und er wird erleichtert sein, wenn ich es ihm erzähle.«

»Das glaube ich auch.« Seine Mutter lächelte zufrieden.

Slim war also ebenfalls hier. Naja, keine wirkliche Überraschung, schließlich war er gestorben. Allerdings hatte Gor gehofft, er würde für das, was er Inkia angetan hatte, in etwas Ähnlichem wie der Hölle schmoren.

»Ach ja, noch was. Opa ist zum Heerführer der desslanischen Streitkräfte ernannt worden.«

»Zum ... Heerführer?«

Bevor Nhunn antworten konnte, mischte sich der Lykomorph ein. »Das muss dich wahnsinnig stolz auf deinen Sohn machen, mein Freund.«

»Nicht mehr, als ich es vorher war. Ich bin stolz auf meinen Sohn seit dem Tag seiner Geburt, und ich habe nie damit aufgehört, auf ihn stolz zu sein«, entgegnete Happ. Worte, die Gors Herz vor Liebe überlaufen ließen. »Mein Tod hat daran ebenso wenig geändert wie an meiner Liebe für ihn. Ich wusste immer, dass einmal etwas Besonderes aus ihm wird. Aber Heerführer der Streitkräfte? Das klingt nicht gut.«

»Ich wusste bisher nicht mal, dass ihr Streitkräfte habt.« Woher sollte Lorenzo das auch wissen.

»Wenn ich es richtig verstanden habe, wurden sie erst ganz frisch gegründet, weil es einen Krieg mit den Lyks geben wird.«

»Ach du Schande.« Happ.

»Wer hat angefangen?« Lorenzo.

»Spielt das eine Rolle?« Nhunn.

»Nein, nicht wirklich.« Happ machte einen niedergeschlagenen Eindruck und das konnte Gor nachvollziehen. »Sieht so aus, als bekämen wir einiges an Neuzugängen in nächster Zeit.«

Lorenzo nickte. »Ich hoffe für euch, euer Sohn ist nicht darunter.« Er seufzte. »Ich wünschte, ich könnte meinen Leuten sagen, wie unnötig das alles ist. All das viele Hassen, die sinnlose Gewalt, das gegenseitige Abschlachten. Wofür?«

»Würde ich auch ganz gerne machen. Dummerweise können wir es nicht.«

Die Stimmung war ziemlich hinüber, zumindest für einen Moment, dann wechselten sie das Thema und bald herrschte wieder Lachen. Bei Toten ging das echt schnell.

Ihm gingen Lorenzos Worte nicht aus dem Sinn, was der über das Hassen und die Sinnlosigkeit all dessen gesagt hatte. Ob das wohl Dessmons Botschaft für ihn war? Der Grund, weswegen er ihn hergeholt hatte? Damit er begriff, dass Hass zu nichts führte außer noch mehr Hass? Und dass Rache genau das verursachte, nämlich Hass?

»Ich mag deine schnelle Auffassungsgabe. Wirklich. Sie spart mir jede Menge Zeit.«

Als ob der Gott davon nicht ausreichend zur Verfügung hätte.

»Das heißt nicht, dass ich schon in der Lage bin, meinen Posten unbeeindruckt von den Ereignissen von Temm wieder zu übernehmen.«

»Ich weiß, und das ist nicht schlimm. Das Heer ist bei Temm in guten Händen. Er ist der geborene Anführer, obwohl er das seit ewigen Zeiten weit von sich weist. Dass er es jetzt tun muss, tut ihm gut und es wird ihm helfen.«

Wobei? Scheiße, er war so in seinen eigenen Kram versunken, dass er gar nichts mehr mitbekam. Was ging da bei Temm vor sich? Musste er sich Gedanken, gar Sorgen machen?

»Nein, nein. Alles läuft in genau die Richtung, in die es laufen soll. Es könnte gar nicht besser sein. Es ist nur bedauerlich, dass deine Tasha entführt werden musste, um das auszulösen. Das hatte ich mir anders erhofft. Leider kann ich es nicht ändern.«

»Weißt du, wer sie hat?«

»Nein. Ich wüsste es, wenn es Dessla wären.«

Wäre ja auch zu schön gewesen, und einfach obendrein. Zeit für einen Themenwechsel. »Darf ich fragen, von was für einem Brunnen Nhunn gesprochen hat? Oder ist das ein Geheimnis?«

Dessmon lächelte. »Der Brunnen der Verbindung. Er steht in der Mitte des Reichs der Toten und ermöglicht es ihnen, einen Blick auf die Welt der Lebenden zu werfen, ihre Hinterbliebenen zu beobachten. Die meisten machen keinen Gebrauch davon oder höchstens ganz am Anfang. Deine Eltern haben noch nie hineingesehen, dein Enkel dafür umso öfter. Willst du ihn sehen?«

Wieso nicht? Wenn er schon mal hier war. Dass er jemals wiederkommen würde, war eh fraglich. Also, vor seinem Tod.

Er hatte noch nicht zu Ende gedacht, da änderte sich bereits die Location. Weg von den grünen Hügeln, in denen das Haus seiner Eltern stand, hin zu einem gepflasterten Platz. Sah aus wie ein altertümlicher Marktplatz, umgeben von knorrigen Bäumen, die entfernte Ähnlichkeit mit Trauerweiden aufwiesen. In der Mitte des Platzes befand sich der Brunnen. Den Durchmesser schätzte er auf rund einen Meter. Die gemauerte Wand war lediglich zwei Backsteinhöhen hoch, der Rand dafür fünfzig Zentimeter breit, sodass man sich problemlos darauf setzen konnte.

Tatsächlich saß jemand dort. Eine Frau, die ihr Äußeres mit luftigen Seidenschals verhüllt hatte. Ob sie das deswegen tat, weil sie im Tod entstellt worden war und man dies noch sah, wusste er nicht, weil er sie nicht richtig sehen konnte. Einzig ihre Silhouette war erkennbar. Ihre Haltung ließ darauf schließen, dass sie traurig war. Vermutlich war sie noch nicht lange tot.

»Irrtum. Sie ist sogar schon sehr lange tot, über zweitausend Jahre. Damit, dass sie traurig ist, hast du jedoch Recht. Was sie im Brunnen sieht, macht sie traurig.«

Das konnte dann demzufolge nichts Schönes sein. Mann. Manche traf's aber auch echt hart, sogar nach dem Tod noch.

In diesem Moment erhob sich die Frau tief seufzend. Oh ja, sie war über alle Maßen traurig, das war nicht zu überhören. Als sie sich umdrehte und auf sie zukam, erhaschte er einen Blick auf ihr Gesicht. Sie trug ein Minuresh. Das war möglicherweise die Erklärung für ihre Traurigkeit.

Irgendwie kam sie ihm bekannt vor, stellte er fest, während sie an ihnen vorbei ging, als hätte er sie schon mal irgendwo gesehen. Was natürlich absurd war, wenn sie vor über zweitausend Jahren gestorben war. Schließlich war er erst knapp über dreihundert Jahre alt. Dennoch. Da war was an ihr. Ob es ihre Gesichtszüge waren oder die Schnörkel um ihr Auge, die er glaubte, wiederzuerkennen, vermochte er nicht zu sagen. Ja, ihr gelb-orangenes Minuresh schien ihm in gewisser Weise vertraut zu sein, und das war nicht mehr bloß absurd, sondern völlig widersinnig.

Er drehte sich um, um ihr nachzusehen. Vielleicht kam er ja noch drauf, wieso sie dieses vage Gefühl des Kennens bei ihm auslöste. Doch sie war verschwunden, gerade so, als wäre sie nie da gewesen.

»Zeit zu gehen, Gor.«

Demnach gab es hier für ihn nichts weiter zu sehen und anscheinend keine vertiefende Lektion. Er nickte. Schon spürte er, dass er keinen Umweg über Dessmons Reich machen würde, um in seinen Körper zurückzukehren.

14

Üblicherweise blieb Gor nicht lange weg, wenn er einen Ausflug zu Dessmon machte, deshalb legte Temm ihn schlicht auf dem Boden ab, nachdem er ihn aufgefangen hatte. Diesmal dauerte es allerdings ein bisschen länger als sonst. Vielleicht hätte er ihn lieber auf den bequemen Sessel gehievt. Gerade überlegte er, ob er Gor ein Kissen unten den Kopf schieben sollte, als der anfing, sich zu rühren. Na bitte.

»Willkommen zurück«, sagte er leise, als Gor die Augen aufschlug. Ihn anzusprechen half seinem Boss, sich schneller zu orientieren, hatte er mal gesagt. »Und, was gab's?«

Gor setzte sich auf und schüttelte leicht den Kopf, als wolle er eine Benommenheit loswerden oder Ähnliches. Seine Augen waren noch geringfügig glasig. Ganz war er noch nicht da und er sah leidlich irritiert aus.

»Eine unheimliche Begegnung der besonderen Art.« Gor sprach wie zu sich selbst, eher murmelnd als verständlich.

»Mit wem oder was denn?«

Erst jetzt drehte Gor ihm den Kopf zu und betrachtete ihn nachdenklich. »Mit meinen Eltern und dem Lykomorph, der sie umgebracht hat.«

Wie bitte? Gor war im Reich der Toten gewesen? Oh verflucht. Da sollte man sich als Lebender eigentlich nicht aufhalten. Was für ein Glück, er war zurückgekommen. Das hätte schiefgehen können. Wobei es sicherlich nicht in Dessmons Interesse lag, den von ihm ausgewählten Heerführer dauerhaft abzuberufen.

»Sie verstehen sich prächtig. Kannst du dir das vorstellen?« Mühsam rappelte sich Gor hoch und kam auf die

Füße. Er schwankte noch ein wenig. Ja, er war extrem länger weg gewesen als gewöhnlich, das schien sich auf die Wiedererlangung der motorischen Fähigkeiten niederzuschlagen.

Was sollte er jetzt antworten? Nein, er konnte es sich nicht vorstellen und im Übrigen glaubte er es auch nicht. Dessmon, als Gott, konnte Gor wer weiß was vorgaukeln. Was er gesehen hatte, musste nicht wahr sein. Das wollte er seinem Chef jedoch nicht ans Hirn werfen. Der war durch den Wind genug. Besser, er verkniff sich einen Kommentar dazu.

»Ich glaube, ich muss mich einen Moment hinlegen. Irgendwie komm ich diesmal nicht so recht auf die Reihe.«

Kein Wunder, nach einem Ausflug zu den Verblichenen. Ihm war's recht, wenn Gor sich vom Acker machte. Er hatte genug Zeit verloren. Allmählich musste er sich auf dem Trainingsplatz blicken lassen.

Im Umdrehen fiel Gors Blick nochmal auf Neruleas Portraits. Er kniff die Augen zusammen und wirkte mit einem Mal konzentriert. Was hatte er? Die Bilder hatte er vorhin schon gesehen, die waren doch nicht neu.

»Ist was?«

»Ich hab nur gedacht ... Ach, vergiss es.« Erneut schüttelte Gor den Kopf, lächelte ein bisschen verschoben und ging.

Sonderbar. Für Gor war es nicht normal, nicht auszusprechen, was er dachte. Er behielt selten was für sich. Jedenfalls in einem Fall, der solch eine banale Angelegenheit wie Frauenbilder betraf.

Das kam Temm merkwürdig vor, daher nahm er die Portraits nochmal unter die Lupe. Im Grunde nicht nötig. Er kannte sie in- und auswendig, hatte er sie doch von eigener Hand gemalt. Jede Linie, jeder Bogen, jeder Farbklecks darauf war ihm vertraut. Sie waren alle authentisch bis auf das fehlende Minuresh. Das hatte er mit voller Absicht weggelassen, weil er es nicht fertigbrachte, es zu malen oder zu zeichnen. Vorrangig, da er nicht wusste, in welcher Farbe er es gestalten sollte.

Sei's drum. Was immer Gor durch den Kopf gegangen sein mochte, er hatte es vorgezogen, sich nicht zu äußern, dann war es vermutlich nichts Wichtiges. Und jetzt Gedanken beiseite und ab zum Training, bevor die anderen noch eine Vermisstenanzeige aufgaben.

Knapp eine halbe Stunde später befand er sich wieder in der Eingangshalle des Herrenhauses auf dem Weg zur Treppe nach oben.

Die anderen, allen voran Krus, hatten das Training bis zur Mittagspause gut durchorganisiert. Sie kamen den Rest des Vormittags ohne ihn aus.

Vielleicht sollte er sich ebenfalls nochmal kurz hinlegen wie Gor. Allzu viel Schlaf hatte er in der vergangenen Nacht ja nicht bekommen, was nicht am Komfort des Hotelzimmers gelegen hatte, sondern daran, dass er seine Gedanken nicht zum Schweigen hatte bringen können. Die Begegnung mit Levania hatte es nicht besser gemacht. Eher im Gegenteil.

Apropos. Die kam die Treppe gerade herunter. Kam ihm fast wie ein Déjà-vu vor. Oh nein. Auf eine Wiederholung der vorherigen Szene hatte er nicht den geringsten Bock. Sie anscheinend umso mehr. Zumindest sah ihr Gesichtsausdruck danach aus. Also Kehrtwende und irgendwo anders hin. Egal wohin. Hauptsache in eine andere Richtung als sie.

»Temm, warte.« Das konnte sie vergessen. »Wir müssen reden.«

Sah er nicht so. Seinetwegen durfte sie so viel reden, wie sie wollte, aber nicht mit ihm.

»Bleib stehen.«

Wieso sollte er? Nichts von dem, was sie von sich gab, interessierte ihn.

Getrappel hinter ihm zeigte ihm, dass sie ihm mit erhöhtem Tempo folgte. Da würde er wohl noch einen Zahn zulegen müssen.

»Temm, verdammt nochmal.« Seit wann fluchte sie? »Du kannst nicht irgendwelche blöden Andeutungen machen und mich dann einfach stehenlassen. Ich finde, du schuldest mir eine Erklärung.«

Er schuldete ihr gar nichts, und was er konnte oder nicht, bestimmte er immer noch selbst.

Sie war schneller, als er dachte, und holte ihn tatsächlich ein. Mit einer Hand versuchte sie, ihn am Arm zu packen. Böser Fehler. Mitten in der Vorwärtsbewegung drehte er sich um.

»Ich will ...« Weiter kam sie nicht.

Er benutzte den Schwung, um sie gegen die Wand zu drücken. Mit den Händen rechts und links neben ihrem Kopf fixierte er sie dort.

»Ist mir scheißegal«, zischte er ihr ins Gesicht. »Du bist nicht in deinem Palast. Was du willst, ist hier unerheblich. Du darfst um etwas bitten und vielleicht wird es dir gewährt, aber sicher nicht von mir. Kapiert?«

Er beugte seinen Kopf zu ihr herunter, ihre Nasenspitzen berührten sich beinahe, und er hoffte, sein Blick sah so abweisend aus, wie er sollte. Damit sie ihn endlich in Ruhe ließ.

*

Auweia.

Es schien Levania, als hätte sie bei Temm einen empfindlichen Nerv getroffen. Er hatte sich wohl doch umfangreicher verändert als ursprünglich gedacht. Wenn er allerdings meinte, sie mit seinem Geblaffe einschüchtern zu können, täuschte er sich. Gut, sich unverhofft an die Wand gepinnt wiederzufinden, hatte sie erschreckt, das war's aber auch schon. Ihr Angst zu machen, funktionierte nicht. Vor ihm hatte sie keine Angst. Noch nie gehabt und sie würde jetzt nicht damit anfangen.

Sein herber, männlicher Duft stieg in ihre Nase. Unverfälscht. Er benutzte weder parfümierte Duschgels noch ein Aftershave oder Eau de Toilette. Sein Geruch hatte sich nicht verändert, es war immer noch derselbe wie vor über dreitausend Jahren. Tief sog sie ihn in ihre Lungen. Keine gute Idee, weil sie das an eine ganz ähnliche Situation erinnerte, die sie mit ihm erlebt hatte.

Wie jetzt hatten sie schon einmal an einer Wand gestanden. Sie mit dem Rücken dazu und er dicht vor ihr. Damals, auf dem Weingut von Nikelios Eltern, in der Scheune, in der die noch leeren großen Fässer gelagert wurden. Sein Blick war allerdings ein anderer gewesen. Liebevoll, innig und auch ein ganz klein wenig verrucht.

Wie wild hatten sie rumgeknutscht. Die Erinnerung daran war dermaßen intensiv und lebendig, dass sie meinte, seinen Geschmack erneut auf der Zunge zu schmecken. Es war beileibe nicht ihr erster Kuss gewesen, aber der mit Abstand leidenschaftlichste bis dahin. Ein Kuss, der ihr jegliches Zeitgefühl geraubt hatte. Wie lange sie küssend hinter den Fässern gestanden hatten, bis er sie auf seine starken Arme gehoben und in das angrenzende Heulager getragen hatte, sie wusste es nicht. Dort, auf einer Matratze aus herrlich duftendem getrocknetem Gras, hatten sie sich zum ersten Mal geliebt. Sie hätte nie gedacht, dass ein Dessla, noch dazu ein Kriegersohn, so unglaublich zärtlich sein konnte und so wahnsinnig rücksichtsvoll und einfühlsam.

»Was soll das werden, wenn's fertig ist?« Die Schärfe in Temms Stimme holte sie in die Gegenwart zurück.

Holla. Sie hatte ihm, ohne es zu merken, die Hände auf die Hüften gelegt. So wie damals eben, zu Anfang. Hoffentlich hatte sie ihm nicht auch noch die Lippen zum Kuss angeboten.

»Willst du dich einschmeicheln? Hast du vor, mich zu verführen? Das schaffst du nicht.«

Mehr noch als die Worte, bestätigte sein Blick, dass

das stimmte. Die Kälte darin ließ sie frösteln. Nein, das war nicht mehr der Temm, den sie gekannt hatte, ihr Temm, den sie in all den Jahrhunderten, Jahrtausenden nicht vergessen hatte, sondern ein Mann, der nur noch ähnlich aussah. Dennoch. Der vertraute Geruch und die Nähe seines Körpers, die Wärme, die dieser Körper ausströmte, verfehlten ihre Wirkung nicht. Sie merkte, wie sie ihre trockenen Lippen mit der Zunge benetzte.

Kurz zuckte Temm zusammen, dann entkam ihm ein verächtlicher Laut. »Macht dich das etwa an?«

Tat es tatsächlich. Sie konnte es nicht leugnen.

Plötzlich und ohne Vorwarnung fasste er ihr zwischen die Beine. Der Griff war alles andere als zärtlich oder einfühlsam, sondern eher grob und sollte sie abstoßen. Stattdessen schickte er ein Beben durch ihren Körper, den Verräter, der sie gerade schmählich im Stich ließ. Mit aufkeimender Wollust reagierte, anstatt sich angewidert aufzulehnen. Was war nur mit ihr los? Tickte sie nicht mehr richtig?

Noch schlimmer wurde es, als er anfing zu reiben. Sie hörte sich keuchen, bevor sie es verhindern konnte.

»Das gefällt dir wirklich.« Eine Spur Verwunderung mischte sich in seine ansonsten abfällig klingenden Worte. Jetzt beugte er sich noch weiter vor, brachte den Mund neben ihr Ohr. »Mehr?«

Heilige Schöpfer ... Ja!

Mit den Fingern raffte er den Stoff ihres Rockes nach oben, bis er die Hand unter den Saum schieben konnte.

Haut traf auf Haut und in den Luftstrom, der ihr entkam, mischte sich ein wimmernder Ton. Hitze durchflutete sie, wie sie es lange nicht gespürt hatte.

Bei den verschwindend wenigen Malen, in denen sie mit Ezekial zugange war, hatte sie nicht einmal annähernd Ähnliches empfunden. Sex mit ihrem Gemahl war immer mit Überwindung verbunden gewesen, hatte sie gänzlich kalt gelassen, vor allem nach Gasinas Tod. Zumindest bis zum Moment des Eindringens, danach übernahm der Körper die Kontrolle. Die inneren Geschlechtsorgane von Angerolfrauen reagierten grundsätzlich mit Erregung, sobald sie mit etwas Körperfremden in Berührung kamen, egal, was es war. Zum Glück hatte Ezekial schon lange nichts mehr von ihr gewollt, und sie hatte nichts vermisst. Beinahe hatte sie geglaubt, ihr Körper hätte sich das Bedürfnis danach abgewöhnt, bräuchte derlei Zuwendungen nicht mehr. Ein Irrtum, wie er ihr jetzt eindringlich bewies.

Das Desinteresse, das fast an Abneigung grenzte, lag nicht an ihrem Körper, sondern am Mann.

Temms Finger glitten durch ihre Hautfalten, stimulierten den dort befindlichen empfindsamsten Punkt, der jedoch lange nicht so empfindlich war wie ihr innerer Kanal. Im Gegensatz zu den Vertreterinnen anderer Spezies war die sogenannte Klitoris bei Angerolfrauen fast gar nicht empfindlich, jedenfalls weit weniger als der Innenbereich. Sie krallte sich in den Stoff seines Shirts, um Halt zu finden, den ihr zu geben sie ihren Knien nicht mehr zutraute. Die Hitze, die in Wellen durch sie strömte, wurde größer, ebenso wie die Laute, die sie von sich gab, voluminöser wurden.

Sie wusste, wie das enden würde und hoffte, es wäre nicht wirklich das Ende, es würde danach weitergehen. Nicht mehr lange, und sie würde endlich wieder erleben, was nur Temm ihr zu schenken vermocht hatte. Einen von außen erzeugten körperlichen Höhepunkt. Von innen schaffte das alles und jeder. Und wieder würde er es sein, der ihn hervorrief. Das Klopfen zwischen ihren Schenkeln, das Vibrieren in ihrem Unterleib waren eindeutige Zeichen. Sie stand kurz davor.

Doch so weit kam es nicht.

Ebenso unerwartet, wie er sie berührt hatte, zog er die Hand weg und machte einen Satz rückwärts. Mit schockiertem, nein, zu Tode erschrockenem Gesichtsausdruck starrte er sie an. Dann drehte er sich auf dem Absatz um und hastete, ohne noch ein einziges Wort zu sagen, fluchtartig davon.

Das träumte sie jetzt. Oder? Es konnte doch nicht sein, dass er kurz, bevor sie die Erfüllung fand, aufhörte, abhaute und sie stehenließ wie einen begossenen Pudel. Das konnte er nicht machen, das würde sie ihm nicht durchgehen lassen. Auf keinen Fall.

15

Wohin er rannte, merkte Temm erst, als er im Fitnessraum im Keller ankam. Er hatte nicht auf den Weg geachtet, weil der egal war. Hauptsache weg.

Verdammte Scheiße noch eins, das war ja mächtig aus dem Ruder gelaufen.

Eine Lektion hatte er Levania erteilen wollen, damit sie endlich begriff, dass er nichts mit ihr zu schaffen haben wollte und ihn in Ruhe ließ. Stattdessen hatte sein Körper ihm eine erteilt. Ob sie das anmachte, hatte er Levania gefragt. Er hörte sich grunzen. Ob es sie anmachte. Ha. Es hatte ihn angemacht.

Fuck! Fuck! Fuck!

Wie hatte das nur passieren können? Seit zweieinhalb Jahrtausenden hatte er keine Frau mehr an sich rangelassen, keinen Sex mehr gehabt. Vermisst hatte er nichts. Nicht wirklich. Das Bedürfnis danach, das er in den ersten paar Jahrzehnten zuweilen verspürte, war kaum von Bedeutung gewesen und schnell verschwunden. Ab und an hatte er sich einen runtergeholt, aber auch da lag das letzte Mal schon so lange zurück, dass er sich nicht mehr daran erinnerte, wann es stattfand. Musste Ewigkeiten her sein. Wie sein Schwanz aussah, wenn er einen Ständer hatte, wusste er lediglich von der auftretenden Morgenlatte, und selbst die ließ sich nur noch gelegentlich blicken.

Und jetzt? Spannte seine Hose im Schritt ganz schön, wobei schön nicht das richtige Wort war.

Der Fitnessraum. Okay. Wenn er schon mal hier war, konnte er ihn auch nutzen. Das mit dem kurz Hinlegen hatte sich ohnehin erledigt. Wäre jetzt definitiv nicht die beste Maßnahme. Sich abzureagieren hingegen schon.

Ne Runde Bankdrücken - jetzt vermutlich genau das Richtige.

Er ging hinüber zu den Spinden, in denen sie ihre Sportklamotten aufbewahrten, und griff nach seiner Trainingsboxer. Da sonst niemand anwesend war, zog er sich gleich an Ort und Stelle um, ohne Umweg über den Umkleideraum, der sowieso nur für die nicht-desslanischen Bewohner eingerichtet worden war. Dessla hatten kein Problem mit Nacktheit und ebenso wenig damit, sich anderen nackt zu präsentieren. Schnell noch ein Handtuch aus dem entsprechenden Regal und es konnte losgehen.

Die Gewichte wählte er im gut verträglichen, eher weiter unten angesiedelten Bereich. Die Muskeln sollten arbeiten, aber nicht überfordert werden. Mit hohen Gewichten arbeitete man nur, wenn ein Trainingspartner dabei war, der einem die Stange notfalls abnehmen konnte, sobald die Muskeln schlappmachten. Allein war das zu gefährlich. Mit einer gewichtbeladenen Stange auf der Brust, die man nicht mehr hochstemmen konnte, weil die Arme keine Kraft mehr hatten, atmete es sich nicht sonderlich gut.

Das Handtuch auf die Bank drapiert, sich selbst obendrauf legen. Er war bereit loszulegen und tat es ohne weitere Verzögerung.

Dumm an Training dieser Art war, dass man seinen Kopf dafür nicht brauchte. Das Mitzählen erforderte nicht viel Konzentration, was den Gedanken Gelegenheit gab, abzuschweifen. Eigentlich war er hergekommen, um exakt das zu vermeiden, verhindern konnte er es trotzdem nicht.

Wieso war das mit Levania in der Eingangshalle so gelaufen, wie es abgelaufen war? Eine rein rhetorische Frage. Er wusste, wieso. Die Situation, gepaart mit ihrem Geruch nach Wasserlilie, hatte ein Bild in seinen Kopf genagelt, das er auf die Schnelle nicht hatte loswerden können. Eine Erinnerung, und eine der schöneren Sorte. Er und Levania, hinter noch leeren Weinfässern, die so groß waren wie ein Pferdekarren, an eine Wand gelehnt. Ihre Zungen in einem Clinch, der ihn beinahe um den Verstand brachte und sie nicht weniger.

Beschwören wollte er es nicht, aber er vermutete, dass sie sich an die gleiche Begebenheit erinnert hatte. Ihre Reaktion ließ darauf schließen. Ob sie den Gedanken ebenfalls weitergesponnen hatte? In der Erinnerung dessen schwelgte, zu was die wilde Knutscherei geführt hatte?

Scheppernd landete die Stange in der Halterung. So hatte das keinen Wert. Wenn er beim Trainieren dieselben Bilder Revue passieren ließ wie in der Halle, was im Übrigen exakt dieselbe Reaktion hervorrief, konnte er das Gewichtestemmen auch gleich bleiben lassen, weil es nicht zu dem diente, zu was es gedacht war. Es brachte weder Ablenkung noch die Chance, sich abzureagieren.

Sein Kopf wollte also unbedingt, dass er sich damit auseinandersetzte. Na schön, dann konnte er das auch gleich hinter sich bringen. Dann war es erledigt.

Die Finger fest um die Eisenstange geschlossen, schloss er die Augen und gab sich der Erinnerung hin.

Ihr Duft in seiner Nase, ihr Geschmack auf seiner Zunge. Wie es sich angefühlt hatte, mit den Händen die Kurven ihres Körpers nachzuzeichnen, und wie sehr er sich gewünscht hatte, der Stoff zwischen ihnen würde die Berührung ihrer Haut nicht verhindern.

Vertrauensvoll hatte sie sich an ihn geschmiegt, nachdem er sie in die Scheune trug, in der das Heu für die Pferde gelagert wurde, und die tatsächliche Berührung ihrer Haut hatte die Vorstellung davon um Längen geschlagen. Er war so heiß gewesen, dass es ihn enorme Kraft kostete, langsam vorzugehen. Dabei war ihnen beiden klar gewesen, worauf es hinauslaufen würde. Sie hatten es sich beide gewünscht, es beide ersehnt. Allen Widrigkeiten zum Trotz und gegen sämtliche Widerstände, die zwischen ihnen als Angehörige unterschiedlicher Spezies liegen mochten.

An jenem Nachmittag hatten sie zum ersten Mal miteinander geschlafen. Für Levania war es wirklich das berühmte Erste Mal gewesen, für ihn das erste Mal, dass Gefühle dabei mit im Spiel waren, dass er es mit einer Frau tat, für die er etwas empfand.

Gott, wie nervös er gewesen war. All die Gedanken, die ihm durch den Kopf geschossen waren. Als Dessla war er ein Vertreter der körperlich am größten gebauten nichtmenschlichen Spezies, sie als Angerol gehörte zur zierlichsten Rasse. Was, wenn sie anatomisch überhaupt nicht zusammenpassten? Was, wenn er zu groß für sie war? Wenn er ihr beim Eindringen wehtat oder, noch schlimmer, sie sogar verletzte? Das hatte ihm so viel Schiss gemacht, dass er kurz davor war, das Ganze abzublasen. Sie hatte es nicht zugelassen. Zum Glück.

Vorsichtig und langsam, Millimeter um Millimeter, hatte er sich in sie geschoben, und alle vorherigen Bedenken hatten sich in Luft aufgelöst. Von wegen, er wäre womöglich zu groß. Nicht zusammenpassen? Pah. Sie hatten perfekt zusammengepasst, als wären sie füreinander geschaffen worden. Was natürlich Quatsch war, aber nichtsdestotrotz ein schöner Gedanke.

Dieses erste Mal mit Levania hatte Sex in eine komplett andere Dimension gehoben. Die körperliche Befriedigung trat völlig in den Hintergrund, viel wichtiger wurde, sie zu spüren, zu sehen, wie sie, so wie er, ganz in ihrer Verschmelzung aufging. Es war die schönste Erfahrung, die er bis dahin gemacht hatte. Und jedes folgende Mal war mindestens ebenso wundervoll.

Sie hatte es geliebt, mit den Fingerspitzen über seine Haut zu gleiten, über jeden einzelnen Millimeter davon, und er hatte es geliebt, wenn sie das tat. Es hatte ein Prickeln in ihm ausgelöst, das er mit Worten nur unzulänglich auszudrücken vermochte.

Die Erinnerung war so präsent und intensiv, dass er meinte, es jetzt in diesem Moment wieder zu spüren. Ihre Finger, die sachte über seine Hautoberfläche strichen. Vom Hals über die Brust zu den Rippenbögen, wo sie noch nicht anhielten. In den unteren Gefilden, da, wo sein Schwanz aufgrund der Erinnerung hart auf seinem Unterbauch lag, wurde das Gefühl undeutlich, wie durch Stoff hindurch. Auf der einen Seite ergab das Sinn, da er eine Boxer trug, auf der anderen jedoch ...

Moment mal!

Er riss die Augen auf und ... da war sie. Sie stand tatsächlich neben der Bank, leicht zu ihm herunter und über ihn gebeugt. Verdammt. Er spürte ihre Fingerspitzen nicht wegen seiner Erinnerung, sondern weil sie wirklich über ihn strichen.

Ihre Blicke trafen sich und der erste Impuls - aufzuspringen - verpuffte. Einfach weg. Wie von einem Sturm davongetragen.

Er schaffte es nicht, sich zu bewegen. Auch nicht, als ihre Hände unter den Saum der Boxer glitten und ihm diese vorsichtig nach unten streiften, womit sie ihn freilegte. Weder konnte er sie abwehren noch ihr behilflich sein, indem er das Becken anhob. Wie paralysiert lag er einfach nur da.

Ihre Zunge fuhr über ihre Lippen wie vorhin in der Halle, während sie seine Erektion betrachtete. Sein Mund wurde trocken, das Schlucken fiel ihm zunehmend schwerer. Sie streckte die Hand aus. Nur mit einem Finger fuhr sie sanft über die komplette Länge. Von der Spitze bis zur Wurzel und zurück.

Er sollte das nicht zulassen. Er durfte es nicht zulassen. Es war nicht richtig, aber, Herrgott nochmal, es fühlte sich so irre gut an.

Ganz aus war es, als ihr Finger seine Eichel umkreiste. Erneut schloss er die Augen und gab sich den Reaktionen seines Körpers hin. Es war so verdammt lange her, seit er gefühlt hatte, was er gerade empfand. Das Kribbeln, das Pulsieren. Er hatte gedacht, ihm würde, bloß weil er keinen Sex zelebrierte, nichts fehlen. Jetzt merkte er, dass er sich selbst belogen hatte. Sein Körper gierte nach ihrer Berührung, wollte mehr davon, wollte alles.

Die Finger schlossen sich um seinen Schaft, strichen daran entlang, als hätte sie seine geheimsten Gedanken erraten. Er hörte sich unterdrückt stöhnen. Die Starre fiel von ihm ab und er begann, in ihre Hand zu stoßen. Umso heftiger, je schneller sie ihn rieb. Sein Stöhnen war längst nicht mehr kontrollierbar, seine Eier zogen sich brennend zusammen. Er würde kommen, es war nur noch eine Frage von Millisekunden.

Unverhofft und für ihn einem Schock gleichkommend, war die Hand verschwunden. Wieder riss er die Augen auf. Levania stand kerzengerade neben ihm, die Arme vor der Brust verschränkt und mit einem wenig höflichen Lächeln auf den Lippen.

»So, Temm, jetzt sind wir quitt.« Mit diesen Worten drehte sie sich um und ging Richtung Ausgang davon.

Oh nein. So hatten sie nicht gewettet.

In seinem Kopf legte sich ein Schalter um. Mit einem Ruck setzte er sich auf und verfehlte die Stange mit der Stirn nur um Haaresbreite. Das hätte eine schöne Beule gegeben, im Moment jedoch nahm er das gar nicht wahr. Ein Satz und er war auf den Beinen.

Auf Höhe des Trimmrades holte er sie ein und war hinter ihr, noch bevor ihm klar war, was, zum Teufel, er da eigentlich wollte. Was er tat, entzog sich vollständig seiner Kontrolle. Er agierte nur noch, ohne darüber nachzudenken. Schon gar nicht über mögliche Konsequenzen.

Von ihm gegen das Rad gepresst, hielt sie sich mit einer Hand am Lenker fest, die andere umklammerte den Sattel. Sie atmete ebenso heftig wie er. Gegenwehr kam nicht, als er ihren Rock hochriss und mit dem Knie ihre Beine auseinander zwang. Als Angerol trug sie, im Gegensatz zu einer Desslanerin, Unterwäsche, aber die störte ihn nicht und hinderte ihn auch nicht lange.

Mit zwei Fingern glitt er in ihre feuchte Höhle. Oh ja, sie war mindestens ebenso erregt wie er, und er gedachte, das noch zu intensivieren. Keine zehn Sekunden später ersetzte er die Finger durch seinen Schwanz - und er ging dabei nicht zimperlich vor.

Sie schrie, aber das war kein Schmerzenslaut. Definitiv nicht. Ihr Kopf fiel in ihren Nacken und sie stemmte sich seinen Stößen entgegen.

Leider hielt er nicht sonderlich lange durch. Es war zu lange her und er zu aufgeheizt. Drei Mal schaffte er es, in sie zu stoßen, dann spürte er, wie ihn der Höhepunkt überspülte und er sich in ihr ergoss. Er musste sich an ihrer Hüfte festhalten, so sehr wurde er durchgeschüttelt.

Als es vorbei war, er aus ihr geglitten war, schwankte er ein paar Schritte rückwärts, bis er an der Wand ankam, die ihm Halt gab. Levania drehte sich zu ihm um. Ihre Züge noch von Leidenschaft verzerrt, ihre Augen noch glasig, sah sie ihn an, als würde sie etwas sagen wollen. Doch sie tat es nicht. Sie strich lediglich ihre Kleidung glatt und verließ anschließend wortlos und mit einer bewundernswerten Würde in der Haltung den Fitnessraum.

Temm glitt an der Wand entlang auf den Boden.

Großer Dessmon, was hatte er getan?

16

Wann er geduscht und sich angezogen hatte und wie er in seine Räumlichkeiten gekommen war, vermochte Temm beim besten Willen nicht zu rekonstruieren. Er stand völlig neben sich. Eine Erfahrung, die er seit Ewigkeiten nicht mehr gemacht und mittlerweile eigentlich für unmöglich gehalten hatte.

Nach Neruleas Tod, nachdem die Trauer einigermaßen abgeklungen war, hatte er beschlossen, nichts mehr zu empfinden. Nie wieder. Rigoros war jeder Anflug eines aufkeimenden Gefühls, gleich welcher Art, von ihm niedergeknüppelt worden. Am Anfang ein schweres Unterfangen, mit der Zeit jedoch leichter werdend, bis er eines Tages tatsächlich da angekommen war, wirklich nichts mehr zu fühlen. Bis es nichts mehr zum Knüppeln gegeben hatte. Bis er der gefühllose, kalte, leere Temm geworden war, als den ihn alle kannten.

Manus hatte auf die Frage, warum er selbst dann, wenn er mit ihm sprach, vermied, ihn anzusehen, einmal gesagt, das, was er sähe beziehungsweise eher nicht sähe, mache ihm Angst. Es käme ihm vor, als wäre Temm gestorben und hätte vergessen, das seinem Körper mitzuteilen.

Ja, so in etwa war es wohl gewesen. Er war gestorben. Innerlich. Selbstgewählt und freiwillig. Zumindest hatte er sich das eingebildet. Ein Irrtum, wie sich jetzt herausstellte.

Wie hatte er es zu Krus gesagt, an jenem schrecklichen Morgen, nachdem Inkia gegen den Tisch geknallt war und noch nicht feststand, ob sie deswegen ihr Baby verlieren würde?

›Innerlich zu sterben ist nicht deine Lösung. Ab einem bestimmten Punkt gibt es nämlich kein Zurück mehr. Glaub mir, ich weiß, wovon ich spreche.‹

Tja, schien so, als hätte er sich die ganze Zeit etwas vorgemacht. Die Gefühle waren nicht gestorben, sie hatten sich nur tot gestellt. Verschwunden waren sie ebenfalls nicht, ihr Versteck war nur sehr gut gewählt gewesen. Jetzt kamen sie zurück. Ob er das wollte oder nicht, und momentan war er noch nicht sicher, ob er es wollte oder nicht. Eins stand fest: Es waren zu viele auf einmal und sie waren zu intensiv, als dass er sie einfach niederprügeln konnte, wie er es früher getan hatte.

Tatsächlich überschwemmten sie ihn gerade wie eine Sturmflut. Er wusste nicht, was er zuerst empfinden sollte.

Entsetzen über das, was im Fitnessraum geschehen war? Und wenn ja, bezüglich was? Darüber, dass er die Kontrolle über sich verloren hatte? Das war ihm seit Äonen nicht mehr passiert. Er war immer stolz darauf gewesen, dass es keine Situation gab, die ihn kopflos handeln lassen konnte. Oder darüber, dass er Levania sozusagen vergewaltigt hatte? Klar, es war keine „echte" Vergewaltigung gewesen, nicht, wie man sie klassisch definierte. Jetzt, im Nachhinein, fühlte es sich für ihn trotzdem irgendwie so an. Er hatte ihr schließlich keine Chance gelassen, ihr Einverständnis - oder ihre Ablehnung - zu bekunden. Die Tatsache, dass sie feucht gewesen war, war dabei unerheblich.

Bedauern darüber, dass die Zeiten, in denen ihm alles rechts und links am Arsch vorbei gegangen war, wohl hinter ihm lagen? Dass er auf beschissene Situationen nicht mehr achselzuckend reagieren und zum normalen Tagesgeschehen übergehen konnte? Sondern dass er stattdessen Anteil nahm, Mitgefühl entwickelte, wütend wurde, fassungslos oder sogar traurig? Nichts zu empfinden hatte durchaus seine Vorzüge. Es machte das Leben leichter. Vielleicht auch ärmer, allerdings ersparte es einem eine Menge, und das machte es wett. Oder nicht?

Panik, weil er nicht wusste, wohin die neue Fähigkeit, wieder zu empfinden, ihn noch führen würde, was das aus ihm machte? Ja, davor hatte er nicht schlecht Angst.

Oder Reue, weil er einen Schwur, den er vor langer Zeit leistete, gebrochen hatte? Und er dachte jetzt nicht an den, den er Isleen gab, als er zu ihrem Wächter wurde.

Himmel. Am liebsten würde er davonlaufen, ganz weit weg, und sich in ein Loch verkriechen, bis er sich wieder im Griff hatte. Bis der vertraute Temm zurück war. Leider ging das nicht. Gor hatte ihm die Verantwortung für das Heer übertragen. Das konnte er nicht einfach hinschmeißen. Der Ausgang des Krieges hing davon ab, ob er dieser Verantwortung gerecht wurde und seine Sache gut machte, und davon wiederum hing ab, ob die Dessla überlebten oder nicht. Außerdem war fraglich, ob der vertraute Temm jemals zurückkam. Gerade wagte er, das zu bezweifeln.

Ein tiefer Seufzer entkam ihm, während er überlegte, was er als Nächstes tun sollte.

Noch eine Stunde bis zum Mittagessen, das, wie üblich, gemeinsam eingenommen wurde. Nun, das würde er sich heute definitiv schenken. Er konnte nicht im gleichen Raum wie Levania sitzen und so tun, als wäre nichts geschehen. Deshalb griff er zum hausinternen Telefon und bat George, ihm das Essen aufs Zimmer zu bringen, weil er was Wichtiges zu erledigen hatte.

War nicht mal gelogen. Das Wichtige hieß „Ausflug in die Vergangenheit".

Seit Inkias Entführung saßen seine Erinnerungen ohnehin sehr dicht unter der Oberfläche. Seit Levania aufgekreuzt war, poppten sie in allerschönster Regelmäßigkeit hoch. Er hatte keine Lust, dass das mal in einem wirklich unpassenden Augenblick geschah, wenn er es absolut nicht gebrauchen konnte. Es war also besser, sich dem gleich und bewusst zu stellen. Eine Erkenntnis, die er bereits im Fitnessraum gehabt und ansatzweise zelebriert hatte. Diesmal würde er jedoch dafür sorgen, dass die Gegenwart sich nicht unbemerkt einmischen konnte, indem er abschloss. George würde klopfen, und falls er ihm nicht öffnete, das Essen vor der Tür stehenlassen.

Er nahm eines der kleineren, handlichen Bilder von der Wand und ging zu dem bequemen Sessel hinüber. Ein Bein abgewinkelt angezogen wie zum Schneidersitz, das andere aufrecht darüber mit der Ferse auf der Kante, machte er es sich so gemütlich wie möglich. Zärtlich glitten seine Fingerspitzen über das gemalte Gesicht, bevor er den Kopf nach hinten auf die Lehne legte.

Sich die Ereignisse seines Lebens ins Gedächtnis zurückzurufen war angesagt? Na schön. Er schloss die Augen und ließ die Erinnerungen kommen. Jede einzelne. Eine nach der anderen.

Zuerst wanderten seine Gedanken zu dem Tag, an dem er von Isleens neuer Schwangerschaft erfahren hatte. Da stand er seit rund fünfzig Jahren in ihrem Dienst und war seit knapp einem Jahr der Chef ihrer persönlichen Leibwache. Ein Freudentag im Palast, der entsprechend groß gefeiert wurde.

Der Tag des Anschlags, bei dem Vrebal der Erste ums Leben kam, hingegen ein Tag der Volkstrauer. Da war Isleen im siebten Monat gewesen. Vrebal hatte seine Tochter, die fünf Monate nach der Krönung von Vrebal dem Zweiten geboren wurde, nicht mehr kennengelernt. Die Krönung selbst war natürlich mit allem Pomp über die Bühne gegangen. So traurig der Anlass auch war. Aber das war er ja immer. Desslanische Könige dankten nicht zugunsten ihrer Söhne ab.

Der Moment, an dem er Nerulea zum ersten Mal sah. Da war sie süße zwei Stunden alt, noch gar nicht vollständig entknittert, und trotzdem schon wunderschön mit diesem niedlichen orangenen Flaum auf dem Kopf.

Er hatte ihr den Zeigefinger hingestreckt und ihre

winzigen Fingerchen hatten sich fest darum geschlossen, als würde sie nie mehr loslassen wollen. Vertrauensvoll hatte dieser kleine Säugling ihn angesehen. Der Blick ihn direkt ins Herz getroffen.

»Nun lege ich auch dieses Leben in deine Hände, Temm«, hatte Isleen lächelnd gesagt. Bildlich gesprochen, denn die kleine Nerulea würde ihre eigene Leibwache bekommen. Dennoch hatte er den Satz sehr ernst genommen und immer ein wachsames Auge auf sie geworfen.

Neruleas Kindheit. Oft hatte sie Schutz bei ihm gesucht, wenn ihr Bruder sie wiedermal ärgerte. Ja, selbst desslanische Könige waren bloß Männer und große Brüder und verhielten sich zuweilen entsprechend. Wenn sie mal fünf Minuten nicht mit Regieren beschäftigt waren und ihre Freizeit genossen.

Sie hatten immer eine innige Beziehung gehabt, er und Isleens Kinder. Keiner der Wächter stand Vrebal dem Zweiten näher als er, dessen war er sich sehr bewusst. Häufig suchte der König seinen Rat als ehemaligem Soldat oder als Freund, als was er ihn gerne bezeichnete, sehr zum Unmut von vielen im Palast. Noch öfter bestand Vrebal darauf, von ihm, wie schon in seiner Jugend, weiterhin in der Kunst des Waffengebrauchs unterrichtet zu werden, anstatt von seinem offiziellen Lehrer. Der ihm das zum Glück nicht krumm nahm. Ähnlich verhielt es sich mit Nerulea, die sich lieber von ihm beschützen ließ als von einem ihrer eigenen Wächter. Das verschaffte ihm manche schlaflose Nacht und war der Grund dafür, dass er der meistbeschäftigte Wächter von allen mit der spärlichsten Freizeit war. Aber er tat es gern.

Die Überwältigung, als er sie zwei Tage nach ihrer Initiation als Frau wiedersah. Er war bei ihrem Anblick beinahe in die Knie gegangen und hatte sich sofort unsterblich in sie verliebt. Natürlich hatte er das für sich behalten. Wenn es herausgekommen wäre, hätte ihn das nicht bloß seine Stellung, sondern vor allem seinen Kopf kosten können. Sie war die Tochter des verstorbenen, die Schwester des amtierenden Königs und er nur ein Wächter. Sie war zu Höherem berufen, für einen würdigeren Partner auserkoren. Er hatte sich damit begnügt, sie heimlich aus der Ferne zu lieben, und seine Freude daraus gezogen, sie wenigstens sehen und mit ihr sprechen zu können.

Bis zu jenem Abend, als sie ihn mit ihren Gefühlen konfrontierte, indem sie ihn keck und frech einfach küsste. Im ersten Moment der Überrumpelung hatte er den Kuss sogar erwidert. Dann hatte er sich zu wehren versucht. Für diesen Abend war es ihm gelungen, doch sie gab nicht auf. Mit dem Kopf durch die Wand, ja, so war sie, und wenn sie sich etwas in den hübschen Kopf setzte, konnte man es schlecht daraus heraus bringen. Er hatte dagegen gekämpft und war schließlich doch erlegen.

Der Aufruhr, als sie erwischt wurden. Mehr oder weniger in flagranti.

Er musste lachen, als er an Vrebals entsetzten, schockierten Gesichtsausdruck dachte, und daran, wie sich sein kleiner geliebter Trotzkopf schützend vor ihn gestellt hatte, um ihn vor den Konsequenzen, den vermutlich harten Sanktionen zu bewahren. Demonstrativ hatte sie ihn vor aller Augen geküsst - und dabei hatten sie beide zu leuchten begonnen. Das hatte jegliche weitere Diskussion im Keim erstickt.

Seine Gedanken wanderten zu einem Nachmittag im frühen Herbst, kurz nachdem die Familie vom eigentlichen Herrschersitz in Großbritannien in die Winterresidenz nach Griechenland übergesiedelt war. Es war herrlich warm gewesen und er hatte nach Dienstschluss, denn natürlich kam er seinen Verpflichtungen als Isleens Wächter nach wie vor nach, den Rest des Tages mit Nerulea im Olivenhain verbracht. Das unfassbare Glück, das ihn an jenem Tag durchströmte. Es hatte sich solide angefühlt, unerschütterlich und niemals endend. Trotz der heiklen Zeiten, in denen sich die Dessla befanden.

Zu der Zeit hatte man Nerulea die Schwangerschaft noch nicht angesehen, wenn man es nicht wusste. Ihr Bauch war noch relativ flach gewesen und leicht durch die Kleidung zu kaschieren. Sie hatten sich auf ihr Kind gefreut. Eine Freude, die der komplette Königstross teilte, selbst die Neider und Gegner ihrer Beziehung. Noch weitere fünf Monate hatten sie in diesem Taumel der Glücksgefühle schwelgen können, dann war mit einem Schlag alles vorbei gewesen.

Hier endeten die schönen Erinnerungen. Tief atmete er durch, um sich gegen das zu wappnen, was als Nächstes folgte.

Kleinere Reibereien oder größere Auseinandersetzungen zwischen den einzelnen Spezies waren seinerzeit noch an der Tagesordnung gewesen. Die menschliche Population war noch nicht derart riesig wie heutzutage, sodass das Verheimlichen kriegerischer Handlungen noch viel einfacher gewesen war. Die unbeliebteste aller Spezies waren seit jeher die Angerol, die sich demzufolge den heftigsten Angriffen gegenüber sahen. Sie waren sogar noch unbeliebter als die Dessla. Weil sie sich für etwas Besseres hielten und das die anderen Spezies spüren ließen. Ein Verhalten, das sich bis heute nicht wesentlich geändert hatte.

Zur damaligen Zeit entstanden die ersten Allianzen. Zwischen den noch sehr jungen Lykomorphen, die auf der Abschussliste der Angerol ganz oben standen, aus welchen Gründen auch immer, und den Wempyren zum Beispiel. Die Allianz zwischen den Angerol und den Dessla stand damals noch auf recht wackligen Füßen, sie war noch nicht sehr alt und daher noch nicht gefestigt.

So kam es, dass nach Beendigung einer recht heftigen Auseinandersetzung zwischen den Dessla und den Raubkatzengestaltwandlern, bei der die Angerol Partei für die

Dessla ergriffen, Ezekial ein Faustpfand für die zukünftige Loyalität der Dessla forderte. Nerulea. Und er zeigte sich gegenüber der Tatsache, dass sie schwanger und eine Leuchtende war, unbeeindruckt. Zunächst hatte Vrebal sich rundweg geweigert, seine Schwester in den Palast nach Finnland zu schicken. Am Ende hatte er nachgeben müssen.

Der Abschied hatte ihm das Herz zerfetzt. Ihnen beiden. Doch sie waren davon ausgegangen, dass die Trennung vorübergehend wäre. Nur, bis sich die Lage beruhigt hatte. Alle hatten das geglaubt. Das war der einzige Grund, warum er geschluckt hatte, dass ihm verboten wurde, sie zu begleiten. Nicht, weil Isleen ihn nicht freigegeben hätte oder Vrebal ihn nicht hätte gehen lassen, sondern weil Ezekial jegliche Eskorte - lediglich für die Reise oder dauerhaft - untersagte.

Die Geburt seines Kindes. Er hatte sie gespürt, nicht miterlebt. Sein neugeborenes Kind in den Armen zu halten, es war ihm nicht vergönnt gewesen. Trotzdem war er noch felsenfest überzeugt, dass Nerulea und das Kleine bald wieder bei ihm waren.

In unregelmäßigen Abständen kamen Boten aus Finnland, um Neruleas Angehörige von ihrem Befinden zu unterrichten. Ihr und dem Kind ginge es gut. Sie hätte natürlich Heimweh, verstünde sich mit den Bewohnern des angerolischen Palastes ansonsten aber sehr gut. Mit Veriman, Ezekials Sohn und Nachfolger, besser als mit jedem anderen. Eine innige Freundschaft wäre daraus entstanden. Das hatte ihn stets beruhigt. Wenn der Sohn des Angerolherrschers sie als Freund betrachtete, war sie sicher. Ein Irrglauben, wie sich drei Jahre später herausstellte.

Die Erinnerung an den Augenblick, da er Neruleas Tod gespürt hatte, schenkte er sich. Die hatte er erst vor ein paar Stunden in Gors Beisein zelebriert. Eine Wiederholung brauchte er nicht.

Einen Monat später traf ein Angerolbote ein, der sie darüber in Kenntnis setzte, was passiert war. Veriman war vom Palast in eins seiner eigenen Anwesen unterwegs. Nerulea hatte ihn begleitet. Unterwegs waren die Pferde durchgegangen, die Kutsche, in der sie saßen, war ins Schlingern geraten und schließlich einen Abhang hinunter gestürzt. Keiner hatte das Unglück überlebt, weder Veriman noch Nerulea oder der Kutscher. Selbst die Pferde waren dabei draufgegangen.

Zwei Tage später hatte er Isleen gebeten, ihn gehen zu lassen. Er hatte es einfach nicht mehr ertragen, Neruleas Mutter und Bruder um sich zu haben und durch sie ständig an seinen Verlust erinnert zu werden. Als ob es einer Erinnerung bedurft hätte. Isleen hatte zugestimmt, weil sie ihn verstand, hatte - wie er jetzt wusste - jedoch immer gehofft, er würde zurückkehren, sobald er die Trauer einigermaßen verarbeitet hatte.

Er hob den Kopf von der Lehne, öffnete die Augen und wischte sich mit der flachen Hand die Tränen weg, die stumm über seine Wangen liefen. Es half nichts, immer neue kamen nach. Noch nie hatte er geweint, keine einzige Träne. Jetzt wollten sie nicht mehr aufhören zu fließen.

»Es tut mir leid«, flüsterte er dem Bild zu.

Was genau tat ihm denn leid?

Levanias Gesicht schob sich vor sein geistiges Auge. Nein, das war es nicht. Ja, er hatte heute den Schwur, den er Nerulea im Stillen gegeben hatte, gebrochen, aber das meinte er nicht.

Nun lege ich auch dieses Leben in deine Hände, Temm.

Er hatte versagt. Nerulea war seine Minur gewesen und sie hatte sein Kind unter dem Herzen getragen - doch er hatte sie nicht beschützt, wie es seine Aufgabe gewesen wäre. Er hatte sie allein in die Fremde gehen lassen, und dort war sie gestorben. Er hatte sie im Stich gelassen, ihr Vertrauen in ihn verraten. Das war ihm in dem Moment klar geworden, als er durch Manus erfahren hatte, dass der vermeintliche Unfall gar keiner gewesen war.

Um sich an den Schock dieser Erkenntnis zu erinnern, musste er nicht tief buddeln. War ja noch nicht allzu lange her. Vielleicht war es genau dieser Moment gewesen, der die jetzige Entwicklung in Gang gesetzt hatte. Einen Schock zu verspüren, hätte ihm eigentlich nicht passieren dürfen, innerlich tot wie er glaubte zu sein.

Noch einmal streichelte er das Portrait, dann stand er entschlossen auf. Für heute war es gut mit Erinnerungen. Da war auch nicht mehr viel hinzuzufügen. Außer einem neuen Entschluss, nämlich, sich ganz bestimmt nicht von jemandem einwickeln zu lassen, der Neruleas Tod nicht verhindert hatte, vielleicht sogar daran beteiligt war. Mochte Manus seiner Großmutter verziehen haben und ihr vertrauen. Er würde das definitiv nicht tun.

17

Sie befand sich im falschen Film, daran bestand für Levania kein Zweifel mehr, nach dem, wie die vergangenen drei Tage abgelaufen waren. Die andern schienen es ebenso zu empfinden. Anders war die allgemeine Verwirrung, die durch die Flure waberte wie Nebel, nicht zu erklären. Im Gegensatz zu vorher, wo Gor das Stimmungsbild beherrscht hatte, war jetzt Temm der ausschlaggebende Faktor für die Lage.

Sie verstand ihn einfach nicht, kam nicht dahinter, was in seinem Kopf vor sich ging. Er redete ja nicht. Mit niemandem. Wenigstens pampfte er nicht bloß sie an, sondern seine Freunde gleichermaßen. Die gingen alle schon in Deckung, wenn er um die Ecke bog.

Wahrscheinlich hatte es damit zu tun, was im Fitnessraum passiert war. Himmel nochmal. So schlimm war es nicht gewesen, dass er sich deshalb verhalten musste, als hätte es den Weltuntergang ausgelöst.

Sie hatte ja versucht, mit ihm darüber zu sprechen. Es musste geklärt werden, weil die Spannung zwischen ihnen schlicht unerträglich war, vor allem für Manus. Das war allerdings leichter gesagt als getan. Wie gesagt, sie hatte es versucht. Gleich am Abend. Ein dummer Fehler, wie sie alsbald feststellte.

Zuerst hatte er sie kalt auflaufen lassen, wovon sie sich nicht hatte schrecken lassen. Dann hatte er sie an den Oberarmen gepackt und geschüttelt, nicht schmerzhaft oder brutal, aber in unmissverständlicher Absicht, sie loszuwerden. Dabei hatte er irgendwas durch die Zähne gezischt. Sie hatte beim besten Willen den Sinn seiner Worte nicht erkannt, weil sie gänzlich unverständlich aus ihm raus kamen. Sein Verhalten hatte ihr ein bisschen

Angst gemacht, dummerweise hatte seine Nähe auch noch ganz andere Gefühle ausgelöst. Bei ihm anscheinend ebenso, denn wie aus dem Nichts heraus hatte er sie plötzlich an sich gepresst mit einem Blick irgendwo zwischen Verärgerung, Verwirrung und, ja, Leidenschaft. Für den Bruchteil einer Sekunde hatte sie gedacht, er würde sie küssen. Er hatte ausgesehen, als wolle er genau das tun. Doch bei ihm gingen Meinungswechsel ziemlich rapide vonstatten. Anstatt sie zu küssen, hatte er sie losgelassen, als wäre sie mit Lava überzogen, und war mit einem Satz nach hinten zurückgewichen. Ein entsetztes Aufstöhnen von sich gebend war er davongehechtet.

Seither hielt er sich im Herrenhaus nur auf, wenn es sich nicht vermeiden ließ, und legte dabei eine Laune an den Tag, die man nicht mal aus der Ferne erleben wollte. Er schlief in der Containerburg der Soldaten, und er aß mit ihnen zusammen. Die Begründung für seine Freunde lautete, dass er als Heerführer, obwohl lediglich vorübergehend und nicht offiziell eingesetzt, bei seinen Männern sein musste. Das war, wie er es gelernt habe, und so würde er es halten. Geglaubt hatte ihm keiner, geschluckt hatten es alle. Was sollten sie auch anderes tun?

Ach verflixt.

Er war ihr mal vertraut gewesen. Gut, das war lange her, aber sie hätte niemals gedacht, dass sich jemand derart eklatant verändern konnte. Was war geschehen, dass er sie so sehr verabscheute? Denn sein Handeln lag eindeutig an ihr oder hing zumindest mit ihrer Anwesenheit hier zusammen.

Irgendwas war da zwischen ihnen. Ohne Zweifel eine gewisse Anziehung, das war schlicht nicht zu leugnen. Sie spürte es, und sie wusste, dass er es ebenfalls spürte. Warum er sich dagegen auflehnte, fast schon verzweifelt, war ihr hingegen völlig schleierhaft. Es konnte nicht daran liegen, dass sie eine Angerol war. Das war sie schließlich damals schon gewesen und es hatte ihn nicht gestört. Ob es mit seiner verstorbenen Minur zu tun hatte? Möglicherweise. Doch solange er nicht redete, würde sie es nicht herausfinden. Und solange mussten sie alle damit leben, nicht zu wissen, was zum Henker los war.

Heute saß Temm zum ersten Mal wieder mit am Tisch. Nicht freiwillig, das wusste sie und das sah man ihm auch an. Sie hatten Besuch, gleich zweifachen. Das hatte Gor dazu veranlasst, sich daran zu erinnern, dass eigentlich er der Chef war und bestimmte, wo's lang ging.

Obbs, das Ratsoberhaupt der Jäger, kannte sie bereits. Der zweite Besucher verursachte ihr ein wenig Unwohlsein. Man saß als Angerol nicht sehr häufig mit einem Wempyr am Tisch, wobei dieser Maximilian für Wempyrverhältnisse recht umgänglich zu sein schien. Er saß zwischen Shannon und Temm, und ihm war die Stimmung dieses Desslaners ebenfalls nicht verborgen geblieben. Allerdings hatte er wohl beschlossen, sich davon weder beirren noch beeindrucken zu lassen. Beneidenswert.

Sie saß zwischen Manus zu ihrer Linken und Zegg zu ihrer Rechten und versuchte, nicht ständig zu Temm hinüber zu schielen. Was sich als unerwartet schwierig erwies.

Das Essen verlief schweigend, das war jedoch relativ normal. Die Dessla sprachen nie viel während ihrer Mahlzeiten, sie konzentrierten sich aufs Wesentliche - zu essen.

Als die Dienerschaft das Geschirr wegräumte, beobachtete sie, wie Manus mit George einen Blick wechselte und Manus dem Chefdiener zunickte. Was hatte das zu bedeuten? Und wieso lächelte George auffallend unauffällig, während er rausging?

Die Antwort bekam sie drei Minuten später, als George mit einer kleinen Torte, verziert mit einer einzelnen, brennenden Kerze in der Mitte ins Esszimmer zurückkam, die er vor ihr abstellte.

»Herzlichen Glückwunsch zum Geburtstag, Großmutter.« Der liebevolle Blick, mit dem Manus sie bedachte, tat unheimlich gut.

Tränen der Rührung schossen ihr in die Augen. Sie hatte nicht gedacht, dass Manus ihren Geburtstag kannte oder daran denken würde.

»Danke. Woher weißt du davon?«

»Wir haben diesen Tag jedes Jahr gefeiert, als ich noch ein Kind war. Mutter hat einen Kuchen gebacken und wir haben so getan, als wärst du bei uns. Das gehört zu den schöneren Erinnerungen meiner Kindheit, ist also ein Tag, den ich bestimmt nie vergessen werde.«

Gasina hatte ...

Ihre Augen waren nicht fähig, die Tränen zu halten. Sie liefen ihr über die Wangen, und Zegg, ganz Gentleman, hielt ihr seine unbenutzte Serviette hin.

»Hey, wieso sagst du uns so was nicht?«, echauffierte sich Poki. »Wie stehen wir denn jetzt da?«

Die Desslaner und die anderen Anwesenden überschlugen sich beinahe, um ihr zu gratulieren. Fehlte nur noch, dass sie ein Ständchen anstimmten. Bitte nicht. Das wäre zu viel des Guten. Der einzige, der sich nicht rührte, war - Überraschung! - Temm.

Nein, stimmte nicht. Er rührte sich sehr wohl, allerdings nicht, um einen Geburtstagsgruß loszuwerden. Laut schnaubte er Luft durch den Mund und stand auf, dann machte er sich auf der anderen Tischseite wortlos auf den Weg Richtung Tür. Er sah sie dabei nicht mal an.

»Wo gehst du hin?«, rief Shannon ihm hinterher.

Oh weh. Der Blick, den er Zeggs Tasha zuwarf, lud dazu ein, sich unter dem Tisch zu verkriechen.

»Ne Runde kotzen.«

Eis. Genau dazu verwandelte sich ihr Blut. Die Stimmung - ohnehin nicht die Beste - geriet ebenfalls in den Unterfrostigbereich.

Obbs schnappte nach Luft wie ein Fisch auf dem Trockenen. Zegg klappte der Kiefer nach unten und seine

Augen schienen aus den Höhlen quellen zu wollen. Krus zuckte zusammen, als hätte ihn ein Blitz getroffen. Gors Gesichtsausdruck glich dem eines Mannes, der in was schrecklich Bitteres gebissen hatte. Die Mädels wurden aschfahl. Die beiden Kinder krochen tatsächlich unter den Tisch. Und Manus?

Wenn ein Angerol blass wurde, war das kein schöner Anblick. Für Nicht-Angerol. Die sowieso durchscheinend wirkende Haut wurde es tatsächlich. Sämtliche Adern, Venen und teilweise sogar die Muskeln wurden sichtbar. Jeder Nicht-Angerol musste sich vorkommen wie in einem Gruselkabinett. Genau diesen Anblick bot Manus gerade, als er sich langsam in die Senkrechte hievte.

»Du wirst dich sofort bei meiner Großmutter entschuldigen.« Der mühsam beherrschte Zorn war ihm deutlich anzuhören.

Temm ließ das kalt. »Einen Scheiß werd ich.«

Gor kam deutlich schneller vom Stuhl hoch als Manus. »Jetzt gehst du zu weit, Temm.«

»Ihr Sohn stirbt bei einem angeblichen Unfall, den nicht mal ihr eigener Enkel für einen solchen hält, und der kennt seinen Großvater nicht halb so gut wie sie. Sie muss wenigstens etwas geahnt haben, wenn ich ihr zugutehalte, dass sie zu dem Zeitpunkt noch nichts wusste. Ich halte ihr auch zugute, dass der Mutterinstinkt mit ihr durchgegangen ist, als sie sich von Ezekial, dem Mörder ihres eigenen Sohnes, nochmal ein Kind machen ließ.«

Manus' Adern wurden dunkelblau, und sie spürte, wie sie eine ähnliche Färbung annahm.

»Dann steht sie daneben und sieht dabei zu, wie Ezekial eben dieses Kind, ihre Tochter, Manus' Mutter umbringt. Trotzdem bleibt sie bei ihm. Weitere fast hundert Jahre. Erst als sie um ihr eigenes Leben fürchtet, verlässt sie ihn. Jede normale Mutter stellt das Leben ihrer Kinder über das eigene. Sie nicht. Ich gehe zu weit? Nein, tu ich nicht. Ihr könnt gerne weiter Geburtstag feiern und euch vormachen, sie hätte keinen Dreck am Stecken. Aber niemand kann mich dazu zwingen, bei dieser Farce mitzuspielen. Auch du nicht, Gor.«

Eine Ohnmacht kroch ihr das Genick hoch. Sie spürte es deutlich. Nicht mehr lange, und sie würde einfach vom Stuhl rutschen. Manus erweckte denselben Eindruck, so schwer, wie er sich auf seinen Platz fallen ließ.

Temm wollte weitergehen, doch Gor verstellte ihm den Weg. »Ich verstehe dein Misstrauen ja.«

»Du verstehst gar nichts.« Mit einem Ruck wehrte Temm die Hand ab, die Gor ihm auf den Unterarm zu legen versuchte.

»Hör zu, Temm. Wir wissen nichts über das Leben an Ezekials Palast. Manus hat als einziger ein Recht darauf, sie wegen der Ermordung seiner Mutter zu verachten, aber er hat sich entschieden, ihr zu verzeihen. Uns steht es nicht zu, darüber zu richten. Ebenso wenig wie darüber, wie sie auf den Tod ihrer Kinder reagierte. Das ist allein ihre Sache. Nicht deine.«

»Ihre Kinder sind mir scheißegal. Und du irrst dich. Es ist meine Sache. Es wurde zu meiner Sache, als Manus sagte, dass der Unfall kein Unfall war.«

Was hatte Temm denn damit zu tun, dass ihr Sohn getötet worden war?

»Wieso?«

Gors Unverständnis konnte sie gut nachvollziehen. Sie empfand dasselbe, soweit sie in der Lage war, etwas zu empfinden. Nicht das Bewusstsein zu verlieren, erforderte gerade das meiste ihrer Kraft.

Tief atmete Temm durch, bevor er Gors Blick dermaßen eindringlich erwiderte, dass kein Zweifel bestand, er würde nach dieser keine weiteren Fragen beantworten.

»Weil Veriman nicht der einzige war, der bei diesem sogenannten Unfall starb.« Bei diesen Worten, mit unermesslicher Traurigkeit in der Stimme ausgesprochen, zuckte Gor zusammen, als hätte ihn eine Faust getroffen.

»Und jetzt gehst du mir besser aus dem Weg.«

Gor zögerte keine Sekunde. Er machte Temm Platz und der stapfte aus dem Esszimmer. Die Tür fiel rumsend hinter ihm ins Schloss.

Weil Veriman nicht der einzige war, der bei diesem sogenannten Unfall starb. Damit hatte Temm Recht. An jenem schrecklichen Tag waren noch zwei weitere Personen ums Leben gekommen. Der Kutscher, auf den konnte sich Temm jedoch nicht beziehen. Der war Angerol gewesen und sicherlich niemand, den Temm kannte. Und die Schwester des Desslakönigs.

Es dauerte einen Moment, bis die Bedeutung von Temms Worten vollständig in ihrem Verstand Einzug hielt. Konnte es sein, dass ...?

Große Schöpfer. Natürlich. Ihr Minuresh war orange und gelb gewesen. Orange, ihre Farbe - Gelb, die Farbe ihres Minur. Temms Gelb.

»Nerulea.« Seit jenem Tag hatte sie den Namen nicht mehr ausgesprochen, und er kam auch jetzt nur schwerfällig über ihre Lippen.

»Wer oder was ist Nerulea?«, fragte der Wempyr in die brüllende Stille, die seit Temms Abgang im Esszimmer herrschte.

Die Erklärung für Temms Hass, sein Verhalten, für alles. Jetzt hatte sie sie endlich, und sie sollte die anderen besser ebenfalls ins Bild setzen.

18

Das Leben war ein verdammter Drecksack!

Dieses Resümee zog Temm heute zwar nicht zum ersten Mal, aber es war eine Weile her seit dem letzten Mal.

Unschlüssig stand er in der Bar vor dem Regal mit den Alkoholika und wusste nicht, was er sich gönnen sollte, um den gewünschten Vollrausch zu erzielen. Sein Blick schweifte über die Etiketten, doch die Entscheidung fiel ihm schwer. Üblicherweise war er nicht wählerisch, da er jedoch kein Asket wie Zegg war, benötigte er eine entsprechende Menge zur Erzielung des angestrebten Ergebnisses. Das Zeug musste also nach einer halben bis ganzen Flasche immer noch schmecken.

Er fühlte sich hundsmiserabel wegen des Auftritts, den er vorhin im Esszimmer hingelegt hatte. Dieses Gefühl zu betäuben, war allerdings nicht die Intention, die hinter dem geplanten Besäufnis steckte. Bei ihm hatte Alkohol noch nie als Mittel zur Flucht geholfen. Im Gegenteil. Sich volllaufen zu lassen wirkte bei ihm, wie bei einem Computer das Drücken der Resettaste. Wenn er am nächsten Tag die Augen aufschlug, sah er die Dinge viel klarer als vorher, fühlte sich aufgeräumter, zu besseren Entscheidungen imstande. Ein Zustand, den er dringend benötigte.

Die anderen hielten ihn jetzt bestimmt für ein Arschloch. Naja, nichts Neues. Damit konnte er leben. Hoffentlich dachten sie auch, er würde Levania hassen. Immerhin war das Sinn und Zweck der Übung – die Überzeugung zu schüren, er würde Hass für sie empfinden. Vor allem bei ihr.

Dabei tat er das gar nicht. Nicht mehr jedenfalls.

Er würde sich nicht einwickeln lassen, hatte er beschlossen. Vor drei Tagen erst. Netter Vorsatz. Dumm nur, dass es zu diesem Zeitpunkt bereits zu spät gewesen war. Wie er am selben Abend hatte feststellen dürfen, als Levania versucht hatte, mit ihm zu reden.

Alles ging gut, bis sie eine gewisse Distanz unterschritt. Ab da wirkte sie auf ihn wie ein Magnet auf Eisen. Obwohl er sie sich von der Pelle halten wollte, konnte es ihm dann nicht nah genug sein. Nicht bloß auf rein körperlicher Ebene. Dabei hatte das eher weniger mit sexuellen Gelüsten zu tun. Das auch, aber nicht hauptsächlich.

Es war verrückt und endlos absurd, und er schaffte es nicht, damit umzugehen. Kam nicht damit klar. Darum der Umzug in die Container zu den Soldaten. Die Wahrscheinlichkeit, ihr dort zu begegnen, war denkbar gering. Deshalb war es der richtige Ort für ihn, um zu entspannen. Er hielt sich nur noch kurz im Herrenhaus auf, um die Klamotten zu wechseln, ansonsten nicht. Außer natürlich, Gor zwang ihn, an einem Essen teilzunehmen. Wie heute.

War nicht leicht gewesen, sie nicht anzusehen, und von Minute zu Minute schwieriger geworden. Vor allem, als sich herausstellte, dass sie Geburtstag hatte. Er hätte ihr gerne gratuliert. Wirklich. Aber das wäre vermutlich komplett nach hinten losgegangen und in einer neuerlichen Schwäche resultiert. Da war es besser, diese Show abzuziehen, die ihm mindestens ebenso missfallen hatte wie allen anderen. Was sein musste, um sich zu beschützen, vor allem wohl vor sich selbst, musste eben sein.

Die Tür in seinem Rücken öffnete sich. Hoffentlich hatte er Glück und derjenige, der reinkam, wollte bloß was trinken. Zum Quatschen war er jetzt echt nicht aufgelegt. Nur – wann war er das schon mal?

»Wenn du dir die Birne gepflegt und gemächlich zudröhnen willst, empfehle ich einen guten Single Malt.

Hält den Kater morgen in Grenzen und verursacht kein Sodbrennen. Wenn dir das egal ist und es schnell gehen soll, nimm Rotwein.«

Obbs sprach bestimmt aus Erfahrung, allerdings hätte es diesen Tipp nicht gebraucht. Was das anging, war sein eigener Erfahrungsschatz mit Sicherheit größer. Dass das Ratsoberhaupt nicht in Krus' Begleitung, sondern allein gekommen war, bedeutete wohl, dass Obbs tatsächlich mit ihm reden wollte. Wäre eigentlich die Gelegenheit, das zur Sprache zu bringen, worüber er bereits seit dem ersten Besuch bei Vrebal mit Obbs sprechen wollte. Er vermutete jedoch, dass es Obbs um ein anderes Thema ging und es schwierig bis unmöglich sein würde, hier die Kurve zu kriegen.

Ein Seufzen unterdrückend griff er nach einer Flasche schottischen Whiskeys und zwei Gläsern. Er ging um die Theke herum, setzte sich auf einen der Barhocker und schenkte ein. Das zweite Glas schob er vor den noch leeren Hocker neben seinem. Die wortlose Einladung an Obbs, sich zu setzen. Vermeiden konnte er das anstehende Gespräch ohnehin nicht, da durfte es genauso gut gemütlich werden. Augen zu und durch.

Obbs nahm neben ihm Platz und griff nach seinem Glas. Ohne etwas zu sagen, stieß er es gegen Temms noch auf der Theke Stehendem und trank es aus. Dann stellte er es direkt neben der Flasche wieder ab. Temm verstand das als Aufforderung, nachzuschenken, und kam dem sogleich nach. Diesmal trafen sich die Gläser in der Luft.

Er hatte keine Ahnung, wie lange sie so dasaßen und schweigend tranken, es war bestimmt bereits das dritte oder vierte Glas, als Obbs die Stille endlich brach.

»Darf ich dich was fragen, Temm? Wieso hast du dich den Jägern angeschlossen? Ich meine, nach dem, was Levania uns in Kurzfassung erzählt hat, wäre das für mich die letzte logisch nachvollziehbare Wahl gewesen.«

Da hatte Obbs nicht ganz Unrecht. Logisch war es

nicht, Jäger zu werden, wenn man, wie er, auf die Angerol nicht mehr gut zu sprechen war.

»Als einfacher Jäger hat man mit den Angerol nichts zu tun.« Was einer der Gründe war, warum er alle Angebote seitens des Rates, ihn zum Anführer einer Truppe zu machen, stets ausgeschlagen hatte. Es erklärte aber nicht, warum er Jäger geworden war. »Eigentlich wollte ich zurück zu den Kriegern und wieder einer sein, wie ich es war, bevor ich zum Wächter wurde. Nur gab es diese Art von Kriegern nicht mehr und die kastrierte Form davon erschien mir nicht erstrebenswert. Für meine Zwecke.«

»Was waren deine Zwecke denn?«

Levania hatte den anderen doch erzählt, was passiert war. Lag die Antwort da nicht auf der Hand?

»Ich wollte den gefährlichsten Job, weil ich einen Weg suchte zu sterben, ohne mich selbst umzubringen. Reicht dir das?«

Obbs zuckte nicht mal, als hätte er diese Antwort erwartet. Langsam drehte er ihm den Kopf zu und zeigte ein dünnes Lächeln. »Hat bis jetzt nicht sonderlich gut funktioniert.«

In der Tat. Bis jetzt hatte der Tod ihn nicht haben wollen. Was definitiv nicht daran lag, dass er ihm nicht schon genügend Möglichkeiten gegeben hätte, sich ihn zu holen.

»Muss ich mir Sorgen machen, dass du im anstehenden Krieg irgendwelche Kamikaze-Aktionen starten wirst, um dein Ziel noch zu erreichen?«

»Und dadurch die Leben der mir anvertrauten Soldaten in Gefahr bringen? Für was hältst du mich, Obbs?« Der Blick des Ratsoberhaupts verriet Erleichterung. »Ich werde in einer Schlacht einem Kampf nicht aus dem Weg gehen, aber ich habe nicht vor, ein unnötiges Risiko einzugehen. Wenn es mich erwischt, fein. Wenn nicht, hab ich halt wieder mal Pech gehabt.«

»Wie sind eigentlich deine Pläne für danach? Weitermachen wie bisher?«

Darüber hatte er sich noch keine großen Gedanken gemacht, weil der Ausgang des Krieges noch völlig unklar war. Verloren sie gegen die Lyks, war nicht gewiss, ob es überhaupt ein „danach“ gab. Obwohl, so ganz stimmte das mit dem noch keine Gedanken gemacht nicht.

»Ich weiß nicht genau.« Er zuckte mit den Achseln. »Vielleicht wechsle ich ins Assassinengeschäft.« Das es bei den Dessla nicht gab.

Jetzt schrak Obbs doch zusammen. »Und tilgst Ezekial vom Antlitz dieser Erde?«

Ein netter Gedanke. Allerdings würde er an den nicht nah genug herankommen. »Der steht zwar ebenfalls auf meiner Liste, es gibt da jedoch ein paar andere, die sich weiter oben darauf befinden.«

»Du sprichst nicht zufällig vom Zirkel, oder?«

Shit. Wenn Obbs riet, traf er erschreckend genau ins Schwarze. Das konnte jetzt verflucht heikel werden, da er nicht wusste, auf welcher Seite das Ratsoberhaupt stand. Andererseits. Exakt darüber hatte er mit ihm sprechen wollen, und jetzt war es sogar Obbs selbst, der das Thema anschnitt.

»Antworte besser nicht«, meinte der. »Was ich nicht weiß, macht mich nicht heiß.«

»Wieso fragst du dann? Und wie kommst du darauf?«

Obbs lächelte. »Ich verrate dir jetzt was über mich, das nicht mal Krus weiß. Meine Zirkelkollegen zum Glück übrigens ebenfalls nicht. Das würde ich gerne so belassen wollen.«

»Ich kann schweigen.«

»Das weiß ich. Also, meine Beziehung zu Vrebal dem Zweiten ist ein bisschen umfangreicher, als irgendjemand auch nur ahnt. Mein Ururgroßvater war ein Wächter wie du, allerdings lange nach dir. Er war Teil von Vrebals persönlicher Leibwache, solange die Wächter existierten.

Er gehörte zu den ersten, die aus ihrem Dienst entfernt wurden, weil er zu loyal erschien. Er hat sich den Jägern angeschlossen, wie alle ehemaligen Wächter. Der Kontakt zwischen ihm und Vrebal ist nie abgebrochen, und das blieb, was meine Familie angeht, auch nach dem Tod meines Ururgroßvaters so. Ich kenne Vrebal, seit ich auf der Welt bin oder, besser gesagt, er mich. Vermutlich wäre ich nicht zum Ratsoberhaupt der Jäger und damit zu einem Mitglied des Zirkels berufen worden, wenn die anderen aus dem Zirkel davon gewusst hätten. Ich weiß schon sehr lange, dass du einmal ein Wächter im Dienste der Königsmutter Isleen warst, weil Vrebal es mir erzählt hat. Von der Verbindung mit seiner Schwester wusste ich nichts, wie auch sonst niemand davon wusste. Ich wusste bis gerade eben, als Levania es im Speisesaal erzählte, nicht mal, dass Vrebal überhaupt eine Schwester hatte. Ich bin froh, dass ich es jetzt weiß. Das hat mir einiges erklärt. Über ihn und über dich.«

Schön für Obbs. Und jetzt? Gemeinsames Austüfteln eines Zirkel-Beseitigungs-Plans? Hätte er schon Bock drauf, war momentan aber kein guter Zeitpunkt. Krieg und so.

»Du solltest mit Levania reden und dir anhören, was sie zu sagen hat.«

So, sollte er das? Er fand nicht. Und vielleicht wollte er ja gar nicht hören, was sie zu sagen hatte. Obbs würde es jedoch nicht zur Sprache bringen, wenn er es nicht für sinnvoll erachtete. »Wenn's sein muss.«

»Muss es nicht. Ich werde dich nicht dazu zwingen, aber ich fände es gut. Nachdem wir Gor quasi verloren haben, solange Inkia weg ist, möchte ich wenigstens dich auf voller Höhe haben, und wenn die Unstimmigkeiten zwischen euch beiden dich ablenken, bist du das nicht.«

Dem konnte er schlecht widersprechen. Levania hatte einen wesentlich größeren Einfluss auf seine Gedankenwelt – und leider nicht nur auf die – als er gedacht hatte oder ihm lieb war. Möglicherweise war es keine schlechte Idee, ein paar Dinge zu klären und gewisse Regeln aufzustellen.

»Meinetwegen.«

»Gut. Sie wartet draußen. Ich hol sie rein.«

19

Als Obbs nach ihrem kurzen Bericht den Vorschlag gemacht hatte, sich mit Temm auszusprechen, hatte Levania das noch gut gefunden. Je länger sie vor der Tür zur Bar darauf wartete, ob sich Temm damit einverstanden erklärte oder nicht, umso blöder erschien ihr die Idee. Er hatte unmissverständlich klar gemacht, was er von ihr hielt. Was gab es da noch zu reden?

Davon, dass Manus neben ihr stand und von Sekunde zu Sekunde einen missmutigeren Gesichtsausdruck zur Schau stellte, wurde ihr Magengrummeln nicht besser. Ebenso wenig wie davon, dass sich immer mehr Jäger zu ihnen gesellten. Mittlerweile waren alle da und warteten. Nicht gerade das, was sie sich unter einer Aussprache vorstellte. Per ihrer Definition fand so was unter vier Augen statt. Höchstens unter sechs, wenn man einen neutralen Schiedsrichter oder Schlichter dabei zurate zog.

Obbs sah nicht begeistert aus, als er sie hereinrief und feststellte, dass sich die komplette Meute nach ihr ebenfalls in die Bar zwängte.

Von Temm gar nicht erst zu reden. Er verzog seinen Mund auf eine Art, die aus seinem Gesicht eine vor Sarkasmus triefende Fratze machte. »Du sagtest was von, ich solle mir anhören, was sie zu sagen hat. Davon, dass das ein Schauspiel zur Truppenbelustigung werden soll, war nicht die Rede.«

Noch ehe irgendjemand reagieren konnte, schoss Manus an ihnen allen vorbei und stürmte direkt auf Temm zu. Unmittelbar vor ihm blieb er stehen und bohrte ihm den Zeigefinger in die Brust.

»Ich warn dich«, zischte er den Desslaner an. »Wenn

du dein Maul nur aufmachst, um meine Großmutter zu beleidigen, stopf ich es dir. Ein für allemal.«

Nicht gut. Gar nicht gut. Was dachte Manus eigentlich, damit zu erreichen? Nichts, wie Temms Blick verriet.

Lediglich leicht senkte er den Kopf und sah auf den auf ihn gerichteten Finger. Noch leichter hob er den Kopf wieder und schielte Manus von unten an. Interessanterweise lag keinerlei Aggression in seinen Augen. Was man von Manus' Haltung nicht behaupten konnte. Temms sarkastisch verzogener Mund wurde zum abfällig kalten Lächeln. »Damit hat sich die Sache für mich erledigt.«

Danke, lieber Enkel.

Temm glitt von dem Barhocker, ohne Manus weiter zu beachten, und schritt an ihm vorbei, als wäre er nicht da, was den noch mehr provozierte.

»Erledigt? Nichts ist erledigt«, keifte Manus Temm hinterher. »Es ist erst erledigt, wenn ich sage, dass es erledigt ist.«

Er? Moment mal. Jetzt ging ihr Enkel aber zu weit. Das war hier nicht seine Angelegenheit.

Schien der anders zu sehen. Mit vor Wut verzerrtem Gesicht stapfte er hinter Temm her und versuchte, ihn am Arm zu packen. »Ich erwarte, dass du ...«

Das, was danach geschah, ging dermaßen schnell, dass sie dem mit dem Auge kaum folgen konnte.

Im Herumwirbeln streifte Temm Manus' Hand ab, hob gleichzeitig seinen eigenen Arm, packte Manus am Hals und hob ihn – einhändig! – nach oben über seinen Kopf. Da blieb er nicht. Mit dem Schwung der Bewegung schleuderte Temm ihn postwendend Richtung Boden.

Krawumm. Sie zuckte zusammen, als ihr Enkel hart aufschlug. Zum Glück waren Angerolflügel nicht zerbrechlich, solange sie eingefahren waren, sonst würden seine jetzt wohl aus hunderten einzelner Stückchen bestehen. Losgelassen hatte Temm ihn dabei nicht, sodass er jetzt über ihn gebeugt neben ihm kniete, die Hand nach wie vor an Manus' Kehle.

Ihre Beine entwickelten ein Eigenleben, denn obwohl sie glaubte, sich vor lauter Schreck nicht mehr rühren zu können, bewegte sie sich doch vorwärts. Auf die beiden Männer zu. Die Desslaner hinter ihr taten das gleiche. Wahrscheinlich, um die Streithähne notfalls voneinander zu trennen. Sie war noch ungefähr vier Schritte von ihnen entfernt, als sie sah, wie sich Temm tiefer zu Manus hinabbeugte.

»Ich geb dir einen guten Rat, Flügelträger. Leg dich nicht mit mir an. Du bist mir nicht gewachsen.«

Das sah sie ebenso. Temm mochte schmaler geworden sein, an Stärke hatte er dadurch offensichtlich nichts eingebüßt.

Ohne auf eine Erwiderung zu warten oder noch etwas hinzuzufügen, erhob sich Temm. Er wandte sich Gor zu und durchbohrte ihn förmlich mit seinem Blick. »Ich packe meine Klamotten und ziehe zu den Soldaten. Wage es nicht, mich nochmal zu einem Essen her zu zitieren. Solange sich ein einziger Angerol in diesem Haus aufhält, werde ich die Schwelle nicht mehr übertreten. Und das ist nicht verhandelbar.«

»Ach so?!« Manus hinter ihm war zwischenzeitlich wieder auf die Füße gekommen. »Ficken kannst du sie, aber dich mit ihr unter einem Dach aufhalten geht nicht. Du Arschloch!«

Sie spürte, wie ihr sämtliches Blut in die Zehen sackte, während Temm zur Säule erstarrte. Ihr Schock löste sich allerdings schneller als seiner. Gerade hatte Manus eine Grenze überschritten, und das würde sie ihm nicht durchgehen lassen. Er sah zwar sie, nicht jedoch die Ohrfeige kommen. Das war vermutlich das Letzte, mit dem er gerechnet hätte. Gemessen an dem erschrockenen Ausdruck in seinen Augen, mit dem er sie anstarrte.

Abgehacktes Lachen ließ sie zusammenfahren. Temm, der sich von seinem Schreck inzwischen ebenfalls erholt hatte.

»Das kommt davon, wenn man einem Angerol etwas anvertraut. Hast du wirklich gedacht, er würde das für sich behalten? Das ist nicht die Art der Angerol und das solltest du besser wissen als jeder andere. Ihr benutzt euer Wissen doch immer, wenn ihr es für angebracht haltet, und zwar völlig ohne Rücksicht auf Verluste. Tja, Levania. Ich hoffe, du hast es ihm wenigstens so erzählt, wie es sich wirklich abgespielt hat. Aber wie ich euch Angerol kenne, hast du wohl eher auf die Tränendrüse gedrückt und auf missbraucht gemacht.«

Wie konnte er so was nur denken? Er kannte sie doch. Naja, er hatte sie mal gekannt. Offenkundig war er der Meinung, sie hätte sich komplett verändert. Ezekial hätte auf sie abgefärbt. Das stimmte nicht, und er gab ihr nicht die geringste Chance, es ihm zu beweisen.

»Ich hab ihm gar nichts erzählt.« Mühsam unterdrückte sie die Tränen. Nein. Diese Genugtuung würde sie ihm nicht auch noch geben.

»Nein, natürlich nicht. Wie gut, dass ich nicht erwartet habe, du würdest es zugeben. Dann kann ich jetzt nicht enttäuscht sein.«

Seine Worte trafen sie zutiefst. Noch vor ein paar Minuten, dort vor der Tür, hatte sie gehofft, die Spannungen würden sich beseitigen lassen. Jetzt war alles schlimmer als zuvor.

»Du mieser Bastard.« Mit geballten Fäusten setzte Manus dazu an, erneut auf Temm loszugehen, doch sie stellte sich ihm in den Weg.

»Sei ruhig. Du hast schon genug angerichtet.« Erstaunlicherweise gehorchte er. Wahrscheinlich mehr aus Schreck, dass sie ihn anfuhr, als aus Einsicht. Dann wandte sie sich nochmal an Temm. »Bitte, lass mich dir erklären ...«

Sein Kopfschütteln unterbrach sie.

»Nein, Levania. Zwischen uns gibt es nichts mehr zu sagen. Obbs hatte mich so weit. Ich war bereit, dir zuzuhören. Ich war gewillt, vielleicht auch der alten Zeiten wegen, nochmal neu ...«

Heilige Schöpfer, mehr noch als seine vorherige Wut traf sie jetzt die Enttäuschung in seiner Stimme.

»Doch nach dem hier. Es gibt nichts, was du sagen könntest, das meine Meinung ändert. Und das gilt für jeden anderen hier ebenso. Ich bin durch damit. Mit allem. Weißt du, warum es diesen Krieg mit den Lyks gibt? Weil sie es eigentlich auf euch abgesehen haben, uns, dieser unglückseligen Allianz wegen, zuvor jedoch aus dem Weg räumen müssen. Soll ich dir was sagen, Levania? Meinetwegen können sie euch haben. Ich habe es satt, dass wir ständig die Leidtragenden eurer Rasse sind. Meinetwegen können sie euch auslöschen, ich werde keinem von euch auch nur eine Träne hinterher weinen. Die Welt wäre ein besserer Ort, ohne euch darauf. Deshalb werde ich jetzt gehen. Nicht bloß aus diesem Haus, sondern ganz. Ich stelle mich den Lyks nicht mehr in den Weg und ich werde nicht daran teilhaben, euch weiterhin zu beschützen oder zu unterstützen. Ich werde unsere Soldaten nicht in einen Kampf führen, in dem sie nur für euch bluten. Das hat keiner von euch verdient.«

»Das ist jetzt nicht dein Ernst«, hauchte Obbs.

Oh doch, das war es. Wenn er noch halbwegs der Mann war, den sie einst gekannt und geliebt hatte, war es sogar sein bitterer Ernst.

Gor, bis dahin ebenso schockgefrostet wie die anderen, erwachte aus dem Koma, und ging auf Temm zu. Bestimmt in der Absicht zu versuchen, ihn umzustimmen. Was keinen Erfolg haben würde. Wenn sich Temm einmal etwas in den Kopf gesetzt hatte, zog er es gnadenlos durch. Zumindest hatte der frühere Temm das getan.

Weit kam Gor allerdings nicht, lediglich ein paar

Schritte vermochte er zu tun. Dann entfuhr ihm ein sonderbarer Laut, der alle dazu veranlasste, sich ihm zuzuwenden. Er verdrehte die Augen, als würde er ohnmächtig werden und schien in sich zusammensacken zu wollen. Was passierte mit ihm? Litt er womöglich an der desslanischen Variante von Epilepsie?

Sein Cousin Skall machte einen Satz auf ihn zu. Mit ausgestreckten Armen, um ihn aufzufangen. Das war jedoch gar nicht nötig. Noch bevor Skall in seiner Nähe war, stand Gor schon wieder aufrecht.

»Was war das denn jetzt?«, fragte Zegg. »Hat sich Dessmon in der Uhrzeit geirrt?«

Gor grunzte. »Nein. Er hat mich bloß gleich zurückgeschickt.«

»Versteh ich nicht. Was wollte er denn?«

»Dass ich Temm hole.«

»Vergiss es. Ich lege keinen Wert auf ein Treffen mit ihm.« Ja, das sah man Temm an.

»Dumm für dich«, erwiderte Gor. »Er nämlich dafür umso mehr. Es war keine Bitte, Temm, sondern ein Befehl. Also, setz dich gefälligst da hinten auf die Couch.«

Wow. Wo hatte Gor denn auf einmal diese Tatkraft her? Erstaunlich. Noch erstaunlicher, dass Temm der Aufforderung Folge leistete. Ohne jeden weiteren Widerspruch.

Er setzte sich, Gor pflanzte sich daneben, hielt Temm eine Hand hin, und kaum hatte der sie ergriffen, sackten beide gegen die Rückenlehne.

»Ich wünsche mir, euer Gott reißt ihm den Arsch auf«, zischte Manus.

»Sagte ich nicht, du sollst ruhig sein?« Hoffentlich war ihr Blick so durchdringend, wie er sein sollte.

»Ich wünsche mir, dass Dessmon ihn davon überzeugt, nicht das Handtuch zu werfen«, meinte Krus.

Dem konnte sie sich nur anschließen.

20

Sobald sich das Gefühl, soliden Boden unter den Füßen zu haben, festigte, öffnete Temm die Augen. Er fand sich neben einem leise plätschernden Brunnen im Innenhof eines flachen, ausladenden Gebäudekomplexes wieder. Links von ihm stand Gor, direkt vor ihm Dessmon, der ihn nachdenklich betrachtete.

»Lange nicht gesehen, Temm.«

Wäre die Situation nicht derart bescheiden, er würde wegen Gors irritiertem Gesichtsausdruck anfangen zu lachen.

»So lange sind Zeggs und Krus' Vereinigungen noch nicht her. Falls du mich da übersehen hast, ist das nicht meine Schuld.«

Gor klappte die Kinnlade herunter. Dass er dem Gott gegenüber einen solchen Ton anschlug, überraschte seinen Boss sichtlich. Wobei der bei seinen Treffen mit Dessmon bestimmt nicht zu Kreuze kroch, wie er Gor kannte.

»Das meine ich nicht, und das weißt du.«

Schon klar.

Dessmon drehte den Kopf zu Gor und schenkte ihm ein Lächeln. »Danke, dass du ihn so schnell hergebracht hast. Ich brauche dich jetzt im Moment nicht mehr. Zurück kriege ich ihn ohne dich.«

Eine Chance zu antworten, bekam Gor nicht. Noch ehe er einen Pieps sagen konnte, hatte er sich bereits aufgelöst. Vermutlich schlug er im selben Augenblick in der Bar die Augen auf. Der Glückliche.

»Es hat mal eine Zeit gegeben, da bist du mit all deinen Ängsten, Sorgen und Nöten zu mir gekommen. Oder deinen Wünschen, Hoffnungen und Träumen. Ich erinnere mich, dass du sogar deine Freuden und dein Glück mit mir geteilt hast, während andere nur ihren Schmerz und ihr Unglück auf mich abluden.«

Daran erinnerte er sich noch gut, obwohl es lange her war. Damals war er noch jung und unwissend gewesen. Oder blauäugig. Wie man es sehen wollte.

Seine Eltern waren ziemlich gläubig gewesen und hatten ihn danach erzogen. Die Zwiesprache mit seinem Gott - üblicherweise Gebet genannt - gehörte in seiner Kindheit, Jugend, selbst noch als Erwachsener für ihn ebenso zur täglichen Praxis wie sich waschen oder essen. Das war nichts, was man nur dann tat, wenn man etwas von Dessmon wollte. Nein, seine Eltern hatten ihm beigebracht, dass ein solches Verhalten - sich ausschließlich mit Bitten oder Gejammer an den Gott wenden, ihn ansonsten am Leben aber nicht teilhaben lassen - ungebührlich war. Am besten war ohnehin, man bat ihn um nichts, dann konnte er einem freiwillig geben, was er für notwendig erachtete.

Nette Theorie. An die er sich immerhin einige Jahrhunderte gehalten hatte.

»Ich vermisse unsere Gespräche.«

Jetzt sprach Dessmon nicht mehr vom Beten, sondern von richtigen Unterhaltungen, echter Zwiesprache.

Eine Gemütsregung oder einen Gedanken vor Dessmon verheimlichen zu wollen, war, als würde man ein zwei Meter langes Horn mitten auf der Stirn zu verbergen versuchen. Ebenso aussichtslos. Deshalb unterdrückte er sein Schmunzeln nicht, als er sich an das erste Mal erinnerte, da er diese sonderbare, neue Stimme in seinem Kopf vernommen hatte. Im Tempel im heutigen London. Eine Stadt, die damals noch nicht existiert hatte. Nach dem Krieg, als er dort Zuflucht und Heilung seiner vorwiegend seelischen Wunden gesucht und gefunden hatte.

Gerade kam es ihm vor, als wäre es erst gestern gewesen.

Ein wunderschöner Morgen nach der ersten Nacht, in der er endlich mal wieder durchgeschlafen hatte, schmerzfrei gewesen war. Dass dies geschehen möge, darum hatte er Dessmon nie gebeten, aber er hatte ihm herzlich dafür gedankt. Das ›Gern geschehen‹, das ihm nach dem Gebet mit einer ihm unbekannten Stimme durch den Kopf hallte, hatte ihn zum Einen einen riesigen Satz aus dem Bett machen und zum Anderen an seinem Verstand zweifeln lassen. Das Zweite war ihm eine Weile erhalten geblieben, weil sich die Stimme öfter zu Wort gemeldet hatte.

Bis zu dem Tag, an dem er sich rat- und hilfesuchend an den Obersten Bewahrer des Tempels gewandt und der wiederum den Ersten Bewahrer, das Sprachrohr des Gottes, Bindeglied zwischen den Dessla und Dessmon, kontaktiert hatte. Dieser - damals bereits ebenso namenlos, wie er es heute noch war - hatte ihn angelächelt und versichert, er würde nicht unter durch eine Kopfverletzung hervorgerufenen Halluzinationen leiden, sondern tatsächlich die Stimme des Gottes hören, weil der wirklich mit ihm sprach.

Nicht sonderlich überraschend hatte der Oberste Bewahrer sofort darauf plädiert, dass er dann ein Bewahrer im Tempel sein müsse, obwohl man, anders als bei den Menschen und ihren Mönchen und Klöstern, dem Tempel nicht beitreten konnte. Man wurde als Bewahrer geboren, man konnte es nicht einfach werden. In diesem speziellen Fall jedoch ...

Der Erste Bewahrer war bei dieser Forderung in schallendes Gelächter ausgebrochen. Das wäre nicht des Gottes Plan mit Temm, hatte er gemeint. Leider hatte er sich nicht dazu geäußert, was Dessmons Plan gewesen war.

Ungelegen war es ihm dennoch nicht gekommen. Ein Bewahrer zu werden, hatte nicht besonders weit oben auf seiner Wunschliste gestanden. Eigentlich gar nicht. Zwar lebten die Bewahrer nicht abstinent, irgendwo musste der

Nachwuchs ja herkommen, sie gingen jedoch keine Beziehungen ein, und trotz seiner negativen Erfahrung mit Levania war das doch etwas, was er langfristig durchaus gerne gehabt hätte. Eine echte, zumindest auf Zuneigung beruhende Beziehung mit einer Frau, die zu ihm gehörte.

»Wieso hast du aufgehört, mit mir zu sprechen?«

»Weil du aufgehört hast zu antworten.«

»Das stimmt nicht, Temm. Ich habe dir immer geantwortet, du hast nur irgendwann angefangen wegzuhören, weil dir nicht gefallen hat, was ich sagte.«

So sehr er wollte, er war nicht in der Lage, das zu leugnen.

»Ich wollte nicht, dass es passiert, aber ich konnte es nicht verhindern, weil sich mein Einfluss auf desslainterne Angelegenheiten beschränkt. Sobald eine andere Spezies mitbetroffen ist, sind mir die Hände gebunden. Das ist heute noch genauso wahr wie damals. Oder glaubst du, ich würde nicht versuchen, etwas gegen diesen Krieg zu unternehmen, wenn ich es könnte?«

Das wusste er, hatte es die ganze Zeit gewusst. Die Allmacht einer Gottheit, die lediglich in der Theorie existierte, faktisch allerdings nicht vorhanden war. Das machte es nicht leichter, es zu ertragen. Darüber zu palavern, machte es auch nicht besser. Vor allem gab es ihm weder sein Leben noch die verlorenen Jahre oder Nerulea zurück. Wozu also es erneut aufwärmen?

»Hast du mich herkommen lassen, um dich über unsere mangelnde Kommunikation zu beschweren? Ich weiß, die Zeit läuft hier anders als auf der Erde, trotzdem hast du reichlich lange gebraucht, um zu bemerken, dass ich nicht mehr mit dir spreche, wenn du jetzt erst damit ankommst.«

Dessmon reagierte auf diese Provokation mit einem freudlosen Lächeln. »Nein, du bist nicht hier, weil ich mit dir reden möchte, sondern weil dir jemand anders etwas zu sagen hat.«

Ach. Wer das wohl sein mochte? Der Erste Wächter vielleicht, der müsste hier ja irgendwo rumspringen.

»Folge mir.«

Achselzuckend gehorchte er. Blieb ihm ja nichts anderes übrig.

Sie überquerten den Hof und betraten das Haus. Es ging durch diverse Flure, die er sich nicht näher ansah. Dessmon bog oft ab, und Temm war bald nicht mehr sicher, den Rückweg problemlos zu finden. Schließlich kamen sie in eine Kammer, nicht viel größer als der fast leere begehbare Schrank, den er auf dem königlichen Anwesen sein eigen nannte.

Auf einem weich anmutenden Kissenlager saß der Erste Wächter und ein einziger Blick auf ihn genügte, Temm wissen zu lassen, dass der nicht mit ihm reden wollte. Es saß nämlich lediglich sein Körper auf den Kissen. Unübersehbar momentan unbeseelt. Wahrscheinlich war der Erste Wächter in Sachen Initiation unterwegs. Wie meistens.

Er war sich durchaus darüber im Klaren, dass außer ihm vermutlich nicht mehr sehr viele Dessla um das Geheimnis des Ersten Wächters wussten. Wenn überhaupt noch welche übrig waren.

Das, was man in den Tempeln antraf, war nämlich die Seele des Ersten Wächters, reine Projektion des Körpers, der das Reich von Dessmon nicht mehr verlassen konnte. Deshalb schaffte er es ja auch, unerwartet aufzutauchen und das komplette Initiationspensum der gesamten Erde allein zu bewältigen.

Niemand war in der Lage, Dessmons Reich zu verlassen, sobald es nicht bloß als Seele, sondern mit dem tatsächlichen Körper betreten wurde. Den Ehefrauen von Dessmon ging es genauso wie dem Ersten Wächter. Das traf auf die anderen Reiche der restlichen Gottheiten übrigens ebenso zu. Sobald man sie körperlich betrat, war man gezwungen, dort zu bleiben. Lediglich die Seele konnte sich noch woanders hin begeben, aber nie für lange. Sie musste in regelmäßigen Abständen in ihren Körper zurückkehren, damit dieser am Leben blieb.

Während er noch darüber nachdachte, wie, zur Hölle, man eigentlich körperlich in eines der göttlichen Reiche gelangen konnte, hatten sie die Kammer bereits durchschritten. Sie verließen sie durch die gegenüberliegende Tür. Die Halle dahinter sah irgendwie ... leer aus. Da war nichts außer einem von vier Säulen gehaltenen Flachdach. Keine Wände, außer der hinter ihnen.

Die Aussicht traf ihn völlig unvorbereitet. Er hatte nicht gewusst, dass das Haus von Dessmon auf einer Klippe über den Wolken stand. Mit einem strahlend blauen Himmel darüber. Davon hätte Gor ruhig mal erzählen können. Von wegen Waldlichtung.

Das unglaublich gigantische Panorama hielt ihn so sehr gefangen, dass er die zierliche Gestalt am anderen Ende der Halle, ganz dicht bei der Klippe, erst nach einigen Augenblicken wahrnahm. Eine Frau, die ihm den Rücken zukehrte, offensichtlich ebenso in den Anblick vertieft wie er. Irgendwie kam sie ihm bekannt vor. Da war was an ihrer Haltung, das ihm sonderbar vertraut erschien.

Langsam drehte sie sich zu ihm um, und als er ihr Gesicht sah, war es, als würde ihm eine überdimensional riesige Faust in den Magen gerammt. Mit einem Keuchen entströmte ihm sämtliche Luft aus den Lungen.

Ein Windhauch wehte ihr eine Strähne des orangenen Haars ins Gesicht, die sie mit ihren schlanken Fingern wegstrich. Als sie sich auf ihn zubewegte, tat sie das mit der gleichen Anmut wie früher.

Erst vor kurzem hatte Gor in größerer Runde von der Begegnung mit seinen Eltern erzählt. Daraus wusste Temm, dass die Seelen der Verstorbenen die Seelen der Lebenden nicht wahrnahmen. Das schien hier anders zu sein. Zumindest war das die einzige Erklärung, die ihm einfiel, warum sie direkt auf ihn zukam, ihn dabei ansah und lächelte, als sie unmittelbar vor ihm stehenblieb. Das deutete darauf hin, dass er sich nicht im Reich der Toten befand, sondern nach wie vor im Reich von Dessmon.

»Temm.« Ihre Stimme klang noch genauso, wie er sie in Erinnerung hatte. Weich wie Samt.

»Neru.« Seine eigene hingegen hatte ihren Geist anscheinend annähernd aufgegeben.

Er hob die Hand, streckte sie nach ihr aus, wagte aber nicht, ihr Gesicht zu berühren.

»Darf ich?« Aus seinem Mund kam immer noch nicht viel mehr als ein heiseres Hauchen.

»Wir sind in der Halle der Begegnung«, antwortete Dessmon leise und in einem mehr als sanften Ton, den Temm bisher noch nie zu hören bekommen hatte. »Der einzige Ort im gesamten Universum, an dem ihr euch sehen, euch hören und miteinander sprechen könnt. An jedem anderen Ort geht das grundsätzlich nur in eine Richtung. Die universellen Gesetze gelten hier nicht, deshalb darf er nicht gedankenlos benutzt werden. Hier könnt ihr euch auch berühren. Ja, du darfst, Temm.«

Vorsichtig tastete sich seine Hand durch die Luft nach vorne. Seine Fingerspitzen berührten ihre Wange. Sie legte den Kopf leicht schief, schmiegte ihn in seine Handfläche und schloss erneut lächelnd die Lider.

Tränen schossen in seine Augen, quollen daraus hervor, liefen ihm über die Wangen, und er schämte sich dessen nicht. Das sonderbare Knirschen in seinen Ohren gehörte definitiv nicht zu den Geräuschen von außen, schlicht, weil es keine solchen gab.

Wer von ihnen den letzten, sie trennenden Schritt überwand, wer wen zuerst umarmte, er vermochte es nicht zu sagen. Es war nicht wichtig. Wichtig war allein, sie im Arm zu halten. Ihr Gesicht an seinem Hals, ihr Scheitel neben seiner Nase, eine ihrer Hände auf seiner Brust, die andere an seiner Hüfte. Genau wie früher. Das

Einzige, was nicht stimmte, war ihr fehlender Geruch und dass er keinen Atem auf der Haut seines Halses spürte. Egal. Es zählte nicht.

»Neru.« Sanft hauchte er einen Kuss gegen ihr Ohr. »Du fehlst mir so.«

Das Knirschen wurde lauter, wuchs sich zu einem Knacken und Knarzen aus. Als würde man über sehr trockenes Geäst laufen und irgendwo Glas reißen.

»Ich weiß.«

Seltsam, dass er bei der zunehmenden Geräuschkulisse in seinem Schädel überhaupt in der Lage war, sie zu verstehen.

Sie hob den Kopf, beugte sich ein bisschen nach hinten, um ihm in die Augen zu sehen. Dieser wunderschöne rubinrote Blick. Er hätte nicht gedacht, ihn jemals wiederzusehen. Wenn er bloß nicht so verdammt traurig aussähe.

Ein leises Räuspern von der Seite, schon ließ sich Dessmon vernehmen. »Ich will nicht drängeln, aber deine Zeit hier ist begrenzt, Nerulea.«

Sie nickte dem Gott zu und sah Temm anschließend sofort wieder in die Augen. »Du tust Levania Unrecht, Temm.«

Wie konnte sie in diesem Moment von Levania reden oder auch nur an sie denken? Das war so ziemlich das letzte Thema, mit dem er gerechnet hätte oder das er zu besprechen wünschte. Vor allem nicht, wenn sie wenig Zeit hatten.

»Sie hat sich unserer Tochter angenommen. Sich um sie gekümmert, als ich das nicht mehr konnte. Sie mit all ihrer Liebe aufgezogen, als wäre sie ihr eigenes Kind gewesen. Ohne Levania wäre unsere Tochter vielleicht nicht erwachsen geworden. Wir haben ihr viel zu verdanken.«

Er wollte etwas erwidern. Zwei Finger auf seinen Lippen hinderten ihn daran.

»Ich blicke in den Brunnen. Auf dich. Und mir gefällt

nicht, was ich sehe. Ganz und gar nicht. Ich suche nach dem Vater unserer Tochter und kann ihn nicht finden. Ich suche den Mann, den ich kannte, den ich liebte und der mir so viel Liebe geschenkt hat. Er ist verschwunden. Stattdessen sehe ich einen Desslaner, der sich dem Leben verweigert, der alles Schöne von sich weist. Hör auf, dich zu quälen, Temm, und lass mich los. Lass mich gehen.«

»Das ... kann ich nicht.«

»Du musst, denn siehst du, ich bin tot, du bist es nicht. Du lebst noch und es wird Zeit, dass du das endlich begreifst. Da ist so viel Leben in dir und so viel Liebe. Du hast so viel zu geben. Niemand weiß das besser als ich. Hör auf, das in dir zu vergraben und auf mich zu projizieren. Ich habe keine Verwendung mehr dafür. Schenke es stattdessen jemandem, der es braucht. Von dir. Lebe wieder. Liebe wieder.«

Er spürte, wie er den Kopf schüttelte, noch bevor er das Nein aussprach. »Ich habe geschworen, dir niemals untreu zu sein.«

»Habe ich jemals einen solchen Schwur von dir verlangt? Ich wollte immer, dass du glücklich bist, und obwohl ich selbst nicht mehr dafür sorgen kann, ist das immer noch mein größter Wunsch.«

»Ohne dich gibt es kein Glück.«

»Doch, Temm. Das Glück ist ganz nah. Du musst dir nur erlauben, deine Hand auszustrecken und danach zu greifen.«

Erneut ein Räuspern von der Seite. Am liebsten würde er Dessmon ins Gesicht springen und es war ihm scheißegal, ob das ein einem Gott gegenüber ungebührliches Verhalten war.

»Allmählich wird es Zeit, sich zu verabschieden«, flüsterte Dessmon fast.

»Nein, noch nicht«, protestierte er. Er wollte, er konnte jetzt noch nicht zurückgehen.

Nerulea stellte sich auf die Zehenspitzen, nahm sein

Gesicht in ihre Hände und küsste ihn. Nicht leidenschaftlich, sondern hauchzart.

Das reißende Glas zerbarst, die Scherben schleuderten klirrend gegen irgendwelche Hindernisse. Dutzende Baumstämme fielen, von einem brachialen Unwetter entwurzelt, krachend auf den Boden. Eine Steinlawine aus riesigen Felsbrocken rollte donnernd einen Abhang hinunter. Mauern stürzten tosend in sich zusammen. In seinen Ohren fand der akustische Weltuntergang, von einer Naturkatastrophe epischen Ausmaßes ausgelöst, statt.

Nach dem Kuss trat sie einen Schritt von ihm weg. Ihre Gestalt wurde undeutlicher, als würde sie sich vor seinen Augen auflösen.

»Ich werde nicht mehr lieben können. Die Liebe flieht mich.«

»Sie ist doch schon da, Temm. Du musst sie nur zulassen. Hab keine Angst vor ihr. Sie ist nicht dein Feind und du nicht ihrer. Hab Vertrauen.«

Er konnte bereits die Wolken hinter ihr durch sie hindurch sehen. Sie löste sich wirklich auf.

»Geh noch nicht. Bitte.«

»Ich werde im Reich der Toten auf dich warten. Wir werden uns wiedersehen, wieder zusammen sein.« Ihre Stimme klang bereits weit entfernt und er konnte ihre Silhouette kaum noch erkennen. »Wenn deine Zeit gekommen ist. Nach einem noch langen, erfüllten und glücklichen Leben.«

»Neru!« Seine Arme schossen nach vorne, doch es war zu spät. Sie war weg.

Eine Hand legte sich sacht auf seinen Rücken. Dessmon. »Für dich wird es ebenfalls Zeit zu gehen und endlich damit anzufangen, dein Leben zu leben.«

»Ich hab keine Ahnung, wie ich das anstellen soll.«

»Indem du einen Schritt nach dem anderen machst. Du hast Freunde, Temm, auch wenn es dir schwerfällt, das zu glauben. Sie alle wollen dir helfen und werden dir helfen, wenn du sie lässt. Du musst da nicht alleine durch.«

Er nickte. Ob aus Zustimmung oder weil ihm nichts anderes dazu einfiel, konnte er nicht genau sagen.

»Bevor ich dich nun in dein Leben zurückschicke, möchte ich vorher Neruleas Aussage noch erweitern. Du tust nicht bloß Levania Unrecht, und das weißt du. Es war ein einziger Angerol, durch den du gelitten hast. Ihn zu hassen, ist legitim. Diesen Hass auf alle Angerol auszudehnen, nicht. Eine ganze Rasse für etwas zu verurteilen, was einer von ihnen getan hat, ist nicht richtig. Einst gehörten die Angerol zu deinen besten Freunden und es gibt mindestens einen, der das immer noch gerne wäre, obwohl er sich vor kurzem anders geäußert hat.«

Von wem sprach Dessmon jetzt? Von Manus oder von Nikelio? Vielleicht sogar von beiden.

Wieder konnte er nur nicken. Was er in der Bar gesagt hatte, war scheiße gewesen, und eigentlich hatte er es gar nicht so gemeint. Das musste er schleunigst gerade biegen.

»So gefällst du mir schon besser.« Dessmon lächelte und hielt ihm eine Halskette hin. »Sie wird es leichter machen, dich herzuholen, wenn es etwas zu besprechen gibt, solange Gor noch nicht voll einsatzfähig ist.«

Das bedeutete wohl, Gor würde noch länger ausfallen. Seufzend legte Temm das Schmuckstück an.

Aus Dessmons Lächeln wurde ein kleines Grinsen. »Bis zum nächsten Mal.«

21

Die Männer unterhielten sich darüber, dass Temm ungewöhnlich lange wegblieb. Levania interessierte sich nicht dafür, da es jedoch das momentan einzige Gespräch im Zimmer war, hörte sie halbherzig hin. Was sie herauszuhören meinte, war, dass Gor üblicherweise nicht mal eine Minute weg war, wenn er Dessmon besuchte. Temm saß jetzt schon gute fünf auf der Couch, und er sah dabei nicht gerade entspannt aus.

»Hör auf, ihn mitfühlend anzusehen. Das hat das Arschloch nicht verdient.«

Sie konnte Manus nicht wirklich böse sein, nach dem, was Temm vorhin vom Stapel gelassen hatte. Auf der anderen Seite jedoch verhielt sich ihr Enkel gerade auch nicht wie ein Gentleman.

»Scheiße. Das gibt's doch nicht. Seht euch das an.« Nach Zeggs überraschtem Ausruf drehten sich alle zum Sofa um. Sie ebenfalls - und glaubte, ihren Augen nicht trauen zu können. Temms Unterlippe bebte und Tränen rannen über seine Wangen. »Kann mich mal jemand kneifen? Ich glaub, ich hab Hallus.«

Zegg ging es nicht als einzigem so. Das verrieten die erstaunten Blicke der anderen. Ja, von denen hatte vermutlich noch keiner Temm jemals weinen sehen.

Zugegeben, bei ihr war es ebenfalls schon ein paar Tage her, und es waren eher Tränen des Zorns gewesen, nachdem sie ihm gesagt hatte, sie würde sich dem Willen ihres Vaters beugen. Gerade sah Temms Gesicht nicht nach Zorn aus.

»Was, zum Henker, macht Dessmon mit ihm?«

Jetzt richteten sich alle Augen auf Gor, der nur mit den Achseln zuckte. Er wusste es ebenfalls nicht.

Wie sollte er auch? Er war schließlich nicht dabei.

»Ich hoffe, er reißt ihm wirklich den Arsch auf.«

»Manus, es reicht jetzt.« Krus konnte also auch ungehalten. »Du hast deine Meinung bereits ausführlich genug dargelegt. Mein persönlicher Bedarf daran ist gedeckt.«

»Geht mir genauso«, pflichtete Zegg seinem Freund bei.

Manus schnappte nach Luft und bedachte beide mit einem Blick, der nichts Gutes verhieß. »War ja klar. Wenn's hart auf hart kommt, halten Desslaner zusammen, und wenn einer verbal über die Stränge schlägt, so what, solange es ein Nichtdessla ist, der angegriffen und beleidigt wird. Ich dachte, ich wäre ein Freund, Krus.«

»Du bist ein Freund, aber was Temm angeht. Da du es heute die ganze Zeit von Ärschen hast. Dieser Mann«, Krus zeigte mit dem Zeigefinger auf das Corpus Delicti, »hat mir meinen oft genug gerettet. Ohne Temm hätte ich durch den Säureanschlag mein komplettes Gesicht verloren, und das meine ich jetzt nicht im übertragenen Sinne, sondern wortwörtlich. Er hat mir im Einsatz den Rücken so oft freigehalten, dass ich nicht mal weiß, wie oft. Ich verdanke ihm mein Leben. Mehr als einmal. Und ich würde es ihm jederzeit wieder anvertrauen. Ohne darüber nachdenken zu müssen. Du bist ein Freund, Manus. Temm ist sehr viel mehr als das, und das hat nichts damit zu tun, dass er Desslaner ist wie ich. Es hat etwas mit Vertrauen und Kameradschaft zu tun und damit, dass wir uns schon viele, viele Jahrzehnte kennen. Ich weiß, dass ich mich auf ihn verlassen kann. Blind. Ein Status, den du dir erst noch erarbeiten musst, und das ist innerhalb eines Jahres nicht zu schaffen.«

Wow. Was für ein Plädoyer. Schade, dass Temm nicht mitbekam, wie viel Rückhalt er innerhalb der Truppe hatte, denn die anderen teilten Krus' Auffassung offensichtlich. Alle nickten.

Schade auch, dass Manus es nicht gut sein ließ. »Soso. Du kannst dich also auf ihn verlassen. Täusche ich mich, oder war es nicht dieser ach so verlässliche Typ, der erst vor ein paar Minuten verkündet hat, dass er mit dem Krieg, auf den die Dessla zugehen, nichts mehr zu schaffen haben will? Das scheinst du vergessen zu haben.«

»Und du hast anscheinend vergessen, dass Temm ein Teil meiner Truppe ist, während du nur ein Gast bist.« Gors Blick ruhte auf Manus, nicht aggressiv, sondern durchdringend. »Ich habe dich vor etwas über einem Jahr gebeten zu bleiben. Ich kann dich jetzt genauso gut bitten zu gehen.«

Ihr Enkel wurde so bleich wie im Esszimmer, als Temm den Kotzspruch gebracht hatte.

»Kinder, bitte. Könnten wir aufhören, uns zu streiten? Ja? Das bringt doch nichts.« Wo Obbs Recht hatte, hatte er Recht. Die Frage war, würde sich seine Meinung durchsetzen?

»Ich glaube, er kommt zurück«, ließ sich Skall in diesem Moment vernehmen.

Gut, dann war fürs Erste für Ablenkung gesorgt. Vielleicht löste sich jetzt alles in Wohlgefallen auf. Oder die Situation eskalierte völlig. Die nächsten Minuten würden entscheidend sein für die weitere Zukunft.

Temms Augäpfel vollführten einen wahren Derwischtanz unter seinen geschlossenen Lidern. Keine Frage, er war im Begriff, das Bewusstsein wiederzuerlangen. Was keine drei Sekunden später tatsächlich der Fall war. Mit einem Schlag riss er die Augen auf und schoss ohne Vorwarnung in die Höhe. Um sofort auf die Knie zu sacken. Mit beiden Händen stützte er sich auf dem Boden ab. Es klang, als würde er hyperventilieren.

Der Anblick, gepaart mit der Erinnerung an die von ihm vergossenen Tränen, setzte sie in Bewegung. Es war offensichtlich, er brauchte jetzt Zuspruch, und sie war gewillt, ihm diesen zu gewähren.

Eine Hand an ihrem Oberarm hielt sie zurück. Manus.

»Wo willst du hin?«

»Er braucht Hilfe.«

»Von dir? Ganz bestimmt nicht. Das werde ich nicht zulassen.«

Aus dem Nichts heraus schob sich Ezekials Gesicht vor das ihres Enkels. Der hatte sie gerne auf diese Weise herumkommandiert. Und davor ihr Vater. Sie hatte es satt.

»Nimm deine Hand weg, Manus. Du hast nicht das Recht, mir irgendwelche Vorschriften zu machen. Du bist mein Enkel, vergiss das nicht.«

»Das vergesse ich nicht. Ebenso wenig wie das, was er dir an den Kopf geworfen hat. Oder was er im Fitnessraum getan hat.«

Stimmt, die Frage, woher Manus das wusste, war ja noch nicht geklärt. Damit würde sie sich später auseinandersetzen. Jetzt war anderes wichtiger.

»Was zwischen Temm und mir in der Vergangenheit vorgefallen ist, jetzt in der Gegenwart vorfällt oder in Zukunft vorfallen wird, oder eben nicht, ist allein unsere Sache. Das geht niemanden etwas an, außer ihm und mir. Das gilt auch und vielleicht sogar insbesondere für dich, Manus.«

»Ich will nur dein Bestes.«

Komisch, das Gleiche hatte ihr Vater vor dreitausend Jahren gesagt. Witzig, dass die Angerolmänner immer glaubten, ganz genau zu wissen, was das Beste für die Angerolfrauen war. Dabei fragten sie vorher nicht einmal.

»Heute ist mein Geburtstag. Weißt du, was ich mir wünsche? Dass endlich anerkannt wird, dass ich alt genug bin, um selbst über mein Leben zu entscheiden. In der Vergangenheit habe ich die Entscheidungen über mein Leben von anderen treffen lassen. Erst von deinem Urgroßvater, dann von deinem Großvater. Ich habe mich immer gebeugt, aber damit ist jetzt Schluss. Du wirst keine Entscheidung über mein Leben treffen. Niemand wird das mehr tun. Ab sofort mache ich das allein. Und jetzt lass mich bitte los.«

Tatsächlich und durchaus leicht überraschend gehorchte Manus.

Temm kniete immer noch mit hängendem Kopf auf dem Boden. Sein Atem ging inzwischen zwar ruhiger, trotzdem war das Ausatmen nach wie vor lauter, abgehackter, gepresster als das Einatmen. Und er atmete nicht regelmäßig fließend, sondern stoßweise.

Sie kniete sich halb vor, halb neben ihn und legte ihm vorsichtig eine Hand auf das Schulterblatt. Langsam hob er den Kopf und sah sie an. In dem Moment wurde es ihr klar. Das war es gewesen, was sie die ganze Zeit an ihm gestört hatte: Seine Augen.

Das Eisblau, das ihr einst vertraut gewesen war, es hatte hier eine andere Facette gehabt. Flach und kalt. Jetzt sah es wieder aus wie früher. Tief und glänzend.

Die Augen waren der Spiegel zur Seele, hieß es, und jetzt - endlich - war Temms Seele zu sehen. Seine Augen waren lebendig, wo sie bis vorhin noch leer gewesen waren.

»Ist alles in Ordnung?«, fragte sie leise.

»Nein«, hauchte er und schüttelte den Kopf, wie um das Wort noch zu unterstreichen. »Nichts ist in Ordnung.«

Das klang nicht gut und alles andere als vielversprechend.

Langsam richtete Temm den Oberkörper auf, als hätte er ein kaum tragbares Gewicht, und setzte sich auf seine Fersen. Die Hände, die auf seinen Oberschenkeln lagen, zitterten.

»Ich hab mich dir gegenüber so scheiße mies verhalten und weiß nicht mal, warum.« Mit der rechten Hand massierte er seine Augen. »Das heißt ... Nein ... Ich weiß natürlich ... Das war kein ... Einen echten Grund ... Es gab keinen.«

Er rang um Worte, die richtigen Worte, das sagte ihr eine ganze Menge darüber, welches Chaos gerade in ihm herrschen musste. Sachte legte sie ihre Fingerspitzen auf seinen linken Handrücken. »Es ist okay.«

»Ist es nicht. Ich hab dich für etwas verantwortlich gemacht, für das du nichts konntest.«

»Ja, das hast du. Und, tust du es noch?« Erneut schüttelte er den Kopf. »Gut. Dann mache ich dir folgenden Vorschlag. Wir streichen das und fangen einfach nochmal ganz von vorne an. Stell dir vor, ich wäre heute erst hier angekommen. Jetzt gerade vor ein paar Minuten. Was würdest du zu mir sagen?« Erstaunt sah er sie an, bevor er tief durchatmete. »Nein, nicht darüber nachdenken. Sag einfach, was dir spontan als Erstes in den Sinn kommt.«

Sein linker Mundwinkel verzog sich, als würde er lächeln wollen. Eine Mimik, die sie in letzter Zeit öfter gesehen hatte, doch im Gegensatz zu bisher, sah es heute nicht abfällig oder verächtlich aus, sondern fast ein bisschen schüchtern.

»Herzlichen Glückwunsch zum Geburtstag.«

Nicht unbedingt das, was sie erwartet hatte. Noch weniger, dass er seine Hand umdrehen und ihre Finger umfassen würde.

»Und willkommen in der Freiheit.« Er meinte das ganz ehrlich, das stand deutlich in seinem Blick.

Ihre Lippen verzogen sich zu einem Lächeln, das nach außen trug, was sie empfand. Wärme und Freude. Er war wieder da. Der Temm, den sie kannte und in den vergangenen Tagen schmerzlich vermisst hatte.

»Ich nehme deine Entschuldigung an.«

Ein Ausdruck von Erleichterung überzog sein Gesicht. Sie fühlte dasselbe. Die Spannung zwischen ihnen, diese aggressive Grundstimmung, war verschwunden. Das tat unheimlich gut. Als sein Kinn auf seine Brust sank, wusste sie im ersten Moment nicht, was los war. Bis sie erkannte, dass er tatsächlich gegen Tränen kämpfte. Zumindest kam es ihr anhand seines verzogenen Mundes so vor. Nein, weinen sollte er nicht. Das war nicht nötig.

Sie handelte, ohne darüber nachzudenken. Legte ihre freie Hand um seinen Kopf und zog ihn zu sich. Ihre Wange schmiegte sich gegen seine Schläfe, mit der Hand streichelte sie über sein Haar.

»Willkommen zurück im Leben, Temm.« Sie flüsterte es nur, denn diese Worte waren ausschließlich für ihn bestimmt.

Etwas Warmes, Feuchtes tropfte auf ihr Schlüsselbein. Oh Mist. Jetzt hatte sie ihn erst recht zum Weinen gebracht. Dabei hatte sie genau das eigentlich verhindern wollen. Naja, im Grunde war die Situation dazu prädestiniert, in Tränen auszubrechen. Es war zum Heulen schön. Fand sie jedenfalls.

»Ähem.« Obbs' Räuspern verhinderte, dass sie selbst ebenfalls anfing zu weinen. »Ich unterbreche eure Versöhnung nur ungern. Darf ich das dann jetzt so verstehen, dass alles gut ist und Temm uns nicht verlässt?«

Temm ging in die Senkrechte zurück und wischte sich die Tränen von den Wangen, bevor er Obbs ansah und nickte. »Ich gehe nirgendwo hin, es sei denn, man schickt mich.«

»Sehr schön.« Grinsend klatschte das Ratsoberhaupt in die Hände. »Dann schlage ich vor, ihr kommt endlich von dem Fußboden hoch und wir genehmigen uns alle zur Feier das Anlasses einen guten Schluck.«

Zum ersten Mal zeigten auch die anderen Jäger eine Reaktion. Sie brummten zustimmend und setzten sich Richtung Theke in Bewegung. Kurz schielte sie zu Manus hinüber. Er stand da und machte einen unschlüssigen Eindruck, wusste nicht, was er tun sollte. Auf der einen Seite war er noch sauer, zumal sich Temm bei ihm noch nicht entschuldigt hatte. Auf der anderen jedoch freute er sich, das merkte man ihm an. Hoffentlich entschied er sich gegen die Leberwurst.

Unterdessen sprang Temm geschmeidig wie eine Raubkatze auf die Füße. Lächelnd hielt er ihr beide Hände hin und zog sie hoch, sobald sie zugriff.

»Seid mir bitte nicht böse«, meinte er mit entschuldigender Miene, »aber ich würde mich gerne zurückziehen. Ich hab einiges zu verdauen und dazu muss ich erst mal allein sein. Lasst euch das Feiern dadurch nicht verderben.«

Ohne auf eine Antwort zu warten, ging er zur Tür. Dort angekommen drehte er sich nochmal um. »Ich wünsche euch einen schönen Abend. Wir sehen uns dann morgen beim Frühstück.«

Draußen war er und ließ ein paar Jäger zurück, die höchst irritiert auf die Tür starrten, durch die er verschwunden war.

»Hat er uns gerade wirklich einen schönen Abend gewünscht, oder hab ich das geträumt?« Das dachte offensichtlich nicht bloß Zegg.

»Hat er uns tatsächlich darum gebeten, ihm nicht böse zu sein?« Mera, die das Gehörte ebenfalls nicht fassen konnte.

»Also, ich weiß nicht, wie es euch geht«, meldete sich Skall zu Wort, »aber ich werd bestimmt ne Weile brauchen, um mich an diesen neuen Temm zu gewöhnen, sollte er so bleiben.«

Gor nickte wie geistesabwesend. Der Rest der Mannschaft, inklusive Obbs, sah aus, als würden sie dasselbe empfinden.

»Ihr irrt euch.« Auf einen Schlag gehörte sämtliche Aufmerksamkeit ihr. »Was ihr gerade erlebt habt, war kein neuer Temm. Es war der echte Temm.«

22

Uff. Manus ließ sich auf das Sofa in seinem Zimmer fallen und fühlte sich dabei schwer wie ein nasser Sack. Wahlweise wie ein Betonklotz. Beides in der Größe eines Kleinwagens.

Da hatte seine Großmutter in der Bar ja eine gewaltige Bombe platzen lassen. An der würde er noch eine Weile verdauen – und nicht bloß er.

Das, wenn Obbs gewusst hätte, er hätte die im Grunde genommen harmlose Frage ›Woher kennt ihr euch eigentlich, du und Temm?‹ wahrscheinlich nicht gestellt. Wer hätte aber auch ahnen können, dass die Antwort ›Wir waren ein Paar, bevor mein Vater mich an Ezekial verschacherte‹ lauten würde?

Hallo? Temm und Levania ineinander verliebt, in Liebe vereint? Überstieg den Horizont seiner Vorstellungskraft um etliche hundert Kilometer und warf ein völlig anderes Licht auf die Szene, deren unfreiwilliger Zeuge er geworden war.

Welch Schreck, als er nichtsahnend in den Fitnessraum kam, um ein wenig Hanteltraining zu machen, und stattdessen Temm rücklings auf einer der Bänke fürs Gewichtdrücken liegend vorfand. Levania seitlich neben ihm stehend, leicht über ihn gebeugt. Was seine Großmutter machte, hatte er nicht erkennen können, ihr Rücken war im Weg gewesen. Die Geräusche, die Temm von sich gab, hatten jedoch eine recht deutliche Auskunft gegeben.

Ob sie weitergegangen waren, hatte er nicht mehr mitbekommen. Er hatte in der Bar einfach ins Blaue hinein geraten.

Mann. Da hatte er etwas komplett falsch interpretiert,

wie es schien. Obwohl. Nein. Das Verhalten, das Temm Levania gegenüber an den Tag legte - und zwar nach dem Fitnessraum - hatte eindeutig nicht dafür gesprochen, dass er gedachte, die alten, zarten Bande wiederaufzunehmen. Eher im Gegenteil. Aber ... Ach, scheiße.

Temm und Levania. Ob sie ihm deshalb so schnell verziehen hatte, weil sie immer noch etwas für ihn empfand? Womöglich hatte sie sich ganz neu in Temm verliebt? Und der Desslaner? Was empfand er für Levania, jetzt, wo er wieder empfinden konnte? Denn da war sein Raster absolut unmissverständlich gewesen. Die Zeiten des bodenlosen Abgrunds, die gefühllosen Zeiten waren für Temm vorbei.

Das hatte Manus sogar gesehen, ohne hinzusehen. Wahrscheinlich wusste der Jäger es selbst noch nicht. Er musste sich ja erst wieder ans Fühlen gewöhnen. Das würde noch ziemlich spannend werden und in vielerlei Hinsicht überraschend. Da wollte er glatt seinen Hintern drauf verwetten. Auf jeden Fall musste und wollte er sich mit Temm aussprechen, Frieden mit dem alten Haudegen schließen, und zwar unabhängig davon, ob zwischen ihm und Levania irgendwann was lief oder nicht. Heute allerdings nicht mehr. Das würde Temm in der jetzigen Verfassung überfordern.

Traf auf ihn genauso zu. Wie gesagt, erst mal musste er verdauen. Das galt nicht nur für diese Sache, sondern ebenso für das, was Obbs berichtet hatte.

Ezekial hatte das Verschwinden seiner Gemahlin nicht sonderlich gut aufgenommen. Noch weniger, dass es an die Öffentlichkeit gedrungen war. Kein Wunder. Es ließ ihn ziemlich dumm dastehen.

Wemrott war nach einem missglückten Anschlag auf sein Leben, dessen Absender vermutlich Ezekial hieß, abgetaucht. Wo er sich versteckte, wusste nicht mal Rachaniel, aber die Zeiten, da Wemrott seine Füße stillhielt, waren vorbei. Aus dem Untergrund mobilisierte er den Widerstand gegen Ezekial. Dazu nutzte er das Netz der Netze und das sehr effektiv.

Jede Spezies hatte ihr eigenes Netzwerk. Verborgen im geschlossenen Mitgliederbereich irgendwelcher allgemeiner Plattformen, zumeist Social Networks, im Fantasybereich. Nach außen hin, was hieß für die Menschen, waren das Fanseiten für Vampir-, Werwolf-, Engels- oder sonstige „Verrückte". Stieg man in die tieferen Ebenen, war das das Netzwerk, über das sich die Angehörigen der einzelnen Spezies mit Neuigkeiten und Nachrichten versorgten.

Genau dieses Netzwerk der Angerol nutzte Wemrott jetzt, um das Volk über die Dinge aufzuklären, die es nicht wusste. Zum Beispiel die Existenz der schwarzen Angerol und die Ghettos, in denen sie gefangen gehalten wurden. Er lud Videos hoch, die alles anschaulich dokumentierten. Dazu musste er sich in die Plattform einhacken, weil diese - natürlich! - von Ezekials Schergen gesteuert und kontrolliert wurde. Der Hacker, der ihm half, war verflucht gut, hatte Krus gemeint, nachdem er es kurz gecheckt hatte. Seine IP sei ohne Weiteres nicht nachvollziehbar beziehungsweise, hatte er grinsend ergänzt, würde es ihn ein paar Stunden kosten, sie zurückzuverfolgen. Und Krus war ein verdammt genialer Hacker, der nicht mal fürs Pentagon länger als einen halben Tag brauchte, und dabei für deren Spezialisten keine Spuren hinterließ.

Im Angerolnetz war seit gut einer Woche die Hölle los und immer mehr Angehörige seiner Spezies gingen in Finnland sogar auf die Straße. Die angeroleigenen Gefängnisse quollen laut den Informationen, die Obbs aus sicherer Quelle zugespielt worden waren, bereits aus allen Nähten. Trotzdem wurden die Stimmen, die Änderungen forderten, lauter. Wie es hieß, stand Ezekial kurz davor, den Notstand auszurufen.

Levania war in Tränen ausgebrochen, während sie Obbs' Bericht lauschte. Vor allem, da es keine Nachrichten über ihre Familie gab, die ihr immerhin bei der Flucht geholfen hatte. Sie wusste nicht, ob Ezekial den Trick mit dem Narkotikum geschluckt oder ihre Eltern und ihre Schwester verantwortlich gemacht hatte. Das musste unglaublich schwer für sie sein.

Er selbst hätte am liebsten um sich geschlagen, weil er sich so hilflos fühlte. Ja, bisher war ihm von seiner Rasse nicht viel Freundlichkeit entgegengebracht worden, aber, verdammt, es wusste ja keiner, wer er wirklich war. Und das war schließlich sein Volk, seine Spezies. Er musste doch irgendetwas tun können. Stattdessen saß er hier in England in einem komfortablen Landsitz des desslanischen Königs und half den Dessla, sich auf deren Krieg mit den Lykomorphen vorzubereiten.

Der jetzt, mutmaßte nicht bloß Obbs, in die nächsthöhere Runde gehen würde. Die Lyks würden bald ebenfalls erfahren, was bei den Angerol vor sich ging. Sie würden das nutzen, ihre Angriffe auf die Dessla zu verstärken, da sie sicherlich vermuteten, diese würden ihren Alliierten zu Hilfe eilen. Wie sie es seit Jahrhunderten taten, weil sie von Ezekial irgendwann mal dazu verpflichtet worden waren. Nur dass sich das diesmal als Trugschluss herausstellen würde.

Das Schlimmste, was passieren konnte, schloss Obbs seinen Bericht, war, dass Ezekial Truppen nicht nur gegen seine eigenen Leute, sondern auch gegen die Dessla schickte. Das lag durchaus im Bereich des Möglichen. Ezekial war auf die Dessla eh nicht mehr gut zu sprechen, seit Gor ihm, Manus, Zuflucht gewährt hatte. Ob er ahnte, dass Levania ebenfalls zu den Dessla geflohen war, konnte nicht abgeschätzt werden. Noch hatte er keinen Kontakt zu Vrebal gesucht, allerdings war fraglich, ob es, sollte Ezekial völlig ausrasten, eine Vorwarnung gäbe.

Einen Zweifrontenkrieg – gegen die Lyks und gegen die Angerol – konnten die Dessla unmöglich bewältigen.

Wobei die Angerol kein wirklicher Gegner waren, die Aufmerksamkeit jedoch spalteten. Das wäre schlecht, und „schlecht" war die Untertreibung des Tages.

Heilige Schöpfer. Die kommenden Tage würden verflucht hart werden. Für sie alle. Da stand wirklich zu hoffen, dass entweder Gor bald eine Nachricht bezüglich Inkia bekam, sodass seine Position endgültig geklärt wurde, oder dass sich Temm rasch an seine neue Verfassung gewöhnte. Die Streitkräfte der Dessla brauchten jetzt dringender als je zuvor einen kompetenten Heerführer. Welcher von den beiden das sein würde, war unterm Strich egal, Hauptsache einer von ihnen übernahm den Posten und das anständig und zu einhundert Prozent.

23

Ein sonderbarer Tag lag hinter Levania und ein Gefühl beschlich sie, dass nicht bloß sie das so sah. Die Stimmung im Landsitz fühlte sich merkwürdig an. Für die anderen bestimmt ebenso.

Beim Frühstück hatte es begonnen, kaum, dass Temm den Speisesaal betrat.

Für sie ein Moment, dem sie mit nicht wenig Anspannung entgegen sah. Vor dem Zubettgehen hatte sie ihm noch einen Zettel unter der Tür durchgeschoben, mit dem sie ihn darüber informierte, dass seine Kumpels über ihre gemeinsame Vergangenheit Bescheid wussten. Natürlich nicht in allen Details, nur, dass sie einst eine Beziehung gehabt hatten. Die Angst, er könne sie deswegen blöd anmachen oder zurechtweisen, hatte ihr mächtig im Nacken gesessen.

Er hatte kein Wort darüber verloren, sie stattdessen kurz angelächelt und ihr zugenickt. Zuerst hatte sie sich gefragt, ob er die Nachricht womöglich übersehen hatte. Dem war nicht so. Später, kurz bevor er zum Trainingsgelände ging, hatte er sich leise für die Warnung bedankt.

Nach dem Mittagessen, bevor die nachmittägliche Trainingseinheit anfing, hatte sich Manus mit Temm ausgesprochen. Ihr Enkel hatte erzählt, dass sie sich beieinander entschuldigt hatten und darin übereingekommen waren, beide einen Haufen Scheiße gelabert zu haben, den sie schnellstmöglich vergessen wollten. Schön.

Beim Abendessen war Temm dann der Kragen geplatzt. Seine Freunde sollten sich endlich einkriegen und aufhören, ihn zu behandeln, als wäre er ein rohes Ei oder aus teurem Porzellan. Das ginge ihm nämlich auf den Sack und wäre seiner Laune ziemlich abträglich. Falls sie allerdings als Erste herausfinden wollten, wie es war, wenn er richtig stinksauer wurde, könnten sie gerne weitermachen.

Hatte nicht ausgesehen, als würde einer der Dessla gesteigerten Wert darauf legen. Sie schienen, im Gegenteil, eher erleichtert zu sein, dass er sich, zumindest was seine Wortwahl anging, offenbar nicht verändert hatte.

Am frühen Abend, nach dem Essen, hatten George und Theo dutzende Holzkisten unterschiedlicher Größe und stapelweise weich aussehende Stofftücher in Temms Suite getragen. Keiner wusste, was er damit vorhatte. Seit einer halben Stunde waren zusätzlich zu den beiden Hauptdienern noch drei weitere damit beschäftigt, die Kisten wieder rauszutragen und in den Keller zu schaffen. Alle Kisten waren es bis jetzt jedoch noch nicht.

Wie der Rest der Mannschaft war auch sie neugierig. Aus diesem Grund hatte sie entschieden, Temm zu fragen. Schlimmer, als dass er sie verscheuchte, konnte es nicht werden.

Sie klopfte an seine Tür und trat ein, nachdem sein „Herein" sie dazu aufforderte.

Temm nahm gerade ein Bild von der Wand. Ein Portrait mit einem Gesicht darauf, das ihr vertraut war. Nerulea. Es gab noch etliche weitere überall in dem Raum, aber auch viele kahle Stellen an der Wand oder in den Regalen. Die Bilder, die an diesen Stellen gehangen oder gestanden hatten, waren jetzt fein säuberlich in Tuch eingeschlagen und warteten darauf, in die Kisten gepackt zu werden. Das erkannte sie daran, dass es bereits verhüllte Bilder in anderen Kisten gab.

»Was machst du?«

Er atmete tief durch und versuchte zu lächeln. »Sie hat gesagt, ich muss sie loslassen. Ich dachte, das wäre ein guter Anfang.«

Sie hatte Gor und Skall darüber munkeln hören, dass Temm bei Dessmon eventuell seiner verstorbenen Liebe begegnet sein könnte. Gor hatte das gemutmaßt aufgrund seiner eigenen Begegnung mit seinen Eltern. Gerade hatte Temm diese Vermutung bestätigt.

»Was hast du mit den Bildern vor?« Wer sie gemalt hatte, brauchte sie nicht zu fragen. Sie wusste, dass er es gewesen war. Schon damals hatte er gerne Zeichnungen auf Papyrus angefertigt. Er hatte eine Ader dafür. Wenn er nicht als Kriegersohn geboren worden wäre, er wäre ein guter Künstler geworden.

»Weiß ich noch nicht.« Er zuckte mit den Achseln. »Erst mal im Keller verstauen. Vielleicht kann ich irgendwann mal das eine oder andere davon wieder ansehen, ohne ... Naja, es wäre schade, sie alle wegzuwerfen.«

Das sah sie genauso. Schon wegen der Zeit, die er darin investiert hatte, sie zu malen.

»Kann ich dir helfen?«

»Nein. Nett gemeint, aber nein. Das ist etwas, was ich allein machen muss.«

Sie verstand ihn. Mit der Vergangenheit abzuschließen war schwer. Noch schwerer, wenn man das Jahrtausende vor sich hergeschoben hatte. Da brauchte man keine Gesellschaft.

»Und wie geht es dir?«

Luft auspustend zuckte er mit den Achseln. »So weit, so gut. Ich wünschte nur, der Lärm würde endlich aufhören.«

Was für ein Lärm? Die Frage schien ihr im Gesicht zu stehen, denn jetzt sah sie ihn lächeln. Naja, nicht wirklich, es war eher ein resigniertes Verziehen der Lippen.

»Du kannst es nicht hören. Es ist in mir. Inzwischen geht es auch schon ein bisschen. Am Anfang hörte es sich an, als würde die Welt explodieren und zusammenstürzen. Ich hab die ganze Nacht kein Auge zugemacht. Mittlerweile klingt es nur noch, als würde eine Armada an Baggern und Bulldozern über einen riesigen Trümmerhaufen drüber rumpeln.«

»Das tut mir leid und ich will dich auch nicht länger stören oder aufhalten. Besser, ich gehe wieder. Bis morgen.«

Halb im Umdrehen fiel ihr Blick auf eine im Regal liegende Flöte. Heilige Schöpfer, die hatte er noch? Wahnsinn, dass sie die Gezeiten überdauert hatte.

»Spielst du noch?«, fragte sie, mit dem Kinn auf die Flöte deutend.

»Eigentlich nicht.«

»Schade. Ich hab dir gerne zugehört.« Ein melancholischer Ausdruck huschte über sein Gesicht. »Man konnte auf die Melodien, die du der Flöte entlockt hast, so schön tanzen.«

Ja, wenn nicht Künstler, wäre er bestimmt ein mindestens ebenso guter Musiker geworden. Wobei Spielleute, wie man sie früher genannt hatte, ja ebenfalls unter die Kategorie „Künstler" fielen.

Sie drehte sich komplett zur Tür um und hatte den Griff bereits in der Hand, als er sie zurückhielt.

»Levania?« Sein Blick, nachdem sie sich zu ihm zurück drehte, sah ernst aus. »Erzähl mir von ihr.«

Wen meinte er? Nerulea? Was könnte sie ihm schon von der Frau erzählen, die er geliebt hatte, nein, immer noch liebte? Sie hatte sie doch nur etwas mehr als drei Jahre gekannt.

»Von meiner Tochter.« Er flüsterte es beinahe.

»Pami.« Bei dem Gedanken an Neruleas Kind, von dem sie jetzt wusste, dass es ebenso Temms Tochter war, wurde ihr warm ums Herz. »Sie hat uns alle mit ihrem Lachen und ihrem Frohsinn im Sturm erobert. Sogar Ezekial. Sie hat deine Augen mit lustigen rubinroten Durchsetzungen, deinen Mund und deine Hände und ist ansonsten eine perfekte und wunderschöne Mischung aus dir und Nerulea. Ihre Haare sind ähnlich gesprenkelt wie bei Krus oder Ara, nur eben in euren Farben. Jetzt, wo ich weiß, wer ihr Vater ist, kommt es mir sonderbar vor, dass mir die Ähnlichkeit zu dir nicht aufgefallen ist. Ich muss blind gewesen sein.«

Temm schloss die Lider und machte den Eindruck, als würde er versuchen, sie sich vorzustellen. Tonlos formten seine Lippen den Namen.

»Nach dem Tod ihrer Mutter bat ich Ezekial, sie zu ihrer Familie zu schicken. Am Hof gab es keine Dessla und ich war der Ansicht, sie sollte unter ihresgleichen aufwachsen. Er hat abgelehnt, also habe ich sie unter meine Fittiche genommen und mein Möglichstes getan, sie so gut es ging aufzuziehen. Ihr zu vermitteln, was es bedeutete, Desslanerin zu sein. Viel wusste ich über eure Kultur und Gesellschaft nicht, aber das Bisschen, das ich wusste, habe ich an sie weitergegeben.«

Jetzt öffnete Temm die Augen und lächelte sie dankbar an.

»Als sie siebenundzwanzig war, versuchte ich, Ezekial dazu zu überreden, sie initiieren zu lassen. Wieder hat er abgelehnt. Er hat mich für den Vorschlag beinahe gesteinigt. Ich weiß nicht, warum er dagegen war. Seine Begründung lautete, dass bis dahin niemand wusste, dass sie bei uns ist, und es für den noch wackligen Frieden besser sei, es bliebe so. Ich habe es nicht verstanden und ihm auch nicht wirklich geglaubt. Als sie einunddreißig wurde, hab ich sie heimlich in den Tempel geschleust. Niemand dort wusste, wer sie in Wahrheit war. Ob der Erste Bewahrer eine Ahnung hatte, vermag ich nicht zu sagen. Ezekial ist ausgerastet, als er es nach ihrer Rückkehr bemerkte. Das war der Tag, an dem er mich zum ersten Mal schlug.«

»Zum ersten Mal? Willst du damit etwa sagen ...?«

Sie unterbrach seine Frage mit einer wegwerfenden Handbewegung. »Das spielt heute keine Rolle mehr.«

Temms Gesichtsausdruck drückte etwas anderes aus, aber er sagte nichts mehr dazu.

»Die nächsten acht Jahrhunderte habe ich damit verbracht, meinen Gemahl dazu zu bringen, sie endlich gehen zu lassen. Immer und immer wieder. Ich hatte erst Erfolg, nachdem der Zirkel die Macht bei euch übernommen, Vrebal nichts mehr zu sagen hatte. Erst da stimmte Ezekial zu, sie nach Hause zu schicken. Wobei das einzige Zuhause, das sie kannte, der angerolische Palast war. Mir zeigte es, dass er sie als Druckmittel gegen Vrebal behalten hatte. Um all die Änderungen in eurer Gesellschaft zu erzwingen, die er haben wollte. Als Vrebal abgesetzt war, was sicherlich nicht in Ezekials Interesse lag, zog dieses Mittel nicht mehr. Den Zirkel interessierte die Nichte des Königs nicht. Nur deshalb hat er sie gehen lassen.«

An diesem Tag war ihr klar geworden, zu was für einer Art Angerol ihr Ehemann geworden war. Bei dem Gedanken daran lief es ihr heute noch eiskalt den Rücken hinunter.

»Mein Herz brach, als sie uns verließ. Sie war für mich wie mein eigenes Kind. Aber ich wusste, dass es das Richtige für sie ist. Ein bisschen hatte ich Angst, sie würde vielleicht nicht aufgenommen werden. Immerhin sprach sie so gut wie kein desslanisch, dafür umso besser angerol. Meine Befürchtungen haben sich, den Schöpfern sei Dank, nicht bewahrheitet. Der Bewahrer, dem ich sie anvertraute, hat sie ohne Umwege direkt zu Vrebal gebracht, und der hat, nach allem, was ich gehört habe, keine Sekunde gezögert, sie anzuerkennen. Jetzt lebt sie da, wo sie hingehört. Bei ihrem Volk. Ich vermisse sie. Immer noch.«

Erneut erschien ein Lächeln um Temms Mund. »Du hast viel für sie getan. Dafür danke ich dir.«

»Es war das Mindeste, was ich tun konnte. Das war ich Nerulea schuldig.«

»Ich fahre morgen nach Somerton.«

Der ehemaligen Hauptstadt der Grafschaft Somerset? Was wollte er denn da?

»Isleen, Vrebals Mutter, lebt dort. Ihre Enkelin, meine Tochter, ebenfalls. Ich werde sie morgen zum ersten Mal in meinem Leben sehen.«

Bei diesem Ereignis wäre sie gerne dabei. Pami hatte regelmäßig nach ihren Eltern gefragt. Über ihre Mutter hatte sie ihr nicht viel, über ihren Vater überhaupt nichts sagen können. Aber Pami hatte immer die Hoffnung gehabt, ihn eines Tages kennenzulernen. Jetzt war dieser Tag also gekommen. Wie schön für Pami. Und für Temm auch. Er würde seine Tochter lieben, da war sie ganz sicher.

»Ich hab mich gefragt, ob du ...«

»Ja?«

»Möchtest du mich begleiten, Levania?«

Das Herz blieb ihr beinahe stehen. Ob sie mit ihm mitfahren wollte, um Pami nach so langer Zeit wiederzusehen? Ja, das wollte sie. Unbedingt. Sie freute sich wahnsinnig darüber, dass er sie fragte, sie konnte gar nichts sagen. Ergriffen und gegen Tränen kämpfend nickte sie.

»Die Fahrt dauert ungefähr drei Stunden und ich möchte gleich nach dem Frühstück losfahren. Ist das okay für dich?«

Ihretwegen könnten sie sich sofort auf den Weg machen. Wieder nickte sie. Dann fiel ihr etwas ein.

»Nimm eins der Bilder für Pami mit. Sie hat ihre Mutter zum letzten Mal gesehen, als sie drei war. Wahrscheinlich kann sie sich nicht mehr an sie erinnern. Auf die Art hätte sie ein Erinnerungsstück.«

Jetzt war er es, der nickte. »Gute Idee. Das mache ich.« Schon wandte er sich den Bildern zu, die noch nicht in den Keller gewandert waren. Bestimmt, um eins auszusuchen.

»Gute Nacht, Temm.«

Er antwortete nicht. In Gedanken war er vermutlich bereits ganz woanders.

Leise verließ sie seine Suite, um ihn nicht länger zu stören. Himmel. Sie würde mit ihm zusammen nach Somerset fahren. Nur er und sie. Wer hätte das gestern vermutet? Na, sie ganz gewiss nicht.

24

Ein großer Freund des Autofahrens war Temm nie gewesen, und zwar unabhängig von der Strecke oder ihrer Länge. Er mochte diese Aktivität einfach nicht. Es langweilte ihn, selbst dann, wenn er eine PS-starke Karre oder einen Nobelhobel unterm Arsch hatte. Bei der heutigen Fahrt traf beides zu, trotzdem verhielt es sich nicht anders als sonst. Er hasste es.

Levanias Anwesenheit änderte daran auch nichts. Sie starrte schweigend aus dem Beifahrerfenster. Gut. Zum Quatschen war er eh nicht aufgelegt. So war das einzige Geräusch, dass die brüllende Stille im Wageninneren zuweilen unterbrach, die Stimme der Dame aus dem Navi.

Drei Stunden Fahrt konnten verflucht lang sein - und trotzdem rasant verfliegen. Schneller als gedacht, bog er auf den Privatweg ein, der zu Isleens Haus führte. Ein bescheidenes Haus, wie er feststellte, als er davor parkte. Sah gar nicht danach aus, als würde hier die Mutter des zwar entmachteten, aber nichtsdestotrotz amtierenden Königs wohnen. Liebe Güte, Krus' Haus war größer als dieses hier.

Auf die Sicherheit der Bewohner wurde offensichtlich ebenfalls nicht sonderlich viel Wert gelegt. Sein Auto, das immerhin niemand kannte, stand seit guten fünf Minuten vor der Tür, und bisher hatte sich noch keiner blicken lassen, um nachzusehen, wer da angekommen war.

Er konnte sich einfach nicht dazu aufraffen, das Auto zu verlassen. Bei Dessmon, er war noch nicht bereit für das Treffen mit seiner Tochter. Ja, klar, er freute sich darauf. Wie verrückt. Bereit war er trotzdem nicht.

Weitere zehn Minuten vergingen und er rechnete es

Levania hoch an, dass sie kein Wort darüber verlor, ihn nicht drängte. Wahrscheinlich wusste sie - instinktiv -, dass er noch ein bisschen Zeit brauchte. Wozu? Keine Ahnung. Vielleicht, das letzte Quäntchen Mut aus irgendeiner Ecke seines Innersten zusammenzukratzen, das er brauchte, um endlich auszusteigen.

Schließlich, gefühlt standen sie bereits Jahre vor dem Haus, schnallte er sich zumindest schon mal ab. Die erste Hürde war genommen.

Levania drehte ihm den Kopf zu. »Schaffst du es?«

Wenn sie so fragte - nein. Aber jetzt war er hier. Er war drei Stunden gefahren, um hierher zu kommen. Jetzt zog er es durch. Er nickte, öffnete die Wagentür und stieg aus. Sie folgte seinem Beispiel und gemeinsam gingen sie zur Eingangstür.

Gott, er war so aufgeregt, dass er sich nicht entscheiden konnte, was er lieber wollte: Kotzen oder sich in die Hosen scheißen. Sich hinter Levania verstecken stünde ebenfalls noch zur Disposition. Dumm nur, dass sie kleiner und zierlicher war als er.

Die Frau, die auf ihr Klingeln hin öffnete, lenkte ihn für einen Moment von seiner eigenen Unzulänglichkeit ab. Sie entsprach in keinster Form dem, was er von einer Angestellten der königlichen Familie erwartete. Oder kannte. Legere Freizeitkleidung zu verstrubbeltem Haar und Filzpuschen an den Füßen - nein, zu seiner Zeit waren die königlichen Dienstboten wie aus dem Ei gepellt gewesen, und am Hof waren sie das heute noch, wie er in London gesehen hatte. Daran, dass Isleen auf ihre alten Tage nachsichtiger wurde, konnte es nicht liegen. Es würde weder ihrer Art entsprechen noch zu dem passen, was er in Vrebals privatem Audienzzimmer zu Gesicht bekommen hatte.

Die Umgangsformen der Frau ließen ebenso zu wünschen übrig wie ihr Äußeres. Sie prustete lauthals los, als er sich vorstellte und sagte, weswegen er gekommen war.

Er müsse sich hier echt keinen Zacken aus der Krone brechen, meinte die Frau, jedenfalls nicht wegen Isleen. Noch nie war ihm dermaßen wenig Respekt für die Königsmutter untergekommen wie in diesem Moment. Das gefiel ihm ganz und gar nicht.

Noch weniger gefiel ihm, dass sich weit und breit kein einziger Leibwächter blicken ließ. Gut, dass die heutzutage nicht mehr mit Lanzen oder Speeren in den Händen an jeder Ecke standen wie in den Tagen, als er Wächter war, verstand sich von selbst. War aufgrund der heutigen technischen Möglichkeiten auch nicht mehr nötig. Einen Mann mit Knopf im Ohr und unübersehbar bewaffnet, der einen Hauch von Aufpassen vermittelte, wäre jedoch das Mindeste gewesen, was er erwartet hätte. Fehlanzeige. Da gab es niemanden. Sie wurden nicht mal kontrolliert. Dabei kannte ihn, außer Isleen, hier doch keine alte Sau. Er könnte wer weiß was, für Mordinstrumente mit sich führen, und es interessierte offenkundig keinen.

Da lag einiges im Argen und nicht bloß ein bisschen.

»Also, ich weiß nicht«, raunte Levania ihm zu, »man kann Ezekial ja einiges vorwerfen, aber am angerolischen Hof kommt keiner auf hundert Meter an ein Mitglied der Herrscherfamilie ran, der nicht mindestens fünf Mal durchsucht wurde. Das gilt für Freunde und erst recht für Fremde. Sogar die Dienerschaft wird jeden Tag kontrolliert. Ist es üblich, dass das bei den Dessla so lasch gehandhabt wird?«

Nein, war es nicht. Jedenfalls war es das früher nicht gewesen. Seit der Zirkel an der Macht war, hatte sich das wohl geändert. Der schien keinen großen Wert auf den Schutz der königlichen Familie zu legen. Unfassbar.

Er kämpfte noch gegen seinen Unmut an, als sie einen Raum betraten, der auf den ersten Blick wie ein stinknormales Wohnzimmer in einem stinknormalen Haushalt aussah. Mit Ausstattungsgegenständen aus dem Möbeldiscounter. Auf den zweiten Blick ebenfalls. Auch der dritte änderte nichts. Es war und blieb ein stinknormales, billig eingerichtetes Wohnzimmer.

Seine Fassungslosigkeit stieg, wurde jedoch abrupt durch neue alte Nervosität ersetzt, als er die beiden Frauen bemerkte, die auf dem Sofa mit den abgewetzten Armlehnen saßen. Beide erhoben sich, und er erkannte in einer seine ehemalige und eigentlich auch noch aktuelle Herrin. Dann musste die andere ...

Er war nicht in der Lage, sie anzusehen. Die Aufregung schnürte ihm die Luft ab. Das Schlucken fiel ihm zusehends schwerer. Seine Gedanken verquirlten sich zu einem undeutlichen Brei.

Isleen kam auf ihn zu, das rief ihn ein wenig zur Räson. Er wusste, wie er sich ihr gegenüber zu verhalten hatte: Definitiv anders als die Frau, die sie reingelassen hatte.

»Ich warne dich, Temm.« Ihre ruhige, leise Stimme, in der tatsächlich ein warnender Unterton lag, ließ ihn zusammenzucken. »Wenn du jetzt auf die Knie gehst, werde ich dir den Hintern versohlen. Vor den Augen deiner Tochter. Und du weißt, dass ich nicht zu hohlen Versprechungen neige.«

Ja, das wusste er. Sie hielt immer, was sie versprach. Ausnahmslos. Dennoch fiel es ihm nicht leicht, ihr den ihr gebührenden Respekt nicht zu zollen. Um sich wenigstens ein kleines bisschen besser zu fühlen, neigte er den Kopf. Soviel Achtung musste sein.

Sie lächelte. Anscheinend war sie damit zufrieden.

»Levania?« Die zweite Frau, seine Tochter Pami, hatte sich ebenfalls erhoben und war zu ihnen herüber gekommen. Im Gegensatz zu Isleen war ihr die hinter ihm fast verborgene Levania offensichtlich aufgefallen.

Den folgenden Wortschwall, der aus Pami floss, nachdem Levania neben ihn trat, verstand er nur bruchstückhaft. Wie jeder Jäger sprach er angerol. Mittlerweile, nach all den Jahrhunderten, aber nur noch eher leidlich als gut, und das war kein hochangerol, sondern irgendein Dialekt, den er jetzt zum ersten Mal hörte. Normalerweise verwendeten die einzelnen Spezies im Umgang miteinander die jeweils in dem Land, in dem sie sich begegneten, übliche Menschensprache. Mangelte es an Kenntnissen in der Landessprache, wurde englisch gesprochen. Schon allein der Tarnung wegen.

»Ich freue mich, dass du nach dieser langen Zeit immer noch fließend angerol sprichst«, mischte sich Levania in verständlichem Englisch in Pamis Monolog ein, als es aussah, als würde diese Luft holen wollen. »Es ist aber unhöflich, eine Sprache zu verwenden, die andere, die ebenfalls mit im Zimmer sind, nicht gut genug beherrschen, um einer Unterhaltung folgen zu können.«

»Tut mir leid, Nana.« Pami wirkte zerknirscht. Wie nach der Zurechtweisung durch einen Erziehungsberechtigten. Dabei hatte Levania nicht mal tadelnd geklungen.

Isleen zuckte bei dem Wort „Nana“ ebenso zusammen wie er. Es war das Wort, das die Angerol für eine Ziehmutter verwendeten. Für Isleen musste es noch sonderbarer sein, es Pami aussprechen zu hören, als für ihn. Immerhin lebte Pami seit etwa eintausendsiebenhundert Jahren bei ihr, wenn er Levanias Ausführungen des Vorabends nicht komplett falsch verstanden hatte.

»Ich war nur überrascht. Dich zu sehen, hatte ich nicht erwartet. Was machst du hier?«

Levania lächelte und es sah tatsächlich wie das nachsichtige Lächeln einer Mutter für ihr ertapptes Kind aus, soweit er es beurteilen konnte. »Ich begleite deinen Vater.«

Erst jetzt sah Pami ihn an mit einem Gesichtsausdruck, als hätte sie durch Levanias Anwesenheit völlig vergessen, dass es eigentlich darum ging, ihn zu treffen. Und jetzt kam er auch nicht länger darum herum, sie sich genauer anzusehen.

Schon nach dem ersten Miniblick fühlte es sich an,

als hätte er eine Faust in den Magen bekommen. Ein Gefühl, das er in letzter Zeit öfter hatte und ihm allmählich vertraut wurde. Pami war wunderschön. Die schönste Desslanerin, die er jemals gesehen hatte, und das meinte er jetzt nicht bloß deshalb, weil sie seine Tochter war. Bei Dessmon, sie schlug sogar ihre Mutter noch, und dass das möglich war, hätte er bis vor wenigen Sekunden vehement bestritten. Ihre Schönheit war derart überwältigend, dass er kaum zu atmen wagte aus Angst, sie könnte verblassen.

Dumpf pochte sein Herz gegen die Rippen. Er hörte es schlagen. Ebenso, wie er das Blut durch die Adern rauschen hörte. Seine Knie wurden irgendwie gallertartig, als würden sie jeden Moment unter ihm nachgeben.

Er hatte davon reden hören, dass die Liebe eines Elternteils zu seinem Kind, die während der Schwangerschaft entstand, innerhalb der Millisekunde des ersten Anblicks gefestigt wurde, und von diesem allerersten Augenblick an unverbrüchlich war. Bis jetzt hatte er das immer für stark übertrieben gehalten. Vielleicht, weil er es bei seinem Sohn Drag nicht so empfand. Was vermutlich daran lag, dass er ihn erst einige Tage nach der Geburt gesehen und nie wirklich an sich herangelassen hatte. Liebe auf den ersten Blick von den Eltern für ihr Kind war für ihn ebenso absurd gewesen, wie Liebe auf den ersten Blick zwischen zwei Erwachsenen, die sich bis dato fremd waren.

Gerade wurde er eines Besseren belehrt.

Sein Herz pochte nicht nur, es füllte sich auch mit dermaßen viel Liebe, wie er nicht geglaubt hatte, sie zu erbringen fähig zu sein. Es füllte sich so sehr, dass es überlief.

»Du bist also mein Vater.«

Seine Stimmbänder versagten ihm jeglichen Dienst, er konnte nichts sagen. Am liebsten würde er Pami einfach in den Arm nehmen ... und nie mehr loslassen. Sie war alles, was ihm von der Liebe seines Lebens geblieben war.

»Darf ich«, sie klang beinahe schüchtern, »dich umarmen?«

Bei Dessmon. Sie war nicht nur atemberaubend schön, sie konnte auch Gedanken lesen.

Noch immer war er zu Worten nicht fähig, deshalb breitete er lediglich seine Arme aus. Es tat unheimlich gut, wie sie sich an seine Brust kuschelte. Sie zu halten war mit Abstand das schönste und beste Gefühl, das er seit Äonen erlebte.

Wie lange sie in inniger Umarmung dastanden, vermochte er nicht zu sagen. Zeit wurde zu etwas völlig Unbedeutendem.

»Ich habe Jahrhunderte auf diesen Augenblick gewartet«, hauchte Pami schließlich gegen sein Rippshirt. »Wieso hast du so lange gebraucht?«

»Weil ich nicht wusste, dass du lebst. Ich dachte die ganze Zeit, du wärst zusammen mit deiner Mutter gestorben.« Was zwar den Fakten, aber nicht unbedingt der Wahrheit entsprach. Nicht komplett jedenfalls. Ja, er hatte erst vor ein paar Tagen durch Isleen erfahren, dass er eine Tochter hatte, die sehr lebendig war. Ob er in der Lage gewesen wäre, ihr zu begegnen, hätte er früher von ihr gewusst, war fraglich. Äußerst fraglich. Der bisherige Temm wäre dazu wohl nicht fähig gewesen. Da machte er sich nichts vor, aber das musste er ihr ja nicht sagen. Zumal es diesen Temm jetzt nicht mehr gab.

Erneut standen sie einfach schweigend da und genossen die Nähe des anderen. Seinetwegen musste sich daran nichts ändern. Für den Rest dieses Tages, der Woche, des Monats, des Jahres, seines gesamten Lebens.

»Ich denke, wir lassen die beiden eine Weile allein«, hörte er Isleen flüstern, was bestimmt Levania galt. »Sie werden sich viel zu erzählen haben.«

»M-hm«, stimmte Levania zu.

Schon waren Schritte zu vernehmen, die sich entfernten, anschließend eine Tür, die erst geöffnet und dann geschlossen wurde.

Noch einige Minuten vergingen, bis sich Pami schließlich von ihm löste und ihn von Kopf bis Fuß betrachtete. »Ich bin noch nie einem leibhaftigen Jäger begegnet. Beeindruckend.«

Fand sie? Dabei war er nicht gerade das Musterbeispiel eines Jägers. Im direkten Vergleich mit Gor oder, noch vehementer, Krus war er eher eine mickrige Ausführung. Was die Größe betraf, hinkte er Gor zwar nicht ganz so sehr hinterher wie bei Krus, er war nur zwei Zentimeter kleiner als sein Boss, nichtsdestotrotz war er der zweitkleinste Jäger aus Gors Truppe, wenn man Mera mal außen vor ließ. Sogar Jill war größer, ganze fünf Zentimeter. Und alle, Mera eingeschlossen, waren breiter als er.

Erst jetzt fiel ihm auf, wie seine Erscheinung auf Pami wirken musste. Er hätte vorher zum Friseur gehen sollen, um wenigstens einigermaßen anständig auszusehen, und seine Jägerkluft war jetzt auch nicht gerade dazu angetan, vertrauenerweckend rüberzukommen. Blöd nur, dass er nichts anderes anzuziehen hatte. Das sollte er dringend ändern, seinen Kleiderschrank um das eine oder andere gesellschaftsfähige Teil ergänzen. Schaden konnte das gewiss nicht.

»Du bist noch schöner als deine Mutter.« Mehr fiel ihm nicht ein, um von seinem eigenen unscheinbaren Äußeren abzulenken.

Sie lächelte und die rubinroten Tüpfelchen in ihren Augen, von denen Levania erzählt hatte, funkelten auf. Es sah fast aus, als würden ihre Augen im Hintergrund glühen. Das war, was er beeindruckend nannte. Ein toller Farbeffekt.

Sie ergriff seine Hand und zog ihn mit sich zu dem Sofa, auf das sie sich setzten, bevor sie zu reden begannen.

Die Zeit verging wie im Flug. Noch rasanter als auf

der Herfahrt. Es kam ihm vor, als wären erst fünf Minuten vergangen, als sie zum Mittagstisch gerufen wurden. Der Nachmittag verstrich nicht langsamer. Ehe er sich's versah, war es Zeit, zurückzufahren. Wozu er überhaupt keine Lust hatte. Er wollte sich noch nicht von seiner Tochter trennen, jetzt, wo er sie doch erst so kurz kannte.

»Du lebst momentan mit deinen Freunden auf einem von Onkel Vrebals Landsitzen hat Großmutter gesagt.« Er bejahte. »Darf ich dich dort mal besuchen?«

Oh ja, das wäre schön.

»Dich meinen Freunden vorstellen zu können, würde mich sehr freuen.« Und mit nicht wenig Stolz erfüllen, aber das ergänzte er nicht.

»Gut, dann ist es abgemacht.«

Sie umarmte ihn ein letztes Mal und suchte ihr Heil dann in der Flucht. Weil sie ansonsten wohl geweint hätte. Er wollte beinahe wetten, Tränen in ihren Augen schimmern gesehen zu haben. Kein Wunder. In seinen brannten auch welche, die er nur mit Mühe wegzublinzeln vermochte.

Deutlich manierlicher verabschiedete er sich von Isleen.

»Wenn wir uns das nächste Mal sehen, würde ich gerne mit dir darüber sprechen, woher du die Gemahlin des Herrschers der Angerol kennst. Das hat sie mir nämlich vorenthalten«, raunte Vrebals Mutter ihm ins Ohr. Zum Glück war das Hörvermögen der Angerol deutlich weniger gut ausgeprägt als das der Dessla.

»Nein, wenn wir uns das nächste Mal sehen, werden wir zuerst ein paar Takte über die mangelhafte Sicherheitssituation wechseln.«

Es sollte streng klingen und er war sicher, dass es das auch tat. Trotzdem grinste Isleen ihn nach diesen Worten an. »Das machen wir, Temm. Ich freue mich darauf.«

Nicht die Reaktion, mit der er gerechnet hatte.

25

»Worüber hast du mit Isleen gesprochen?«, wollte Temm wissen, nachdem sie losgefahren waren.

»Über die Opfer, die die Gemahlinnen von Herrschern zuweilen bringen müssen.«

Ein Thema, das ihn erstaunte, stellte Levania durch einen kurzen Seitenblick auf ihn fest.

»Ich kann mich nicht erinnern, dass Isleen jemals Opfer gebracht hat, solange sie noch Königin war. Oder davon gehört zu haben.«

»Wir sprachen auch eher über die Gemahlin des jetzigen Vrebal. Sie ist eine unglückliche Frau.« Was nach allem, was Isleen berichtet hatte, nicht verwundern konnte. Die aktuelle Königin der Dessla tat ihr furchtbar leid.

»Jedan? Von allen Mitgliedern der königlichen Familie hat sie wohl am wenigsten Grund, unglücklich zu sein.«

»Wieso? Weil sie seit Jahrhunderten mit dem jeweils amtierenden Obersten Rat des Adels und dessen Stellvertreter schläft?«

Für einen Moment nahm Temm den Blick von der Straße und richtete ihn auf sie. Überraschung lag in seinen Augen. Ob deswegen, weil sie so offen darüber sprach, oder weil Isleen mit ihr darüber gesprochen hatte, vermochte sie nicht zu erkennen.

»Sie tut das nicht freiwillig, sagt Isleen, und ein Vergnügen ist es für sie auch nicht. Der Grund, warum sie sich vor so langer Zeit dazu bereit erklärte, übrigens mit dem Wissen und der Billigung ihrer Schwiegermutter, ist, um das Leben ihres Mannes und ihres Sohnes zu schützen. An diesem Grund hat sich bis heute nichts geändert.«

Temm fuhr links ran, hielt den Wagen an und machte den Motor aus.

»Das sagt Isleen?« Eine schier unbegreifliche Tatsache für ihn, wie sein dünner Tonfall bewies.

»Ja. Jedan tut das, weil sie Vrebal liebt, und sie leidet schrecklich darunter, dass er sie genau deswegen verachtet, vielleicht sogar hasst.«

»Großer Dessmon.« Sein Gesicht verschwand in seinen Händen, während er den Kopf schüttelte. »Wenn Vrebal das jemals erfährt ...«

»Wird er ausrasten«, beendete sie seinen Satz. »Davon ist Isleen felsenfest überzeugt. Deshalb darf er es auch nie erfahren.«

Für einen Moment, zwei oder drei Minuten, starrte Temm blicklos vor sich hin. Ein riesiger Seufzer, der einen leicht knurrenden Unterton aufwies, entstieg seiner Brust. Seine Lippen waren geschürzt, als er den Zündschlüssel drehte, um das Auto wieder zu starten. Auf eine verbissene Art und Weise, die aussah, als würde er die schlimmsten Rachegelüste ausbrüten. Was vielleicht sogar stimmte. Immerhin war er einmal der führende Leibwächter von Isleen gewesen, hatte deren Sohn Vrebal, seinen König, aufwachsen sehen. Es gab wohl niemanden unter den Dessla, von Vrebals Mutter einmal abgesehen, der dem König emotional näher stand, auch wenn Temm das vermutlich abstreiten würde.

Die restliche Rückfahrt gestaltete sich ebenso schweigsam wie der Hinweg. Kein Problem für sie. Eine großartige Labertasche, wie sich das heutzutage schimpfte, war sie eh nicht. In ihrer frühsten Jugend mal, wenn man es unnett mit ihr meinte, aber das war lange her. Sie hatte gelernt zu schweigen und angeschwiegen zu werden. Außerdem hatte Temm einiges zu verarbeiten, da würde sinnloses Geschwätz nur stören.

Das Abendessen, das sie unterwegs in einem hübschen kleinen Pub einnahmen, wurde ebenfalls durch den

Mangel an Worten gekennzeichnet. Naja, wie hieß es so schön? Mit vollem Munde sprach man nicht. Zumindest war es lecker und nahrhaft. Kostengünstig obendrein. Obwohl Temm bestimmt nicht am Hungertuch nagte - er wies wesentlich mehr Jahre auf als seine Kumpels, die etliches an Vermögen auf die Seite geschafft hatten, und er pflegte einen sparsamen Lebensstil - behagte es ihr nicht sonderlich, von ihm ausgehalten zu werden. Wenn auch nur für einen Tag.

Das war ihr ohnehin ein Dorn im Auge, nicht bloß heute, sondern generell. Doch was wollte sie machen? Sie war mit nichts in der Tasche geflohen und Einnahmen hatte sie keine. Selbst wenn die unwahrscheinliche Möglichkeit bestand, dass Ezekial ihre Kreditkarte noch nicht gesperrt hatte, wollte sie ihm durch deren Benutzung keinen Anhaltspunkt auf ihren Aufenthaltsort geben. Was für eine bescheidene Situation. Sie war der Großzügigkeit der Dessla auf Gedeih und Verderb ausgeliefert. Nicht gerade das, was sie sich von ihrer Zukunft versprochen hatte. Wenigstens behandelte man sie gut. Das war ja schon mal was. Alles andere würde sich mit der Zeit finden. Hoffte sie zumindest.

In diesen Gedanken verhaftet, achtete sie nicht auf die weitere Fahrt. Bis sie durch Temm aus ihren Überlegungen darüber, wie sich ihr zukünftiges Leben gestalten mochte, herausgerissen wurde, weil er urplötzlich eine Vollbremsung hinlegte. Der Fahrer hinter ihnen, der mit einem gewagt aussehenden Manöver an ihnen vorbeischoss, tat massiv hupend seinen Unmut kund.

Erschrocken blickte sie zu Temm hinüber, dessen Stirn auf dem Lenkrad lag, an dem er sich zusätzlich festkrallte, als hinge sein Leben davon ab. Er zitterte, das erschreckte sie noch mehr.

»Temm, was ist denn los?«

»Ich ... Ich ...« Sein Atem ging stoßweise, als hätte er Schwierigkeiten, Luft zu bekommen. »Ich weiß nicht mal, ob ich Enkel habe oder Urenkel oder ...«

Hatte er vergessen, Pami danach zu fragen? Sonderbar, dass sie es ihm gegenüber nicht erwähnt hatte, sollte er Großvater sein. Üblicherweise gehörte das doch zu den ersten Dingen, die man mitteilte. Aber nach dem, was sie aus Isleens Erzählungen herauszuhören geglaubt hatte, gab es in Pamis Leben keinen Partner und demzufolge weder Kinder noch Enkel oder sonstige Nachkommen.

»Frag sie doch einfach beim nächsten Mal oder wenn ihr telefoniert.«

Langsam drehte er ihr den Kopf zu. »Ich spreche nicht von Pami. Ich meine Drag. Herrgott, ich weiß nicht mal, wo er ist, ob es ihn überhaupt noch gibt. Ich habe ihn weder gesehen noch gesprochen, seit ich seine Mutter verließ.«

Auweia. In Temm rumorte es momentan richtig heftig, dass sogar dieser Teil seiner Vergangenheit über ihm zusammencrashte.

Wie gerne würde sie ihm helfen, ihr fiel nur nicht ein, auf welche Weise. Sachte legte sie eine Hand auf seinen Unterarm. »Ich bin sicher, Obbs kann das rausfinden, und dann nimmst du Kontakt zu Drag auf. Hn?«

»Dafür ist es doch längst zu spät, nach all diesen Jahrzehnten.«

»Um einen Fehler zu korrigieren, ist es nie zu spät.«

»Meinst du?«

»Ich weiß es. Wenn es nicht möglich wäre, würde ich jetzt immer noch im Palast in Finnland sitzen und mit meinem Schicksal hadern, anstatt hier zu sein. Ezekial zu heiraten, war mein Fehler und ich habe ihn korrigiert. Dreitausend Jahre, nachdem ich ihn beging.«

Der Ausdruck in Temms Augen veränderte sich. Stand soeben noch Verzweiflung und Traurigkeit darin, so wechselte er jetzt zu hochgradig nachdenklich. Er legte sogar den Kopf schief, was bewies, dass er überlegte. Die Frage war, was brütete sein Gehirn gerade aus?

»Wie unser Leben wohl gewesen wäre?«

Von allen Gedanken, die sie sich auszumalen erlaubt hätte, war das nun wirklich der allerletzte, mit dem sie gerechnet hatte. Sie wusste auch nicht, wie sie darauf antworten sollte. Die Frage hatte sie sich selbst bereits gestellt. Nicht erst, seit sie in England war, auch vorher schon. Sie hatte Temm und die Zeit mit ihm nie vergessen, ganz zu schweigen von den Träumen, die sie gemeinsam gesponnen hatten. Er war nicht bloß ihre erste Liebe gewesen, sondern ihre einzige.

»Ich weiß es nicht.« Oha. Ihre Stimme hatte sich irgendwann in den vergangenen Sekunden heimlich davongeschlichen. »Schwierig, nehme ich an.«

»M-hm.« Temms einziger Kommentar, bevor er den Motor, den er durch sein Bremsverhalten abgewürgt hatte, wieder startete und weiterfuhr.

Für den Rest der Fahrt fiel kein Wort mehr.

Gleichzeitig mit ihnen kam Krus auf dem Landsitz an. Er parkte direkt neben ihnen.

»Wo kommst du denn jetzt her?« Temm klang ein bisschen vorwurfsvoll. Wahrscheinlich hatte er für Krus einen anderen Tagesplan als einen Ausflug vorgesehen.

»Ich hab LSM in die Tierklinik gebracht.«

»Was? Warum, was ist mit ihm?«

»Er hat kaum noch was gefressen, seit Inkia weg ist, und keiner von uns hat es bemerkt. Nicht mal ich. Heute ist er kollabiert.«

»Scheiße. Mann, Inkia reißt uns allen den Arsch auf, wenn sie zurückkommt und ihr geliebter LSM ist nicht mehr da.«

»Wem sagst du das. Aber so weit wird es nicht kommen. In der Klinik haben sie gesagt, dass sein Zustand zwar ernst ist, aber dass sie ihn wieder hinbekommen. Er kriegt jetzt Infusionen, weil er so dehydriert ist, und wird danach notfalls zwangsernährt. Ich möchte mir allerdings nicht vorstellen, wie sie das machen. Naja. Ein paar Tage, dann ist er wieder auf den Pfoten, meinen die Tierärzte. Und wie war es bei dir? Gut gelaufen mit deiner Tochter?«

Temm nickte und ein kleines, verstecktes Lächeln schlich sich in sein Gesicht. »Ja, sehr gut. Pami ist toll.«

»Wie schön, das freut mich für dich.« Krus' Lächeln war wesentlich deutlicher als das von Temm und verzog sich in Windeseile zu einem Grinsen. »Weißt du was? Dieses Lächeln an dir zu sehen, freut mich noch mehr. Weil es aus dir, aus deinem Herzen kommt. Nicht diese aufgesetzte Maske, die ich bisher zu sehen bekommen habe. Dieses Lächeln ist echt, und daran könnte ich mich glatt gewöhnen. Okay, streich das könnte. Daran würde ich mich sehr gerne gewöhnen. Es gefällt mir.«

Die beiden Männer blickten einander in die Augen und sie sah, wie Temms Adamsapfel heftig über seinen Hals hüpfte, als er mehrfach schluckte. Vermutlich an einem Kloß, der ihm im Schlund steckte.

Krus' Hand landete auf Temms Schulter. »Wir sind alle für dich da, Temm. Jeder einzelne von uns. Jederzeit.«

Nach diesen Worten beeilte sich Krus, ins Haus zu kommen. Ihm war mit Sicherheit klar, dass er seinem Freund gerade einen mächtigen Brocken hingeworfen hatte, und wollte ihm die Chance geben, das setzen zu lassen.

Tränen der Ergriffenheit schossen ihr in die Augen. Wenn man solche Freunde hatte, konnte einem eigentlich nichts Schlimmes widerfahren. Er blinzelte ebenfalls ziemlich verdächtig. Das Beste war wohl, sie ging Krus schnell hinterher und überließ Temm einen Moment sich selbst, bis er sich wieder gefangen hatte. Sollte er tatsächlich anfangen zu weinen, wäre es ihm bestimmt peinlich, wenn sie es mitbekam. Wobei das in ihren Augen kein Zeichen von Schwäche war, aber in seinen womöglich.

Zu ihrer Überraschung überholte er sie beim Reingehen. Da hatte er sich aber schnell wieder gefangen. Sie ging ihm hinterher. Wusste der Kuckuck wieso. Es fiel ihr erst auf, als sie vor der Tür zu seiner Suite ankamen, und er den Schlüssel aus der Jackentasche kramte, um aufzuschließen.

Nachdem die Tür offen war, drehte er sich ihr zu. »Ähm. Wärst du so nett, den anderen zu sagen, dass ich mich zurückziehe und bitte nicht gestört werden möchte?«

Klar. Wenn's weiter nichts war. Das machte sie gern. Zustimmend nickte sie ihm zu.

»Danke. Auch, dass du mich begleitet hast. Ohne dich hätt' ich's nicht durchgestanden. Danke, Levania.«

«Dafür nicht.« Sie ging auf die Zehenspitzen und hauchte ihm einen Kuss auf die Wange. »Gute Nacht, Temm.«

Dabei war es noch gar nicht spät. Wenn er den Rest des Abends jedoch nicht mehr aus seinem Verschlag kam, war dieser Wunsch wohl angebracht.

Ohne weitere Verzögerung drehte sie sich um und ging den Gang entlang zurück. Die Bar, wo sie die anderen oder zumindest einen Teil davon vermutete, lag ein Stockwerk tiefer. Nach ein paar Schritten wandte sie sich nochmal nach ihm um. Vermutlich war er bereits in seinem Zimmer verschwunden. Sie wollte jedoch sichergehen.

War er noch nicht. Er lehnte im Türrahmen. Eine Hälfte innerhalb, die andere außerhalb seiner Räume. Wie er dastand, sah es aus, als würde er sich mit der nicht sichtbaren Hand an der Zarge festhalten. Die zweite hatte er angehoben, mit der Handfläche nach oben, und betrachtete sie grübelnd. Sie konnte nichts Außergewöhnliches an dieser Hand feststellen, was einen derart musternden Blick rechtfertigte.

Die Frage danach lag ihr bereits auf der Zunge, als er

den Blick von der Hand abwandte und ihn stattdessen auf sie richtete. Zurück zur Hand, wieder zu ihr. Dann streckte er den Arm aus, nach wie vor mit der Handfläche nach oben, als würde er ihr anbieten wollen, seine Hand zu ergreifen. Er gab dabei keinen Ton von sich.

Sollte sie? Und was bedeutete das dann?

Wer nicht wagt, der nicht gewinnt. Es war dieser, ihr spontan durch den Kopf schießende Satz, der die Entscheidung brachte. Sie hatte nichts zu verlieren, aber vieles, wenn nicht gar alles zu gewinnen.

Mit dennoch unsicherem Schritt und wackeligen Knien ging sie zu ihm zurück und legte vorsichtig ihre Hand auf seine. Wie ging es jetzt wohl weiter?

Zunächst schlossen sich seine Finger um ihre Hand, dann zog er sie zu sich heran, ging dabei gleichzeitig aber rückwärts in seine Suite hinein. Sie folgte ihm, diesmal ganz bewusst. Mit der freien Hand schob er die Tür zu.

»Ich möchte heute Nacht nicht allein sein. Kannst du bei mir bleiben?«

Natürlich konnte sie. Was sollte sie hindern? Ihr war nur nicht klar, was er vorhatte. Reden? Gemeinsam schweigen? Womöglich Sex? Falls Letzteres – einfach nur der Ablenkung, des Vergnügens wegen oder aus anderen Gründen? Und: War das wichtig?

Auf keine dieser Fragen kannte sie die Antwort. Noch nicht. Es blieb ihr nichts weiter übrig, als es auf sich zukommen zu lassen und dann das Beste daraus zu machen.

26

Beim Aufwachen festzustellen, dass man nicht allein im Bett lag, konnte sich in noch schlaftrunkenem Zustand durchaus irritierend auswirken. Vor allem, wenn man es nicht gewöhnt war, weil man seit Äonen nicht mehr oder höchstens in Ausnahmefällen in Gesellschaft schlief.

So jedenfalls ging es Temm, während er langsam zu sich kam. Es dauerte eine Weile, bis seine Gedanken so weit sortiert waren, dass er sich daran erinnerte, wie es dazu gekommen war, jetzt einen eindeutig weiblichen Körper von hinten zu umarmen. Der Hauch von Wasserlilie, der ihm in die Nase stieg, verriet ihm sogleich, zu wem dieser Körper gehörte. Levania.

Nachdem sie sich gestern verabschiedete, war ihm das, was Nerulea sagte, durch den Kopf geschossen. ›Das Glück ist ganz nah. Du musst dir nur erlauben, deine Hand auszustrecken und danach zu greifen.‹ Wie Hammerschläge hatten die Worte in seinen Ohren gedröhnt und sogar die Bulldozer und Bagger übertönt, die nach wie vor in seinen Gehörgängen rumorten.

Er hatte die Hand ausgestreckt. Einer Eingebung folgend. Levania hatte sie genommen.

Wieso er sie gebeten hatte zu bleiben, entzog sich seinem logischen Denkvermögen. Immer noch. Es hatte ihn selbst überrascht. Mindestens ebenso sehr wie, dass sie tatsächlich geblieben war.

Geredet hatten sie nicht. Naja, kaum. Über nichts Wichtiges, keine weltbewegenden Dinge. Levania war einfach da gewesen und das hatte sich als viel wichtiger entpuppt als jedes Gespräch.

Zeitig waren sie zu Bett gegangen. Er hatte sich von George extra eine Pyjamahose bringen lassen, weil sich solch ein Kleidungsstück in seinem Schrank nicht fand. Natürlich nicht. Wozu auch? Ihr hatte er eins seiner T-Shirts gegeben. Das war ihr kilometerweit zu groß und kam daher als Nachthemd für sie in Betracht.

Hingelegt, Augen zu, eingepennt. Zumindest auf ihn traf das zu. Traumlos durchgeschlafen. Das hatte er lange nicht gehabt - ohne das Hilfsmittel, das er Gor neulich gab.

Jetzt fand er sich hinter ihr auf der Seite liegend. Einen Arm um sie gelegt. Löffelchenstellung nannte sich das, soweit er wusste.

Sie waren noch nie nebeneinander aufgewacht. Selbst in der Zeit ihrer Beziehung nicht, und das, obwohl sie sich nach dem ersten Mal im Heu beinahe jede Nacht getroffen hatten. Nebeneinander eingeschlafen waren sie übrigens ebenso wenig. Stets hatte sich einer von ihnen beiden heimlich in seine Kammer zurück geschlichen, die er zuvor ebenso heimlich verlassen hatte, damit sie beim jeweils anderen zusammenkommen konnten. Um zu tun, was man als Frischverliebte nun mal tat.

Diese Heimlichtuerei hatte ihnen nicht gefallen. Dennoch war sie nötig gewesen. Die Einstellung der Dessla hatte sich nicht verändert. Sie waren schon damals eine Spezies gewesen, die offen zur Sexualität stand, auch der vor- oder nebenehelichen. Die Angerol allerdings ... waren seinerzeit in ihrer Prüderie kaum zu überbieten gewesen. Einmal ganz davon abgesehen, dass Levania und somit ihre Eltern zu den Angerol gehörten, waren sie beide Gäste in einem Angerolhaushalt gewesen, dessen moralischen Vorstellungen und Gepflogenheiten sie sich selbstverständlich unterworfen hatten. Wobei er davon ausgegangen war, dass seine Gastgeber wussten, was sich im Verborgenen zwischen ihm und Levania abspielte. Nikelio zumindest hatte es gewusst.

Jetzt wachte er neben ihr auf. Von hinten an sie gekuschelt hielt er sie umfangen, spürte ihre Nähe und

Wärme. Er roch ihren Duft. Ihre Haare kitzelten seine Nase. Das Irrste daran: Es kam ihm nicht sonderbar oder gar falsch, sondern absolut richtig vor. Es war richtig. Wenn seine innere Stimme ihm dies nicht verriete, spätestens die Stille würde es. Seit seiner Begegnung mit Nerulea hatte er keinen solch herrlichen Frieden mehr genossen.

Es war nicht einfach nur Ruhe, es war vielmehr das Fehlen sämtlicher Geräusche, die nicht hergehörten. Natürlich hörte er draußen die Vögel zwitschern oder wie die Diener emsig alles fürs Frühstück vorbereiteten. Er hörte Levania atmen und das leise Rascheln des Shirts, wenn sich ihre Brust unter den Atemzügen hob und senkte. Darüber hinaus? Nichts. Die überdimensionalen Bauarbeiten, die sich in den letzten Tagen in seinen Ohren austobten, schienen endlich abgeschlossen. Dessmon sei Dank.

Ja, es war richtig und nicht bloß, weil es sich so anfühlte. Das Brett jedoch, das er gegen ihr Gesäß drückte, war ... echt peinlich. Vorsichtig, um sie nicht zu wecken, rückte er von ihr ab.

»Ist dir das unangenehm?«

Oh, sie war bereits wach. »Dir nicht?«

»Nein.« Ein kaum verhohlenes Glucksen entfuhr ihr, während sie sich auf den Rücken drehte. »Er und ich, wir sind alte Bekannte, weißt du.«

Dieses Glimmen in ihrem Blick, dieses verschmitzte Grinsen um ihre Lippen. Eindeutig, sie kam mit der Situation wesentlich besser zurecht als er, und vielleicht war es gar keine schlechte Idee, mit mehr Leichtigkeit an die Sache heranzugehen. Man musste nicht alles immer verbissen sehen. Er war, was Humor anging, nur ein bisschen aus der Übung.

»Ich erinnere mich dunkel«, versuchte er sich trotzdem darin.

»Wollen wir ein Licht darauf werfen? Die Erinnerung

ein wenig auffrischen?« Ihre Hände fanden seinen Brustkorb und schmiegten sich dagegen.

Uff. Sie legte ein ganz schönes Tempo vor, und er kam nicht umhin, sich ein bisschen überfordert zu fühlen. Humor war nicht das einzige, was bei ihm seit Langem brach lag.

»Entschuldige. Das war wohl zu forsch. Ich wollte dich nicht überfahren.«

Himmel. Jetzt hatte er sie durch sein Schweigen womöglich gekränkt. Ungefähr das Letzte, was er wollte.

»Nein, nein. Es ist ... Ich ...« Ach, wenn er das doch nur wüsste. Herrje, was war bloß mit ihm los? Da lag eine wunderschöne Frau neben ihm und machte ihm ein verlockendes Wahnsinnsangebot. Sein Schwanz fand ihren Vorschlag ziemlich großartig, wie es sich anfühlte. Und was machte er? Wusste nicht, was er tun oder sagen sollte. Wie bescheuert war das denn bitte? Wie bescheuert war er?

»Es warst immer du, Temm.« Wie bitte? Was meinte sie damit? »Jedes Mal wenn Ezekial ... In meinen Gedanken, meiner Fantasie warst immer du es. Anders wär's nicht gegangen. Ich habe dich, uns nie vergessen, und ich habe nie aufgehört, mich nach dir zu sehnen.«

Oh verdammt. Er wünschte, er könnte ihr etwas Ähnliches sagen. Wirklich, das tat er. Doch er konnte es nicht, und das Schlimmste daran war, dass sie das wusste.

»Du musst nichts dazu sagen. Ich weiß, im Grunde genommen hat es nie wirklich ein Uns gegeben, und selbst wenn. Spätestens nach deiner Begegnung mit Nerulea wäre es vorbei gewesen. Also ...«

Er legte ihr einen Finger auf die Lippen, um sie am Weiterreden zu hindern, denn jetzt war sie definitiv auf dem Holzweg.

»Sag das nicht. Weder das eine noch das andere ist wahr. Es gab dieses Uns. In meinen Gedanken gab es das noch lange, nachdem du bereits mit Ezekial verheiratet warst. Und was meine Begegnung mit Nerulea und dessen Auswirkungen auf uns, hätte es uns da noch gegeben, angeht. Fakt ist, wären wir zusammen geblieben, wäre ich ihr überhaupt nicht begegnet.«

Zu dieser Schlussfolgerung kam er jetzt nicht zum ersten Mal. Sie lag auf der Hand. Hätte sich Levania entschlossen, die Verheiratung mit Ezekial zu verweigern, um stattdessen bei ihm zu bleiben, nichts von dem, was geschehen war, wäre geschehen. Rein gar nichts.

Er hätte - als sozusagen Ausgestoßener - nicht zu den Soldaten zurückkehren können. Denn in einem waren sich die einzelnen Spezies einig wie sonst in kaum etwas: Rassenübergreifende Beziehungen waren nicht gern gesehen und noch weniger akzeptiert. Geplänkel? Okay. Unverbindlicher Sex? Warum nicht. Eine Beziehung, womöglich sogar ernsthafter Natur? Nein. Nicht mal dann, wenn sie, wie in ihrem Fall, keinen unter Umständen unberechenbaren Mischlingsnachwuchs zur Folge haben konnte, da sich die Angerol ausschließlich untereinander fortzupflanzen in der Lage waren.

Wäre er nicht zu den Kriegern zurückgekehrt, hätte er nicht im großen Krieg gekämpft, wäre nicht so schwer verletzt worden, dass er Zuflucht im führenden Tempel des heutigen Großbritannien gesucht hätte, und wäre demzufolge nicht als Wächter in den Palast gekommen.

Das stand fest. Unverrückbar wie eine Felsformation.

Welche anderen, womöglich viel weitreichenderen Konsequenzen sich noch hätten ergeben können, fiel in den Bereich der Spekulation. Eventuell wäre Ezekial ohne die Unterstützung von Levanias Vater nie Herrscher der Angerol geworden. Dann hätte er sich nicht auf die Art in das Leben und die gesellschaftlichen Strukturen der Dessla einmischen können, wie er es getan hatte. Die Jäger würde es heute vielleicht nicht geben. Wahrscheinlich gäbe es auch keinen Krieg zwischen den Dessla und den Lykomorphen, weil diese beiden Spezies anstatt sich zu hassen möglicherweise sogar befreundet wären. Wer wusste das schon?

Spekulation, wie gesagt, aber irgendwie eine nette Vorstellung, vor allem das mit dem nicht vorhandenen Krieg. Obwohl es ihm nicht sonderlich behagte, dass ihrer beider Entscheidungen unter Umständen derart gravierend gewesen sein sollten.

Ein tiefes Seufzen holte ihn aus seinen Überlegungen. Schon setzte sich Levania auf und schwang die Beine über die Bettkante.

»Ist wohl besser, ich gehe.«

Nein. Mann, er hatte wirklich ein unvergleichliches Talent dafür, Stimmungen zu versauen und Situationen in eine Richtung zu schubsen, in der er sie nicht haben wollte.

»Geh nicht. Bitte. Tut mir leid, wenn ich dir zurückweisend vorgekommen bin. Ich bin einfach nicht mehr gewöhnt, nicht alleine zu sein. Du wirst ... geduldig mit mir sein müssen. Wenn du das möchtest.«

»Möchtest du es denn, Temm?«

»Ich kann dir nichts versprechen. Ich weiß nicht, ob es funktionieren wird, ob ich das hinbekomme. Was ich aber weiß, ist, dass ich es versuchen will. Mit dir, und nur mit dir.«

Reichte ihr das, ein Versuchen? Oder empfand sie das als zu unsicher? Er hoffte, sie würde das Wagnis mit ihm zusammen eingehen. Ihnen beiden die Chance auf ein „Wir“ geben. Gott, er hoffte es so sehr.

Der skeptische Blick, mit dem sie ihn bedachte, nachdem sie sich ihm zugedreht hatte, sprach eher dagegen. Wenn sie jetzt ging, hatte er sich das selbst zuzuschreiben. Dann war niemand an diesem vorzeitigen Scheitern schuldig außer ihm, und ob er sich das jemals würde verzeihen können, war eine Frage, die er sich nicht beantworten konnte.

Ihr Mund verzog sich zu einem Lächeln, und als sich

ihr Gesicht dem seinen näherte, war ihm, als würde eine tonnenschwere Last von seinen Schultern abfallen. In dem Moment, als ihre Lippen seine berührten, wollte er vor lauter Erleichterung und Freude am liebsten schreien. Das Einzige, was ihn daran hinderte, war der Kuss, in den sie ihn verstrickte.

Sie war gewillt, ihm eine Chance zu geben, und er wollte verdammt sein, wenn er die jetzt nicht nutzte.

27

Levanias gesamtes Leben war männerdominiert gewesen. Nicht eine einzige Entscheidung hatte sie selbst getroffen. Das war ihr erst von ihrem Vater, später von ihrem Gemahl abgenommen worden. Selbstverantwortlich zu handeln gehörte zu den Dingen, die sie nicht gewöhnt war.

So war das üblich bei den Angerol. Die mit Abstand patriarchalste aller Spezies. Frauen hatten sich unterzuordnen. Punkt. Ende der Diskussion. Nicht mal bei den rudelbildenden Gestaltwandlern oder Lykomorphen war das dermaßen extrem. Die Dessla waren im Vergleich eine geradezu auf Gleichberechtigung aufgebaute Gesellschaft. Nicht hundertprozentig, aber nahe dran. Beneidenswert.

Schon ihr Vorstoß im Fitnessraum war ein für sie überwältigend riesiger Akt von Mut gewesen. Jetzt die Führung zu übernehmen, fühlte sich irgendwie komisch an. Ohne Zweifel gut, aber eben sonderbar.

Noch sonderbarer war die Erkenntnis, dass Temm Angst hatte und Unsicherheit zeigte. So kannte sie ihn nicht. Der Temm, den sie kannte, früher gekannt hatte, war ein Macher gewesen. Eine starke Persönlichkeit, der Selbstzweifel völlig fremd gewesen waren. Die hatte er bis zu seinem Treffen mit der verstorbenen Nerulea bestimmt nicht gehabt, wie sie ihn hier bis dahin erlebt hatte. Sie jetzt zu sehen und zu erleben, erschien ihr nicht richtig. Nachvollziehbar, eingedenk dessen, was er gerade durchmachte, aber nichtsdestotrotz falsch.

Nun, jetzt lag es wohl an ihr, ihm diese zu nehmen, und sei es durch etwas derart Banales wie einen Kuss. Der sich in keinster Weise banal anfühlte, sondern ... wunderschön.

Unendlich sacht legten sich seine Fingerkuppen auf ihre Wangen, als befürchtete er, sie zu verletzen, wenn er ihr Gesicht richtig in die Hände nähme. Das tat er erst, als sie ihm vormachte, wie es ging, indem sie es bei ihm machte.

Sanft ließ sie ihre Zungenspitze über seine Lippen gleiten. Bei früheren Küssen immer sein Part. Ungewohnt, dass es jetzt ihrer war. Ob es sich für Temm seinerzeit ebenso erhebend angefühlt hatte, wenn sie ihre Lippen öffnete und seiner Zunge Einlass gewährte, wie er es gerade tat?

Der Griff wurde fester, sowohl ihrer wie auch seiner, je intensiver ihre Zungenspitzen sich umkreisten, miteinander spielten. Alte Weisheit: Für einen anständigen Kuss brauchte es eben vier Hände.

Temm brummte, als sie den Druck ihrer Lippen verstärkte, und noch mehr, als sie sich rittlings auf seine ausgestreckten Beine setzte. Kein abwehrendes Brummen. Nein, ein genießendes. Noch immer machte er keine Anstalten, ihr das Zepter aus der Hand zu nehmen. Allem Anschein nach genoss er es tatsächlich, nicht der bestimmende Part zu sein.

Langsam ließ sie ihre Finger an seinen Wangen hinab Richtung Hals gleiten. Seine Bartstoppeln piksten, aber das störte sie nicht weiter. Im Gegenteil, es war ein interessanter Kontrast zu dem, was sie gewohnt war, nämlich, die babyhautgleichen Wangen eines Angerolmannes.

Angerol hatten keinen Bartwuchs, wie sie grundsätzlich keine Körperbehaarung aufwiesen, außer der am Oberkopf, Brauen und Wimpern. Auf Temm traf das nicht zu. Soweit sie sich an den Anblick im Fitnessraum und den von gestern Abend erinnerte, hatte sich daran nichts geändert. Er hatte sich dem seit einigen Jahren gültigen Diktat der Menschen, sich großflächig zu enthaaren, noch nicht unterworfen, verfügte also über jede Menge Körperbehaarung. Wie das Gros der Dessla, denen enthaart oder nicht enthaart schlicht schnuppe war.

Über seinen Hals glitten ihre Finger hinunter zu seinem Brustkorb. Dort verharrten sie und spielten zunächst mit den Locken, zupften an ihnen, um Temm zu necken. Bis dessen Brummeln einen leicht genervten Unterton annahm, dann wanderten sie weiter. Sie spürte, wie er den Bauch einzog, als sie in die Nähe seines Nabels gelangte. Nicht aus Eitelkeit - er trug den Inbegriff eines Waschbrettbauchs zur Schau -, sondern weil er die Luft anhielt.

Sie unterbrach den Kuss, um ihn anzusehen. Widerwillig ließ er die Unterbrechung zu. Seine Lider öffneten sich nur Sekunden nach ihren. Ihre Blicke vertieften sich ineinander.

Bang!

Dasselbe wie vor über dreitausend Jahren nach ihrem ersten Kuss passierte. Jedenfalls bei ihr. Sie verlor ihr Herz. Nicht, dass sie je wirklich aufgehört hätte, ihn zu lieben. Insgeheim hatte sie das in all der Zeit getan. Doch jetzt verliebte sie sich nochmal ganz neu in ihn. Ihr Herzschlag geriet völlig aus dem ohnehin viel zu schnellen Rhythmus, das Kribbeln im Bauch nahm überdimensionale Formen an.

War gar nicht leicht, den Blick von seinen Augen abzuwenden, und gelang ihr nur mit Mühe. Sie wollte jedoch den Rest von ihm in Augenschein nehmen.

Wie zuvor ihre Finger, blieb auch ihr Blick zunächst an seiner Brust kleben. Die Tatowierungen, die er darauf und an anderen Stellen trug, waren ihr im Fitnessraum natürlich aufgefallen. Sie hatte sie dort eingehend betrachtet, weil sie sie nicht kannte. Als sie mit ihm zusammen gewesen war, damals, hatte er noch keinerlei Tattoos gehabt. Was ihr nicht aufgefallen war, war, dass sich dadurch das Zitronengelb seiner Brusthaare deutlich hervorhob, richtiggehend herausstach. Es sah beinahe so aus, als würde es leuchten. Ein interessanter Effekt.

Ihr Blick streifte weiter an ihm entlang und entdeckte ...

Das Kichern entkam ihr, bevor sie es verhindern konnte. Dass die Eichel seines unübersehbar erigierten Penis' keinerlei Probleme damit hatte, die Hürde des Gummizugs zu überwinden, und jetzt vorwitzig hervorlugte, sah aber auch zu köstlich aus.

Er folgte ihrem Blick und gluckste selbst über dieses Bild. »Sorry, da ist halt einer neugierig.«

Die Leichtigkeit war zurückgekehrt. Wie schön.

»Und undicht.« Sie konnte es sich einfach nicht verkneifen, während sie dieses Schauspiel weiterhin betrachtete.

Ein Phänomen, das sie eine Weile nicht gesehen hatte. Seit dem letzten bewussten Sex mit Temm nicht mehr, im Fitnessraum hatte sie nicht darauf geachtet. Die sogenannten Lusttropfen. Angerolmänner sonderten sie nicht ab, weil sie keine Prostata hatten. Ebenso wenig wie sich klassische Hoden im Hodensack befanden. Rein äußerlich unterschieden sich Angerol optisch nicht von anderen Männern, die Reaktionen waren ebenfalls ähnlich. Innerlich waren sie jedoch komplett anders gebaut als jede andere Spezies. Ein Überbleibsel ihrer Abstammung. Die äußeren Geschlechtsmerkmale und -organe kamen von ihrem menschlichen Anteil, die inneren waren den anderen fünfzig Prozent des Genpools geschuldet. Das traf auf die Frauen übrigens ebenso zu, weshalb sich Angerol ausschließlich untereinander fortpflanzen konnten.

»Ja, das auch. Und was gedenkst du, dagegen zu unternehmen?«

»Den Klempner rufen?«

»Was?!«

Oha. Offensichtlich hatte sie die Situation falsch eingeschätzt. Ganz so zurückgekehrt, wie es den Anschein hatte, war die Leichtigkeit dann doch noch nicht. Mist.

Schon sah sie ihn mit hochgezogenen Augenbrauen

den Kopf schütteln. Dabei sah er allerdings nicht sie an, sondern das Corpus Delicti.

»Sie will, dass dir ein fremder Kerl mit einer Zange zu Leibe rückt. Ich weiß nicht, wie es dir geht, mir gefällt dieser Vorschlag nicht sonderlich.« Temm tat, als würde er horchen. Als könnte sein Penis antworten. Dann nickte er. »Das dachte ich mir, dass du die Idee auch nicht prickelnd findest.« Er hob den Kopf und sah sie an. Streng, aber mit deutlichem Funkeln in den Augen. »Wir sind beide der übereinstimmenden Meinung, dass es ohne Klempner gehen muss.«

Hatte sie sich in ihrer Beurteilung also doch nicht geirrt. Was für ein Glück.

»So, und jetzt will ich auch endlich gucken.« Sprach's und schob ihr bereits die Hände unters Shirt, um es ihr über den Kopf zu ziehen. Es landete irgendwo hinter ihr. Sein Blick streifte über sie. Sehr ausführlich.

»Du bist so verdammt wunderschön. Ich hatte schon fast vergessen, wie schön.« Seine Lippen verzogen sich zu einem Lächeln, während er ihr wieder in die Augen sah. »Aber nur fast.«

Bevor sie etwas erwidern konnte, versiegelte er ihre Lippen mit seinem Mund. Seine Hände legten sich um ihre Brüste, seine Daumen umkreisten ihre Nippel. So viel zum Thema, ihr die Führung zu überlassen. Das hatte sich jetzt wohl erledigt. Auch okay.

Eben nicht, denn im Grunde genommen hatte es ihr gefallen, dass einmal nicht über sie bestimmt wurde, sondern jemand quasi nach ihrer Pfeife tanzte. Das hätte sie gerne zurück.

Sie befreite sich also aus dem Griff seiner Hände, so sehr ihr gefiel, was er damit tat, unterbrach den Kuss und krabbelte, seinen Widerstand ignorierend, rückwärts von ihm herunter.

»Gleiches Recht für alle«, beschied sie ihn, während sie ihre Finger in den Bund der Pyjamahose schob.

Auf seinen Händen abgestützt, hob er das Becken, um ihr dabei behilflich zu sein, das überflüssige Kleidungsstück loszuwerden. Es gesellte sich alsbald zu dem Shirt. Nahm sie jedenfalls an, da es in dieselbe Richtung flog.

Temm ließ sich auf die Ellbogen heruntersinken. Es sah fast aus, als würde er es genießen, sich ihrem Blick zu präsentieren. Und was für einen Anblick er bot. Reine, männliche Schönheit, hingegossen auf ein Laken. Nur für sie.

Seine Schultern waren nicht mehr so breit, sein Brustkorb nicht mehr so voluminös wie zur damaligen Zeit. Der Umfang seiner Oberschenkel war ebenfalls geschmolzen. Temm hatte einiges an Muskelmasse eingebüßt im Laufe der vergangenen drei Jahrtausende. Das machte ihn keineswegs unmännlicher. Ganz im Gegenteil. Es nahm seinem Körper das Bombastische, das auf den ersten Blick durchaus einschüchternd gewirkt hatte. Der ehrfurchtgebietende, muskelprotzige Krieger war verschwunden. Übrig geblieben war ein attraktiver Mann, der - oh ja! - ziemlich appetitanregend aussah. Nackt um noch einiges mehr als im angezogenen Zustand ohnehin schon.

Was sich nicht verändert hatte, und zwar kein bisschen, war sein Penis. Hätte sie bisher nur mit Ezekial oder anderen Angerolmännern zu tun gehabt, sie würde jetzt vielleicht die Flucht ergreifen. Wie sie Temms Geschlecht stolz aufragend auf sich gerichtet sah. Die Geschlechtsteile von Angerolmännern waren ebenso zierlich wie die komplette Gestalt, die sie trug, sogar im voll erigierten Zustand. Das mochte zum Gesamtbild passen, erschien im direkten Vergleich mit einem Desslaner jedoch extrem krass.

»Anstatt dir mit der Zunge über die Lippen zu lecken, könntest du sie für viele andere nette Dinge verwenden, von denen ich dann auch was hätte.«

Sie tat bitte was? Oha, das hatte sie gar nicht bemerkt.

Anhand seines leicht anzüglichen Grinsens, fiel es ihr nicht schwer, sich auszumalen, an welche netten Dinge er dabei dachte. Trotzdem lag ihr ein neckisches ›Zum Beispiel?‹ bereits auf den Lippen, sie kam allerdings nicht dazu, es auszusprechen.

»Und wie war das von wegen gleiches Recht für alle?«

Damit meinte er, dass sie immer noch ihr Höschen trug, während er splitterfasernackt vor ihr lag. Nun, das war leicht zu ändern und sie tat es umgehend. Jetzt war er derjenige, der sich mit der Zunge über die Lippen fuhr. Im Gegensatz zu ihr, war es bei ihm allerdings eine sehr bewusste Geste, das zeigte sein aufreizender Blick.

Er sank komplett auf den Rücken und streckte ihr die Arme entgegen. »Komm.«

Nichts lieber als das.

Sie ließ sich auf ihn fallen und genoss, wie seine Arme sie umfingen. Haut auf Haut. Fühlte sich toll an und nebenbei irre inspirierend.

Erneut fanden sich ihre Lippen und ihre Zungen begannen ein neues, aufregendes Spiel miteinander. Seine Hände glitten über ihren Rücken, an ihrer Wirbelsäule entlang, hinunter zu ihrem Hintern. Er presste sie fester auf sich, während er sich gegen sie drückte, sich an ihrem Schambeinknochen rieb. Schließlich vollführte er eine Drehung und brachte sie halb unter sich. Eine vielversprechende Ausgangsposition. Jetzt waren es ihre Hände, die seinen Hintern umgriffen, ihn enger an sich pressten, während sie sich an ihn drängte.

»Liebe mich, Temm«, keuchte sie in einer Kusspause in sein Ohr.

Sie spürte, wie er erstarrte. Vorsichtig öffnete sie die Augen. Seine Gesichtszüge wirkten wie eingefroren, seine zusammengepressten Lider vermittelten den Eindruck von Schmerz. Oh verflixt. Ein unbedachter Satz, ein einziges unüberlegtes Wort - Liebe - und alles schien zunichte gemacht. Dabei hatte sie es so gar nicht gemeint.

Nur hasste sie den Gebrauch solch vulgärer Worte wie vögeln oder, noch schlimmer, ficken.

»Tut mir leid. Ich wollte doch nicht ...«

Drei seiner Finger verschlossen ihren Mund. Wie er den derart zielsicher gefunden hatte, ohne hinzusehen, war ihr ein Rätsel. Sein Gesicht entspannte sich. Ebenso der Rest seiner Muskulatur. Dann öffnete er die Augen. Unbewusst hielt sie den Atem an in Erwartung einer eher negativen Reaktion.

Doch die kam nicht. Anstatt sich von ihr wegzudrehen, wie sie es befürchtete, lächelte er. »Genau das habe ich vor.«

Die Hand, die sie gerade noch am Reden gehindert hatte, wanderte an ihrer Seite entlang bis zur Kniekehle, in die sie sich schob. Er hob ihr Bein an, zog es an ihren Körper heran, winkelte es dadurch ab und legte es sich um die Hüfte. Dann ruckelte er sich zurecht, bis sich seine Eichel an ihrem Eingang befand. Oh ja. Endlich. Sie konnte es kaum erwarten, ihn in sich zu spüren, und biss sich auf die Unterlippe, um ihn nicht nochmal dazu aufzufordern.

Er brauchte keine Aufforderung.

Vorsichtig, langsam, Millimeter um Millimeter schob er sich in sie. Als hätte er Angst, ihr durch ein schnelleres Eindringen weh zu tun oder sie womöglich zu verletzen.

Dabei sollte er doch wissen, dass eine solche Furcht unbegründet war. Schon allein aufgrund ihrer Angerolanatomie war es gar nicht möglich, dass das passierte. Das, was bei Menschen und vermutlich auch anderen Spezies gemeinhin Scheide genannt wurde, hatte bei Angerolfrauen keine feste Größe. Es passte sich immer exakt dem an, was eingeführt wurde. Egal, welche Ausmaße dieses Etwas aufwies. Außerdem schliefen sie heute nicht zum ersten Mal miteinander. Er wusste, dass es diesbezüglich keine Probleme zwischen ihnen gab.

Dank der unzähligen Nervenenden, die sich in diesem

Bereich befanden, fühlte sie jeden noch so kleinen Fortschritt seinerseits mit überdeutlicher Intensität, und kam zum ersten Mal, da war er noch nicht mal zur Hälfte in ihr. Es machte sie wahnsinnig, dass er dermaßen langsam vorging. Sie wollte mehr, viel mehr. Sie wollte ihn endlich ganz. Den Höhepunkt erleben und dabei spüren, wie er sich in ihr bewegte, und er brauchte nicht notwendigerweise zartfühlend zu sein. Um dieses Ziel zu erreichen, klammerte sie sich heftiger in seine Pobacken, drückte ihn mit aller Kraft gegen sich und kam erneut, während er komplett in sie glitt.

Ein Stöhnen entkam ihm, als er ungestüm in sie gezogen wurde. »Lev.«

Die alte Kosebezeichnung. Sie hätte nicht gedacht, sie jemals wiederzuhören. Noch dazu in solch einer Situation. Die Tatsache, dass er sie aussprach, erfüllte sie mit einer Glückseligkeit, die sie nicht in Worte zu fassen fähig war. Das war beinahe besser, als ihn zu spüren. Allerdings ging es ihr gerade wie ihm vorhin beim Anschauen. Es war eben nur fast besser.

Noch einmal versuchte sie, ihn mit den Händen aufzufordern, das zu tun, was sie sehnlichst herbeiwünschte.

»Lev, bitte. Nicht so stürmisch, sonst halte ich das nicht lange durch.« Wie heiser er klang.

Da wurde es ihr klar. Nicht aus Furcht, ihr wehzutun, war er langsam eingedrungen, sondern um die Beherrschung nicht zu verlieren. Er wollte nicht binnen Sekunden bereits fertig sein. Was er da gerade tat, war, sich mühsam und vermutlich schmerzhaft zurückzuhalten, und wenn er das schaffte, sollte es ihr ebenfalls gelingen.

Sie versuchte, sich zu entspannen. Es klappte nicht wirklich. Zumal sie sich jetzt wieder direkt in die Augen sahen. Eine erste vorsichtige Bewegung, die er mit einem intensiven Kuss abschloss. Die nächste, schon weniger vorsichtig. Sie ließ ihn machen, ihn das Tempo bestimmen, nahm, was er ihr gab, und erfreute sich daran.

Allzu lange hielt er das nicht aus, was gut war, denn ihre Nervenenden glühten bereits durch die zahlreichen Orgasmen, die seine bisherigen Bewegungen ihr verschafft hatten, als er endlich richtig zur Sache kam. Deshalb empfand sie es überhaupt nicht als schlimm, dass er tatsächlich nicht lange durchhielt.

Für dieses Mal.

Sie gönnten sich keine ausgedehnte Pause. Gerade so viel, um wieder ruhig zu atmen, bevor sie eine weitere Runde anhängten. Er war nicht mal wirklich schlaff geworden.

Das zweite Mal lief deutlich flüssiger. Bei ihm hatte sich das lange Aufgestaute abgebaut, was ihn beim ersten Mal so schnell hatte kommen lassen. Bei ihr war es dasselbe. Auch sie hatte ein derart heftiges Reagieren ihrer Nerven bis dato nicht erlebt, nicht mal damals, sodass sie davon ausging, dass es auch bei ihr an der über Jahrhunderte hinweg aufgestauten Energie lag.

Jetzt waren sie wesentlich entspannter, fanden zu einem gemeinsamen Rhythmus. Ihre Blicke versenkten sich ineinander, während sie sich miteinander bewegten. Ihre Finger verschlangen sich ineinander, sie hielten sich aneinander fest. Ohne Frage, sie genossen es beide, sich gegenseitig zu spüren. Nicht bloß dort, wo ihre Körper miteinander verschmolzen, sondern an jedem kleinen Stückchen Haut, das aneinander rieb.

Es fühlte sich fast an wie bei ihrem allerersten Mal und im Grunde genommen war es das ja auch. Ein neues erstes Mal. Sie fingen wieder ganz bei Null an. Diesmal hoffentlich mit mehr Glück als beim ersten Versuch.

Das war der Gedanke, den sie hatte, als sie sich an seine Brust kuschelte, nachdem er sich völlig außer Atem neben sie rollte.

28

Mit Levania zu schlafen, war das Richtigste, das in Temms Leben seit Langem passiert war. Es fühlte sich gut an, es getan zu haben. Nicht wegen der Befriedigung - okay, das auch -, sondern, weil es etwas in ihm gerade gerückt hatte, das seit gefühlten Äonen in Schieflage war. Er hatte das Gefühl eines sortierten, aufgeräumten Innenlebens, und es war verdammt lange her, dass er sich zum letzten Mal so gefühlt hatte.

Ihr Kopf auf die Achselbeuge gebettet, ihre Hand auf dem Zwerchfell ruhend, eins ihrer Beine über seinem liegend und ihren Atem auf der Haut zu spüren. Mega und mehr als richtig. Er könnte ewig hier liegenbleiben, mit ihr im Arm. Sein Magen hingegen verlangte allmählich lautstark nach einer Füllung und gemahnte ihn, langsam mal aufzustehen. Auch von ihr drangen verstärkt Hungergeräusche an sein Ohr.

Widerwillig löste er die Umarmung und richtete sich auf. Dann hievte er sich aus dem Bett und streckte ihr die Hand entgegen.

Gemeinsam gingen sie ins Bad und unter die Dusche. Das gegenseitige Einseifen ließ so viel Zärtlichkeit in ihm entstehen und durch ihn hindurch strömen, dass es ihn beinahe zerriss. Er floss über und das war einfach schön. Trotzdem fiel es ihm verdammt schwer, sich ausschließlich aufs Waschen zu konzentrieren, und ihr schien es ähnlich zu gehen. Aber wenn sie jetzt ihren unleugbar vorhandenen, diesbezüglichen Gelüsten nachgaben, würde es nichts mehr werden mit Frühstücken, weil die anderen ihnen schon alles weggefuttert hatten. Sofern das nicht längst geschehen war.

Während Lev ins Schlafzimmer zurückging, um sich

anzuziehen, unterzog er sich der obligatorischen Rasur. Egal, wie spät dran sie waren, es kam nicht in Frage, unrasiert an den Esstisch zu treten.

Ein Blick in den Spiegel ließ ihn stutzen. Wer war der Kerl, der ihm da entgegensah? Mit leuchtenden Augen, als hätte er eine ganze Batterie Neonröhren gefressen, und einem Grinsen, das die Grinsekatze aus „Alice im Wunderland" zum Trauerkloß mutieren ließ. Der Mann im Spiegel kam ihm entfernt vertraut vor und doch erschien er sonderbar fremd. War das wirklich er? Konnte das sein? Wie war das passiert? Wann war das passiert?

Mit seinem Minuresh stimmte ebenfalls irgendwas nicht. Es sah viel heller aus als gewöhnlich. Oder war das eine optische Täuschung, hervorgerufen durch die funzelige Beleuchtung? Wenn, wäre sie ihm bis dato noch nicht aufgefallen. Er hatte aber auch nie darauf geachtet. Der schwarze Kringel war jetzt schon dermaßen lange ein Bestandteil seines Spiegelbilds, dass er ihn kaum noch wahrnahm. Da lag es durchaus im Bereich des Möglichen, dass er hier drin jedes Mal blass aussah, ohne dass er es je bemerkt hätte.

Als er fertig war, schlüpfte er in seine übliche Kleidung. Nicht zum ersten Mal bedauerte er, nichts anderes zu haben. Seltsam, wie sich Dinge ändern konnten. Bis vor kurzem war ihm sein Aussehen und somit die Kleidung, die er trug, vollkommen am Arsch vorbei gegangen. Wem irgendwas daran nicht passte, brauchte ja nicht hinzusehen. War ihm eh lieber. Gewesen.

Auf dem Weg zum Speisesaal machten sie einen kurzen Zwischenstopp in Levs Suite. Damit sie sich was anderes anziehen konnte. Es stand zwar nicht zu hoffen, dass noch keiner wusste, dass sie die Nacht bei ihm verbracht hatte, trotzdem sollte sie den anderen zumindest in frischer Kleidung gegenübertreten. Das würde ihr bestimmt ein bisschen mehr Sicherheit im Umgang mit den Jungs geben. Hoffentlich riss keiner blöde Sprüche.

»Wollen wir wirklich zusammen reingehen?«, fragte sie leise, als sie vor der Tür zum Speisesaal standen.

Er wusste nicht recht, was er mit der Frage anfangen sollte, wieso sie sie stellte. »War es für dich nur Sex?«

»Was? Nein.«

»Gut. Ich war noch nie ein Freund von Heimlichtuerei, und das weißt du. Daran hat sich nichts geändert. Ich mag auch Versteckspielen nicht, und ich habe nicht vor, uns zu verbergen.«

Ein Strahlen traf ihn, das prädestiniert war, einen blind zu machen. »Danke, Temm.«

»Wofür?«

»Für das Uns.«

Großer Dessmon. Sie bedankte sich bei ihm? Dabei war sie es doch, die ihm diese Chance gab. Sie ermöglichte das Uns, das es ohne sie nicht gäbe.

»Nein, ich danke dir.« Zärtlich nahm er ihr Gesicht in die Hände, beugte sich zu ihr hinunter und küsste sie. Sofort beschleunigte sich sein Herzschlag.

›Sie ist doch schon da, Temm. Du musst sie nur zulassen.‹ Neru hatte das gesagt und, ja, sie hatte Recht gehabt. Die Liebe, sie war da. Sie war nie wirklich weg gewesen, er hatte sie nur ganz tief in sich vergraben gehabt. Jetzt war sie an die Oberfläche zurückgekehrt, und da würde sie bleiben, nicht mehr verbannt werden. Nie wieder. Er würde sie zulassen. Er wollte sie zulassen.

Den Kuss zu beenden gehörte zu den unangenehmeren Dingen. Wobei ...

»Bereit, dich den Hyänen zum Fraß vorzuwerfen?« Levs einzige Erwiderung war ein leises Lachen, also streckte er ihr die Hand hin, die sie ohne Umschweife ergriff. »Dann los. Bringen wir es hinter uns.«

Erwartungsgemäß drehten sich sämtliche Köpfe zu ihnen um, als sie den Raum betraten. Sie waren tatsächlich die Letzten, die noch fehlten, und etliche Teller waren bereits annähernd geleert. Trotzdem gab es noch Reste auf dem Buffet. Was ein Glück.

»Oh wow.« Manus. Ausgerechnet.

Hatte ja nicht lange gedauert bis zum ersten Kommentar, den sie geflissentlich überhörten. Sie waren noch nicht mal bis zu ihren Stühlen gekommen. Apropos. Die Sitzverteilung bedurfte einer dringenden Umorganisation.

So freundlich, wie er es hinbekam, er übte schließlich noch, lächelte er Zegg und Shannon an. »Was dagegen, mit Levania und Manus die Plätze zu tauschen? Ich hätte Lev gerne neben mir.«

Runterfallende Kinnladen waren ein echt amüsanter Anblick. Vor allem, wenn man sie gleich in mehrfacher Ausfertigung zu sehen bekam.

Shan fing sich als erste. Sie boxte Zegg mit dem Ellbogen in die Rippen und grinste anschließend wie ein Honigkuchenpferd. »Klar, kein Problem. Supergerne.«

Gesagt, getan.

Als er den Stuhl unter Levania zurechtrückte, hängten sich bei einigen seiner Freunde die Unterkieferscharniere aus. Witzig. Gut, dass er solch ein Experte im Keine-Miene-Verziehen war, sonst würde er glatt anfangen zu lachen, und das würden ihm seine Kumpels vermutlich ziemlich übelnehmen. Sobald sie aus ihrer Ohnmacht wieder erwacht waren, hieß das.

Während sich die anderen nun krampfhaft wieder ihrem Essen zuwandten, ließ Manus ihn nicht aus den Augen. Der Flügelträger verfolgte jede einzelne seiner Bewegungen, bis er auf seinem Stuhl saß, nachdem er einen gut gefüllten Teller mit allerlei Frühstücksleckereien vor Lev abgestellt hatte.

»Was? Überrascht es dich festzustellen, dass ich Manieren habe und weiß, was sich gehört?«

Meras Nicken beantwortete die Frage schneller, als der Angerol es konnte. Na, danke.

»Nein, es ist dein Raster.« Wieso? Was war damit? »Seit du eins hast ... Es war kein Vergnügen, es sich anzusehen.« Niemand hatte Manus dazu gezwungen, er jedenfalls nicht. »Jetzt ist es so ... ordentlich. Ausgeglichen. Ruhig.«

Sein Blick glitt zu Lev und er spürte, wie sich seine Lippen zu einem Lächeln verzogen. Ihr Verdienst.

»Und hell. Das ist mit Abstand das hellste Raster, das ich seit Ewigkeiten zu sehen bekomme, und dass es ausgerechnet deins ist, sei mir nicht böse, aber das hätte ich wirklich nicht erwartet.« Tja, da war Manus wohl nicht allein, wenn er die Blicke der anderen richtig deutete. »Das gefällt mir, Temm. Das gefällt mir richtig, richtig gut. Es ist schön, das zu sehen.«

Es war schön, sich zu fühlen, wie er sich gerade fühlte. Wenn das für die Augen eines Angerol mit Manus' Fähigkeiten sichtbar war, einverstanden. Er hatte nichts zu verbergen.

Für eine Weile widmeten sie sich schweigend dem Verzehr der Speisen. Überraschenderweise brachte keiner das Thema weiter zur Sprache. Was Temm außerordentlich begrüßte. Er hatte zwar nichts zu verbergen, breittreten musste er sein Gefühlsleben deswegen noch lange nicht. Schon gar nicht in großer Runde.

»Wie sieht der Trainingsplan für heute aus?« Schön, dass Gor mal wieder Interesse daran zeigte. Das ließ hoffen.

»Wir werden uns nochmal aufs Schießen in jeglicher Form konzentrieren.« Es war Krus, der antwortete, was ein bisschen sonderbar war. Er lieferte die Erklärung jedoch postwendend. »Nachdem Temm erneut ausfällt.«

Bitte, was? Er fiel aus? Komisch, dass er bis gerade eben noch nichts davon gewusst hatte.

»Wie kommst du darauf, dass ich mich nicht am Training beteilige?«

»Naja, ich dachte, du und Levania, ihr wollt eure neue

Zweisamkeit heute vielleicht noch ein bisschen, ähm, genießen.«

»Spinnst du? Wir bereiten uns hier auf einen Krieg vor, falls dir das bisher entgangen ist, und draußen auf dem Trainingsgelände tummeln sich viel zu viele Soldaten, die dafür noch nicht fit genug sind. Ich werd den Teufel tun, und denen heute wieder keinen Dampf unter ihren Ärschen machen.«

»Aber Levania ...«

»Levania kennt mich seit über dreitausend Jahren«, fiel er Krus ins Wort. Am Rande nahm er wahr, wie Zyde bei der Zahl zusammenzuckte. »Und sie kennt mich immer noch gut. Sie kennt vor allem meine Prinzipien.«

»Ja, schon klar. Dennoch wäre es kein Problem, wenn du ...« Zegg blies ins gleiche Horn wie sein Freund, und der Rest machte den Eindruck, als würden sie dasselbe denken.

Waren die eigentlich alle von sämtlichen guten Geistern verlassen?

»Jetzt hört mir mal gut zu.« Mit den Fäusten stemmte er sich auf der Tischplatte ab, stand auf und bedachte seine Freunde mit einem Blick, der hoffentlich so durchdringend aussah wie gedacht. »Ich mag verliebt sein, das heißt nicht, dass ich zum Schmuse-Temm geworden bin. Falls hier also irgendwer erwartet, dass ich ab sofort einen Kuschelkurs einschlage, der wird sein blaues Wunder erleben.«

Herrgott nochmal. Wieso starrten sie ihn alle an, als hätte er ein drittes Auge auf der Stirn?

»Sagtest du gerade, dass du verliebt bist?«

»Hast du neuerdings was an den Ohren, Skall, oder habe ich undeutlich gesprochen?«

»In meine Großmutter?«

»Nein, in Schmitts Katze.« Er drehte den Kopf zu Manus, der ihn ansah, als verstünde er die Welt nicht mehr. »Natürlich in deine Großmutter. In wen denn sonst? In dich bestimmt nicht. Oder meinst du, mir ginge es nur ums Ficken oder ich folge hier einer komischen Teenagerauwandlung? An so einen Scheiß verschwende ich meine Zeit schon lange nicht mehr.«

Eine Hand legte sich auf seine Faust. Levs Hand. Er sah sie an und bemerkte die Tränen, die in ihren Augen glitzerten. Freudentränen, ohne Zweifel. Er setzte sich wieder hin und legte seine Hand über ihre.

»Tut mir leid, ich hätte es dir zuerst sagen sollen. Unter vier Augen. Aber ...«

›Liebe mich, Temm.‹ Er wusste, dieses Lieben hatte sie nicht gemeint. Dennoch hätte sie es kaum treffender formulieren können. Das war nicht einfach nur Verliebtsein. Er liebte sie. Wahrhaftig. Hatte es schon immer getan und nie damit aufgehört. Und sie hatte ein verdammtes Recht darauf, das zu erfahren. Hier und jetzt. In der großen Runde, vor versammelter Mannschaft.

»Um ehrlich zu sein, verliebt stimmt nicht.« Sie zuckte und er beeilte sich, den Griff um ihre Hand zu verstärken, damit sie sie ihm nicht entziehen konnte. »Ich liebe dich, Lev. Ich hab's damals getan, und ich tue es jetzt. Wieder. Immer noch.«

Ihre Augen wurden groß und sie schlug sich die freie Hand vor den Mund. Hatte er einen Fehler begangen? War es falsch gewesen, ihr das zu sagen? Schien fast so. Ihr durch die Finger gehauchtes »Temm« sagte dasselbe.

Irgendwo am Tisch fiel ein Besteckstück auf Porzellan. Es war Instinkt, der ihn dazu veranlasste, seinen Blick von ihr ab- und der Richtung des Geräusches zuzuwenden. Himmel nochmal. Aus dem dritten Auge war, keine Ahnung, offenbar irgendwas Schreckliches geworden.

»Was glotzt ihr denn so?«

»Temm, dein Minuresh.« Lev krächzte, als hätte sie eine bösartige Erkältung.

»Was ist damit?«

»Es ist ... weg.«

Bitte, was? Das konnte nicht sein. Völlig unmöglich.

Wie von einer Tarantel gebissen schoss er aus dem Stuhl und mindestens ebenso schnell aus dem Esszimmer. Noch nie war ihm der Weg zur Toilette dieses Stockwerkes weiter vorgekommen. Er stürmte durch die Tür, als würde sein Leben davon abhängen, und zum Waschbecken, über dem selbstredend ein Spiegel hing. Doch er konnte nicht gleich hineinsehen, das brachte er einfach nicht fertig. Mit beiden Händen klammerte er sich an das kalte, weiße Porzellan des Beckens. Dann hob er langsam den Kopf.

Bei Dessmon. Lev hatte die Wahrheit gesagt. Sein Minuresh war weg. Der schwarze Kringel, so sehr Teil seines Lebens, er war verschwunden. Als wäre er nie da gewesen. Vorsichtig betastete er die Haut um sein rechtes Auge, wo sich der Bogen vor wenigen Sekunden noch befunden hatte. Er konnte ihn nicht mal mehr spüren. Es war tatsächlich, als hätte es ihn nie gegeben. Als hätte es Neru nie gegeben oder ihre gemeinsame Liebe.

Nein! Dieser Gedanke war falsch.

Neru und ihre Liebe, das war keine Kennzeichnung in seinem Gesicht gewesen, sondern etwas Lebendiges, das er im Herzen getragen hatte. Etwas, das er nach wie vor in seinem Herzen fühlte, nur dass es jetzt nicht mehr wehtat.

Die Liebe, die Neru und ihn verbunden hatte, war echt gewesen. Es hatte sie gegeben und es würde sie immer geben. Ebenso, wie es auch die Liebe, die Lev und ihn verband, immer gegeben hatte und immer geben würde. Der einzige Unterschied bestand darin, dass die Liebe für Neru seine Vergangenheit war, die Liebe für Lev jedoch seine Zukunft.

29

»Bist du sicher, dass du das wirklich tun willst?«

Levania merkte, wie sie mit den Augen rollte. Erst Manus, und jetzt fing Temm auch noch damit an. Oh Mann.

»Erinnerst du dich daran, was du gestern vor dem Speisesaal gesagt hast? Du bist kein Freund von Heimlichtuerei und magst Versteckspielen nicht. Das trifft auf mich ebenfalls zu. Ich werde mich nicht länger verstecken, und ich werde uns nicht verstecken. Ich habe nicht vor, bis zum Ende der Welt in diesem Kasten zu sitzen. Wenn euer Krieg vorbei ist, dann will ich mit dir zusammen durch die Stadt laufen können, ohne Angst vor Entdeckung haben zu müssen. Außerdem hat mein Volk ein Recht auf die Wahrheit. Also, ja, ich bin mir ganz sicher, dass ich das wirklich tun will.«

»Okay.« Mehr sagte Temm nicht, war auch nicht nötig.

Sie ging zu dem Stuhl hinüber, der vor einer leergeräumten, weißen Wand stand, und setzte sich darauf. Kein Versteckspiel hin oder her, man musste Ezekials Schergen keine konkreten Hinweise darauf geben, wo sie sich aufhielt. Noch war das zu gefährlich.

Vor dem Stuhl, in einem Abstand von zwei oder drei Metern, befand sich eine Kamera auf einem Stativ. Hinter der Kamera stand Jill, der für das Aufnehmen zuständig war.

»Was wirst du sagen?«, fragte Manus, der es sich, trotz seiner Skepsis, nicht nehmen ließ, anwesend zu sein.

»Das weiß ich noch nicht genau. Ich habe nur ein grobes Konzept im Kopf und werde wohl improvisieren.« Tatsächlich hatte sie mehrere Aufschriebe angefertigt, jeden davon jedoch verworfen. Sie hatten alle kalt und lieblos geklungen. Besser, sie sprach aus dem Bauch heraus, dann war es authentischer. Und wenn diese Aufnahme nichts taugte, machten sie eben noch eine und noch eine und noch eine. Bis das Ergebnis zufriedenstellend ausfiel. Lächelnd wandte sie sich an Jill. »Können wir?«

»Ich bin bereit, wenn du es bist«, erwiderte der Desslaner.

»Ich bin bereit.«

»Dann los.« Jill fummelte an der Kamera, ein kleines rotes Lämpchen leuchtete, und er gab ihr ein Zeichen mit dem Zeigefinger.

Es war so weit. Ein letztes Mal atmete sie tief durch – das konnte Krus später rausschneiden – und begann:

»An alle Angerol. Ihr kennt mich. Ich bin Levania, offizielle Ehefrau von Ezekial, eurem Herrscher, und ich spreche heute zu euch, um euch zu sagen ...«

Sie sprach einfach drauflos, ohne großartig darüber nachzudenken.

Mit ihrem ersten Satz gab sie die Trennung von Ezekial bekannt und entschuldigte sich im selben Atemzug bei ihrer Familie für den angewandten Trick, um dem Zugriff ihres Gemahls zu entkommen. Eine Lüge, die sie nicht gerne aussprach, die zum Schutz ihrer Angehörigen jedoch notwendig war. Falls sie nicht schon zu spät kam.

Sodann fuhr sie mit der Begründung für die Trennung fort.

Da war zunächst die Angst um ihre eigene Sicherheit, wie sie ihr Leben durch ihren eigenen Ehemann bedroht sah, und das einfach nicht länger ausgehalten hatte. Doch das streifte sie nur kurz, es war für die Angerol nicht von Bedeutung. Der nächste Punkt schon eher: Der Tod von Veriman, der immerhin der sogenannte Thronfolger war.

»Auch ich habe mich lange Zeit täuschen lassen, über Jahrhunderte hinweg die Augen vor der Wahrheit verschlossen und daran geglaubt, dass mein geliebter Sohn durch einen Unfall starb. Eine Lüge, die ich erst begriff, als ich meine Tochter Gasina verlor.«

Sie musste einen Moment innehalten, weil ihr das Sprechen plötzlich schwerfiel. Der Kloß in ihrem Hals schwoll zu einer schier unüberwindlichen Hürde, die man ihr anhörte. Tränen kullerten über ihre Wangen.

»Über den Tod meiner Tochter kennt ihr nur die offizielle Version. Dass sie hingerichtet wurde, weil sie Hochverrat begangen hatte. Ich will euch heute sagen, was Gasina verbrochen hat. Sie hat geliebt, und sie hat sich geweigert, sich von dieser Liebe loszusagen, als Ezekial es ihr befahl. Ihr Verbrechen war die Liebe und sie hat mit ihrem Leben dafür bezahlt. Warum, werdet ihr euch jetzt vielleicht fragen, hat Ezekial seine Tochter hinrichten lassen, wenn sie doch nur geliebt hat? Weil der Mann, den sie liebte, Bagnaol, ein schwarzer Angerol war. Der auf Ezekials Befehl hin mit ihr zusammen starb. Etwas, das niemand weiß, außer denen, die dabei waren und es mitansehen mussten. So wie ich.«

Erneut hielt sie inne, weil die Erinnerung sie zu überwältigen drohte. Es dauerte mehr als einen kleinen Moment, bis sie bereit war, fortzufahren.

Mit den Ghettos, in die Ezekial die schwarzen Angerol sperrte, sobald sie geschlechtsreif wurden, und wie ihr Leben davor aussah. Damit bestätigte sie alles, was Wemrott bisher veröffentlicht hatte. Sie kannte die Videos des Obersten Richters, von denen Obbs berichtet hatte, inzwischen, hatte sie mit eigenen Augen gesehen. Sie kannte auch die Stellungnahme des Palastes dazu, nämlich, dass es sich um Fakes handelte. Dem widersprach sie nun vehement. Dieses Thema, das für sie ein kleines bisschen weniger emotional war, weil es sie nicht persönlich betraf, half ihr, sich wieder zu sammeln.

»Ich würde euch gerne jemanden vorstellen, wenn er das ebenfalls möchte.«

Sie drehte ihren Kopf zu Manus und streckte eine Hand nach ihm aus. Kurz schloss er die Lider. Als er sie wieder öffnete, lag eine Entschlossenheit in seinem Blick, die ihr Mut machte. Oh ja, die Zeit des Versteckens war definitiv vorbei. Er kam zu ihr herüber und sie stand auf, als er sie erreichte.

»Das hier ist Manus. Der Sohn meiner Tochter Gasina und ihres Mannes Bagnaol. Mein Enkel.« Sie schlang einen Arm um seine Taille und er legte seinen um ihre Schulter. »Er ist ein großartiger junger Angerol, den ich sehr liebgewonnen habe und auf den ich unglaublich stolz bin.«

Jetzt war es raus. Gleich in zweierlei Hinsicht. Zum Einen hatte sie nun doch ihren Aufenthaltsort preisgegeben. Sie war bei Manus, also bei Gor, ergo bei den Dessla. Zum Glück kannte Ezekial den genauen Standort, an dem Gor lebte, nicht. Zum Anderen hatte sie dem Volk verkündet, dass es einen männlichen Nachkommen gab, den Ezekial bisher wohlweislich verschwiegen hatte.

»Ezekial wollte auch ihn töten lassen, da war Manus gerade mal zehn Jahre alt. Ich danke den Schöpfern, dass es ihm nicht gelungen ist. Er trachtet ihm immer noch nach dem Leben. Weil er in Manus nicht seinen Enkel sieht, sondern eine Bedrohung für seinen Herrschaftsanspruch, wie es schon bei seinem Sohn Veriman der Fall war. Aber ich werde nicht zulassen, dass er mir auch meinen Enkel nimmt. Ich werde Manus mit allen mir zur Verfügung stehenden Mitteln beschützen.«

Das waren ohnehin nicht viele. Im Grunde hatte sie überhaupt keine Mittel, die ihr zur Verfügung standen. Dennoch. Jetzt war es wichtig, Stärke zu zeigen. Wie sie diese einzusetzen gedachte, war ihr Problem und musste das Volk nicht tangieren.

»Ich weiß genau, wie Ezekial auf dieses Video reagieren wird. Entweder wird er behaupten, es sei eine Fälschung oder diejenigen, die mir Unterschlupf, Schutz und Sicherheit gewähren, hätten mich dazu gezwungen. Oder aber, er wird auch mich, wie schon seine Tochter, des Hochverrats bezichtigen. Unsere Ehegesetze geben ihm Recht. De Facto bin ich, als seine Gemahlin, sein Eigentum, über das er verfügen kann, wie es ihm beliebt, und ich bin ihm Loyalität und Gehorsam schuldig. Insofern breche ich das Gesetz und ich tue das sehr bewusst. Einem Ehemann, der seine eigenen Kinder tötet, der das Leben seines eigenen Enkels bedroht, der sein eigenes Volk unterdrückt, fühle ich mich nicht verpflichtet, und einem solchen Ehemann werde ich nicht gehorchen. Das habe ich lange genug getan, doch jetzt nicht mehr. Ich sage mich jetzt, hier und heute von Ezekial los. Ich werde nie wieder zu ihm zurückkehren, denn er ist nicht länger mein Gemahl. Ab heute bestimme ich selbst über mein Leben und darüber, wie, wo und mit wem ich es verbringen werde. Und damit es keine Spekulationen insbesondere über den Punkt „mit wem" gibt oder Ezekials PR-Maschinerie diesen Punkt dazu verwenden kann, mit Schmutz auf mich zu werfen, sage ich es frei heraus: Ja, es gibt einen anderen Mann in meinem Leben. Einen wunderbaren, liebevollen Mann. Einen Mann, den ich schon liebte, bevor ich Ezekial überhaupt kennenlernte, und den ich nie hätte verlassen dürfen. Unerwartet haben wir uns wiedergefunden, und ich betrachte das als Wink des Schicksals, dass meine Entscheidung die richtige war und ist. Ich werde sie nicht revidieren. Vielen Dank für eure Aufmerksamkeit.«

Das Licht an der Kamera erlosch und Jill richtete sich auf. Der arme Mann musste ganz kreuzlahm sein, da er so lange in gebückter Haltung gestanden hatte. Es klackte kurz, und er entnahm der Kamera die Speicherkarte, die er hochhielt.

»Ich spiele das auf den Rechner, dann kannst du es dir auf einem größeren Schirm ansehen.«

»Danke.« Sie ging zu Temm und Manus hinüber, während sich Jill an den PC setzte. »Und, wie fandet ihr es?«

»Ich dachte nicht, dass du so wahnsinnig ausführlich werden würdest.« Begeistert sah Manus nicht aus, was wahrscheinlich an seiner ungeplanten und unabgesprochenen Beteiligung lag.

»Wir können dich rausschneiden, wenn dir das lieber ist. Allerdings gehe ich nicht davon aus, dass es jemals in Gänze zu sehen sein wird. Wemrott wird die Übertragung bestimmt unterbrechen lassen.«

»Dann wäre er aber schön blöd«, meinte Temm und hatte dabei sogar ein kleines Grinsen um die Lippen. »Dieses Band spielt ihm exakt in die Hände und wird ihm perfekt in den Kram passen. Er wird es mit Sicherheit nicht unterbrechen.«

»Dann ist es gut?«

»Kommt ganz darauf an, was du damit erreichen willst. Geht es dir nur darum, dich von Ezekial loszusagen und dich, uns nicht länger zu verstecken? Dann hätte es die komplette erste Hälfte in dieser Ausführlichkeit nicht gebraucht. Mein lieber Schatz, dieses Video hat das Potential, Ezekial den Todesstoß zu versetzen. Bist du dir dessen eigentlich bewusst?«

Tatsächlich? Nein, dessen war sie sich nicht bewusst gewesen. Nicht so richtig jedenfalls.

»Du willst wissen, ob ich das Band gut finde? Ich finde es großartig, und wenn du es Krus in der Form senden lässt, werde ich brutalst stolz auf dich sein. Aber ich bin nicht die richtige Person, die Qualität des Bandes zu beurteilen, weil ich zwei zu persönliche Motive habe, ein dreitausendeinhundert Jahre altes und ein zweieinhalb Jahrtausende altes, Ezekial die Pest an den Hals zu wünschen. Frage also besser jemanden, der dieser Sache etwas neutraler gegenübersteht.«

Temm hatte Recht. Er war alles andere als neutral.

Wenn es nach ihm ginge, hätte sie vermutlich sogar gerne noch konkreter werden dürfen.

»Mich brauchst du auch nicht zu fragen«, sagte Manus, bevor sie eine Gelegenheit bekam, darüber nachzudenken, ob sie ihn fragen wollte. »Er hat meine Eltern umgebracht und mich gezwungen, dabei zuzusehen. Ich würde ihn gerne fallen sehen, ich würde ihn gerne schubsen. Tut mir leid, aber so ist es.«

Das musste ihrem Enkel keineswegs leidtun. Sie verstand ihn.

»Ich bin allerdings überrascht, dass du Temm erwähnt hast.« Hatte sie doch gar nicht. »Nicht namentlich, aber dieser eine Satz von wegen, du hättest ihn nie verlassen dürfen, lässt leicht Rückschlüsse auf seine Identität ziehen. Hast du keine Sorge, dass Ezekial ihn ausfindig macht und sich an ihm rächen könnte?«

»Ach, darüber mache ich mir eigentlich keine Gedanken«, kam Temm ihr mit der Antwort zuvor. »Außerhalb dieser Mauern gibt es nicht sehr viele Personen, die von unserer früheren Beziehung wissen, und Ezekial gehört vermutlich nicht dazu. Oder?« Sie schüttelte den Kopf, weil Ezekial das wirklich nicht wusste. »Dann bleibt nur ihre Familie, falls die sich überhaupt noch an mich erinnert, und ein alter Freund. Der hat mir zwar die Freundschaft gekündigt, nachdem ich ihn auf Gors Geheiß deinetwegen ausgequetscht habe, aber ein Freund von Ezekial ist er nie gewesen, also wird er nicht zu ihm gehen.«

»Ich bin soweit«, rief Jill ihnen in diesem Moment zu.

Sie gingen zu dem PC und sahen sich den Film an. Eine Stunde später hatte Krus die Datei auf seinem Rechner und machte sich daran, den Computer des Hackers zu hacken, der für Wemrott die Filme ins Netz stellte, damit ihrer bei der nächsten Übertragung reingeschoben wurde.

Zwei Stunden, nachdem das Video gelaufen war, saßen sie in ihrer neuen, gemeinsamen Suite auf dem Sofa und fragten sich, wann wohl mit der ersten Reaktion darauf zu rechnen war und wie diese ausfiele. Da klingelte Temms Smartphone. Er sah aufs Display und zog überrascht die Augenbrauen hoch, bevor er ranging.

»Das Video ist authentisch«, hörte sie ihn sagen. »Ja, sie ist wirklich bei mir.«

Aha, es ging also um sie. Doch wer war der Anrufer?

»Ja, es ging um ihn. Das konnte ich dir nicht sagen. Es tut mir leid, was ...«

Mit wem, zum Henker, sprach Temm?

Mit jemandem, der ihm wichtig sein musste. Jedenfalls sah es so aus, als er jetzt die Augen schloss. Seine Nasenflügel blähten sich unter dem tiefen Atemzug, den er nahm. Seine Lippen verzogen sich zu einem Lächeln.

»Oh ja, Nikelio, das würde ich gerne tun. Sobald der Krieg es erlaubt. Dann treffen wir uns. Okay?«

Nikelio? Der hatte Temm die Freundschaft gekündigt, nachdem der ihn wegen Manus ausgefragt hatte. Das zumindest hatte Temm erzählt. Anscheinend hatte er seine Meinung jetzt wieder geändert und wollte sich mit Temm aussprechen und versöhnen. Wie schön. Allein dieses Resultat war es wert, das Video gemacht zu haben.

30

Seit sie auf dem Landsitz des Königs angekommen waren, spielte sich das Leben nur noch zwischen Trainingsgelände, Esszimmer, Bar und Privaträumen ab. Das erinnerte Temm eklatant an sein Dasein als Soldat, bevor er in den Dienst der königlichen Familie eingetreten war. Da war es ähnlich gewesen. Naja, nicht annähernd so komfortabel, aber vom Rhythmus her. Aufstehen, essen, trainieren, essen, trainieren, essen, ein bisschen Freizeit, schlafen. Am nächsten Morgen dasselbe von vorn.

Gerade stand Freizeit auf der Tagesordnung, doch selbst die war zumindest zur Hälfte durch den anstehenden Krieg belegt. In Form von Besprechungen und Planungen, die in letzter Zeit hauptsächlich in der Bar stattfanden. Das Nützliche mit dem Angenehmen verbinden, schimpfte sich das.

Mittlerweile nahmen die Damen des Hauses ebenfalls an den Meetings teil. Das sparte Zeit, da sie von ihren Partnern ohnehin über das Besprochene aufgeklärt wurden. Vielleicht nicht immer zeitnah, aber überwiegend. Da konnte man sie auch gleich mithören lassen. Außerdem brachte der weibliche Standpunkt nicht selten einen neuen Impuls in die Überlegungen. Gar nicht unpraktisch.

Als sich die Kette um seinen Hals zu erwärmen begann, wusste Temm, was der Gong geschlagen hatte. Man rief ihn zur göttlichen Audienz, weswegen er das Glas abstellte, das er in der Hand hielt, und sich einen gemütlichen Sitzplatz suchte. »Ich bin dann mal kurz weg.«

»Wieso, wo willst du denn ...? Ach so.« Das Letzte, was er hörte.

Neben dem Brunnen im Innenhof von Dessmons Heim kam er wieder zu sich.

»Hallo, Temm.« Da war der Hausherr ja schon.

»Eure Göttlichkeit.«

Wenn ein Gott mit den Augen rollte, war das ein netter Anblick.

»Du hast dich verändert seit deinem letzten Besuch.« Damit spielte Dessmon nicht nur auf das fehlende Minuresh an, sondern auch darauf, dass sich Temm die Haare geschnitten hatte. Die schulterlangen Zotteln gehörten der Vergangenheit an. Er trug jetzt wieder den Kurzhaarschnitt von früher. »Habe ich das zufriedene Lächeln von Nerulea bei ihrem letzten Blick in den Brunnen also richtig gedeutet. Steht dir übrigens gut.«

»Du hast mich jetzt aber nicht hergeholt, um mir Komplimente zu machen. Oder?«

»Nein, in der Tat habe ich das nicht. Es hat sich für euren Krieg eine interessante Entwicklung ergeben. Deshalb bist du hier. Folge mir.«

Dessmon führte ihn in einen karg eingerichteten Raum mit Möbeln, deren Beine etwas kurz geraten waren. Der Tisch und die Stühle schienen eher in das Haus eines Kleinwüchsigen zu gehören.

Sie wurden bereits erwartet. Von einer Frau, die atemberaubend schön aussah, obwohl sie Lev das Wasser nicht reichen konnte, und einem Mann mit schwarzem, strubbelig abstehendem Haar, der etwas Wildes im Blick hatte.

»Das ist nicht derselbe wie letztes Mal«, meinte die Frau.

Das bedeutete, er hatte es hier mit Terra, Göttin der Gestaltwandler, zu tun, nach dem, was Gor berichtet hatte. Wer der Mann in ihrer Begleitung wohl war?

»Nein, Schwesterherz«, antwortete Dessmon und bestätigte damit die Vermutung. »Gor ist momentan leider unpässlich. Das ist Temm, sein Stellvertreter.«

Die rechte Hand flach auf die Brust gelegt, verbeugte

er sich vor der Göttin. Nicht tief, aber angemessen. »Ich fühle mich geehrt.«

»Er scheint bessere Manieren zu haben.«

Diese Schlussfolgerung ließ ihn grinsen. »Das täuscht, Eure Göttlichkeit. Nicht wenige halten Gor für den weitaus Umgänglicheren von uns beiden und haben Recht damit.«

»Ein Desslaner, der sagt, was er denkt. Wie schön. Müssen wir bei ihm die gleiche Rücksicht walten lassen wie bei dem anderen?«

»Nein, das wird nicht nötig sein. Temm ist wesentlich versierter im Umgang mit göttlicher Kommunikation als Gor.«

»Längere Erfahrung«, ergänzte er Dessmons Worte. »Darf ich bitte erfahren, weshalb ich gerufen wurde?«

»Natürlich.« Dessmon deutete auf den Schwarzhaarigen. »Darf ich vorstellen? Mein Neffe Pellos, Terras Sohn.«

Ah. Der Papa des ersten Lykomorphs und somit die Wurzel allen Übels für die Dessla.

Pellos verzog keine Miene, was entweder hieß, er war im Gegensatz zu den anderen beiden des Gedankenlesens nicht mächtig oder es scherte ihn nicht.

»Nachdem Mutter mich aufsuchte«, begann der Halbgott, sobald sie saßen, »habe ich die Rudelführer der Lykomorphe aufgesucht. Nicht alle natürlich, sonst wäre ich noch Jahre unterwegs, aber die wichtigsten. Die Führungswechsel kamen mir dabei zugute. Die jungen, neuen Anführer sind eher geneigt, sich mit mir zu unterhalten, als es die alten jemals waren. Sei's drum. Ich konnte die Mehrzahl von ihnen davon überzeugen, dass ein Krieg, ein richtiger, echter Krieg keinen Sinn macht. Er zieht sich womöglich über Jahre und fordert unzählige, unnötige Opfer.«

Hörte sich vielversprechend an. Der Illusion, dass die Lyks den Krieg abbliesen, gab er sich jedoch nicht hin.

»Stattdessen wären sie mit einer Entscheidungsschlacht einverstanden. Waren nicht alle dafür, aber die, die dagegen waren, haben sich der Mehrheitsentscheidung unterworfen. Jetzt liegt es an den Dessla.«

Eine Entscheidungsschlacht. Klang um einiges besser als alle Alternativen, die ihm sonst einfallen wollten. Sofern ...

»Wie lauten die Schlachtbedingungen?«

Pellos sah ihn überrascht an. Mit einer solchen Frage hatte er anscheinend nicht gerechnet.

»Oh. Ich vergaß wohl zu erwähnen, dass Temm früher mal Krieger war. Er kennt sich mit Schlachten ziemlich gut aus.« Das entschuldigende Lächeln, das Dessmon aufsetzte, nahm ihm sein Neffe vermutlich nicht ab.

Darüber hinaus war ziemlich gut die Untertreibung des Tages. Er kannte sich mit Schlachten viel besser aus, als ihm lieb war.

»Fünfzig Mann auf jeder Seite. Die Lykomorph-Anführer mit einer Auswahl Kämpfer und die Dessla unter der Führung des Heerführers mit einer Auswahl Kämpfer. Keine modernen Schusswaffen. Der Ausgang der Schlacht entscheidet über den Gewinner des Krieges.«

»Keine modernen Schusswaffen? Verzeih mir, Pellos, aber verarschen kann ich mich selber, dafür brauche ich weder einen Halbgott noch hinterlistige Lykanführer. Wenn wir dem zustimmen würden, könnten wir die Lyks auch gleich zum Sieger erklären, weil die keine Schusswaffen brauchen. Sie sind anatomisch mit Waffen ausgestattet, über die wir nicht verfügen.« Er hielt seine Hände hoch, mit gespreizten Fingern, um zu verdeutlichen, was er meinte. »Die Lyks können uns innerhalb kürzester Zeit zerfetzen, wenn wir unbewaffnet in einen Kampf gehen. Ich lege keinen gesteigerten Wert darauf, filetiert zu werden, und das sehen die anderen mit Sicherheit ebenso.«

»Natürlich muss gewährleistet sein, dass sich die Lykomorphe während des Kampfes nicht verwandeln, nicht mal teilweise, sodass diese Waffen nicht zum Einsatz kommen.«

Hübsche Theorie, die Terra da aufstellte, in der Praxis nur nicht umsetzbar.

»Und wie soll das bitte gewährleistet werden? Indem sie versprechen, es nicht zu tun? Wer oder was soll sie daran hindern? Mit Verlaub, ich traue den Lyks nicht von zwölf bis mittags.«

Die Art, wie Terra ihre Augenbrauen in die Stirn zog, verriet ihm, dass ihr seine Erwiderung gegen den Strich ging. Tja, sorry, aber das war nun mal seine Meinung. Wenn sie damit nicht klar kam, war das ihr Problem.

»Ich verstehe deine Bedenken«, zeigte sich Pellos sachlich. »Aus Sicht eines Dessla ist das nachvollziehbar. Ich kann dir jedoch versichern, dass die Lykomorphe über wesentlich mehr Ehrgefühl verfügen, als du denkst.«

Ehrgefühl. Ach ja? Wenn sie so was wirklich besaßen, hatten sie es, zumindest den Dessla gegenüber, bisher sehr gut zu verbergen gewusst.

»Ich kann nichts Ehrbares daran finden, Krankenhäuser zu überfallen und wehrlose Invalide, Krankenschwestern und Ärzte abzuschlachten. Aber vielleicht sehe ich das auch zu eng.«

Geschafft! Jetzt war Pellos ebenfalls leicht angesäuert. Zumindest sah sein Mund nach übermäßigem Zitronengenuss aus.

»Dann werden wir das anderweitig sicherstellen müssen«, mischte sich Dessmon ein.

Vorher Zähne und Klauen ziehen vielleicht? Keine schlechte Idee.

Dessmon kicherte. »Nein, an so was dachte ich jetzt nicht. Mir schwebten eher die Magier vor.«

Colin? Na, ob das ein guter Gedanke war. Okay, der Schotte war nicht so machtlos, wie er glaubte zu sein. Das hatte er durch die Aktion mit Shan bewiesen. Wie man hörte, übten er und seine Kumpanen seither fleißig und hatten bereits mächtige Fortschritte in der Wiedererlangung der alten Stärke erzielt. Sie waren jedoch noch Universen von den Fähigkeiten der früheren Magier entfernt. Unwahrscheinlich, dass sie in der Lage waren, Lyks im Zaum zu halten.

»Ich werde das checken.«

Und wie wollte Dessmon das anstellen? Er war der Gott der Dessla, die Magier gehörten zu den Menschen. Auf die hatte er keinen Einfluss und, soweit Temm wusste, ebenso wenig eine Zugriffsberechtigung.

»Hey. Bloß, weil ich mich bei anderen Spezies noch weniger einmischen darf als bei euch, heißt das nicht, dass ich nicht mit ihnen kommunizieren oder interagieren kann. Klar?!«

Schon gut, schon gut. Kein Grund, gleich einen auf stinkig zu machen. Obgleich er die Reaktion verstand. Sie hätte auch von ihm selbst stammen können.

»Na schön«, meldete sich Terra erneut zu Wort. »Nehmen wir einmal an, diese Sache ist geregelt. Sind die Dessla dann ebenfalls mit einem Entscheidungskampf einverstanden?«

Die Hunderttausend-Euro-Frage. Die er sich außerstande sah zu beantworten, so gerne er es auch wollte.

»Gesetz den Fall, es ist sichergestellt, dass die Lyks weder ihre Reißzähne noch ihre Klauen einsetzen und sich auch nicht in Wölfe verwandeln können, halte ich persönlich den Vorschlag für akzeptabel. Allein um weiteres, sinnloses Blutvergießen zu verhindern. Doch eine solche Entscheidung zu treffen, liegt nicht innerhalb meiner Befugnisse. Das könnte nicht mal Gor entscheiden. Es ist Sache des Königs, vielmehr des Zirkels, und ich wage nicht einzuschätzen, wie dessen Reaktion aussieht.«

Wer wusste schon, welche Pläne die einzelnen Zirkelmitglieder verfolgten? Insbesondere die aus dem Adel. Die könnten diesen Krieg auch leicht dazu missbrauchen wollen, die Königsfamilie beim Volk zu diskreditieren und sie sich somit endgültig vom Hals zu schaffen. Dem Adel war das gemeine Volk und dessen Geschicke doch noch nie wichtig gewesen.

Ein Seufzen seitens Terras Sohn lenkte die Aufmerksamkeit auf diesen. »Also gut, dann schlage ich Folgendes vor. Du, Temm, klärst mit den entsprechenden Stellen die Bereitschaft der Dessla zu solch einem Kampf. Onkel Dessmon checkt, ob und inwieweit diese ominösen Magier hilfreich sein können. Ich spreche mit den Lykomorph-Anführern, ob sie mit einer Beschneidung ihrer wandlerischen Fähigkeiten übereinstimmen. Sobald wir das alles wissen, treffen wir uns wieder hier und dann sehen wir weiter. Einverstanden?«

Von seiner Seite sprach nichts dagegen, also nickte er.

Terra und Pellos verabschiedeten sich nicht einmal. Kaum hatte Temm seine Übereinstimmung signalisiert, lösten sie sich vor seinen Augen auf.

»Wir haben keine Zeit zu verlieren.« Ob das Dessmons Erklärung für die vermeintliche Unhöflichkeit seiner Schwester und seines Neffen sein sollte oder ein dezenter Hinweis auf das Ende der Audienz, war nicht eindeutig auszumachen. Nichtsdestotrotz stimmte, was er sagte.

»Seh ich auch so. Aber denke daran, dass bei uns die Zeit anders abläuft als hier. Es wird ein bisschen brauchen, um die entscheidenden Leute zusammenzutrommeln und eine Einigung zu erzielen.«

Die Meinungen von acht Zirkelmitgliedern auf einen Nenner zu bringen, dürfte eine Weile dauern. Sogar bei etwas derart Wichtigem wie einem Krieg. Vielleicht insbesondere dabei.

»Ich weiß«, seufzte Dessmon. »Und je eher du damit anfängst, umso besser. Bis bald.«

31

Temms Gesichtszüge hatten sich noch nicht entspannt, als das Zucken seiner Wangenmuskeln darauf hindeutete, dass er bereits auf dem Rückweg war. Für Levania immer wieder erstaunlich, nicht nur einen benannten Gott zu haben, der einen geschaffen hatte, sondern diesem auch begegnen zu können. Die Angerol genossen derlei Privilegien nicht, wobei keiner von ihnen es vermisste. Sie kannten es ja nicht anders.

Die anderen - und das war die gesamte Mannschaft - betrachteten ihren Freund ebenfalls mit Spannung. Für die Dessla war sein Anblick noch neu; ohne Minuresh und mit kurzen, ordentlichen Haaren. Darüber hinaus in anständiger Freizeitkleidung, die sie kürzlich gekauft hatten. Für Levania hingegen sah er jetzt endlich wieder so aus, wie er aussehen sollte. Wie sie sich an ihn erinnerte, wenn sie von der schmaleren Silhouette einmal absah. Gut, die Klamotten waren moderner.

Die Tür sprang auf, das lenkte die allgemeine Aufmerksamkeit von Temm ab. Die Jäger gingen in Habachtstellung. Klar, Türen, die aufgestoßen wurden, waren selten auf dem Landsitz. Die Diener klopften an und pflegten leise herein zu kommen, und selbst die Dessla versuchten, sich beim Betreten eines Raumes gesittet zu benehmen, auch wenn sie es mal eiliger hatten. Krus zog sogar die Pistole aus dem Holster, das er vermutlich nur zum Schlafen ablegte.

Doch alle entspannten sich, als sie sahen, wer da so ungestüm hereinrumpelte - Obbs. Jedenfalls bis sie merkten, dass sein Gesicht aussah, als litte er unter Verstopfung, und zwar seit geraumer Zeit.

»Warum, zum Teufel, habt ihr mich nicht eingeweiht?« Wenn Obbs ohne vorherigen Gruß lospolterte, beschrieb ungehalten seine Stimmung wohl nur unzulänglich. »Verflucht noch eins, ihr hättet mich warnen können.«

Jetzt müssten sie bloß noch wissen, vor was. Den anderen stand unübersehbar ein ähnlich großes Fragezeichen über den Köpfen wie ihr.

»Obbs. Gut, dass du hier bist.« Temm klang ein bisschen schlaftrunken, was eine mögliche Erklärung dafür war, dass ihm Obbs' Gegenwart nicht ungewöhnlich vorkam, wo doch gar nicht Dienstag war. Sonderlich fest auf den Beinen stand er ebenfalls noch nicht, wie sich zeigte, nachdem er sich mühsam aus dem Sessel hievte, um dem Ratsoberhaupt entgegen zu gehen. »Dann muss ich dich nicht anrufen.«

»Wer ...? Temm?« Das Ratsoberhaupt sah ganz schön überrascht aus. Nun, Temms optische Veränderungen der vergangenen Tage hatte er noch nicht mitbekommen. Er fing sich rasch. »Du hättest mich vorgestern anrufen sollen.«

Ah ja. Allmählich bekam sie eine Idee, wovon Obbs sprach und was ihm quer im Magen lag. Vorgestern Abend war das Video online gegangen.

»Da hatte ich mich doch noch gar nicht mit Pellos getroffen.«

Okay, Temm befand sich wirklich noch nicht auf voller geistiger Höhe.

Möglicherweise aber doch, und er tat nur so, als wäre er noch nicht wieder ganz da. Diese Vermutung sprang sie jedenfalls förmlich an, als sie merkte, wie geschickt Temm Obbs' kurze Irritation dazu benutzte, ihm den Entrüstungswind aus den Segeln zu nehmen, indem er ohne Umschweife zu berichten begann, worum es bei dem Treffen mit diesem Pellos ging.

Für alle, die es, wie sie, nicht wussten, erläuterte er zunächst in wenigen Worten, wer Pellos eigentlich war.

Der Erzeuger des ersten Lykomorphs. Außer ihr schien das niemanden großartig zu überraschen. Shannon vielleicht noch. War ja anzunehmen gewesen, dass die Dessla darüber Bescheid wussten, wer für die Existenz ihrer größten, im Grunde genommen einzigen Feinde verantwortlich zeichnete.

Darüber hinaus war er der Sohn der Göttin Terra, die für die Gestaltwandler zuständig war, was ihn zu einem Halbgott machte. Bisher hatte sie angenommen, Halbgötter entsprangen ausschließlich der griechischen und römischen Mythologie. Höchstens noch der germanischen. Wie man sich täuschen konnte.

Eben dieser Pellos hatte die Lykomorphe dazu überredet, einer Entscheidungsschlacht zuzustimmen, sofern dies auch die Dessla taten. Gerade war der Halbgott dabei, mit den Lykomorphen zu klären, inwieweit die bereit wären, Temms Bedingung der Nichtverwandlung anzunehmen. Das waren gute Neuigkeiten. Fand sie jedenfalls.

»Mir gefällt die Idee«, ließ sich Krus vernehmen, als Temm eine kleine Atempause machte. »Geht doch nichts über ne anständige Schlägerei. Außerdem hätten wir da eine bessere Chance.«

Sie sah Skall nicken. Ebenso Zegg und Jill. Sogar Gor bekundete auf diese Weise seine Übereinstimmung.

»Wie schnell schaffst du es, den Zirkel zusammenzutrommeln und darüber eine Entscheidung zu erwirken?«

Obbs antwortete nicht auf Temms Frage. Stattdessen zog er sein Smartphone aus der Jackentasche, strich auf dem Display herum und hielt es sich dann ans Ohr. Wen er wohl anrief? Einen gewissen Yuk, wie sie hörte, nachdem der Gesprächsteilnehmer am anderen Ende rangegangen war.

»Wir haben hier folgende Situation«, sagte Obbs, bevor er Temms Bericht wiedergab.

»Weißt du, wer Yuk ist?«, flüsterte sie Manus zu.

»Das Ratsoberhaupt der Krieger«, antwortete ihr Enkel ebenso flüsternd.

»Und? Was sagst du, mein Freund?« Kurze Lauschpause. »Ja, ich weiß, welche Verantwortung wir den ausgewählten Kämpfern damit auf die Schultern laden. Aber bedenke doch, wie viel unnötiges Blutvergießen verhindert werden könnte.« Wie Recht Obbs damit hatte. »Ist mir klar. M-hm. Das seh ich auch so. Okay, gut, geb ich weiter. Danke.«

Er beendete das Telefonat und wandte sich Temm zu. »Du kannst Dessmon sagen, wir sind unter folgenden zusätzlichen Bedingungen einverstanden: Nummer Eins, da wir davon ausgehen, dass die Lyks ihre erfahrensten und stärksten Kämpfer auswählen werden, muss der Kampf zwecks Chancengleichheit in einer Neumondnacht stattfinden. Nummer Zwei, bis zum Stattfinden des Kampfes herrscht Friedenspflicht. Nummer Drei, wenn der Sieger des Kampfes gleichzeitig der Sieger des Krieges ist und im Anschluss daran ein Kriegsgericht über den Unterlegenen anstrebt, darf das Ergebnis hieraus weder Versklavung noch Vernichtung der besiegten Spezies lauten.«

»Damit stellen wir mehr Bedingungen als sie. Ich bin nicht sicher, ob sich die Lyks darauf einlassen.« Gor hatte heute einen kopfmäßig guten Tag.

»Das sehe ich anders«, widersprach Temm. »Zwei und Drei dürfte auch in ihrem Interesse liegen. Sie wären dumm, würden sie damit nicht übereinstimmen. Heikel könnte eins werden, wenn sie sich schon zur Nichtverwandlung bereit erklären.«

»Diese Bedingungen sind nicht verhandelbar.«

»Eine Frage.« Skall hob den Zeigefinger, als wäre er ein Schüler und Obbs ein Lehrer. »Du und Yuk, ihr habt das entschieden. Wie sicher ist es, dass der Zirkel auch einverstanden ist?«

Zum ersten Mal zeigte Obbs ein anderes als ein ernstes Gesicht. Er grinste. »Der Zirkel muss damit nicht einverstanden sein. Für die Verteidigung des Volkes waren schon immer ausschließlich die Krieger verantwortlich. Die Jäger sind aus den Kriegern hervorgegangen, weswegen wir hier ein kleines Mitspracherecht genießen. Letztendlich jedoch entscheiden die Krieger allein über notwendige und sinnvolle Maßnahmen. In dem Fall also Yuk, und ich teile seine Meinung. Wenn die Lyks unser beider Bedingungen annehmen, ist es beschlossene Sache.«

»Gut, dann werde ich es Dessmon so sagen.« Temm kehrte zu dem Sessel zurück und umgriff den Anhänger seiner Kette.

Es dauerte nur wenige Momente, bis er die Augäpfel verdrehte, was bedeutete, seiner Audienzbitte wurde stattgegeben. Sie war gespannt, wie lange er weg sein würde.

Ungefähr zwei Minuten, was lang war, wie sie inzwischen wusste. In Dessmons Reich mussten mehrere Stunden vergangen sein.

Der Dauer seines Aufenthalts dort geschuldet, brauchte Temm ein bisschen mehr Zeit, um einigermaßen klar zu werden, nachdem er die Augen aufschlug. Er rieb sich mit den Händen übers Gesicht und schüttelte den Kopf, um es zu beschleunigen. Alle warteten geduldig, obwohl das nun wirklich nicht zu den Stärken der Dessla gehörte.

»Die neuen Anführer sind anscheinend nicht halb so durchgeknallt, wie es die Überfälle auf die Krankenhäuser vermuten ließen.« Temms Stimme klang ein bisschen belegt. »Sie haben allem zugestimmt. Allerdings bestehen sie darauf, dass das Ganze dann jetzt so schnell wie möglich über die Bühne gehen muss. Schon in der nächsten Neumondnacht, also in acht Tagen.«

Nicht gerade viel Zeit, um aus hunderten, wenn nicht tausenden guter Kämpfer vierundvierzig geeignete für eine Schlacht auszuwählen.

»Das kommt uns allen, denke ich, entgegen.« Obbs

schien ihre Meinung nicht zu teilen. »Gut. Dann machen wir uns besser schnell an die Arbeit.«

Die Dessla wollten die Versammlung schon auflösen, um genau das zu tun, nämlich, sich an die Auswahlarbeit zu machen, als Manus sich an Obbs wandte. »Wieso bist du eigentlich hier?«

Oje. Hätte er das nicht unter den Tisch fallen lassen können? Die Stimmung des Ratsoberhauptes der Jäger war bei dessen Eintreffen nicht gerade positiv gewesen. Sie hatte sich so schön geändert. Warum musste Manus ihn jetzt daran erinnern, dass er eigentlich sauer war?

»Wegen des Videos und seiner Auswirkungen.« Wider Erwarten hielt sich der Tonfall in relativ neutralem Bereich. »Es läuft im Angerolkanal beinahe in Dauerschleife, allerdings nicht vollständig, sondern lediglich ausschnittsweise.«

»Dass Wemrott es benutzen würde, damit war zu rechnen.« Stimmt, das hatte Krus bereits vor der Einspeisung zu Bedenken gegeben.

»Oh ja, das tut er, und zwar sehr effektiv. Und er tut noch mehr. Er ist aus seiner Deckung gekommen. Unter seiner Führung haben sich die Angerol erhoben. Die Ghettos wurden geöffnet. Ezekial dreht komplett hohl. Er hat das Kriegsrecht verhängt und lässt seine Armee zusammen mit regierungstreuen Angerol gegen die Aufständischen kämpfen. In Finnland herrscht Bürgerkrieg und es ist bloß noch eine Frage der Zeit, bis der auf andere Länder überschwappt.«

Gütige Schöpfer. Das waren die schlimmsten Nachrichten, die es geben konnte.

»Hat er sich an Vrebal gewandt, um die Dessla als Allianzpartner des angerolischen Herrscherhauses dazu aufzufordern, ihm beizustehen?« Zeggs Frage entbehrte nicht ihrer Berechtigung.

Wenn Ezekial das getan hatte, waren die Dessla mehr oder weniger gezwungen, dem Ruf zu folgen. Das sahen die alten Übereinkünfte zumindest vor. Gerade jetzt konnten die Dessla das aber überhaupt nicht gebrauchen.

»Nein.« Obbs' Antwort kam völlig überraschend. »Ezekial ist momentan seiner Kommunikationswege beschnitten.«

»Woher weißt du es dann?« Eine noch viel berechtigtere und naheliegendere Frage.

»Von mir.«

Die Stimme hören und sich nach ihr umdrehen, erfolgte nicht bloß, was sie anging, in ein und demselben Moment. Ihre Ohren hatten sie nicht getäuscht. Im Rahmen der jetzt offenen Tür stand ... Rachaniel. Eine echte Überraschung. Für sie eine erfreuliche obendrein.

Mit schnellen Schritten ging sie zu ihm hinüber. Das breite Lächeln, das sich auf ihrem Gesicht bildete, konnte sie nicht verhindern. Wollte sie auch gar nicht.

»Rachaniel. Ich bin froh, dich zu sehen. Weißt du etwas über meine Familie?«

Er erwiderte das Lächeln mit derselben Herzlichkeit, wie es gegeben wurde. »Ich freue mich auch, Euch bei bester Gesundheit vorzufinden, Herrin. Eurer Familie geht es gut. Wir haben sie in Sicherheit gebracht, bevor Ezekial ihrer habhaft werden konnte. Euer Vater schickt Euch Grüße.«

Ein Stein der Erleichterung fiel ihr von der Seele. Das Rumpeln musste bis wer weiß wohin zu hören sein.

»Dir übrigens ebenso«, ergänzte Rachaniel mit dem Blick auf Temm gerichtet.

»Oh, Rachaniel, ähm, ja.« Obbs klang tatsächlich verlegen. »Ich hatte ganz vergessen, dass du vor der Tür wartest. Entschuldige bitte.«

»Kein Problem. Dass eure eigenen Angelegenheiten für den Moment Vorrang hatten, ist verständlich.« Das Lächeln weitete sich nunmehr von Temm über Obbs auf alle aus. »Wemrott schickt mich, euch für das Video zu danken. Es kam zum perfekten Zeitpunkt und war der letzte Tropfen, der das Fass zum Überlaufen brachte. Ohne Levanias Nachricht hätte der Widerstand keinen solch rasanten Fortschritt gemacht.«

»Entschuldigt, wenn ich mich einmische.« Zegg, der Rachaniel verhältnismäßig misstrauisch beäugte. »Wir kennen uns schon eine ganze Weile. Du hast mir in der Vergangenheit öfter wertvolle Informationen zugespielt, und ich vermute, nicht nur mir. Bei unserer letzten Begegnung hast du zwar etwas gesagt, dass mich ein bisschen ins Schleudern brachte, doch ich habe trotzdem immer gewusst, mit wem ich es zu tun hatte. Dem Chef von Ezekials Geheimdienst.« Bei den letzten Worten zuckten die Jäger sichtlich zusammen. »Erlaube mir die Frage, wann du die Seiten gewechselt hast.«

»Gar nicht«, erwiderte Rachaniel und brach in schallendes Gelächter aus, das sie von ihm noch nie gehört hatte, als sich die Körperhaltungen der Jäger anspannten. »Ich stand schon immer auf Wemrotts Seite.«

»Der das Video dazu benutzt, die Volksseele anzuheizen und nach Ezekials Sturz ...« Die Pause, die Krus einlegte, sollte vielleicht dazu dienen, dass Rachaniel den Satz beendete, was der unterließ, also tat es der Jäger schließlich doch. »... selbst die Herrschaft zu übernehmen?«

»Mitnichten.« Mit einem Schlag wurde Rachaniel schrecklich ernst. Dem Thema angemessen, könnte man sagen. »Wemrott strebt die Herrschaft nicht an. Im Gegenteil. Gerade im Moment ist er dabei, das Volk auf seinen neuen Herrscher einzutakten.« Er drehte sich zu Manus herum und bedachte ihn mit durchdringendem Blick. »Falls dieser Mann gewillt ist, die Verantwortung zu übernehmen, mit der auf den Schultern er bereits geboren wurde.«

Manus' Adern wurden sichtbar. Deutliches Zeichen dafür, dass er erblasste. »Ich habe nie mit dem Gedanken gespielt, der Herrscher der Angerol zu sein. Ich wollte immer nur ein friedliches, freies Leben führen.«

»Ein Leben in Frieden und Freiheit. Davon träumen wir alle, Manus, und nie lag die Erfüllung dieses Traums in so greifbarer Nähe. Wenn wir es jetzt nicht schaffen, dann vielleicht nie, denn wenn du ablehnst, folgt Ezekials Sturz eine Zeit ohne Führung, in der Angerol, die sich zur Macht berufen fühlen, gegeneinander kämpfen werden, um diese Macht zu erhalten. Anarchie, Manus, unter der das gemeine Volk leiden wird. Du bist die Garantie, dass es so weit nicht kommt. Nur deinetwegen hat das Volk den Mut aufgebracht, sich zu erheben. Nur deinetwegen wurden die Ghettos geöffnet, die schwarzen Angerol befreit. Weiße und schwarze Angerol stehen zusammen vor den Toren des Palasts, Seite an Seite wie Brüder, und belagern ihn gemeinsam. Zum ersten Mal in unserer Geschichte. Deinetwegen. Denn du bist das Versprechen auf Versöhnung. Dafür, dass den schwarzen Angerol endlich Gerechtigkeit widerfährt, ohne dass die weißen Angerol dadurch Nachteile befürchten müssen. Ich weiß, bisher war dein Volk nicht gut zu dir, aber jetzt ... Jetzt braucht es dich. Willst du nur daran denken, was bisher war, und den Ruf deines Volkes überhören, um es für seine bisherige Ignoranz zu bestrafen, oder willst dem Ruf folgen und deinem Volk helfen? Du musst eine Entscheidung treffen, Manus. Jetzt.«

Was für ein erhebender Moment. Was für ein historisch bedeutsamer Moment. Manus war sich dessen ebenfalls bewusst, das sah man ihm an. Läge es für Angerol im Bereich des Möglichen, er wäre vermutlich grün angelaufen.

Das hier war das eigentliche Motiv für Rachaniels Anwesenheit. Das mit dem Dank für das Video war vorgeschoben. Rachaniel war nur aus einem einzigen Grund von Wemrott hierher geschickt worden, nämlich, Manus nach Finnland zu holen.

Die Dessla hielten den Atem an. Ihnen war ebenso klar, dass hier gerade Geschichte geschrieben wurde. Von Manus' Entscheidung hing die Zukunft der Angerol ab, mit ihr stand und fiel alles. Das hatte Konsequenzen auch für die anderen Spezies, bei einigen sogar weitreichende.

»Wenn Rachaniel der Chef von Ezekials Geheimdienst ist, könnte das hier ein Trick sein, um Manus aus seinem Versteck zu locken, damit Ezekial ihn endlich erledigen kann.« Meras Worte donnerten wie Paukenschläge durch die Stille.

Sie glaubte das nicht, hatte sie Rachaniel doch nie als hinterhältig kennengelernt. Allerdings musste sie zugeben, dass der Gedanke gar nicht weit hergeholt war.

»Ist Rachaniel vertrauenswürdig genug, dieses Risiko einzugehen?« Die Frage richtete sich an sie, was sie daran erkannte, dass Krus, der sie stellte, ihr direkt in die Augen sah.

»Ich ...« Oh, ihr Schöpfer. »Ich weiß es nicht.« Seit langem war ihr ein Satz nicht mehr dermaßen schwer gefallen. »Tut mir leid, Rachaniel.«

»Muss es nicht. Ich, an eurer Stelle, würde mir wahrscheinlich auch nicht vertrauen. Nach dem, was ihr über mich wisst. Nun, dann ist jetzt wohl der Zeitpunkt gekommen, euch zu zeigen, dass ihr mir vertrauen könnt, dass Manus es kann.«

Wie Rachaniel das anstellen wollte, darauf war sie äußerst gespannt.

»Keine Geheimnisse mehr. Kein Versteckspiel mehr.« Er schloss die Lider, während er das sagte. »Manus blieb lange unbehelligt und unentdeckt, weil er sich einer Fähigkeit bediente, die er seinem väterlichen, schwarzen Erbe verdankt. Der Fähigkeit zur Beeinflussung dessen, wie andere dich wahrnehmen. Genau dasselbe mache ich auch.«

Levania glaubte, ihren Augen nicht trauen zu können,

als sich seine Gesichtszüge zu verändern begannen, seine Haare von dem üblichen silbrig-weiß zu nachtschwarz wechselten. Als Rachaniel die Lider wieder öffnete, waren seine Iriden nicht mehr lila, sondern neongrün.

»Oha.«

Diesem Kommentar, dessen Verfasser sie vor lauter Überraschung nicht eindeutig ausmachen konnte, schloss sie sich an.

»Ich glaube, ich habe dich schon mal irgendwo gesehen.« Ja, in gewisser Weise kamen ihr seine Gesichtszüge bekannt vor, als sie sie jetzt nach dem ersten Schreck in Ruhe betrachtete. »Kann es sein, dass ich dich kenne?«

»Du kennst mich sogar sehr gut, Herrin«, antwortete er erneut lächelnd. »Ich bin Cilekan.«

Ihre Hand fuhr nach oben, ohne dass sie es beeinflussen konnte, und legte sich auf ihren Mund. Cilekan, Bagnaols älterer Bruder.

»Wie konntest du ...?«

»Der Deportation entkommen?«, vervollständigte er ihren zwischen den Fingern hindurch gehauchten Satz. »Indem ich während einer Transportverzögerung einen günstigen Moment nutzte, den echten Rachaniel zu überwältigen. Ich habe seine Identität angenommen, um unentdeckt zu bleiben. Dummerweise konnte ich mich anschließend nicht absetzen. Auf die Art kam ich in den Palast. Ich habe hinter so vielen meiner Brüder und Schwestern die Ghettotore zugeschlagen, dass ich mich selbst dafür hasste. Deshalb habe ich nicht gezögert, in den Geheimdienst zu wechseln, als man es mir einige Zeit später anbot. Ich dachte, vielleicht gelingt mir während eines Einsatzes die Flucht. Im Nachhinein bin ich froh, dass es nicht dazu kam, sondern ich sogar zum Chef ernannt wurde. Das gab mir die Möglichkeit, über Manus zu wachen, wenn ich den Tod seiner Eltern schon nicht verhindern konnte. Ich wusste immer, wo er sich aufhält, und als Geheimdienstchef konnte ich dafür sorgen, dass nur ich es wusste, niemand sonst. Ich habe auch immer über dich gewacht, Herrin. Andernfalls wäre deine Beteiligung an der Flucht deiner Tochter und ihres Mannes und an der Flucht deines Enkels nicht unentdeckt geblieben.«

Sie verdankte Rachaniel, nein, Cilekan, ihr Leben und das gleich mehrfach. Und für Manus galt dasselbe. Hatte sie ihn vorher schon geschätzt, jetzt bewunderte sie ihn. Für sein großes Herz und seinen Mut.

»Wieso? Warum hast du das getan?« In Manus' Stimme schwang Ergriffenheit mit, aber ebenso eine Spur Unverständnis.

»Weil er dein Onkel ist«, antwortete sie, obwohl die Frage gar nicht ihr galt.

»Mein ...?« Tränen schossen in Manus' Augen. »Hab ich Cousins und Cousinen?«

Zum ersten Mal seit einigen Minuten lächelte Cilekan wieder. »Einige, allerdings nicht von mir. Als Rachaniel hätte ich mich nicht mit einer schwarzen Angerol paaren können, und was herauskommt, wenn schwarze und weiße Angerol Kinder zeugen, hab ich an dir gesehen. Damit wäre meine Tarnung aufgeflogen. Ich hoffe jedoch, dass ich das in Zukunft ändern kann. Eine Familie zu gründen wünsche ich mir schon lange.«

Es war unglaublich schön mitzuerleben, wie hier eine Familie wieder zusammengeführt wurde, die nie hätte getrennt werden dürfen. Noch schöner war der Gedanke, dass es solche Trennungen in Zukunft nicht mehr geben würde. Sofern Ezekials Sturz gelang.

An den Punkt schien Cilekan ebenfalls gerade zu gelangen. »Ich will dich nicht bedrängen, Manus, aber uns läuft die Zeit davon. Ich sagte es vorhin schon, du musst jetzt eine Entscheidung treffen.«

Manus nickte, dann holte er tief Luft. »Ich kann mein Volk nicht im Stich lassen.«

Damit war es entschieden.

32

Alles, was auf dem Landsitz Beine besaß, hatte sich in der Eingangshalle versammelt, um sich von Manus zu verabschieden, der seinen Onkel nach Finnland begleitete. Cilekan hatte hier übernachtet, weil sie gleich den ersten Flug nach Helsinki gebucht hatten, nachdem klar war, dass Manus mit ihm gehen würde.

Temm stand selbstverständlich ebenfalls bei seinen Freunden, obwohl er jetzt lieber ganz woanders wäre.

»Ich nehme nicht an, dass du zurückkommst.« Gors Stimme klang verflucht belegt. Er mochte den Flügelträger mehr, als er jemals zugeben würde.

»Vermutlich nicht.« Manus klang keinen Deut besser.

Krus stand abseits. Er hatte sich bereits von Manus verabschiedet. In privaterer Atmosphäre. Für ihn war dieser Abschied bestimmt am Schlimmsten, weil Manus für Krus ein echter Freund geworden war im Laufe der vergangenen Wochen und Monate. Ihm würde der Angerol mit Sicherheit am meisten fehlen.

»Wir können dich ja mal besuchen, wenn das mit dem Krieg vorbei ist«, schlug Skall vor. »Oder du uns, wenn dir das dann noch erlaubt ist.«

Manus grinste. »Wenn die Sache so ausgeht, wie wir uns das vorstellen, wüsste ich nicht, wer oder was mich daran hindern könnte.«

Da hatte er allerdings Recht. Sollte er tatsächlich als neuer Herrscher der Angerol aus diesem Aufstand hervorgehen, konnte nichts und niemand ihn an irgendetwas hindern. Und falls sie scheiterten ...

Schritte auf der Treppe ließen für Temm die Welt einfrieren. Er musste sich nicht umdrehen, um zu wissen, wer von oben herunter kam. Levania. Aber sie kam nicht, um ihrem Enkel Adieu zu sagen, sondern, um mit ihm zu gehen.

Sie hatten sich die ganze Nacht geliebt, immer wieder, bis an den Rand der totalen Erschöpfung, in dem Wissen, dass sie es nach dieser Nacht vielleicht nie wieder würden tun können. Er hatte noch keine Sekunde geschlafen, trotzdem fühlte er sich nicht müde. Ausgelaugt, am Ende seiner Kräfte, aber erschreckend hellwach.

Während er hörte, wie sie sich mit leiser Stimme von den anderen verabschiedete, schloss sich eine Faust um sein Herz und drückte so fest zu, dass er glaubte, sie würde den Muskel zerquetschen. Käme ihm nicht ungelegen. Hörte es auf zu schlagen, würde es eventuell auch nicht mehr schmerzen. Verdammt. Levania ging, sie würden sich womöglich nie wiedersehen, dabei hatte er sie doch gerade erst wiedergefunden. Das war einfach nicht fair.

Eine Hand ergriff seinen Unterarm, in der Mitte der Elle. Leicht wie eine Feder schlossen sich ihre Finger darum und glitten abwärts zu seiner Hand. Gleichzeitig ging Lev um ihn herum, bis sie vor ihm ankam. In ihren Augen stand die Traurigkeit, die er empfand.

»Du weißt, dass ich nicht dich verlasse«, flüsterte sie, als hätte sie Angst, ihre Stimme könnte versagen.

Er versuchte gar nicht erst, etwas zu sagen, weil seine Stimme es mit Sicherheit täte. Also nickte er nur.

Aufseufzend warf sie sich an seine Brust, schlang die Arme um ihn, ganz fest, als wollte sie ihn nie mehr loslassen, und drückte ihr Gesicht gegen ihn. »Ich wünschte, ich könnte bleiben, aber ich muss gehen.«

Seine Umarmung fiel nicht sanfter aus als ihre. »Ich wünschte, ich könnte mit dir gehen, aber ich muss bleiben.«

Au backe, er klang wirklich, als hätte er versucht, Stacheldraht zu essen. Er legte seine Hände an ihre Wangen und hob ihren Kopf an, um ihr in die Augen zu sehen.

»Wir beide haben eine Verpflichtung gegenüber unseren Spezies, die schwerer wiegt als unsere persönlichen Gefühle. Du wirst jetzt in Finnland gebraucht, ich hier, und das ist unabänderlich. Damit müssen wir leben und darauf vertrauen, dass wir uns wiedersehen, wenn alles vorbei ist. Du kommst doch zurück, oder?«

»So schnell ich kann.«

»Gut, ich werde hier sein und auf dich warten.« Dass er bei der bevorstehenden Schlacht womöglich getötet werden könnte, ließ er absichtlich außen vor. »Pass auf dich auf, Lev. Wenn ich nochmal jemanden verliere, den ich liebe, dann ...«

Würde er zerbrechen. Es würde ihn umbringen. Er würde sterben. Dieses Mal jedoch nicht bloß innerlich. Anstatt es auszusprechen, denn das musste er nicht, verschloss er ihre Lippen mit einem Kuss. Der letzte, vielleicht für immer.

Als sie sich nach einer gefühlten, schrecklich-schönen Ewigkeit voneinander lösten, war ihm zum Heulen zumute. Er versuchte, das mit einem Lächeln zu überspielen. Wenn das nur halb so schief aussah, wie es sich anfühlte, gelang ihm die Täuschung nicht.

»Diesmal ist es anders als damals, Temm. Wir können in Kontakt bleiben. Dank der Handys aus Jills Kontingent.« Das war wahr. »Ich rufe dich an, sobald wir gelandet sind, und so oft es mir möglich ist. Und vielleicht findet sich eine sichere Leitung, dann können wir sogar ab und zu skypen und uns wenigstens auf diese Weise sehen.«

Ja, man wurde bescheiden, wenn man keine andere Wahl hatte. Es war fast schon lachhaft.

»Geh jetzt, bevor ich es nicht mehr schaffe, dich gehen zu lassen.« Er stand eh schon kurz davor, sie einfach zu schnappen und in ihrer gemeinsamen Suite einzusperren, bis Manus und Cilekan weg waren.

Widerstrebend gehorchte sie, schob sich an den beiden anderen Angerol vorbei nach draußen. Kaum war sie außerhalb der Hörweite, trat er zu Manus und bohrte ihm den Zeigefinger in die Brust.

»Du wirst auf sie aufpassen. Wenn ihr irgendetwas zustößt, und sei es nur ein abgebrochener Fingernagel, komme ich nach Finnland und versohle dir höchstpersönlich den Arsch, und es wird mir dann ziemlich scheißegal sein, ob du der Herrscher der Angerol bist oder nicht. Klar?«

»Sonnenklar«, erwiderte Manus und legte ihm eine Hand auf die Schulter. »Temm, ich liebe sie auch. Anders als du, aber nicht weniger. Sie ist meine Großmutter. Du kannst dich darauf verlassen, dass ich sie hüten werde wie meinen Augapfel.«

»Gut.« Für Manus, weil weniger inakzeptabel war.

Ein letztes Nicken in die Runde und die beiden Angerolmänner gingen Lev hinterher.

Als die Eingangstür ins Schloss fiel, zuckte Temm zusammen. Er konnte es einfach nicht verhindern. Sie war weg. Lev war gegangen.

Am späten Abend saß Temm zusammen mit Gor in der Bar. Die anderen hatten sich bereits zurückgezogen. Ihm stand der Sinn noch nicht nach allein sein, und Gor ging es genauso. Schweigend, weil Worte im Moment nicht nötig waren, saßen sie nebeneinander auf ihren Barhockern an der Theke und genossen, was immer sich in ihren Gläsern befand.

Das letzte Telefonat mit Lev, das dritte insgesamt, war jetzt anderthalb Stunden her.

Natürlich waren die drei gut angekommen und unbehelligt geblieben. Cilekan hatte für Angerolaugen wieder Rachaniels Gestalt angenommen, Manus seine menschliche. Außerdem waren sie mit neuen, bis dato unbenutzten Decknamen gereist, weswegen sie auf keinem Radar der Ezekialgetreuen aufgetaucht waren.

Ohne Zwischenfälle hatten sie weiterreisen können und befanden sich jetzt in einer kleinen Herberge nicht weit vom Palast entfernt, der tatsächlich belagert wurde. Morgen würden sie versuchen, zusammen mit mehreren Unterstützern, hinein zu gelangen und Ezekial zu überwältigen.

Bei dem Gedanken ging Temm der Arsch gehörig auf Grundeis. Sein Grund, sich einen hinter die Binde zu kippen, um später wenigstens ein bisschen Schlaf zu finden.

Gor trank, weil es ihn beruhigte. Zum Glück tat er das nicht jeden Abend, sonst hätte er bald ein Abhängigkeitsproblem. Manchmal jedoch brauchte er es. Heute Abend war ein solches Manchmal.

Kein Wunder. Sein Kind war nun bereits seit einigen Tagen auf der Welt, und er hatte immer noch nichts von den Entführern gehört. Seine Angst hatte er inzwischen gut im Griff, weil er wusste, dass Inkia lebte. Das sagte ihm der Blick in den Spiegel, aber was hieß das schon? Zu leben bedeutete nicht, dass es ihr gutging. Die Ungewissheit machte Gor wahnsinnig, das merkte man in jeder Sekunde, die man mit ihm verbrachte. Im selben Maße wuchs seine Frustration. Auch das verständlich. Es schien nicht um Lösegeld zu gehen, aber weswegen dann war Inkia entführt worden? Hatte man sie womöglich nur mit jemand anders verwechselt?

Fragen, die sich nicht nur Gor stellte. Sie geisterten in ihrer aller Köpfe herum. In Temms nicht weniger wie in denen der anderen.

Es war einfach eine verdammt miese Situation, und das war die Untertreibung des Tages.

Mitten in seine Überlegungen, ob er etwas sagen konnte, das Gor aufzumuntern in der Lage war, platzte George mit einem Karton in der Größe eines Schuhkartons in der Hand.

»Verzeiht die Störung, Sires. Ein Bote vom Rat hat gerade ein Päckchen gebracht, das dort für Sire Gor abgegeben wurde.«

»Was ist drin?« Gor ging also davon aus, dass der Rat neugierig war. Eine naheliegende Vermutung. Schon aus Sicherheitsgründen, Gor war immerhin nach wie vor der offizielle Heerführer.

»Es ist noch verschlossen. Der Bote sagte, es wäre nur auf gefährliche Inhalte hin geprüft worden. Bei der Durchleuchtung kam aber nichts Derartiges zum Vorschein und der Hund hat auch nicht angeschlagen. Sie hielten es deshalb nicht für nötig, es zu öffnen.«

Mit einem Lächeln stellte George den Karton auf die Theke neben Gor und verabschiedete sich sogleich. Gor warf zunächst nur einen kurzen Blick darauf.

»Willst du es nicht aufmachen?« Temm erntete lediglich ein Schulterzucken. »Gar nicht neugierig?«

»Weniger als du, wie mir scheint.« Das leise Glucksen zu hören, das Gors Kehle entströmte, tat gut. Er nahm das Päckchen in die Hände und drehte es in alle Richtungen. »Kein Absender.«

»Ist vielleicht Fanpost.«

»Ha, ha, ha. Sehr witzig. Du siehst es mir nach, wenn ich erst später darüber lache?«

Solange Gor überhaupt lachte, lag später durchaus im Rahmen des Akzeptablen.

Offensichtlich war inzwischen auch Gors Neugier geweckt. Er angelte nach dem Eispickel, der hinter der Theke beim momentan leeren Eiskübel lag. Vermutlich, um das Klebeband aufzuschlitzen. Dass er das Paket erstechen wollte, hielt Temm für eher unwahrscheinlich, obwohl er das bei Gors augenblicklicher Verfassung nicht mit Gewissheit sagen konnte. Seinen Arsch wollte er sicherheitshalber lieber nicht darauf verwetten.

Während Gor mit dem Packband kämpfte, verließ Temm seinen Platz vor der Theke. Der Weinbrand, den er sich vorhin gegriffen hatte, schmeckte nicht besonders, irgendwie seifig, also stellte er die Flasche in die Bar zurück und schaute nach einem Ersatz. Gerade wollte er nach einem Scotch greifen, als ein Keuchen ihn mitten in der Bewegung innehalten ließ. Er fuhr herum und sah ... Ach du Schande.

Gor, dessen Teint die Farbe von Frischkäse angenommen hatte, starrte mit weit aufgerissenen Augen auf ein Blatt Papier, das er in einer Hand hielt. Mit der anderen umklammerte er Haare. Türkisfarbene Haare. Zweifellos Inkias Haare. Neben dem Päckchen auf der Theke lag ein Polaroid. Selbst verkehrt herum liegend erkannte Temm, was das Foto zeigte: Inkia mit abgeschnittenem Haar und einem Baby auf dem Arm. Verfluchte Scheiße!

Gors Stöhnen riss ihn von dem Anblick los. Das Blatt fiel aus der Hand seines Chefs und flatterte zu Boden. Gor torkelte rückwärts, Inkias Haar gegen seine Brust gepresst, bis seine Beine ihn nicht mehr hielten und er auf seine vier Buchstaben fiel. Es hatte ihn buchstäblich umgehauen.

Nichts hielt Temm mehr hinter der Theke. Mit einem olympiaverdächtigen Satz hechtete er zu Gor, der ihn einfach nur anstarrte, aber keinen Ton von sich gab. Das war erschreckender, als würde er schreien. Was stand in der Nachricht?

Er hob das Blatt auf und las:

> Wir haben deine Tasha. Wenn du sie und eure Tochter lebend zurückhaben willst, sind das die Bedingungen:
>
> Um zu gewährleisten, dass die Lykomorphe als Sieger aus der Entscheidungsschlacht hervorgehen, wirst du die schwächsten eurer Kämpfer dafür auswählen. Deine Jungs dürfen an der Schlacht nicht teilnehmen. Du wirst deine Teilnahme in letzter Sekunde absagen, um die Kämpfer zusätzlich zu demoralisieren.

Wenn du dich nicht daran hältst - stirbt deine Familie!

Wenn du mit jemandem darüber sprichst - stirbt deine Familie!

Wenn die Dessla wider Erwarten trotzdem gewinnen - stirbt deine Familie!

Überlege dir gut, was du tust.

Ihm wurde heiß und kalt gleichzeitig und er spürte, wie ihm sämtliches Blut vom Kopf in die Füße sank. Er schwankte und lief Gefahr, neben Gor zu fallen.

Jetzt hatten sie ihre Antwort. Jetzt wussten sie, wer Inkia hatte und zu welchem Zweck. Nicht Lösegeld, sondern etwas viel Schlimmeres.

Verdammt, verdammt, verdammt!

33

Gor hatte nicht die leiseste Ahnung, wie er in seine privaten Räumlichkeiten gekommen war. Wahrscheinlich mit Temms Hilfe. Er stand völlig neben sich, war zu keinem vernünftigen Gedanken fähig.

Das Einzige, woran er denken konnte, war, dass diese Dreckslykomorphe von ihm verlangten, sich zwischen seiner Tasha und seiner Spezies zu entscheiden.

Dafür würden sie büßen. Eines Tages würde er ihnen die Rechnung dafür zustellen. Ganz egal, wie lange es dauerte, um herauszufinden, wer konkret dahinter steckte, und scheißegal, wie die Schlacht ausging.

Der alte Hass, den Estobar geschmälert hatte, brodelte erneut auf, heißer als je zuvor. Und er paarte sich, wie damals, mit Verzweiflung.

Was sollte er jetzt machen? Auf die Forderungen eingehen? Wie konnte er das, nachdem Temm das alles mitbekommen hatte? Der würde das nicht zulassen. Mit Recht. Außerdem, konnte er sich darauf verlassen, dass die Lykomorphe, die Inkia hatten, Wort hielten, wenn er tat, was sie verlangten? Sicher nicht. Und wenn doch? Was, wenn er hart blieb und sie ihm Inkias Leiche schickten und die des Babys? Dann würde er nie wissen, ob es seine Schuld war oder ob sie die beiden ohnehin getötet hätten. Und wenn er nachgab und sie ermordeten Inkia und das Baby trotzdem? Dann hätte er zusätzlich noch seine Spezies auf dem Gewissen.

Wie er es drehte und wendete, am Ende wurde er zum Verräter. Entweder an seiner Tasha und ihrem gemeinsamen Kind oder an den Dessla.

Wie er es auch drehte und wendete, am Ende war er der Verlierer. So oder so.

Was sollte er tun? Großer Dessmon, wie sollte er sich jetzt verhalten? Dessmon ...

Den Gedanken noch nicht zu Ende gedacht, griff seine Hand bereits nach seinem linken Oberarm, legte sich um den Armreif. Dauerte nicht lange, bis der Gott auf den Ruf reagierte, und zum Glück nicht mit Abweisung.

Komisch, die Abreise fand mitten in der Nacht statt, die Ankunft erfolgte bei strahlendem Sonnenschein. Wie es grundsätzlich Tag war und schönes Wetter, wenn er sich mit Dessmon traf. Ob der Gott das extra so arrangierte? Wie bescheuert, sich in seiner Situation über so was Gedanken zu machen.

Heute stand der Obsthain mal wieder auf dem Plan. Letztes Mal war es eine Wiese gewesen. Vielleicht war er des Innenhofs nicht mehr würdig.

»Glaubst du das wirklich?«

Er fuhr zu Dessmon herum, der an einem der Bäume stand und sich einen Apfel pflückte, den er ihm hinhielt. »Auch einen?«

Als ob er jetzt an Essen denken könnte oder einen Bissen herunterbekäme.

Dessmon zuckte mit den Achseln und biss in den Apfel.

»Du bist hier, weil ich dachte, eine einsamere Atmosphäre käme deiner Verfassung gelegen. Der Trubel im Haus ist momentan nicht gut für dich«, nuschelte der Gott um die Apfelstücke herum.

Fragte sich, für wen hier irgendwas nicht gut war. Wahrscheinlich schützte Dessmon lediglich seine Kinder vor Gors Laune. Das Grinsen, das für den Bruchteil einer Sekunde über Dessmons Gesicht huschte, bestätigte diese Annahme eher, als dass es sie zurückwies.

»Ich brauche deinen Rat, aber das weißt du ja schon. Wirst du mir einen geben oder redest du dich wieder mit „Ich darf mich nicht einmischen“ raus?«

Dessmon gab einen unheimlich langgezogenen Seufzer von sich. Wie tief er wohl hatte graben müssen, um den zutage zu fördern?

»Das kommt auf den Wortlaut deiner Frage an.«

»Die kennst du. Ich weiß nicht, wie ... Was soll ich denn nur tun?«

Der vorherige Seufzer war sogar noch steigerungsfähig, deshalb kannte Gor die Antwort bereits.

»Die Entscheidung, vor der du stehst, kann ich dir nicht abnehmen, Gor. Das wäre tatsächlich eine Einmischung, die mir nicht erlaubt ist.«

Wie gesagt, keine Überraschung.

»Dann kannst oder willst du mir also keinen Rat geben.«

»Doch. Hab Vertrauen.«

Bitte? Er sollte was haben? Vertrauen? In wen oder was? Die Lykomorphe vielleicht, die das Leben seiner Tasha und seines Kindes bedrohten? Na, danke.

Ein dritter Seufzer, kurz diesmal und leicht ungeduldig klingend. »Erkläre mir, warum hast du Temm zu deinem Stellvertreter ernannt?«

Was hatte das denn jetzt damit zu tun, dass Temm sein Stellvertreter war?

»Wieso nicht deinen Cousin Skall, dem stehst du doch wesentlich näher als Temm? Du standst zum Zeitpunkt der Ernennung, nach dem ersten Treffen mit Vrebal, jedem näher als Temm. Wieso nicht Krus? Wieso ausgerechnet Temm? Was war der Grund? Weil du erfahren hast, dass er Vrebal schon ewig kennt? Weil du festgestellt hast, dass er kriegserfahren ist?«

Was für ein Blödsinn. Das hatte nichts mit Nahestehen, dem König oder Temms Kriegserlebnissen zu tun.

»Ich hab ihn ernannt, weil er auch in den verfahrensten, aussichtslos erscheinendsten Situationen einen kühlen Kopf behält.«

»Aaah.« Der ernste Gesichtsausdruck, den Dessmon beim ersten Seufzen aufgelegt hatte, wich einem Lächeln mit geschlossenen Lippen. »Denkst du nicht, dass dieser kühle Kopf inzwischen schon glüht, weil sich sein Besitzer das Hirn darin zermartert, um eine Lösung dieses Problems zu finden? Temm will dasselbe wie du. Er will Inkia und die Kleine wohlbehalten zurück und ihm ist daran gelegen, dass die Dessla als Sieger aus der Schlacht hervorgehen. Die vielen Kämpfe, die er ausgefochten hat, als er noch Krieger, ein Soldat war, haben ihn zu einem hervorragenden Strategen gemacht. Er wird sich etwas einfallen lassen. Du musst ihm jetzt nur vertrauen.«

»Aber wie kann er das? Offiziell weiß er nichts davon. Ich darf doch mit niemandem darüber sprechen.«

»Hast du doch auch nicht. Er hat es mitbekommen, weil er die Nachricht las. Was kannst du denn dafür, dass er rein zufällig anwesend war, als du das Päckchen bekommen hast? Glaubst du, irgendjemand wird das irgendeinem Lykomorph oder sonst wem aufs Brot schmieren?«

Da hatte Dessmon allerdings Recht.

»Danke. Und jetzt geh heim und schlaf. Zerbrich dir deinen Kopf nicht, denn das tut Temm schon für dich. Vertraue ihm einfach.«

Leichter gesagt als getan, aber ihm blieb wohl nichts anderes übrig.

»Weißt du, wie es ausgehen wird?«

»Nein.«

Ob das die Wahrheit war? Und wollte er das wirklich wissen? Besser nicht, dann konnte er sich noch an seiner Hoffnung festklammern. Eine Hoffnung, die sich jetzt voll und ganz auf Temm richtete.

»Er wird dich nicht enttäuschen, da bin ich sicher.«

Zu einer Antwort kam Gor nicht mehr.

*

Zur gleichen Zeit, als sich Gor mit Dessmon traf – das wusste er natürlich nicht – lag Manus in dem viel zu weichen Bett der Herberge und starrte die Decke an. Der Schlaf fand ihn nicht oder traute sich nicht an ihn heran. Tausend Gedanken schossen ihm durch den Kopf und Zweifel begannen zu keimen.

Hatte er die richtige Entscheidung getroffen? Herrscher der Angerol. Das lag so weit außerhalb seines Vorstellungsvermögens, dass ihm allein bei dem Titel schwindlig wurde. Auf diese Position war er nicht vorbereitet. Er hatte keine Ahnung, was da auf ihn zukam, nicht die leiseste Idee. Außer, dass er plötzlich die Verantwortung für eine ganze Spezies tragen würde. Wäre er dem gewachsen?

Wemrotts Anhänger schienen es zu glauben. Sie hatten ihn bei seiner Ankunft beinahe frenetisch gefeiert. Da war es ihm schön mulmig geworden. Diese Leute kannten ihn doch gar nicht. Was, wenn er sie enttäuschte?

Wemrott war eine beeindruckende Persönlichkeit. In sich ruhend, Kraft ausstrahlend, integer und dennoch mit einem nicht zu übersehenden humorvollen Blitzen in den Augen. Der ehemals Oberste Richter der Angerol war die Personifizierung eines Herrschers. Ihn konnte er sich gut in dieser Rolle vorstellen. Im Gegensatz zu sich selbst. Wemrott hatte allerdings tatsächlich keine diesbezüglichen Ambitionen, wie sich bei ihrem ersten Gespräch herauskristallisiert hatte.

Vielleicht machte er sich umsonst Gedanken darüber. Noch war er nicht der Herrscher und noch war fraglich, ob er es jemals würde. Dazu musste morgen erst mal der Plan klappen, heimlich in den Palast einzudringen und Ezekial und seine Getreuen zu überwältigen. Kampflos würden die sich nicht ergeben. Ezekial hing zu sehr an seiner Macht, um sie widerstandslos auf- und abzugeben. Hoffentlich kam es nicht zu einem Gemetzel. Das wäre das Schlimmste, was passieren könnte. Auf ihrer Seite lagen die Bestrebungen darin, möglichst kein Blut zu vergießen. Ob die andere Seite das gleichfalls so sah, war zu bezweifeln.

Um sich selbst machte er sich keine großen Sorgen, auch wenn es zu Kampfhandlungen kommen sollte. Die Ausbildung, die ihm die Jäger in den vergangenen Monaten hatten angedeihen lassen, hatten ihn gut aufs Kämpfen vorbereitet. Seine Kondition suchte unter den Angerol ihresgleichen. Er hatte verschiedene Verteidigungstechniken drauf, aber auch Angriffsmethoden gehörten zu seinem Repertoire. Der Umgang mit Schusswaffen war ihm ebenso vertraut wie der mit Stöcken, Schwertern oder was sich sonst als Waffe benutzen ließ. Dazu gehörten unter Umständen sogar Möbelstücke. Die Jäger hatten nichts ausgelassen. Nein, um sich musste er sich keine Sorgen machen. Er war vermutlich besser ausgebildet und kampffähiger als jeder Angehörige der angerolischen Armee.

Was ihm den Angstschweiß auf die Stirn trieb, war seine Großmutter. Levania gehörte morgen ebenfalls zum ersten Stoßtrupp, wenn man das so nennen wollte. Leider war sie unverzichtbar. Reingelassen wurden sie zwar von Cilekan, der sich als Rachaniel bereits im Palast befand, dummerweise kannte der drinnen nur einen verschwindend geringen Teil der Räumlichkeiten. Lediglich die der Öffentlichkeit normalerweise auch sonst zugänglichen. Niemand kannte sich besser im Palast aus als Levania, deshalb war es notwendig, sie mitzunehmen, obwohl er sie, die Schöpfer waren seine Zeugen, lieber hier in der Herberge lassen würde.

Temm das Versprechen zu geben, sie wie seinen eigenen Augapfel zu hüten, erwies sich nun als reichlich voreilig. Weil er das nicht tun konnte. Zumindest nicht die ganze Zeit. Sie würden zusammen in den Palast eindringen. Gesetzt den Fall, das gelang und sie wurden nicht vorzeitig entdeckt, würden sie ebenso gemeinsam in die privaten Gefilde vorrücken, zu denen Levania sie führen musste. Dort, vermuteten sie, hielt sich Ezekial verschanzt. Ab da trennte sich die große Gruppe in drei kleinere.

Levania und er gehörten unterschiedlichen Gruppen an. Das hatte Wemrott entschieden, der sich der dritten Gruppe anschloss. Ergab auch Sinn. Wenn sie sich alle zusammen in einer Gruppe befanden, wären die Führer, die Symbole des Aufstandes mit einem Schlag außer Gefecht gesetzt, sollte diese Gruppe besiegt werden. Dieses Risiko konnten sie auf keinen Fall eingehen.

Ab dem Moment, da sich die einzelnen Gruppen in unterschiedlichen Richtungen auseinander bewegten, konnte er nicht mehr auf seine Großmutter aufpassen. Von da an war sie auf sich allein gestellt. Gut, sie bekam die stärksten Männer zur Seite, die der Aufstand aufzubieten hatte, trotzdem könnte sich das als zu wenig erweisen.

Gütige Schöpfer, wenn ihr irgendetwas zustieß ...

Dass ihm Temm in dem Fall nicht bloß den Arsch versohlen, sondern von oben bis unten aufreißen würde, empfand er noch als sein kleinstes Problem. Jede Wut ging mal zu Ende, sogar die von Temm. Was ihn nicht mehr verlassen würde, wären seine Schuldgefühle, daran bestand kein Zweifel. Er würde es sich nie verzeihen, wenn Levania etwas passieren sollte. Egal was.

Was gäbe er nicht dafür, könnten die Jäger jetzt hier sein und ihm beistehen. Er hätte nicht gedacht, dass er Krus mal so sehr vermissen würde. Leider mussten sie ihre eigene Schlacht schlagen. Zwar nicht gleich morgen, aber für externe Angelegenheiten hatten sie momentan trotzdem keinen Kopf.

Wäre es doch nur schon vorbei.

34

Die Lider daran zu hindern, sich der Erdanziehungskraft zu unterwerfen, fiel Temm zusehends schwer. Zwei Nächte ohne Schlaf hintereinander gingen eben auch an ihm nicht spurlos vorbei. Die Stimmung am Frühstückstisch lud ebenfalls nicht gerade dazu ein, wach zu bleiben.

Zwei Dinge schafften es, ihn vom Einschlafen abzuhalten.

Seine Sorge um Levania und das Päckchenproblem. Das Erstgenannte nahm dabei definitiv den größeren Raum seines Kopfes ein.

Gestern Abend bei ihrem letzten Telefonat hatten sie vereinbart, dass Levania sich bei ihm meldete, wenn alles vorbei war, dass sie vorher nicht telefonierten. Es hatte nach einer guten und vernünftigen Idee geklungen. Inzwischen empfand er es als Scheißidee, der er besser nicht zugestimmt hätte.

Mittlerweile mussten die Angerol um Manus bereits im Palast sein. Sofern sie es geschafft hatten, unbemerkt hinein zu gelangen. Wie kamen sie zurecht? Auf wie viel Widerstand stießen sie? Ging es Lev gut?

Die Ungewissheit machte ihn kirre, weil er sich so hilflos fühlte. Es gab nichts, was er tun konnte. Abzuwarten war alles, was ihm blieb, und das lag ihm einfach nicht. Am liebsten würde er Lev auf der Stelle anrufen, um sich zu vergewissern, dass alles okay war. Zumindest im Moment. Einzig die Tatsache, dass dieser Anruf beziehungsweise das Klingeln ihres Handys, falls sie vergessen hatte, es auf stumm zu schalten, ihre Widersacher auf sie aufmerksam machen konnte, ließ ihn den Impuls unterdrücken.

Das zweite Problem war im Vergleich beinahe banal.

Was ihn betraf jedenfalls. Er war emotional nur am Rande beteiligt, und es gab etwas, was er tun konnte, um dieses Problem zu lösen. Er war in der Lage, aktiv zu sein. Das machte einen enormen Unterschied aus. Nachdem er seine Gehirnwindungen in der vergangenen Nacht unzählige neue Verschlingungen hatte ausprobieren lassen, hatten sie irgendwann sogar einen brauchbaren Vorschlag ausgespuckt.

Den Jungs und Mädels am Tisch hatte er davon noch nichts gesagt. Die hatte er lediglich über das Päckchen und dessen Inhalt aufgeklärt. Der Grund, warum die Stimmung derart bescheiden ausfiel. Über einen möglichen Lösungsansatz nachzudenken, kam erst in Frage, sobald Gor anwesend war, und der ließ sich heute Zeit. Vermutlich, weil der Chef der Truppe ebenso wenig geschlafen hatte wie er.

Wie aufs Stichwort ging die Tür auf. Mera hielt nichts mehr auf ihrem Stuhl, als, wie erwartet, Gor ins Esszimmer kam.

»Oh Gott, Gor. Es tut mir so schrecklich leid.« Sie schlang die Arme um seine Taille.

Der Blick, den Gor ihm aus dunkel unterkringelten Augen zuwarf, passte problemlos in die Kategorie „Unangenehm“ und versprach zumindest ein Donnerwetter.

»Du hättest es ihnen, verdammt nochmal, nicht sagen dürfen.« Die Lautstärke hielt sich noch in Grenzen. Seiner in Deutschland zurückgelassenen Bose-Anlage schien Gor jedenfalls keine Konkurrenz machen zu wollen. Oder seine Stimmbänder waren noch nicht entknittert.

»Sie haben ein Recht darauf, es zu wissen.«

»Du weißt genau, was in der Nachricht stand. Ich darf niemandem etwas davon sagen.«

»Hast du nicht. Ich war das. Und von mir stand nix auf dem Wisch.« Erbsenzählerei, er wusste das, wenn es jedoch half, war jedes Mittel recht.

»Was willst du jetzt tun?« Mera schien ihren Expartner gar nicht loslassen zu wollen. Als könnte sie ihm Halt geben und ihn auf diese Weise in seiner zu treffenden Entscheidung unterstützen. Grundsätzlich ein guter Ansatz.

»Weiß ich noch nicht.« Damit war zu rechnen gewesen. Wer konnte auch erwarten, dass ein Mann innerhalb weniger Stunden eine Entscheidung zwischen seiner Liebe und seiner Rasse zu treffen imstande war.

»Du könntest einen fingierten Unfall erleiden, der dich außer Gefecht setzt«, schlug Skall vor.

»Gar keine schlechte Idee«, stimmte Jill zu.

Kurzfristiges Denken und schnelle Lösungsansätze waren nie gut und Hast ein schlechter Ratgeber.

»Das wäre das Verkehrteste, was wir tun könnten.« Nun gehörte alle Aufmerksamkeit ihm.

»Wieso?«

»Weil die Lyks das sofort durchschauen. Ist zu auffällig. Der Heerführer bekommt ein Päckchen mit Anweisungen und, was für ein Zufall aber auch, hat kurz darauf einen Unfall, der ihn seines Amtes enthebt. So blöd, wie wir sie gerne hätten, sind die Lyks nicht.«

Krus nickte. »Da ist was Wahres dran und die Auswirkungen davon, vor allem für Inkia, möchte ich mir nicht ausmalen.«

»Und was schlägst du stattdessen vor?«, wollte Zegg wissen.

»Dass Gor die Forderungen erfüllt.«

»Was?!«

»Spinnst du?«

»Wer hat dir den Schädel denn angebohrt?«

Diese und ähnlich geartete Nettigkeiten wurden ihm an den Kopf geworfen. Sie riefen alle durcheinander, während sie ihn anstarrten, als hätte er ein blaues Horn statt einer Nase im Gesicht. Der Einzige, der nichts sagte, war Gor.

Einige Minuten vergingen, in denen weiter lautstark

über die Beschaffenheit seiner geistigen Verfassung spekuliert wurde, bis den anderen langsam und allmählich auffiel, dass der Betroffene selbst sich nicht äußerte. Dafür jedoch den Blick nicht von ihm abwand, sondern ihn durchdringend und forschend betrachtete. Einer nach dem anderen verstummte.

»Gut«, sagte Gor schließlich, als endlich jeder das Maul hielt. »Nachdem wir uns wieder beruhigt haben, kann Temm uns jetzt ja erklären, wie er das meint.«

Skall öffnete den Mund, wurde von seinem Cousin jedoch zum Schweigen gebracht, noch bevor er ein Wort sagen konnte. »Ich will wissen, wie Temm es meint. Nicht, wie du meinst, dass er es meint.«

Noch einmal kreuzten sich ihre Blicke und er konnte nicht leugnen, dass aus Gors Augen eine gewisse Art von Erwartungshaltung herausschien.

»Gor wird auf die Forderungen eingehen. Natürlich nur zum Schein, nicht wirklich.«

Es war der einzig logische Schluss. Anders konnten sie es gar nicht machen.

Gor sollte zusammen mit Urion vermeintlich offiziell aus allen Soldaten hier und in den anderen Trainingslagern die vierundvierzig Schwächsten auswählen, die trotzdem immer noch ziemlich stark waren. Ihr Glück war, dass sich das mit der Entscheidungsschlacht noch nicht herumgesprochen hatte. Niemand, außer den hier im Esszimmer Versammelten sowie Obbs und dem Jägeroberrat Yuk, wusste davon. Diese Soldaten hatten also keine Ahnung, wozu sie ausgewählt wurden, und den wahren Grund musste man ihnen ja nicht auf die Nase binden. Irgendeine Begründung – Spezialtraining oder so – würde ihnen schon einfallen.

Gleichzeitig würden er und ein weiterer Jäger nach Gors Wahl, er selbst bevorzugte Krus, die richtige Auswahl treffen. Diesen Soldaten sollte reiner Wein eingeschenkt werden. Naja, mehr oder weniger. Was sie halt wissen mussten. Dass es eine Entscheidungsschlacht geben würde, und dass Gor nicht persönlich daran teilnehmen konnte, weswegen die Heerführerschaft an Temm übertragen wurde. Auf diese Weise würde der von den Lyks angestrebte Effekt der Demoralisation wegfallen, wenn Gor am Tag der Schlacht nicht auftauchte.

Dass man den Kriegern und Jägern kräftemäßige oder qualitative Unterschiede an der Statur nicht ansah, spielte ihnen jetzt in die Hände.

»Für meine Ohren klingt das gut.« Zegg war der Erste, der sich äußerte.

»M-hm.« Skall, der nachdenklich wirkte. »Ich verstehe nur die Heimlichtuerei nicht. Wieso zwei Gruppen?«

Ach darum.

»Weil wir nicht wissen, inwieweit die Lyks die Trainingslager beobachten. Keins davon ist abgesichert wie unseres. Falls sie unsere beziehungsweise Gors Schritte verfolgen, sollen sie schlussfolgern, er wählt tatsächlich die Schwächsten aus. Wir wollen ja, dass sie das denken.«

»Und wenn sie uns oder ihn nicht beobachten?«

»Sie werden sich absichern. Auf irgendeine Art und Weise. Entweder durch Beobachtung oder ...« Er wollte es nicht aussprechen, weil es eine zu miserable Vorstellung war. Leider blieb ihm nichts anderes übrig. »Oder durch einen Spion.«

Da sich ein Lykomorph nicht unerkannt unter Dessla mischen konnte, war Spion gleichbedeutend mit Verräter. Jeder im Raum wusste das. Es gehörte zu den Dingen, die er nicht auszusprechen brauchte.

»Das heißt, wir müssen sehr umsichtig darin sein, wen wir einweihen.« Das hatte Krus verdammt richtig erkannt.

»So viele wie nötig, so wenige wie möglich. Urion, Obbs und Yuk für den Anfang. Später die Soldaten für die Schlacht. Sobald sie hier auf diesem Gelände sind, das sie ab diesem Zeitpunkt nicht mehr verlassen dürfen, außer, um zum Schlachtfeld zu gelangen. Mehr halte ich nicht für notwendig.«

»Die Leiter der Trainingslager nicht?«

»Nein. Zu viele Mitwisser bedeuten ein zu hohes Risiko, dass sich einer davon versehentlich verquatscht.«

»Mir gefällt nicht, dass wir hier bleiben sollen.«

Mit der Meinung stand Krus nicht allein da, sondern befand sich in allerbester Gesellschaft mit allen anderen Jägern. Es war jedem einzelnen anzusehen.

»Wer sagt, dass wir das tun? Ich gehe davon aus, dass jeder gottverdammte Lykomorph unter dem Vollmond mittlerweile weiß, wie der Heerführer der Dessla aussieht. Dass sie mit Fotos von uns in ihren Taschen herumlaufen, halte ich für unwahrscheinlich. Es bleibt natürlich jedem von euch selbst überlassen, was er tun will, ich persönlich jedenfalls werde mich aus dem Kampf mit Sicherheit nicht heraushalten.«

Der letzte Satz war reine Rhetorik, dessen war er sich bewusst. Darum überraschte ihn das Nicken von ausnahmslos allen nicht im Geringsten. Sogar die Partnerinnen schlossen sich dem an. Sie kannten ihre Männer eben.

»Dann bleibt jetzt nur noch eins zu klären«, meinte Zegg nach einer kleinen Weile des gemeinsamen Schweigens. »Was hält Gor von diesem Plan?«

Alle Augen richteten sich auf den Chef. Er selbst war ebenfalls gespannt, wie Gors Urteil ausfiel.

Der blickte erst auf den Boden und schüttelte den Kopf. Nicht in ablehnender Manier, sondern als könne er beinahe nicht fassen, was er zu hören bekam. Anschließend hob er den Kopf und sah zur Decke hinauf. Ein leichtes Lächeln umspielte seine Lippen. »Du hast wahrlich nicht übertrieben.«

Was immer er damit sagen wollte. Es deutete jedenfalls auf Zustimmung hin, und Gors nächste Worte bestätigten die Vermutung.

»Der Plan gefällt mir. Er gefällt mir ausgesprochen gut.« Erst jetzt steckte er die Gabel in sein mittlerweile bestimmt eiskaltes Rührei. »Ich esse schnell was und dann sollten wir uns schleunigst an die Arbeit machen. Uns bleibt nicht mehr viel Zeit bis zur Schlacht. Nur noch ein paar Tage und wir haben viel zu tun.«

Mann, das klang beinahe wie der alte Gor. Der vor Inkias Entführung. Hoffentlich war das der Trend und nicht bloß eine kurze Momentaufnahme.

Recht hatte Gor obendrein, und Temm brannte darauf loszulegen. Es war genau die Art von Ablenkung, die er jetzt brauchte, um nicht an Lev und die Gefahr, in der sie sich momentan befand, zu denken. Von Müdigkeit konnte keine Rede mehr sein. Die spürte er nicht mal mehr.

35

Levania bemühte sich, nicht mehr an Temm zu denken, während sie an der Spitze des zehn Mann starken Teams durch die Gänge des Palastes schlich. Am Anfang hatte sie es noch, weil sie sich Kraft davon versprach. Es hatte sich als zu ablenkend erwiesen, sich ständig Vorwürfe dafür zu machen, ihn am Morgen nicht angerufen zu haben. Sie hätte es tun sollen. Seine Stimme zu hören, zu hören, wie er ihr Mut zusprach, wäre definitiv ein effektiverer Kraftspender gewesen als alles andere.

Wie hatte sie gestern nur auf die Idee kommen können, es wäre besser, vor der Aktion nicht miteinander zu sprechen? Weil sie befürchtet hatte, er würde versuchen, es ihr auszureden. Deshalb. Dabei hätte ihr klar sein müssen, dass er das nicht tun würde. Er war selbst ein Kämpfer. Er wusste, dass das Letzte, was man vor Beginn einer solchen Aktivität gebrauchen konnte, jemand war, der einen entmutigte.

Nun, jetzt darüber nachzudenken war sinnlos. Es änderte nichts mehr. Trotzdem fiel es schwer, die Gedanken beiseite zu schieben. Sie musste es dennoch, um sich auf ihre Aufgabe zu konzentrieren.

Kurz nach dem Eindringen in den Palast hatten sie in der Küche eine Ansammlung total verängstigter Diener gefunden. Wemrott hatte ihnen versichert, dass ihnen nichts geschehen würde, und so versucht, sie zu beruhigen. Danach hatte er einen seiner Männer damit beauftragt, sie aus dem Palast und in Sicherheit zu bringen. Es war gut, sie aus der Schusslinie zu wissen.

Sobald sie im privaten Bereich des Palastes ankamen, hatte sich die Gruppe getrennt. Jede einzelne der drei entstandenen kleineren Gruppen durchkämmte ein bestimmtes Areal. Die meisten Leute stellten sich ja vor, dass die Privaträumlichkeiten von Souveränen den kleinsten Teil eines Palastes ausmachten. Was den Palast des angerolischen Herrschers anging, umfassten sie jedoch über die Hälfte der Fläche, zumindest seit Ezekial hier lebte. Zum Schluss, nachdem alle Bereiche sozusagen befreit waren, wollten sie sich vor Ezekials Gemächern, in denen sie ihn vermuteten, wieder zusammenfinden, um ihm gemeinsam gegenüber zu treten.

Seit den Dienern in der Küche war ihrer Gruppe keine Angerolseele mehr begegnet. In keinem einzigen der Zimmer. Den anderen beiden Gruppen ging es ebenso, wie der Anführer ihrer Gruppe berichtete. Er war mittels Knopf im Ohr mit seinen zwei Kollegen verbunden.

Das kam ihr sonderbar vor. Üblicherweise wimmelte es im Palast von Bediensteten und sonstigen Leuten, die Ezekial um sich duldete. Sie redete sich ein, dass sie alle geflohen waren, als die Belagerung anfing. Das hoffte sie jedenfalls.

Sie kamen gut voran. Es war einfacher, als sie gedacht hatte. Dem Anführer erschien es fast zu leicht, aber sie wollte sich von seinem Pessimismus nicht anstecken lassen.

Schließlich kamen sie vor einer mit reichhaltigen Schnitzereien versehenen Tür an. Ezekials Privatbibliothek. Hier bewahrte er seine persönlichen Schätze, wie er es zu nennen pflegte, auf. Sie war noch nie in diesem Raum gewesen, hatte keine Vorstellung, wie es drinnen aussah. Außer, dass vermutlich hunderte von Bücher darin aufbewahrt wurden. Diese Tür würden sie aufbrechen müssen, sie kannte sie nur verschlossen. Schade um die schönen Schnitzereien, die dabei wahrscheinlich Schaden nahmen. Umso überraschender, dass die Tür nicht abgeschlossen war.

Sie betraten den Raum, der kleiner war, als sie vermutet hatte. Nichts. Nur Bücher. In der gegenüberliegenden

Wand befand sich eine weitere Tür. Unscheinbar, schmucklos und sogar für Angerolverhältnisse ziemlich klein.

»Was befindet sich dahinter?«, wollte der Gruppenanführer wissen.

Sie hatte nicht die geringste Ahnung, darum zuckte sie zur Antwort mit den Schultern.

»Dann werden wir es rausfinden.« Er durchquerte den Raum mit schnellen Schritten. Sie und die Männer folgten.

Es dauerte ein bisschen, bis sich alle durch das Türchen gequetscht hatten. Das Zimmer dahinter stellte eine Überraschung dar, nicht nur für sie. Es war beinahe doppelt so groß wie die Bibliothek und bis auf eine im Vergleich zur Raumgröße mickrig anmutende Sitzgruppe völlig unmöbliert.

Die größte Überraschung jedoch und eine, die ihr den Atem verschlug, war, dass mitten in diesem Raum Ezekial stand. Mutterseelenallein. Mit einem Lächeln im Gesicht sah er ihnen entgegen, als hätte er sie erwartet.

»Mein Eheweib ist also endlich nach Hause zurückgekommen. Wie schön.« Der Tonfall ließ sämtliche Alarmglocken bei ihr losschrillen. »Hattest du Spaß bei deiner Schwester? Wie ich hörte, waren deine Eltern auch da. Ich hoffe, du konntest die Zeit mit ihnen genießen.«

Hier stimmte was nicht. Hier stimmte etwas ganz und gar nicht. Ein massives Gefühl von Unbehagen kroch ihren Nacken hoch und eine unbestimmte Angst ergriff Besitz von ihr. Raus hier, schrie ihre innere Stimme ihr zu.

Dann ging alles furchtbar schnell. Der Raum war plötzlich voller Angerol. Wo die alle auf einmal herkamen, entzog sich ihrem Verständnis. Sie erschienen wie aus dem Nichts. Ihre zehn Begleiter sahen sich einer Übermacht von Ezekial treuen Armeeangehörigen gegenüber. Es stand vier zu eins. Sie hatten keine Chance und wurden in Nullkommanichts überwältigt. Sie selbst wurde nicht angegriffen, ihr wurde lediglich der Fluchtweg abgeschnitten.

Als es vorbei war, geschätzt ungefähr drei Minuten, nachdem es begonnen hatte, fand sie sich umringt von Ezekials Anhängern wieder. Ein Entkommen stand nicht zur Debatte.

Ezekial kam lächelnd auf sie zu, blieb vor ihr stehen und umgriff ihr Kinn mit einer Hand. Er drehte ihr Gesicht erst nach rechts, dann nach links. Nicht brutal, sondern mit einer Sanftheit, die sie viel schlimmer fand.

»Levania, Levania.«

Er schüttelte den Kopf, als wollte er Unverständnis ausdrücken. »Ich habe dich nie für unvernünftig gehalten. Was machst du denn jetzt nur für Sachen?«

Seufzend ließ er sie los. »Ich hatte gehofft, Wemrott oder, noch besser, Manus würden in meine Falle tappen.«

Manus? Ezekial wusste, dass Manus hier war?

Ein kaltes Lachen verursachte ihr Gänsehaut. Sie sah Ezekial an und entdeckte dieselbe Kälte auch in seinen Augen.

»Oh. Ich sehe, du fragst dich, woher ich weiß, dass er hier ist.« Erneutes Lachen. »Ich weiß schon seit gestern, dass ihr in Finnland seid. Ich weiß auch, in welcher Herberge ihr euch aufgehalten habt. Und ich wusste von eurem Plan, heute hier einzudringen. Wie ich über jeden eurer Schritte Bescheid weiß und die ganze Zeit Bescheid wusste. Glaubst du wirklich, ich hatte keine Ahnung, wo du steckst? Oder der Bastard?«

Ein Grinsen traf sie, das sie an den Rand einer Verzweiflungsohnmacht trieb.

»Es war so leicht, euch aus eurem Versteck zu locken. Ihr habt den Köder so bereitwillig geschluckt, dass es mich beinahe enttäuscht.«

Cilekan? Nein, das konnte, das durfte nicht sein. Er war Manus' Onkel. Sie weigerte sich, es zu glauben, und doch, es war die einzige Möglichkeit. Wann war aus dem schwarzen Angerol Cilekan, der eine Tarnung benutzte um zu überleben, wirklich Rachaniel, Chef des Geheimdienstes, geworden? Seit wann hinterging er auch sie?

»Nun, wie dem auch sei. Meine Wunschbeute habe ich nicht bekommen, aber dieser Fang hier ist fürs Erste auch nicht schlecht.«

Sie sah, wie Ezekial jemandem, der hinter ihr stand, zunickte. Dann ...

Schmerz. Ein brutaler Schmerz am Hinterkopf. Das war das Letzte, was sie spürte, bevor die Welt um sie herum in Dunkelheit versank.

Langsam lichtete sich der Nebel, trotzdem blieb alles verschwommen und unwirklich. Levania hatte das Gefühl, ein Schleier läge über ihren Augen.

Die Beleuchtung war gedämpft, als käme sie von nichts anderem als ein paar Kerzen, die mehr Schatten als Licht erzeugten. Den Raum, in dem sie sich befand, konnte sie nur schemenhaft sehen, war aber sicher, ihn nicht zu kennen, hier noch nie zuvor gewesen zu sein.

Ein süßlich-schwerer Duft, wie nach Patschuli, lag in der Luft, der sie mit jedem Atemzug mehr zu lähmen schien. Ihr Körper fühlte sich schwer wie Blei an und sie driftete immer wieder weg.

Wo war sie? Sie wusste es nicht und ihr noch träge arbeitendes Gehirn lieferte vor dem nächsten Herabsinken der betäubenden Schwärze keine Informationen.

Der nächste Anflug von Bewusstsein fiel nur geringfügig deutlicher aus. Immerhin reichte es, um zu bemerken, dass sie sich nach wie vor im selben Raum befand und nackt auf einem Bett lag. Arme und Beine waren an die vier Bettpfosten gefesselt. Was, zum Henker, sollte das?

Sie versuchte, einen ihrer Arme zu befreien. Keine Chance.

»Beruhige dich.«

Die männliche Stimme, die ihr nicht im Geringsten vertraut vorkam, sprach sanft von links kommend. Sie drehte den Kopf in diese Richtung, es erschien ihr, als bewege sie sich in Zeitlupe. Auf der Bettkante neben ihr saß tatsächlich ein Mann. Ebenso nackt wie sie selbst. Sein Gesicht war nicht zu erkennen, als hätte er gar keins.

Wer war das?

Temm war es eindeutig nicht. Der Mann trug keine Tattoos auf der Brust. Ezekial war es aber ebenfalls nicht. Dazu war der Mann zu muskulös.

»Mach mich los.«

Finger streichelten zärtlich über ihren Arm. »Aber du wolltest das doch mal ausprobieren.«

Tatsächlich? Wollte sie? Beim besten Willen konnte sie sich nicht daran erinnern, jemals derartige Ambitionen gehabt zu haben.

Noch einmal zog sie an den Fesseln. »Mach mich sofort los.«

»Natürlich, mein Schatz.« Lippen, die über ihren Hals streiften. »Keine Panik, sonst ziehst du die Knoten nur fester zu.«

Mein Schatz? Niemand nannte sie so. Wer, verflucht noch mal, war das? Oder träumte sie? Das würde zumindest erklären, warum alles so unwirklich erschien, nur gedämpft und wie durch Watte in ihr Hirn drang, und sie immer wieder in die Dunkelheit zurück sank.

Was sich gerade erneut anbahnte. Sie fühlte es genau. Da half auch das Kneifen in den Oberarm nichts. Moment mal. Wie konnte sie sich kneifen, wenn sie angebunden war? Es musste ein Traum sein. Oder jemand anders kniff sie. Vielleicht, damit sie bei Bewusstsein blieb? Wenn, dann hatte derjenige keinen Erfolg.

Sie hörte das Stöhnen, bevor die Dunkelheit verschwand. Ihr eigenes Stöhnen gepaart mit dem eines

Mannes, vermutlich des gleichen wie vorhin. Sie spürte sein Gewicht, die Wärme seiner Haut, wie seine Zähne an ihrer Schulter knabberten. Ihre Finger krallten sich in seinen Rücken, während sie die Stöße fühlte, mit denen er seine Erektion in sie trieb.

Ihre Wahrnehmung war noch getrübt, als sie endlich auch Bilder zu den Empfindungen bekam. Der Kerl, mit dem sie offenkundig gerade schlief, hatte nach wie vor kein Gesicht, dennoch schien er sie und ihren Körper bestens zu kennen. Jetzt spürte sie auch den Schweiß, der ihr die Schläfen herunterlief. Anscheinend waren sie schon etwas länger miteinander zugange. Das würde auch das Brennen ihrer Haut erklären.

Er stieß immer ungestümer in sie, ließ sie stöhnen und wimmern und trieb sie bis an den Rand eines neuen Orgasmus, den er sie nicht erreichen ließ, weil er abrupt aufhörte, sich zu bewegen.

»Lass es uns heute tun, Levania«, keuchte er in ihr Ohr. »Lass uns ein Kind zeugen.«

Was er sagte, ergab keinen Sinn, aber ihr Körper stand so unter Strom, dass sie es nicht weiter hinterfragte. Undeutlich bemerkte sie ein weiteres Kneifen, diesmal am anderen Oberarm.

»Sag mir, dass du es auch willst. Sag, dass du ein Kind von mir willst.«

Bei diesen Worten stieß er so heftig zu, dass diese eine einzige Bewegung ausreichte, sie über die Klippe zu schubsen. Aufschreiend und sich aufbäumend, klammerte sie sich noch fester an ihn.

»Ja. Ja, ich will es.«

Dann senkte sich die Nacht erneut über sie.

Vogelgezwitscher weckte Levania. Sie schlug die Augen auf und fand sich in ihrem Schlafzimmer, in ihrem Bett liegend, mit einem ihrer Nachthemden bekleidet und ordentlich zugedeckt. Die Sonne schien durch das Fenster und kitzelte ihre Nase. Ihr Schädel dröhnte wie bei einem mächtigen Kater.

»Da bist du ja endlich wieder, Großmutter.« Manus saß auf der Bettkante, hielt ihre Hand und blickte liebevoll auf sie herunter. »Wie fühlst du dich?«

»Wie durch einen Fleischwolf gedreht.«

Er lachte leise. »Das kann ich mir vorstellen, bei dem Schlag, den du abbekommen hast.«

»Ezekial. Er ...« Sie versuchte, sich aufzurichten, sank aber sofort aufstöhnend in die Kissen zurück.

»Schschsch.« Beruhigend streichelte Manus über ihre Wange. »Nicht aufregen, Großmutter. Wir haben gewonnen. Ezekial wurde überwältigt und befindet sich bereits im Gefängnis. Er kann dir nichts mehr tun.«

Den Schöpfern sei Dank. Was für eine Erleichterung. Jedoch nur für einen kurzen Moment, bis ihr einfiel, was Ezekial gesagt hatte.

»Cilekan. Rachaniel hat uns verraten.«

Manus schüttelte den Kopf. »Ich weiß, aber es war nicht seine Schuld. Er hat gesagt, das Letzte, an was er sich bewusst erinnert, ist das Abendessen, als er in den Palast zurückkehrte. Dann kam er gestern Morgen erst wieder zu sich. Die Stunden dazwischen fehlen ihm komplett. Wie wir inzwischen rausgefunden haben, wurde er unter Drogen gesetzt und hat unter deren Einfluss alles ausgeplaudert. Ezekial muss ihn schon länger in Verdacht gehabt haben. Cilekan ist deinetwegen am Boden zerstört.«

»Und du glaubst ihm?«

»Man kann einen Angerol nur schwer anlügen, wie du weißt. Bei einem Wemrott funktioniert es vermutlich gar nicht, und er war es, der Cilekan verhört hat. Wenn Wemrott meinem Onkel glaubt, tu ich es auch.«

Die Erleichterung kehrte zurück. Der Gedanke, dass ausgerechnet Bagnaols Bruder zum Verräter geworden sein könnte, war auch zu schrecklich gewesen. Sie war froh, dass es nicht so war.

»Ich muss Temm anrufen.« Das hatte sie ihm immerhin versprochen.

»Das hat noch Zeit. Ich hab Krus gestern gleich, als es vorbei war, angerufen, und er hat Temm informiert. Den Anschiss für deine Verletzung hab ich auch schon kassiert. Wahrscheinlich wäre Temm am liebsten in den nächsten Flieger gestiegen, um mir die angedrohten Prügel zu verpassen.« Manus kicherte verhalten. »Ich hab ihm versprochen, dass ich mir die persönlich abhole, sobald ich hier weg kann.«

Gestern? Du liebe Zeit, wie lange war sie bewusstlos?

»Es war ein wirklich harter Schlag. Du bist über vierundzwanzig Stunden weg gewesen. Heftige Gehirnerschütterung, sagt der Doktor. Deshalb darfst du die nächsten zwei, drei Tage auch noch nicht aufstehen.«

Du liebe Güte, aber es war eine Erklärung für diesen überaus sonderbaren Traum, der ihr jetzt noch beängstigend real vorkam.

»Ich möchte trotzdem mit Temm sprechen.«

»Ich werd's dir nicht verbieten, aber fasse dich bitte kurz. Denk an deinen Kopf.«

Manus reichte ihr das Handy, das sie von Jill bekommen hatte. Bevor er ging, drückte er seine Lippen auf ihre Stirn. »Wenn du fertig bist mit Telefonieren, dann schlaf noch etwas. Okay?«

Noch mehr schlafen? Das hatte sie doch schon zur Genüge. Dennoch nickte sie, was sie sofort bereute.

Kaum war ihr Enkel draußen, aktivierte sie die Wahlfunktion. Außer der von Temm, gab es keine andere Nummer in dem Handy. Es klingelte keine zwei Mal.

»Lev?«

»Hallo, Temm.«

»Oh, Dessmon sei Dank.« Ein erleichtertes Seufzen drang in ihr Ohr. »Hast du den riesigen Rumpler gehört?

Das war das Gebirge, das mir gerade vom Herzen gefallen ist. Wie geht es dir?«

»Ich habe Kopfschmerzen.«

Er antwortete mit einem Brummen. »Sagte ich nicht, du sollst auf dich aufpassen? Ich hab hier Todesängste ausgestanden.«

»Tut mir leid.«

»Nein, mir tut's leid, dass ich nicht bei dir sein konnte, dann wäre das nicht passiert.« Was sollte sie dazu sagen? Nichts, weil er Recht hatte. »Du fehlst mir, Lev.«

»Ich vermisse dich auch ganz schrecklich.«

»Wann kommst du zurück?«

So schnell es ging, das hatte sie ihm versprochen. Die nächsten paar Tage schieden dafür jedoch leider aus. Zunächst musste sie die Gehirnerschütterung auskurieren. Sobald das überstanden war, konnte sie auch noch nicht gleich verschwinden. Manus brauchte sie noch.

»Ich deute dein Schweigen als „nicht so bald“. Richtig? Wie ich dich kenne, wirst du deinem Enkel erst noch zur Seite stehen wollen, bis seine Position als Herrscher gefestigt ist.«

»Du kennst mich viel zu gut.«

Ein neues Seufzen. »Ich würde dich nicht lieben, wärst du anders. Nimm dir die Zeit, die du brauchst. Momentan bin ich ohnehin in die Vorbereitungen der Schlacht eingebunden und könnte mich eh nicht anständig um dich kümmern. Wir sehen uns, sobald es eben geht. Und jetzt ruh dich aus, du klingst erschöpft.«

Das tat er allerdings ebenfalls. Wie sie ihn kannte, hatte er die letzten paar Nächte nicht wirklich geschlafen. Hoffentlich holte er das jetzt nach.

»Ich liebe dich, Temm.«

»Nicht halb so sehr wie ich dich.«

36

Am Vormittag des Tages, an dem sie zu dem Ort aufbrachen, der für den Kampf auserkoren worden war, meldete George einen Soldaten aus dem Trainingslager des Landsitzes, der Temm zu sprechen wünsche. Damit war zu rechnen gewesen. Gleich nach dem Frühstück hatte er den Trainierenden mitgeteilt, dass das Training beendet war und sie nach Hause fahren konnten. Eine weitere Erklärung gab er nicht. Da verwunderte es kaum, dass sie nun jemanden schickten, um nach den Gründen zu fragen.

Er empfing den Mann in einem der kleinen Salons im Erdgeschoss. Ob es sich bei ihm um einen Jäger oder Krieger handelte, war anhand der Kleidung nicht auszumachen, denn er trug nach wie vor die Trainingsuniform. Der grüne Partnerschaftsstrich, der ihm bis zu Halskuhle reichte, deutete zwar darauf hin, dass er ein Jäger war, bewies es jedoch nicht abschließend. Wenn er bereits zu den etwas älteren Semestern gehörte, konnte er gut auch ein Krieger sein. Früher waren die der Nachkommenschaftsverpflichtung schließlich ebenfalls unterworfen gewesen. Irgendwie kam ihm der Mann vage bekannt vor, was vermutlich daran lag, dass er ihm beim Training begegnet war.

»Was kann ich für dich tun?«, fragte er, obwohl er die Antwort zu kennen glaubte.

»Ich habe vorhin mit meiner Schwester telefoniert.« Ach ja? Und was ging ihn das an? »Meiner Halbschwester, um genau zu sein.«

Schön, interessierte ihn jedoch nicht sonderlich. Es sei denn, bei besagter Halbschwester handelte es sich um die einzige Frau, die für die vierundvierzig Kämpfer ausgewählt worden war. Dann hatte sie ihren Bruder, Halbbruder, womöglich über die bevorstehende Schlacht informiert. Bedeutete, sie musste ausgetauscht werden. Was bedauerlich wäre, sie war eine regelrechte „Kampfsau“ und ihr Ausscheiden ein Verlust.

»Sie hat mir erzählt, dass sie vor ein paar Tagen zum ersten Mal ihrem Vater begegnete. Eine Begegnung, die sie lange ersehnt hat, und die sehr schön gewesen ist. Viel schöner, als sie es sich vorgestellt hatte.« Damit gab der Mann einen Hinweis darauf, dass er und die Schwester die Mutter gemeinsam hatten.

Nette Story, aber was sollte das jetzt?

»Ich weiß nicht, warum du mir das erzählst, aber ich hab für so was momentan echt keine Zeit. Wenn du mich jetzt also bitte ...«

»Und da dachte ich«, fuhr der Soldat unbeirrt fort, »hoffte ich, dass, wenn dieser Vater nach so vielen Jahrhunderten endlich bereit war, seine Tochter zu sehen, vielleicht kann er diese Bereitschaft dann jetzt auch auf seinen Sohn ausdehnen.«

Die Erkenntnis traf ihn wie ein Blitz aus heiterem Himmel. »Drag?«

»M-hm.« Ein vorsichtiges Lächeln huschte über das Gesicht des Mannes, während er nickte.

Heiliger Dessmon. Vor ein paar Tagen erst, auf dem Rückweg aus Somerset, hatte er mit Lev über seinen Sohn gesprochen und darüber nachgedacht, Obbs nach ihm suchen zu lassen. Dabei hatte er ihn schon eine Weile direkt vor der Nase gehabt – und nicht erkannt. Konnte man sich als Vater ein größeres Armutszeugnis ausstellen als das? Wohl kaum.

»Wieso hast du denn nichts gesagt?«

»Du hast mir nie das Gefühl gegeben, sonderlich wichtig für dich zu sein, auch als du noch zu Hause warst.« Das Armutszeugnis nahm neue Dimensionen an. »Ich wusste einfach nicht, was ich sagen sollte. Wahrscheinlich wäre ich jetzt auch nicht hier, hätte ich nicht mit Pami telefoniert. Sie hat mich ermutigt, mit dir zu sprechen.«

»Ihr habt Kontakt miteinander?« Dass sich seine beiden Kinder kannten, war keine kleine Überraschung. Immerhin hatte Isleen ihm den Eindruck vermittelt, nichts von dem Kind aus seiner Partnerschaft zu wissen. Hatte sie das vorgetäuscht? Das würde ihr nicht ähnlich sehen.

»Ja, seit ein paar Jahren. Irgendwann hat Pami das, was ihre Großmutter ihr über dich erzählte, nicht mehr gereicht, und sie hat angefangen, auf eigene Faust heimlich zu recherchieren. Dabei ist sie auf mich gestoßen. War eine komische Situation, plötzlich mit einer großen Schwester konfrontiert zu werden. Wir haben uns erst ein paar Mal gesehen, aber wir telefonieren regelmäßig.«

Davon hatte Pami gar nichts gesagt. Wieso nicht? Vielleicht hatte sie einfach nur nicht daran gedacht. Oder sie war zu der Überzeugung gelangt, er wäre noch nicht so weit, seinen Sohn zu treffen. Womit sie, zumindest in dem Augenblick ihrer Begegnung, gar nicht Unrecht hatte. Der Gedanke an Drag war ihm erst später gekommen.

»Drag, ich ... Ich weiß grade nicht, was ich sagen soll.«

»Durch das, was Pami mir über dich erzählt hat, über dich und ihre Mutter, ist mir vieles klar geworden. Vor allem bezüglich deiner Abneigung gegenüber meiner Mutter und letztlich gegenüber mir. Früher hab ich dich verachtet, weil du uns verlassen hast, dich nie wieder gemeldet hast. Nicht mal bei mir, obwohl ich doch dein Sohn war. Jetzt kann ich das verstehen. Ich verachte dich nicht mehr. Ich habe dir verziehen. Jetzt möchte ich meinen Vater gerne kennenlernen, wenn er das auch möchte.«

Ihm war, als hätte Dessmon seine Gebete erhört, und wahrscheinlich traf das sogar zu. »Nichts lieber als das.«

»Gut. Dann gebe ich dem Diener, der mich reingelassen hat, meine Kontaktdaten, und wenn das, wozu auch immer ihr heute aufbrecht, vorbei ist, kommst du uns besuchen. Einverstanden?«

Jetzt war es an ihm zu nicken. »Das würde mich glücklich machen.«

»Mich auch. Vater. Du weißt nicht wie sehr.«

Er stand noch immer völlig unter dem Eindruck dieser unerwarteten Begegnung, als sie zwei Stunden später das Anwesen verließen.

Vor drei Tagen waren Temm, seine Freunde und die ausgewählten Kämpfer in den schottischen Highlands angekommen. Da würde sie nämlich stattfinden, die Schlacht. In einem kleinen, etwas abseits gelegenen Seitental, circa eine Autostunde von Colins Dorf entfernt.

Er und die Jungs waren, wie bei ihrem ersten Besuch vor noch gar nicht allzu langer Zeit, wieder in dem Haus im Dorf untergebracht. Dasselbe galt für Urion. Die Soldaten verteilten sich auf die Hotels und B&Bs in und um Gairloch. Natürlich waren nur die von ihm und Krus ausgewählten Soldaten angereist.

Urion hatte sich beinahe schlappgelacht, als er ihre Liste überflog. Von den Ausgewählten kamen vierunddreißig aus den Reihen der Krieger. Aber, hey, die waren nun mal von Haus aus besser ausgebildet, und sie wollten die Schlacht schließlich gewinnen. Urion feixte jetzt noch darüber, vor allem wegen der zu erwartenden Reaktionen seitens der britischen Jägeranführer. Recht hatte er ja. Zum Glück wussten die noch nichts davon. Wie jeder andere, würden auch sie erst eingeweiht werden, wenn alles vorbei war.

Gor war selbstredend ebenfalls hier. Es hieß ja, den Schein zu wahren. Zum Schlachtfeld kam er nicht mit, darin waren sich alle einig. Nicht sonderlich förderlich für seine Laune, die von Minute zu Minute tiefer in den Keller sank. Inzwischen musste sie bereits im sechsten oder siebten Untergeschoss angekommen sein, und das war bestimmt noch nicht das Ende der Treppe.

Wer wollte es ihm verübeln? Für ihn hing an dem Ausgang des Kampfes noch wesentlich mehr dran als für jeden sonst. Es ging um das Leben seiner Tasha und seiner Tochter. Die, wenn sie nach der Schlacht nicht schnell handelten ...

Den Gedanken dachte Temm lieber nicht zu Ende. Stattdessen erinnerte er sich an das Treffen zwischen Gor und ihm auf der einen und dem Anführer der Lyks mit dessen Adjutant auf der anderen Seite, das vor zwei Tagen stattfand. Zwecks Besprechung der Details. Es war unerwartet gesittet, beinahe höflich abgelaufen. Damit hatte keiner gerechnet, zumal der Lykanführer aus demselben Rudel stammte wie Estobar - und wer den auf dem Gewissen hatte, war kein Geheimnis.

Überraschenderweise reagierten die Lyks auf die Bedingung, dass Colin und seine Mitmagier sie kurz vor dem Beginn der Kämpfe mit einem Verwandlungs-Verhinderungs-Bann belegen würden, relativ cool. Dass die Magier den Kampfplatz mit einem sozusagen Unsichtbarzauber umgaben, damit nächtliche Spaziergänger vorrangig der Spezies Homo Sapiens nichts mitbekamen, verkam da glatt zur Randnotiz.

Dessmon hatte ganze Arbeit geleistet. Beziehungsweise einer seiner Halbgottsöhne, der sich in früheren Zeiten mal als einer der Naturgottheiten eben dieser Magier verdingt hatte. Bevor die zunehmende Christianisierung ihn und seinesgleichen quasi in Rente schickte. Dieser Sohn konnte zwar nicht wieder auf seine ursprüngliche Position zurückkehren, aber es war ihm gelungen, das Magiergen, durch die Aktion mit Shan bereits am Erstarken, in Colin und den anderen zu reaktivieren. Die Magie in ihnen war noch nicht wieder so mächtig wie zu ihren Glanzzeiten, zu spüren und anwendbar war sie allemal.

Die Lyks warteten ihrerseits mit einer Gegenbedingung auf. Sie wollten neutrale Beobachter, die als Schieds-, im Notfall auch als Ringrichter fungierten. Falls es notwendig werden sollte, von außen in das Kampfgeschehen einzugreifen, etwa, weil eine Partei die Regeln missachtete. Diese Beobachter sollten am Ende auch darüber entscheiden, wer als Sieger aus dem Kampf hervorging, sofern der Ausgang nicht eindeutig auf der Hand lag. Den Lyks schwebten dabei die Bär-Gestaltwandler vor, weil keine der beiden Kampfparteien mit denen in der Vergangenheit irgendwelche gröberen Händel gehabt hatten, und die Neutralität somit vorausgesetzt werden konnte. Außerdem waren sie stark genug. Von Seiten der Dessla sprach nichts dagegen.

Abschließend hatten sie sich auf den Anfangszeitpunkt geeinigt. Sie alle wollten nicht mitten in der Nacht erst beginnen, was definitiv nicht an den dann mangelnden Sichtverhältnissen lag, die es schlicht nicht gab. Die Dessla sahen selbst in stockfinsterster Nacht noch gut, die Lyks standen dem kaum nach. Es ging darum, noch fit zu sein, nicht bereits müde anzutreten. Deshalb vereinbarten sie den Beginn auf kurz nach Eintreten der Dunkelheit, wenn aus dem Zwielicht der Dämmerung Nacht wurde. Das Startsignal gaben die Bären.

Als sie das Treffen beendeten und schon beinahe aus dem Raum draußen waren, bat der Lykanführer noch um ein kurzes Vieraugengespräch mit Gor. Entgegen Temms ausdrücklichem Rat ging Gor darauf ein. Die beiden entfernten sich aus der Hör-, nicht jedoch aus der Sichtweite. Die dem folgende Situation sah ziemlich strange aus.

Der Lyk beugte sich zu Gor und flüsterte ihm etwas ins Ohr, nachdem sich die zwei einen Moment lang schweigend angesehen hatten. Dann streckte er Gor die Hand hin. Gut, das war unter Heerführer zumindest in den alten Tagen nicht unüblich gewesen, schien für sein Auge aber gar nichts mit der Schlacht zu tun zu haben. Gor ergriff die Hand und der Lyk sagte ein einziges

Wort. Temm war nun, weiß Gott, kein Spezialist im Lippenlesen, aber er wollte seinen Arsch darauf verwetten, dass es ›Danke‹ gewesen war.

Wirklich äußerst strange und etwas, über das sich Gor in Schweigen hüllte. Die einzige Information, die man ihm nachher entlocken konnte, war, dass es nicht um Inkia ging.

Vielleicht fiel irgendwann später einmal Licht darauf.

Den letzten Tag verbrachten sie mit abschließenden Vorbereitungen. Vielen Einzel- und Gruppenbriefings. Nicht, dass die Soldaten nochmal extra darauf hingewiesen werden mussten, was hier auf dem Spiel stand. Sie wollten alle einfach nur auf Nummer Sicher gehen, auch ja nichts zu vergessen.

Jetzt war der entscheidende Tag da.

In knapp drei Stunden war es so weit. Noch eine halbe Stunde, bis sie aufbrechen mussten, damit den Magiern genug Zeit für ihre Zauber blieb. Die Spannung im Haus stieg ins Unermessliche. In gleichem Maße stieg Gors Gereiztheit.

Mit Lev hatte Temm bereits telefoniert. Wie jeden Tag, nur mit dem Unterschied, dass es heute bei diesem einen Telefonat blieb. Zumindest bis die Schlacht vorüber war. Schnell hatte er sich in vertauschter Rolle vorgefunden, weil es diesmal er war, der ihr versprechen musste, auf sich aufzupassen.

Für sie war der heutige Tag ebenfalls anstrengend. Ezekials Hinrichtung stand auf dem Programm. Definitiv kein angenehmerer Zeitvertreib als seiner.

Noch eine halbe Stunde.

Sie hatten sich für den letzten Umtrunk im Gemeinschaftsraum versammelt, in dem sie auch die Mahlzeiten einnahmen. Wer wusste, ob sie nach dieser Nacht in dieser Runde noch einmal zusammenkämen. Gut, dass die Mädels im Landsitz geblieben waren. Bis auf Mera natürlich, die als aktives Mitglied der Truppe mitkämpfen wollte – und wer würde schon versuchen, sie an irgendwas zu hindern? Er gewiss nicht.

Gor, in seiner üblichen Freizeitkleidung, Sweat-Jogginghose und T-Shirt, hatte gerade seine Abschlussansprache an sie beendet. Kurz und knapp war sie ausgefallen: ›Wagt es ja nicht, euch umbringen zu lassen.‹

Mal sehen, ob er noch was hinterher schob, wenn sie tatsächlich aufbrachen.

Noch eine Viertelstunde.

Allmählich leerten sich die Gläser. Die Spannung erreichte ihren Siedepunkt, ein Funken genügte und das Pulverfass explodierte. Draußen klappten Autotüren. Die Magier machten sich zur Abfahrt bereit.

Zehn Minuten.

Gors Handy klingelte. Wer rief ihn jetzt denn bitte an? Jeder, der diese Nummer hatte, wusste doch, was heute los war.

Gor starrte auf das Display, machte aber keine Anstalten, den Anruf entgegen zu nehmen.

»Wer ist es?« Skalls Neugier war größer als seine Vorsicht.

»Keine Ahnung. Ich kenn die Nummer nicht.«

Das Klingeln verstummte. Und jetzt? Es setzte sofort wieder ein. Schien wichtig zu sein.

»Mag sein, dass du die Nummer nicht kennst, aber wie viele Personen gibt es, die deine Handynummer haben? Du solltest rangehen.« Krus balancierte ähnlich nah am Abgrund wie Skall.

»Du hast Recht.« Mit dieser Erwiderung hatte jetzt keiner gerechnet. »Ich geh schnell vor die Tür und ruf zurück. Hier drin ist der Empfang zu mies.«

Womit wiederum Gor Recht hatte. Hier drin konnte man ein Gespräch nur führen, wenn es einem nichts ausmachte, dass es ständig unterbrochen wurde, weil einem das Netz abschmierte.

»Wehe, ihr haut ab, bevor ich fertig bin.«

Das würde sich definitiv keiner trauen. Sie waren im Begriff, in eine Schlacht zu ziehen, die durchaus auch tödlich enden konnte. Das hieß nicht, dass sie suizidgefährdet waren.

Die Haustür klappte. Natürlich konnten sie nicht hören, was draußen gesprochen wurde. Das Desslagehör war super ausgeprägt, Wunder vollbrachte es keine. Trotzdem spitzten sie die Ohren in der Hoffnung, einen Hinweis auf den Anrufer zu fassen zu kriegen.

Einen Moment lang - eine, zwei oder maximal drei Minuten - war es still, dann erklang ein Schrei, der sie alle unisono zusammenzucken und im selben Augenblick erstarren ließ, weil er von Gor kam. Kein Verzweiflungsschrei wie an dem Tag, an dem er von Inkias Entführung erfuhr. Eher eine Art ... Triumphgeheul? Konnte man das so sagen? Nun ja, zumindest klang es ähnlich, wie er sich derartige Geräusche von Gor kommend vorstellte.

Skall schickte sich an, rauszugehen und nachzusehen. Er kam nicht mal bis zur Tür, bevor sie Schritte hörten, die durch das Treppenhaus klangen. Gedämpfte, aber hastige Schritte und sie führten eindeutig nach oben, wo sich die Schlafräume befanden. Über ihren Köpfen dröhnten sie weiter, bis sie für eine Weile verstummten.

Was war da los?

Das nächste Mal, als sie Schritte vernahmen, diesmal von oben nach unten kommend, verursachten diese eher ein Poltern.

Von Springerstiefeln, in denen Gors Füße steckten, wie sie feststellten, als der die Tür aufriss. In voller Jägermontur.

»Worauf wartet ihr noch? Wir sind spät dran.« Aus Gors Blick funkelte ihnen pure Entschlossenheit und blanke Mordlust entgegen. »Ich bin genau in der richtigen Stimmung, um ein paar Lyks die Ärsche aufzureißen, also lasst uns endlich losfahren.«

Sprach's und war schon wieder draußen.

»Was war das gerade?« Skall klang, wie er selbst sich fühlte und mit ihm wohl alle anderen ebenso. Überrumpelt.

»Gor«, antwortete Zegg schließlich relativ tonlos.

»Gut, dass du's auch gesehen hast. Ich dachte schon, ich hätte Hallus.«

Oh nein. Hatte Skall nicht. Keiner von ihnen war einem Trugbild aufgesessen. Sie hatten gerade wirklich Gor gesehen. Den richtigen Gor. Den Jäger Gor. Er war zurück. Halleluja.

»Ihr habt den Boss gehört. Gehen wir ein paar Lyks plattmachen.«

»Yippie ya yeah.«

»Du hast die Schweinebacke vergessen, Zegg.«

»Kommt ihr jetzt endlich?«

Was auch immer Gors Veränderung hervorgerufen hatte, sie würden es später klären. Jetzt galt es, den Schwung zu nutzen, den dieser Grund verursacht hatte. Die Lyks sollten sich besser auf einiges gefasst machen.

37

Auf dem Weg zur Gefängniszelle, in der Ezekial auf seine Hinrichtung in einer Stunde wartete, zermarterte sich Manus das Hirn. Darüber, warum er den Mann, der ihm Zeit seines Lebens nach eben selbigem getrachtet hatte, unbedingt nochmal sehen wollte. Er wusste es nicht.

›Was versprichst du dir davon?‹, hatte Wemrott ihn gefragt. Eine berechtigte Frage, die er nicht beantworten konnte. ›Meinst du, er wird dir irgendwas erklären?‹ Vermutlich nicht. ›Hoffst du, er würde sich bei dir entschuldigen?‹ Das bestimmt nicht. Beides nicht. Weder hoffte er das noch würde Ezekial es tun. ›Das wird es für dich nur schlimmer machen, nicht besser. Denk doch daran, wie wir ihn gefunden haben.‹

Nein, genau daran wollte er nicht denken. Die Erinnerung war einfach zu schrecklich. Doch jetzt war es schon passiert, die Bilder kehrten zurück.

Dass der Kontakt zum Anführer von Levanias Gruppe abgebrochen war, ließ sie das Schlimmste befürchten, während sie auf deren Ankunft vor Ezekials Privatgemächern warteten. Etliche Minuten verstrichen, die Manus den Nerv und die Geduld raubten. Endlich traf Wemrott, der mit seiner Gruppe nur unbedeutend nach ihm eingetroffen war, die Entscheidung, reinzugehen und, falls sich Ezekial dort nicht fand, den Palast nochmal von oben nach unten zu durchkämmen.

Die Privatgemächer waren leer, doch irgendwie überraschte das niemanden, obwohl sie den Diktator dort vermutet hatten.

Mit dem Palast auf den Kopf stellen fingen sie in dem Bereich an, der Levanias Gruppe zugedacht worden war. Es dauerte eine Weile, bis sie zu der Bibliothek gelangten, hinter der sich ein Raum befand, dessen Inhalt ihre schlimmsten Befürchtungen bestätigte. Levanias Gruppe, vollständig dahingerafft. Von Levania selbst fehlte jede Spur. Ebenso wie von den Widersachern und ihrem Anführer, der mit Sicherheit Ezekial hieß.

Wo war seine Großmutter? Wohin hatte Ezekial sie verschleppt? Sie mussten noch irgendwo innerhalb dieser Mauern sein, soviel stand fest. Aber wo?

Stunde um Stunde verstrich, in der sie jeden einzelnen Stein fünfmal umdrehten. Ergebnislos. Schließlich half ihnen der Zufall. Sie waren wieder in der Bibliothek und einer der Männer lehnte sich gegen ein Regal. Dadurch betätigte er unabsichtlich einen Mechanismus, der eine Geheimtür öffnete. Eine Treppe führte nach unten, breit genug, dass zwei Personen nebeneinander sie hinabsteigen konnten. Am Ende der Treppe befand sich eine Tür.

Er würde den Anblick, der sich ihm nach dem Öffnen dieser Tür bot, nie wieder vergessen. Er brannte sich wie Säure in sein Gehirn.

Das einzige Möbelstück in dem spärlich beleuchteten Raum schien das Bett in dessen Mitte zu sein. Ein Bett, um das fünf nackte, voll erigierte Kerle standen. Ein sechster fickte gerade auf ziemlich brutale Art und Weise eine Frau, die er vollständig unter sich begrub. Den Lauten nach zu urteilen, die sie von sich gab, gefiel ihr die rabiate Behandlung.

Die Erkenntnis, dass es sich bei dem siebten Mann, der als einziger bekleidet neben dem Bett stand, um Ezekial handelte, der geifernd und sabbernd auf das kopulierende Paar starrte, traf ihn schlimmer als eine Faust in den Magen. Ezekial drehte den Kopf zu ihnen. Pure Geilheit in Kombination mit außer Kontrolle geratenem Wahnsinn stand in seinen Augen.

»Ihr kommt zu spät.« Sein Lachen unterstrich den Eindruck, den seine Augen vermittelten. »Sie hat der Zeugung so oft zugestimmt und ist so vollgepumpt mit Samen, dass ihr es nicht mehr verhindern könnt.«

Manus gefror das Blut in den Adern bei diesen Worten.

Zwei von Wemrotts Leuten zerrten den Mann von der Frau herunter. Wie befürchtet, es war Levania. Das war ein Albtraum. Es musste einer sein.

Eine Angerolfrau konnte nicht vergewaltigt werden. Ihre Anatomie verhinderte das. Zum einen passte sich das innere Organ, das sich bei Frauen jeder anderen Spezies Scheide nannte, der Größe dessen an, was eingeführt wurde, wodurch keinerlei Schmerzen beim Eindringen entstanden. Die Feuchtigkeit, die auch Angerolfrauen absonderten, war gar nicht nötig und nur ein Überbleibsel des menschlich gemixten Genmaterials. Zum anderen reagierten die unzähligen Nervenenden, mit denen dieses innere Organ ausgestattet war, auf die kleinste Stimulation mit Erregung. Man konnte eine Angerolfrau mit einem ungekochten Spaghetti oder noch Dünnerem zum Orgasmus bringen oder wahlweise auch einen ganzen Arm dazu verwenden. Es machte keinen Unterschied, zumindest keinen großartigen.

Das war das Einzige, was ihn einigermaßen besänftigte und davon abhielt, seinem Großvater sofort die Kehle durchzuschneiden.

Aber wie hatte Ezekial es geschafft, sie bezüglich einer Zeugung gefügig zu machen? Sie konnte sich unmöglich freiwillig dazu bereit erklärt haben. Niemals. In tausend kalten Wintern nicht.

Doch ohne die Zustimmung zur Empfängnis, fand eine solche nicht statt. Beide Partner mussten diesen Wunsch teilen, und er musste frei von jedem Zweifel sein, sonst funktionierte es nicht. Weder bildete sich bei der Frau die Blase aus, die eine Frucht aufnahm, noch wurden dem Ejakulat des Mannes zeugungsfähige Samenzellen beigefügt.

»Bewusstseinsverändernde Drogen sind eine wirklich praktische Erfindung.« Ezekial kicherte, während er von zwei weiteren Männern ergriffen wurde. Er war irre, völlig durchgedreht. Eine andere Erklärung gab es dafür nicht.

Die Kerle, die sich an Levania vergangen hatten, ob nun bewusst oder nicht, ließen sich abführen, ohne sich dagegen zu wehren. Auch Ezekial leistete keinerlei Widerstand.

»Wieso?«, fragte er ihn, als man Ezekial an ihm vorbei führte.

»Oh, diese Strafe hat sie selbst festgelegt. Warte, wie hat sie sich doch gleich ausgedrückt? Ein wunderbarer, liebevoller Mann. Oder so ähnlich. Wie wunderbar und liebevoll wird der wohl noch sein, sobald er feststellt, dass sie schwanger ist? Wo doch jeder weiß, was für Voraussetzungen es braucht, um ein Kind zu zeugen. Wird er ihr glauben, dass sie sich an nichts erinnert? Ich bin sicher, dass wird er nicht. Er wird sie zum Teufel jagen. Wo sie hingehört.«

Heilige Schöpfer. Was für ein abartiger Plan. Irre und völlig durchgedreht waren viel zu harmlose Worte, um Ezekials Geisteszustand auch nur ansatzweise zu beschreiben. Sie schrammten den wahren Zustand nicht einmal.

»Manus.« Die Hand, die Wemrott ihm auf die Schulter legte, lenkte ihn von Ezekial ab. »Es ist nicht gewiss, dass sein Vorhaben gelingt. Bei uns ist es nicht wie bei den Dessla, wo die Fruchtbarkeit der Desslanerin zwangsläufig in neun von zehn Fällen auch zu einer Zeugung führt, wenn während dieser Zeit Verkehr stattfindet. Es gibt viele Paare, die vergeblich auf Nachwuchs hoffen, obwohl der Wunsch danach und die Übereinstimmung dazu vorliegt. Unsere Körper funktionieren anders, sie sind diesbezüglich viel komplizierter. Vielleicht haben wir Glück und die Drogen, die er ihr verabreicht hat, verhindern eine Empfängnis.«

Ja, diese Hoffnung blieb ihnen. An ihr klammerte er sich fest, als er die völlig weggetretene Levania in ein Laken hüllte, auf den Arm hob und in ihr eigenes Schlafzimmer trug.

Kurz blieb er stehen und schüttelte den Kopf, um die Bilder und vor allem Ezekials Lachen zu verscheuchen. Das hatte hier jetzt nichts zu suchen.

Wemrott hatte Recht, noch war nichts gewiss. Vielleicht ging dieser Kelch an Levania vorbei. Bis sie Gewissheit hatten, das hatte er sich geschworen, würde sie nichts davon erfahren, was in Ezekials Lasterhöhle passiert war. Sie erinnerte sich nicht, hielt die vereinzelten Bilder, die zuweilen durch ihren Kopf schossen, für Erinnerungsfetzen an einen Traum. Dabei sollte es vorläufig bleiben. Sie musste nicht mit der Grausamkeit der Wahrheit belastet werden, solange nicht klar war, ob sie wirklich ein Kind empfangen hatte. Wenn nicht, würde das Wissen sie unnötig verletzen, und das wollte er auf keinen Fall.

Er ging weiter, sobald er das Gefühl hatte, seine Emotionen wieder im Griff zu haben. Keinesfalls sollte Ezekial merken können, wie sehr ihn mitnahm, was er sah. Diesen Triumph würde er dem Mistkerl nicht geben.

Ezekial saß in einer Zelle am Ende des Ganges, deren vordere Wand aus Gitterstäben bestand. Wie in den alten Western aus den 1950ern und 60ern. Keine gemauerte Wand mit Tür drin, wie man es aus dem modernen Vollzug kannte. Privatsphäre gab es hier nicht. Das war bei den Zellen für Todgeweihte so üblich. Damit man sie im Auge behalten konnte, während sie auf ihre Hinrichtung warteten. Nicht, dass sie sich dieser durch vorzeitiges, selbstgewähltes Aus-dem-Leben-Scheiden entzogen. Die Einrichtung war entsprechend karg. Eine Pritsche, die gleichzeitig als Sitz- und Liegegelegenheit diente, und ein Campingklo mit Waschbecken, das allerdings nur zum Waschen der Fingerkuppen geeignet war.

Er hatte erwartet, Ezekial in überheblicher Haltung

vorzufinden. Mit vor der Brust verschränkten Armen, überschlagenen Beinen, stolz erhobenen Hauptes und vielleicht mit einem verächtlichen Grinsen im Gesicht. Nichts davon sah er. Der Mann, der gebeugt auf der Pritsche saß, die Ellbogen auf die Knie gestützt, das Gesicht in den Händen verborgen, gab ein anderes Bild wieder. Möglicherweise verkrümelte sich Arroganz im Angesicht des Todes. Man könnte es glatt meinen.

Langsam hob Ezekial den Kopf, als er endlich merkte, dass jemand vor seiner Zelle stand. Der Wahnsinn war aus seinem Blick verschwunden, die Augen waren unerwartet klar, hatten nicht mehr diesen fiebrigen Ausdruck.

»Bist du gekommen, um deinen Sieg auszukosten?« In der Stimme lag keinerlei Provokation. Der Tonfall der Frage war derart neutral gehalten, als hätte sich Ezekial nach dem Wetter erkundigt.

»Ich bin nicht du.« Schade, dass er das mit dem neutralen Tonfall nicht ebenso hinbekam.

»Nein.« Ein Lächeln huschte über Ezekials Gesicht. »Zum Glück bist du das nicht.«

Hatte Ezekial gerade „zum Glück" gesagt oder hatte er sich das eingebildet?

»Du hasst mich. Nicht wahr, Manus?«

Die einfachste Antwort wäre wohl ein simples Ja. Sein Großvater hatte ihm nicht viele Möglichkeiten gelassen, ihn nicht zu hassen. Im Grunde genommen keine.

»Ich hätte dich auch lieben können. Du bist mein Großvater. Ich hätte dich wahnsinnig gerne geliebt. Wie man das als Enkel eben tut. Den Hass hast du gewählt. Ich habe mich dem nur angepasst.«

»Ja, den Hass wählte ich.« Er atmete tief und hörbar durch, während er Manus eingehend von oben bis unten betrachtete, als würde er ihn studieren, sich jede Facette seines Körpers einprägen wollen. »Mit eine der Entscheidungen, die ich am meisten bereue.«

»Wieso? Wieso hast du das getan? Wieso konntest du

nicht einfach mein Großvater sein und mich als deinen Enkel lieben?« Das war der Grund, warum er hier war. Diese Frage lastete seit beinahe hundert Jahren auf seiner Seele, ohne dass er es bewusst wahrgenommen hatte. Jetzt brach es aus ihm heraus, und er brauchte eine Antwort. Es war ihm dabei sogar egal, ob Ezekial sie wahrheitsgemäß gab oder log. Hauptsache, er bekam eine. »Weil mein Vater ein schwarzer Angerol war?«

»Wäre es leichter für dich, würde ich jetzt Ja sagen und das als Grund angeben?« Erneut ein kurzes Lächeln, dem ein Seufzen folgte. »Aber das war es nicht. Nicht allein. Die traurige Wahrheit ist, ich hätte genauso gehandelt, wäre deine Mutter mit einem weißen Angerol durchgebrannt. Dadurch, dass sie sich für einen schwarzen Angerol entschied, hat sie es mir nur leichter gemacht. Es wäre nicht einmal dann anders gekommen, wärst du das Ergebnis einer von mir selbst eingefädelten, arrangierten Ehe. Ich hätte mir lediglich eine andere Begründung einfallen lassen müssen, und, glaube mir, ich hätte eine gefunden. Warum? Weil jeder männliche Nachkomme meine Stellung gefährdet hat. Nur eine einzige Sache hätte dich schützen können, hätte mich zu deinem Großvater gemacht, hätte mich dazu bringen können, dich zu lieben. Wenn du ein Mädchen gewesen wärst.«

Das war alles? Die Tatsache, dass männliche Kinder und Enkel potentielle Nachfolger darstellten? Sein Geschlecht gab den Ausschlag? Das war doch vollkommen absurd. Was änderte es an ihm als Angerol, ob er einen Schwanz hatte oder ein Loch?

»Macht, Manus, ist ein sehr gefährliches Spielzeug. Wenn man sie einmal hat, möchte man sie nicht mehr hergeben. Absolute Macht, wie sie der Herrscher der Angerol hat, ist ein Monster. Sie frisst dich. Jeden Tag ein Stückchen mehr, bis nichts mehr von dir übrig ist. Bis du ihr williger Sklave geworden und ihr mit Haut und Haaren verfallen bist. Ich war nicht immer so wie in den letzten Jahrhunderten. Frag deine Großmutter. Ich war mal ein junger Mann voller Ambitionen, der nichts weiter wollte, als das Beste für sein Volk zu erreichen und es zu beschützen. Doch anstatt das zu tun, geriet ich in die Klauen der Macht. All das Schreckliche, das ich tat, tat ich, um dieses Ungeheuer zu füttern, das mich verführte und in den Abgrund des Wahnsinns stürzte, aber es wurde trotzdem mit jedem Tag hungriger.«

Was versuchte Ezekial hier gerade? Eine Rechtfertigung für seine Taten zu finden? Eine billige Entschuldigung à la „Ich konnte nichts dafür, ich war nicht zurechnungsfähig"? Wollte er sich wirklich so herausreden? Nun, dass er wahnsinnig geworden war, stand außer Frage, aber, verdammt nochmal, was sollte das jetzt?

»Du hast meinen Onkel Veriman, deinen eigenen Sohn, umbringen lassen. Du hast meine Eltern umbringen lassen. Du wolltest mich töten lassen. Du hast meine Großmutter, deine Gemahlin seit dreitausend Jahren, gequält. Du hast dein Volk tyrannisiert. Deine Herrschaft beruhte auf Angst und Unterdrückung, weil du irgendwann nicht einmal mehr verschleiert hast, dass du beiseite bringen lässt, wer dir im Weg steht. Glaubst du, das ließe sich durch ein „Ich war nicht ich selbst" einfach wegwischen?«

Er erwartete nicht, dass Ezekial antwortete, deshalb enttäuschte ihn dessen Schweigen nicht.

»Was bezweckst du, Ezekial? Willst du mich einwickeln, damit ich dich begnadige und die vom Tribunal verhängte Todesstrafe in lebenslanges Exil ändere, weil ich dich jetzt, abgeschnitten von der Macht, für nicht mehr gefährlich halte? Das würde voraussetzen, dass ich glaube, du wärst von deinem Wahnsinn geheilt. Das tue ich aber nicht. Ich traue dir nicht, Ezekial. Hab ich noch nie und werde ich auch nie.«

»Daran tust du gut, weil man mir nicht trauen kann. Ich traue mir ja selbst nicht.« Wenn das eine Masche war, klang er verdammt überzeugend. »Jetzt gerade habe ich einen klaren Moment, aber ich gebe mich nicht der Illusion hin, dass er dauerhaft ist. Das sind sie nie. Es gab einige solcher Momente. Ein paar so kurz, dass ich mir nicht sicher bin, ob sie wirklich da waren. Manche länger. Dann blickte ich auf das, was ich geworden bin und was ich getan habe, und mich ekelte vor mir selbst. Sie sind jedoch nie langanhaltend. Früher oder später kommt der Wahnsinn zurück. Meistens schlimmer als zuvor. Es wird dieses Mal nicht anders sein.

Das macht mich zum gefährlichsten Mann unserer Spezies, und ich werde solange ich lebe nie ungefährlich sein. Denn siehst du, Machtgier ist eine unheilbare Krankheit. Einmal davon befallen, wirst du sie nicht wieder los. Nein, Manus, ich werde dich nicht darum bitten, mein Leben zu verschonen. Damit tätest du weder dir noch sonst irgendjemand einen Gefallen. Auch mir nicht. Ich habe keine Angst vor dem Tod. Im Gegenteil, ich hoffe, er schenkt mir Frieden.

Obwohl ich dich nicht darum gebeten hatte, danke ich dir, dass du hergekommen bist, weil mir das etwas gegeben hat, das anders nicht möglich gewesen wäre. Die Chance, dich wenigstens ein einziges Mal mit meinen echten Augen zu sehen. Was ich sehe, gefällt mir. Du wirst ein guter Herrscher sein. Aber hüte dich vor dem Ungeheuer.«

Gütige Schöpfer, er stand gerade wahrhaftig seinem Großvater gegenüber, nicht dem entmachteten Herrscher. Das allein war es wert, hergekommen zu sein. Entgegen aller Vernunft und gegen jeden Rat. Er war froh, dass er den Mut aufgebracht hatte, sich Ezekial ein letztes Mal zu stellen. Dadurch hatte er etwas gewonnen, das er nicht für möglich gehalten hätte – die Erinnerung an einen Großvater.

»Darf ich, als Todgeweihter, einen letzten Wunsch äußern?«

Oh liebe Güte, hoffentlich machte Ezekial jetzt nicht alles wieder kaputt. Trotzdem nickte er.

»Sage deiner Großmutter bitte, dass es mir unendlich leid tut. Alles, was ich ihr angetan habe, ich würde es gerne ungeschehen machen, wenn ich nur könnte. Dass ich ihr nicht der Ehemann war, den sie verdient hatte. Sag ihr, dass ich ihr wünsche, glücklich zu sein.«

»Das mache ich.« Mehr bekam er nicht heraus.

Die Tränen schossen ihm so schnell in die Augen, dass er sie nicht zurückhalten konnte. Also drehte er sich rasch von Ezekial weg, damit der sie nicht sah.

Fluchtartig verließ er das Gefängnis.

38

Die beiden Kampfparteien standen sich in einem Abstand von gut dreißig Metern gegenüber.

Temm ließ seinen Blick über die Lyks streifen. Alles gut durchtrainierte Männer. Es würde nicht leicht sein, mit denen fertig zu werden, aber das hatte er auch nicht erwartet. Wie keiner von ihnen.

Die Lyks waren von den Magiern bereits mit dem vereinbarten Bann belegt worden. Da sie das für jeden einzeln hatten machen müssen, hatte es ein bisschen gedauert. Inzwischen hatten sich die Magier um den Kampfplatz postiert, um den Verhüllungszauber zu wirken und während des Kampfgeschehens aufrecht zu erhalten.

Auf der von ihm aus gesehen linken Anhöhe sah man eine Ansammlung von etwa einem Dutzend Wölfen. Die ehemaligen Anführer, wie der Chef der beobachtenden Bär-Gestaltwandler die Dessla aufklärte. Sie hatten nicht vor, sich einzumischen, wollten nur zusehen, um aus erster Hand mitzubekommen, wie der Kampf ausging. Klar, für diese ihren Rudeln beraubten Männer, die seit ihrer Entmachtung ein Leben als Einzelgänger fristen mussten, stand ebenfalls einiges auf dem Spiel. Unter Umständen bedeutete der Ausgang für den einen oder anderen von ihnen möglicherweise eine Rückkehr auf seine Führungsposition. Sofern einer der jungen Anführer ins Gras biss oder die Lyks unterlagen. Dass sie nicht eingreifen wollten, glaubte er sogar. Die Haltung der Wölfe - die meisten saßen oder lagen gar - war zu entspannt für einen Angriffsplan.

Die Bär-Gestaltwandler hatten ihre vorbereitende Aufgabe ebenfalls bereits erledigt, indem sie alle auf unerlaubte Waffen abgetastet hatten. Gleichzeitig, und diese Regel hatten sie spontan selbst aufgestellt, waren sämtliche Kommunikationsmittel einkassiert worden. Die gab's anschließend wieder zurück - für alle, die sie noch brauchten.

Eine Regel, die er gut fand. Sie verhinderte, dass diejenigen, die Inkia hatten, den Daheimgebliebenen den Tötungsbefehl übermitteln konnten, wenn die Dessla die Bombe platzen ließen, und zwar in ...

Drei, zwo, eins.

Gor trat durch die Reihen, hinter denen er sich bisher verborgen hatte, und pflanzte sich, für alle Lyks deutlich sichtbar, direkt davor auf. Seine Haltung - breitbeinig und mit vor der Brust verschränkten Armen - stellte eine einzige Herausforderung dar. Der Blick aus leicht zusammengekniffenen Augen nicht minder. Und mit dem provokanten Grinsen, das er jetzt aufsetzte, streckte er den Lykanführern quasi den Stinkefinger entgegen.

Temm ließ die Anführer nicht aus den Augen. Die meisten blieben gelassen, die, vermutete er, hatten dann wohl auch nichts mit Inkias Entführung zu tun. Zwei Lyks jedoch reagierten auf Gors Auftauchen. Einer zuckte sichtlich zusammen, der andere griff in seine Jackentasche. Nach dem Handy, das er nicht mehr hatte.

»Gor.«

»Ja, ich hab's auch gesehen. Die zwei gehören mir. Klar!?«

Sich einem wütenden Gor in den Weg zu stellen, war keine sonderlich gute Idee, und niemand, der ihn kannte, würde es auch nur versuchen.

»Worauf warten die Bären eigentlich?«

Dieselbe Frage wie Krus stellte er sich ebenso. Die Dämmerung war der Nacht gewichen. Es war dunkel genug, um anzufangen, und sie alle brannten darauf. Die Bären jedoch gaben das Zeichen nicht. Sie hatten sich noch nicht einmal auf ihren Stellungen rund um den

Kampfplatz positioniert. Stattdessen standen sie in einer Gruppe und redeten, teilweise wild gestikulierend, miteinander.

»Ich nehme an, sie beraten noch, ob das da«, Gor deutete mit dem Kopf nach rechts, »einen Regelverstoß darstellt.«

Mit „das da“ meinte Gor die Wempyre, die sich auf der rechten Anhöhe versammelt hatten. Eine ganze Menge Wempyre und die sahen nicht aus, als würden sie nur gaffen und sich ansonsten dezent raushalten wollen.

»Sieht so aus, als wäre unser Trip nach New York umsonst gewesen«, meinte Mera und schickte nach einem kurzen Seitenblick auf Zegg noch hinterher: »Zumindest diesbezüglich.«

Das war wirklich eine herbe Enttäuschung und etwas, das einen bitteren Geschmack in Temms Mund verursachte. Er hätte daran denken müssen, bei der Vereinbarung die Einmischung einer dritten Partei auszuschließen. Hatte er aber nicht, und das hatten sie jetzt davon.

»Wenn die ihre mentalen Fähigkeiten einsetzen, haben wir verschissen. Das ist hier wohl jedem klar. Oder?« Eine eher rhetorische Aussage, die Urion da aufstellte.

»M-hm«, antwortete Gor trotzdem. »Dann bleibt uns jetzt wohl nur eins zu tun.«

»Aufgeben?«, piepste es unsicher aus den Reihen der Soldaten. Wer es gesagt hatte, war auf die Schnelle nicht auszumachen.

Gor drehte sich um und bedachte die Männer und vereinzelten Frauen mit ernstem Blick. »Ihnen trotzdem einen anständigen Kampf zu liefern und mit Würde unterzugehen. Ich kann hier niemanden gebrauchen, der nicht zu tausend Prozent hinter der Sache steht. Wenn es unter euch also welche gibt, die es vorziehen, den gemachten Vorschlag anzunehmen ... Jetzt wäre der richtige Zeitpunkt dafür. Dann geht.«

Keiner bewegte sich.

»Gut.« Mehr sagte Gor nicht, bevor er sich wieder nach vorne drehte.

Mittlerweile waren die Bären wohl zu einem Ergebnis gekommen. Einer von ihnen löste sich von der Gruppe und setzte sich Richtung Wempyre in Bewegung. Noch ehe der Gestaltwandler sie erreichen konnte, teleportierte sich der nächste Schwung Wempyre auf die Anhöhe.

Verdammte Scheiße. Was da gerade ankam, unterschied sich eklatant von dem, was schon da war. Das waren keine einfachen Wempyre, sondern Kraftpakete. Jeder einzelne mindestens einen Kopf größer als die bereits Anwesenden und mit Muskeln bepackt, die dem gewöhnlichen Durchschnittswempyr normalerweise fehlten.

Dieser Übermacht würden sie keine Minute standhalten können. Vermutlich würden die Wempyre sie dazu bringen, sich gegenseitig niederzumachen, und die Lyks müssten lediglich danebenstehen und warten, bis es vorbei war. Ob sie anschließend für die gebotene Show wenigstens applaudieren würden?

Interessant war, dass die Neuankömmlinge dem Schlachtfeld die Rücken zukehrten. Sie hatten sich in einer Reihe vor die anwesenden Wempyre teleportiert und sahen diese an.

»Hey, Gor«, ließ sich Skall vernehmen und sein Tonfall klang nicht so resigniert, wie er das angesichts des Anblicks eigentlich sollte. »Ist das nicht der Kerl, für den du deine Wade hingehalten hast?«

»Allerdings«, erwiderte Gor hörbar überrascht. »Das ist Xordid, der Chef von Furors Leibwache.«

»Tja, dann ist das wohl die Antwort des Wempyrkönigs auf deine Anfrage.« Krus klang, wie Temm es erwartete: Enttäuscht und angepisst.

»In der Tat ist sie das.« Es gab wohl niemanden, der nicht zusammenzuckte, als Maximilian so plötzlich neben Gor auftauchte. Der Wempyr, der in den letzten Wochen bei ihnen ein- und ausgegangen war, als gehörte er zur Gruppe, grinste. »Furor hat ein Dekret herausgegeben, dass eine wempyrische Einmischung in diese Schlacht ausdrücklich untersagt. Er hat sich aber schon gedacht, dass sich einige mit verwandtschaftlicher Bindung oder enger freundschaftlicher Beziehung mit den Lyks genötigt fühlen könnten, sich dem zu widersetzen. Da er keine Lust hat, im Anschluss an eure Schlacht über Gesetzesbrecher innerhalb seines Volkes zu Gericht zu sitzen, schickt er diese Abordnung seiner Leibwache, um sicherzustellen, dass sich seitens der Wempyre an sein Dekret gehalten wird. Die Jungs werden die anderen blockieren.«

Na, das waren doch mal erfreuliche Neuigkeiten.

»Xordid hat sich übrigens freiwillig gemeldet.« Lachend legte Maximilian Gor eine Hand auf die Schulter. »Ich glaube, er mag dich.«

»Ich denke, er will nur das Gefühl haben, dass wir quitt sind.«

Erneut lachte Maximilian, bevor er sich zu Mera beugte und ihr etwas ins Ohr flüsterte.

Der Sprecher der Bär-Gestaltwandler versuchte sich unterdessen in einer Kommunikation mit besagtem Xordid, der darauf jedoch nicht reagierte.

»Oh, da werden wohl meine Dolmetscherkünste gebraucht. Ihr entschuldigt mich?« Maximilian schickte sich an, sich hinüber zu teleportieren, verharrte aber noch einen Moment. »Bevor ich nicht mehr dazu komme. Furor wünscht euch viel Glück. Und Gor. Dafür schuldest du ihm einen persönlichen Gefallen, soll ich dir sagen.«

Puff. Weg war er, um keine Sekunde später neben Xordid und dem Gestaltwandler aufzutauchen.

Temm sah, wie der Bär in Menschengestalt nach etwa einer oder zwei Minuten nickte und sich dann auf den Rückweg zu den anderen machte. Die Gruppe löste sich auf, die Beobachter nahmen ihre Plätze ein. Einer von ihnen zückte ein Horn, wie es auch die Jäger der Menschen verwendeten, um zum Halali zu blasen. Mit demselben Horn würde der Kampf auch für beendet erklärt werden.

Jetzt war es wirklich soweit. Der Beginn der entscheidenden Schlacht stand unmittelbar bevor.

Als das Signal ertönte, rannten beide Gruppen los. Die Lyks brüllend, die Dessla schweigend. In der Mitte trafen sie aufeinander. Körper verkeilten sich ineinander, überall wurde verbissen zugeschlagen und getreten.

In dem ganzen Durcheinander den Überblick nicht zu verlieren, während man selbst Schläge verteilte und einkassierte, war annähernd unmöglich. Nichtsdestotrotz nahm Temm war, dass sich der Hauptangriff der Lyks auf Gor konzentrierte.

Keine Überraschung. Das hatte er in seiner Zeit als Krieger tausendmal gesehen. Wenn man den Anführer frühzeitig zu Fall brachte, unterminierte das die Moral der restlichen Truppe. Eine altbekannte und bewährte Strategie. Er hatte damit gerechnet, dass die Lyks sie anwenden würden. Deshalb hatte er Gor Zegg und Skall als Manndecker zugeteilt, die ihren Job auch leidlich gut erledigten.

Gors erklärtes Ziel waren die zwei Lykomorphe, die auf sein Auftauchen reagiert hatten. Wie eine Dampfwalze schob er sich durch die Reihen der Kämpfer, um zu ihnen zu gelangen. Was ihn antrieb, war der Gedanke an Inkia und das Kind, und das verlieh Gor eine Stärke, wie Temm sie noch nie an seinem Chef gesehen hatte. Beeindruckend. Wo auch immer Gor diese Reserven hermobilisierte, nichts schien ihn aufhalten zu können.

Gut, so konnte er sich auf den Lyk konzentrieren, mit dem er sich gerade beschäftigte.

Der Bursche war ein ganz schön zäher Brocken. Im Einstecken nicht weniger versiert wie im Austeilen. Sein Gesicht würde ziemlich matschig sein, wenn er hier fertig war. Das des Lyks aber ebenso.

Ein gezielter Schlag in die Rippen, bei dem mindestens eine davon brach, setzte den Lyk für einen Moment außer Gefecht, weil er keine Luft mehr bekam. Gerade wollte er nachsetzen und den Lyk vollends unschädlich machen, als ein Schrei von Skall seine Aufmerksamkeit von seinem Gegner ablenkte. Dabei hatte er Glück, dass der Lyk nach wie vor gegen den eigenen Aeroengpass ankämpfte und die Ablenkung somit nicht dazu nutzen konnte, ihm eine einzuschenken.

»GOOOOOR!«

Er drehte den Kopf in die Richtung, aus der der Schrei kam, und glaubte, das Blut müsse ihm in den Adern gefrieren. Einer der beiden reagierenden Lyks, der, der nach dem nichtvorhandenen Handy griff, hielt eine Pistole in der Hand, mit der er auf Gors Hinterkopf zielte. Wo hatte der Drecksköter die verborgen gehabt, dass sie den Gestaltwandlern entgangen war? Weder Zegg noch Skall waren nahe genug am Geschehen dran, um entweder Gor oder den Lyk zu Boden zu reißen. Verfluchte Scheiße!

Dann ging alles furchtbar schnell.

Ein Riesenvieh von schwarzem Wolf, das Temm irgendwie bekannt vorkam - er wollte seinen Arsch darauf verwetten, dass er den schon mal irgendwo gesehen hatte -, schoss in vollem Galopp durch die Kämpfenden. Etwa einen bis anderthalb Meter neben dem Lyk setzte der Wolf zum Sprung an. Ungebremst. Er erwischte den Lyk am Handgelenk, in das er sich verbiss, während er ihn umriss. Im Fallen löste sich ein Schuss, der sämtliche Kampfhandlungen mit einem Schlag beendete.

Gor, der sich der Gefahr bis dato anscheinend nicht bewusst gewesen war, vielleicht, weil er Skalls Schrei nicht gehört hatte, fuhr herum. Der Lyk und der Wolf wälzten sich am Boden. Der Wolf gewann, stand schließlich mit vollem Gewicht auf dem Lyk und hielt ihn so am Boden und in Schach. Als keine Gegenwehr mehr kam, drehte er den Kopf. Der Blick des Wolfes traf sich mit dem von Gor.

Die folgende Szene würde Temm wohl nie vergessen.

Gor lächelte den Wolf an. Er lächelte! Dann nickte er ihm zu. Der Wolf vollführte eine Kopfbewegung, die wohl das Tierpendant zu Gors Nicken darstellte.

Just in dem Moment erklang das Horn. Abbruch des Kampfes.

Der Wolf ließ von seinem Opfer ab und trabte vom Platz. Hoch auf die Anhöhe zu den ehemaligen Rudelführern, unter die er sich mischte, wobei Temm schwören mochte, dass er sich vorher nicht unter ihnen befunden hatte.

Verdammt, wo war ihm dieser Wolf nur begegnet? Er kam nicht drauf, obwohl er sich das Gehirn zermarterte, während er, vorschriftsgemäß, auf die Desslaseite des Platzes ging. Wie alle anderen und wie es auch die Lyks taten.

Die Fitten trugen oder stützten die Verletzten. Auf beiden Seiten. Alle setzten sich auf den Boden, solange die Bären berieten, keiner blieb stehen, nicht mal Gor. Der Kampf hatte zwar nicht lange gedauert, bis er abgebrochen worden war, hatte aber trotzdem jedem von ihnen alles abverlangt. Zum Glück gab es keine Toten.

Lange brauchten die Gestaltwandler nicht, um zu einem Ergebnis zu kommen. Naja, der Fall lag ja auch irgendwie ziemlich klar. Der Sprecher stellte sich in die Mitte des Kampfplatzes und winkte die Anführer beider Parteien zu sich. Von Seiten der Lyks machten sich die beiden auf den Weg, die Temm von der Vorbesprechung kannte. Für die Dessla gingen Gor und Urion.

Der Sprecher machte es recht kurz und jeder wusste, was er seinen vier Zuhörern sagte, als die Kinne der beiden Lyks auf ihre Brustkörbe fielen.

»Ich glaube, wir haben gewonnen«, sagte einer der Soldaten hinter ihm.

»Ich warne euch.« Er wählte seinen Tonfall bewusst scharf. »Wenn einer von euch jubelt, kriegt er von mir persönlich eine aufs Maul. Das ist kein Sieg, den man feiern kann.«

Sie hörten auf ihn. Dessmon sei Dank. Für die Lyks war es ohnehin eine Schmach, auf diese Art verloren zu haben, sie durch Jubel zusätzlich auch noch zu demütigen, musste nicht sein.

Gor und Urion kamen zurück und bestätigten, was sowieso schon jeder wusste.

»Die Gestaltwandler haben uns zu den Siegern der Schlacht und somit des Krieges erklärt. Wegen Regelverstoßes durch die Lykomorphe. Es ist vorbei, aber das ist kein Sieg, auf den wir stolz sein können.«

Danke Urion, für die wenn auch unbewusste Unterstützung.

»Der Möchtegern-Schütze hat sich im allgemeinen Auflösungsgetümmel abgesetzt und verdrückt. Vermutlich, um sich den Sanktionen der wütenden Lyks zu entziehen. Der Anführer der Lyks hat uns versichert, dass er sich persönlich darum kümmern wird, diesen Mann zu finden. Bei einer tiefen Bisswunde im Handgelenk sollte das nicht schwierig sein.«

»Gleichzeitig hat er das Urteil der Gestaltwandler akzeptiert«, ergänzte Gor. »Damit ist es verbindlich, da er der Rudelführer des mächtigsten aller Lykomorphclans ist. Es liegt nun also in den Händen der Dessla zu entscheiden, was in Zukunft mit den Lykomorphen geschieht. Heute Nacht wird darüber aber bestimmt nicht mehr verhandelt. Ihr habt gut gekämpft. Lasst uns jetzt nach Hause gehen.«

Schweigend verließen sie das Tal und begaben sich zu den Fahrzeugen, mit denen sie auch gekommen waren.

»Als ich nach Hause sagte, meinte ich nicht Colins Dorf, sondern den Landsitz.« Gor brach das Schweigen etwa eine halbe Stunde, nachdem sie losgefahren waren.

»Du willst heute Nacht noch zwölf Stunden Autofahren? Das ist doch Blödsinn. Wir sollten lieber erst morgen nach dem Aufstehen losfahren. Da sind wir wenigstens fit und ausgeschlafen.« Gute Argumentation, die Zegg da vorbrachte.

»Ihr könnt meinetwegen gerne hier bleiben. Ich fahre.« Diese Reaktion kam angesichts des Blicks, den Gor draufhatte, nicht überraschend.

»Wieso? Was gibt es auf dem Landsitz denn so Wichtiges, dass es nicht bis morgen warten kann?«

Zum ersten Mal grinste Gor, und zwar so breit, dass man eine Banane problemlos quer in seinen Mund schieben könnte. »Inkia und meine Tochter.«

39

Während Levania darauf wartete, eingelassen zu werden, dachte sie daran, wie sie sich gefühlt hatte, als sie erstmals vor der Tür des Anwesens stand. War noch nicht lange her. Damals war sie als Bittstellerin gekommen. Jetzt fühlte es sich wie heimkehren an, nur ohne eigenen Schlüssel.

Die Tür ging auf und ein sichtlich überraschter Theo steckte die Nase heraus. »Oh. Madame Levania. Niemand hat uns von Eurer Ankunft unterrichtet.«

Kein Wunder. Geplant gewesen war das ja nicht. Sie war eher einer spontanen Eingebung gefolgt, und nicht mal ihrer eigenen, sondern der von Manus.

Dienstbeflissen, wie Krus' Diener nun mal war, nahm er ihr den Koffer und die beiden Taschen ab. »Habt Ihr Hunger? Es ist noch ausreichend vom Abendessen übrig.«

Danke, gegessen hatte sie heute schon genug. Obwohl ihr überhaupt nicht danach war. Die Hinrichtung ihres Ehemannes hatte ihr den Appetit verschlagen, trotz der Tatsache, dass sie ihr nicht beiwohnte. Allein der Gedanke war ausreichend. Natürlich war dieses Ende absehbar und unumgänglich, trotzdem verursachte es Magenkrämpfe.

Dem unfreiwilligen Dahinscheiden des ehemaligen Herrschers, folgte unweigerlich die offizielle Einsetzung des neuen. Klassisch Inthronisation genannt. Zum Glück ohne vorherigen, langwierigen Findungsprozess, wie er zu der Zeit notwendig war, als Ezekial Herrscher wurde. Durch das Video hatte sie Manus als lebenden, männlichen Nachkommen bestätigt. Dadurch stellte sich die Frage, wer Ezekial nachfolgte, nicht.

Die Einsetzung war ein erhebender und sehr feierlicher Moment, der hinterher selbstredend gebührend gefeiert wurde. Mit Unmengen an Essen.

›Wo bist du mit deinen Gedanken, Großmutter?‹, hatte Manus gefragt, als er sie beim lieblos im Braten Herumstochern erwischte. ›Nein, sag nichts. In England. Stimmt's?‹

Wie hätte sie dem widersprechen können? Es war die Wahrheit.

›Dann buche den nächstmöglichen Flug. Ich brauche dich nicht in Persona hier. Wir können jederzeit telefonieren oder skypen. Flieg zu deinem Liebsten und salbe die blauen Flecken, die er heute Abend bestimmt davontragen wird.‹

Der nächstmögliche Flug ging bereits knapp vier Stunden später. Sie schaffte es gerade eben noch rechtzeitig zum Flughafen.

Ja, und jetzt war sie hier und konnte Temm nicht mal davon unterrichten, weil der in dieser Minute vermutlich vollauf damit beschäftigt war, sich vermöbeln zu lassen. Hoffentlich teilte er mindestens ebenso viele gut platzierte Schläge aus und kam an einem Stück zurück.

Schritte trapsten die Treppe herunter, während sie die Eingangshalle hinter Theo durchschritt.

»Hab ich richtig gehört, Theo? War das Levanias Stimme?« Ara, die soeben unten ankam. Ein breites Grinsen begrüßte sie. »Tatsächlich. Hey, schön, dass du wieder da bist. Du siehst müde aus.«

War sie in der Tat. Der Tag war anstrengend und die paar Stündchen im Flieger hatten es nicht rausgerissen.

Ara hängte sich bei ihr ein. »Du kannst mir auf dem Weg nach oben einen ersten groben Abriss der Ereignisse geben. Die Details sparst du dir besser für morgen. Ich bin sicher, die anderen Mädels wollen das auch hören.«

Gemeinsam stiegen sie die Treppe hoch, kamen aber nicht mal bis zum ersten Absatz, als es erneut an der Tür läutete.

»Na, heute geht es hier zu wie auf dem Bahnhof. Wird sonst noch jemand erwartet, Theo?«

»Nicht, dass ich wüsste, Madame Ara.« Er seufzte und stellte das Gepäck ab.

»Lass gut sein, ich erledige das. Ausnahmsweise.« Ara lachte und machte auf dem Absatz kehrt.

Levania hörte, wie die Tür geöffnet wurde und dann einen Schrei. Theo ließ vor lauter Schreck die Taschen fallen. Türen, die weiter oben aufgerissen wurden, klapperten.

»Inkia! Mädels, kommt schnell! Es ist Inkia!«

Jetzt hielt Theo nichts mehr auf der Treppe. Der Koffer gesellte sich zu den Taschen und der Diener beeilte sich, hinunter zu kommen. Sie tat es ihm gleich, wurde unterwegs aber von Poki, Shannon, Zyde und Jill als einzigem Nichtmädel überholt.

Alle stürzten sich auf das Frauenpaar, das in inniger Umarmung in der noch offenen Eingangstür stand.

»Ara, du erdrückst uns noch«, kam es undeutlich von dem türkisfarbenen Schopf. Das Einzige, was sie momentan von Inkia zu sehen bekam, die sie bis dato nur aus Erzählungen kannte.

Widerwillig, das war trotz der lediglich vorhandenen Rückansicht nicht zu übersehen, löste sich Ara von Inkia und gab sie frei. Sofort wollten sich die anderen auf sie stürzen, doch sie hielt sie mit einer Geste zurück.

»Bitte, ihr weckt die Kleine noch auf. Ein Wunder, dass sie überhaupt noch schläft.«

Inkia war eine hübsche Frau. Darüber hinaus machte sie einen sympathischen und netten Eindruck. Levania verstand gut, warum Gor verrückt nach ihr war und so sehr unter ihrer Abwesenheit litt.

Ara nahm ihr vorsichtig das Baby ab, von dem sie aus der Entfernung nicht viel erkannte, weil es komplett in eine Decke eingehüllt war. Jetzt gab es für die ungeduldig Wartenden kein Halten mehr.

Von der Frau, die hinter Inkia noch im Freien stand, schien niemand Notiz zu nehmen. Zumindest nicht im Moment.

Inzwischen war das ganze Haus zusammengekommen. Die Diener wagten natürlich nicht, Inkia ebenfalls zu umarmen. Man sah ihnen aber an, dass sie es am liebsten täten. George sah richtig ergriffen aus, Theo liefen sogar Tränen über die Wangen, und das obwohl beide eine außerordentlich strenge Ausbildung in Sachen Keine-Miene-Verziehen durchlaufen hatten.

»Aber Theo, so weine doch nicht.« Inkia schloss Krus' Diener allen Standesdünkeln zum Trotz in die Arme. Da ergänzte Levania das sympathisch und nett noch um herzlich.

»Es ist nur wegen LSM. Jetzt können wir ihn endlich aus der Klinik holen«, schniefte Theo.

»Ich erklär's dir später«, reagierte Ara auf Inkias fragenden Blick.

Endlich nahm die Heimgekehrte Notiz von ihr. »Und wer bist du?«

Mit ausgestreckter Hand ging sie zu Inkia hinüber. »Ich bin Levania und ich ... naja, ähm ... ich ...«

»Sie gehört zu Temm«, fühlte sich Jill berufen, den Satz zu vollenden.

Türkisfarbene Augenbrauen wanderten in die dazugehörende Stirn, bevor ein entzückendes Lächeln in Inkias Gesicht erschien. »Wenn das so ist, vergiss das mit dem Händeschütteln. Innerhalb der Familie wird sich umarmt.«

Sprach's und setzte das „Angedrohte" sogleich in die Tat um. Ja, herzlich war noch kein Ausdruck. Es tat unheimlich gut, so unvoreingenommen begrüßt zu werden, noch dazu von jemandem, der einen nicht kannte, obwohl sie nicht verhehlen konnte, sich auch ein bisschen überrumpelt zu fühlen.

»Ich hätte ja eher vermutet, du gehörst zu Manus.«

»Das auch. Gewissermaßen. Manus ist mein Enkel.«

Das Lächeln verschwand. »Du bist Ezekials Ehefrau?«

»Nein, ich bin Ezekials Witwe. Und bevor du nach Manus fragst. Er ist nicht hier, weil er der neue Herrscher der Angerol ist.«

»Wow.« Das kam nun etwas tonlos. »Da ist man mal für ein paar Tage nicht da, und schon ändert sich die ganze Welt. Mir scheint, ich hab viel Spannendes verpasst.«

Humor hatte sie also auch. Erstaunlich, wenn man bedachte, was sie alles durchgemacht haben musste.

»Da du jetzt in Sicherheit bist, fahr ich wohl besser wieder.« Die Schüchternheit, mit der die Frau von der Schwelle sprach, passte nicht zu der Rasse, aus der sie stammte.

»Das kommt überhaupt nicht in Frage. Wir sind bis hierher gemeinsam gegangen, wir gehen den Rest des Weges auch zusammen.« Das Paket wurde durch resolut vervollständigt.

»Ich glaube nicht, dass Sire Gor glücklich ist, wenn wir eine solche Person in unser Haus lassen«, ließ sich George vernehmen.

»Was Sire Gor dazu sagt, kannst du getrost mir überlassen«, erwiderte Inkia wieder lächelnd, bevor sie sich erneut an die Frau wandte. »Und jetzt komm endlich rein, damit wir die Tür schließen können.«

Poki, die ähnlich begeistert aussah wie George, versuchte, Partei für den Diener zu ergreifen. »Inkia, sie ist ...«

»Unser Schutzengel«, fiel Inkia ihr ins Wort. »Ohne sie wären meine Tochter und ich längst nicht mehr am Leben. Ich will also kein Wort hören. So, und jetzt muss die Kleine ins Bett, und ich bin auch todmüde. Vor dem Schlafen hätte ich aber gerne noch eine Kleinigkeit gegessen. George, sei bitte so nett, und lasse inzwischen ein Gästezimmer herrichten.«

Keinen Widerstand duldend, nahm Inkia Ara das Baby ab, das insbesondere bei den Frauen für manch unterdrücktes Quietschen gesorgt hatte, und ging Richtung Küche. Ohne Frage, die Chefin des Hauses war zurückgekehrt.

Im Vorbeigehen richtete sie das Wort noch einmal an Levania: »Und morgen beim Frühstück will ich alles wissen, was es zu wissen gibt. Ich gehe zwar davon aus, dass Gor unmittelbar nach dem Kampf los düst, aber selbst wenn die Jungs die ganze Nacht durchfahren und sämtliche roten Ampeln dabei übersehen, werden sie kaum vor Mittag hier sein. Wir haben also genug Zeit, ausführlich zu reden.«

Dagegen hatte sie nichts einzuwenden. Es würde die Wartezeit auf Temms Ankunft verkürzen.

40

Es überraschte weder Temm noch sonst wen, dass sie ohne Pause, außer denen zum Pinkeln, durchfuhren. Beim Lenken wechselten sie sich im Zweistundenrhythmus ab. Nur Gor ließen sie nicht ans Steuer. Der brachte es fertig und schrottete den Motor, weil er ständig Bleifuß fuhr.

Nicht, dass sie sein Bestreben, auf schnellstem Wege heim zu kommen, nicht nachvollziehen könnten. Sie wollten alle so schnell wie möglich nach Hause. Jeder aus einem eigenen Grund. Sein Motiv war das verständlichste. Immerhin hatte er über einen Monat lang Todesängste um Inkia ausgestanden, da war es nicht verwunderlich, dass er sich jetzt umgehend davon überzeugen wollte, diese Phase hinter sich zu haben.

Inkia war wieder da. Temm konnte es noch gar nicht wirklich fassen, und auch damit stand er nicht allein da. Den anderen ging es ähnlich.

Sie war der Anrufer gewesen. Irgendwie, Details kannte Gor noch nicht, war es ihr gelungen zu fliehen. Vom ersten, ihr sicher erscheinenden Haus aus, hatte sie ihn angerufen, bevor sie zu Vrebals Anwesen weiterfuhr.

Damit bewies sich, es war eine gute Idee, dass die Partner die gegenseitigen Handy- und weitere wichtige Kontaktnummern auswendig lernten. Das hatten sie nach dem Überfall der Lyks auf die Krankenhäuser eingeführt. Hätte Inkia damals Krus' Nummer nicht auswendig gewusst, sondern sich auf die Adressbuchfunktion ihres Handys verlassen, hätte sie keine Hilfe rufen können, weil sie an das Handy nicht herangekommen war. Jetzt hatte sie ein weiteres Mal davon profitiert. Sie alle hatten das. Das gesamte Volk der Dessla hatte einen Nutzen daraus gezogen, denn ohne diesen Anruf ...

Kurz vor elf kamen sie an. Gerade rechtzeitig, um sich vor dem Mittagessen noch frisch zu machen und umzuziehen. Staubig, blutverschmiert und nach Schweiß stinkend, wie er immer noch war, wollte er sich nicht an den Tisch setzen.

Sie stiegen aus dem Van und Gor stürmte sofort los. Er vermittelte den Eindruck, die Tür notfalls über den Haufen zu rennen, sollte sie nicht freiwillig nachgeben. Sie ging auf, bevor er sie erreichte. George musste nach ihnen und ihrer Ankunft Ausschau gehalten haben. Wahrscheinlich saß er bereits seit einiger Zeit am Fenster und ließ die Auffahrt nicht aus den Augen.

»Sind alle im kleinen Salon«, rief George dem Sturmwind hinterher, der gerade an ihm vorbeigerauscht war.

Mera und er ließen sich mehr Zeit mit dem Reingehen. Weder auf sie noch auf ihn wartete da drin irgendjemand. Wozu also in Hektik verfallen oder Eile an den Tag legen?

»Ich weiß nicht, wie es dir geht«, meinte Mera, als sie vor der Tür zum Salon ankamen. Der Rest der Mannschaft war bereits drinnen. »Ich würde mir die Massenknutscherei, die da drin bestimmt schon stattfindet, ja schenken, wäre Inkia nicht eine der Knutschenden.«

Sah er genauso. Sich ebenfalls davon zu überzeugen, dass Inkia wirklich hier war, war das Einzige, was ihn in diesen Salon trieb. Vielleicht sollte er vorher noch duschen, Zeit genug hatte er bestimmt, um ihr anständig gegenüber zu treten und sie nicht schmutzig zu machen. Obwohl. Voller Staub wäre sie nach der Umarmung mit Gor sowieso. Schließlich siegte seine Neugier über das Bedürfnis nach Sauberkeit.

Das Erste, was er sah, nachdem sie reingegangen waren, war Skall, der seine Tochter Trikka auf dem Arm hatte und sich mit ihr um die eigene Achse drehte. Ein Skall, der so von Herzen kommend lachte, wie man ihn lange nicht hatte lachen hören. Skall war auch der einzige der Männer, der nicht mit seiner Partnerin knutschte, was nicht hieß, dass er nicht küsste. Er bedeckte Trikkas Gesicht mit Küssen, dass die sich eine Weile nicht würde waschen müssen.

Poki saß auf dem Sessel, dessen Armlehne Krus unlängst abgerissen hatte. Das war natürlich längst repariert, fiel aber trotzdem noch auf. Sie wiegte ein Baby auf dem Arm. Definitiv Gors Tochter. Ein anderes stand nicht zur Debatte.

Zegg und Shannon lieferten sich eine Zungenschlacht, das war unübersehbar. Zeggs Hand, die sich in Shans Hintern krallte, deutete darauf hin, dass es in dessen Schritt bereits verflucht eng sein musste, und dass es nicht mehr lange dauern konnte, bis sich die zwei verkrümelten. Ob sie weiter als bis zur Nische im Treppenhaus kamen, war fraglich. Aber diese Ecke des Hauses kannte die beiden ja schon, dort waren sie quasi alte Bekannte. Wäre nicht das erste Mal.

Bei Krus und Ara wäre das Bild vielleicht ein ähnliches, gäbe es da nicht noch einen gewissen Simon, der seine Arme um Krus' rechten Oberschenkel schlang, während er das Gesicht in die Hüfte seines Adoptivvaters presste. Klar, auch bei diesem Paar verwurschtelten sich die Zungen, es blieb jedoch bei der einigermaßen gesitteten Variante, und Krus hielt beide - Ara und Simon - im Arm. Familienglück pur.

Eine kleine Überraschung hielt Gor parat. Eigentlich hatte Temm erwartet, hier die schlimmste Knutscherei im Gange zu sehen oder beide vielleicht sogar schon fast auf dem Boden. Aber nein. Gor hielt Inkias Gesicht in Händen, als wäre sie zerbrechlich, und er küsste sie so andächtig wie man eine Madonna anbetete. Jedenfalls im Augenblick. Wer wusste schon, wie lang das anhielt. Nichtsdestotrotz war es ein wunderschöner Anblick.

Dann sah er sie. Ihm blieb fast das Herz stehen, als er sie entdeckte. Levania. Sie war hier. Oder bildete er sich das bloß ein? Lächelnd kam sie auf ihn zu. Wenn das ein Traum war, wollte er nicht so schnell aufwachen.

»Was? Wie?« Er brachte keinen anständigen Satz über die Lippen, als sie endlich vor ihm stand.

»Äh. Überraschung?« Aus dem Lächeln wurde ein Grinsen.

Na, die war ihr gelungen.

»Bist du wirklich echt?«

Ihr leises Lachen klang wie Musik in seinen Ohren.

»Finde es heraus.« Sie deutete auf Krus und Ara. »Auf diese Weise zum Beispiel.«

Das ließ er sich nicht zweimal sagen.

»Och nö. Nicht du auch noch.« In Meras Maulen lag ein deutlich amüsierter Unterton.

Das war das Letzte, was er wahrnahm, bevor er die Welt um sich herum ausblendete. Alles, was jetzt noch zählte, war Levs Geruch, ihr Geschmack, die seidige Weichheit ihrer Lippen, ihre Wärme. Gott, wie hatte er sie vermisst.

»Ich hab dir wohl gefehlt«, nuschelte sie in den Kuss hinein.

»Wahnsinnig.« Mit einem kurzen Aufflackern von Widerwillen löste er sich von ihrem Mund, um ihr in die Augen sehen zu können. Dieses wunderschöne Lila, das ihn so liebevoll anstrahlte. Auf der ganzen weiten Welt gab es nichts Schöneres.

Leider schweifte ihr Blick ab. Wohin, erkannte er erst, als er ihr erstauntes »Wow« hörte.

Er blickte ebenfalls in die von ihr anvisierte Richtung und wusste sofort, was sie meinte. Gor und Inkia. Sie standen in Flammen. Buchstäblich. Das Leuchten war inzwischen derart stark, dass sie die Deckenlampen des Salons ausschalten könnten, wäre es Abend und sie an, und sie trotzdem nicht im Dunkeln stünden.

»Und ich hab gedacht, das wäre nur eine Metapher für das innere Strahlen, das Liebenden nachgesagt wird.«

Das dachten wohl die meisten. Stimmte aber nicht. Das bisherige Leuchten, so hell es auch bereits war, würde sich sogar noch intensivieren. Das war noch lange nicht alles, was möglich war. Gor und Inkia interessierten ihn momentan aber nicht wirklich.

»Wie wäre es, wenn ich dich zum Strahlen bringe?« Sofort setzte er sein Vorhaben in die Tat um, wartete eine Antwort nicht ab. Zu lange hatte er auf ihre Küsse verzichtet. Das bisschen Kuss, das er bisher bekommen hatte, reichte ihm noch nicht, und sie schien ähnlicher Meinung zu sein.

Schon bald ging es ihm, wie er beim Reinkommen gedacht hatte, es würde Zegg gehen. Seine Hose war im Schritt eindeutig zu eng geschnitten. Vielleicht sollte er die Nische mal ausprobieren.

Ein Klappern lenkte ihn von diesem Gedanken ab. Er folgte seinen Jägerreflexen, als er den Kuss erneut unterbrach, um den Kopf in Richtung des Geräuschs zu drehen.

Gor und Inkia. Das mit dem Andächtig hatte sich erledigt. Gor hatte Inkia zu einem der Sideboards getragen und darauf abgesetzt. Was vorher auf der Abstellfläche stand, lag jetzt auf dem Boden. Inkias Beine schlangen sich um Gors Hüfte.

»Erinnert mich verdächtig an die Zeit, als die beiden bei mir gewohnt haben«, gluckste Krus hinter ihm. Den hatte das Geräusch also ebenfalls unterbrochen. »Wie oft ich oder wir uns dezent aus dem Raum schleichen mussten, weil die zwei sich einfach nicht beherrschen konnten.«

Ja, daran erinnerte er sich noch gut. Jetzt, heute, in dieser Situation war es verständlich, dass sie sich ihrer Leidenschaft ergaben. Bei Gor und Inkia lag der letzte Sex schwangerschaftsbedingt ja noch viel weiter zurück, als bei irgendjemand sonst in diesem Raum. Skall vielleicht ausgenommen.

»Wir sollten gehen«, schlug Mera vor, die sich bis zu diesem Augenblick neben Poki in der Hocke befunden und mit dem Baby beschäftigt hatte.

Kein schlechter Vorschlag. Raus aus dem Salon, hoch in die eigenen Räumlichkeiten, unter die Dusche und dann ein ganz ausführliches Willkommen zelebrieren. Ungefähr in der Reihenfolge, wobei die beiden letzten Punkte variabel waren.

Das Quengeln der Kleinen setzte der knisternden Spannung zwischen ihren Eltern ein jähes Ende. Sie kehrten beide, ohne Umweg, sofort in die Gegenwart und diesen Raum zurück.

Gors Kopf fuhr zur Quelle des Quäkens herum. Mit zerknirscht aussehendem Gesichtsausdruck löste er sich von seiner Tasha und ging zu Poki hinüber, die mittlerweile aufgestanden war. Unendlich vorsichtig nahm er das Kind aus Pokis Armen.

Liebe auf den ersten Blick. Anders konnte man das Bild, das sich einem bot, nicht beschreiben. Da stand dieser Riesenkerl mit einem Winzling in der linken Armbeuge da, streichelte sanft mit einem Finger über dessen Wangen und ... fing an zu weinen, während er gleichzeitig lachte.

»Du hast ja Recht zu schimpfen«, sagte er mit leiser Stimme, die an die Berührung mit Samt erinnerte. »Wie konnte ich dich nur ignorieren? Verzeihst du mir?«

Inkia trat zu den beiden und legte einen Arm um Gors Taille. Sie strahlte mit der Sonne draußen um die Wette.

»Sie ist wunderschön«, hauchte Gor. »Und ich werde Dessmon für dieses Geschenk nie genug danken können. Euch beide wohlbehalten zurückbekommen zu haben. Wie konntet ihr nur entkommen?«

»Wir hatten Hilfe.« Inkia lächelte und drehte den Kopf in eine Ecke des Raumes, in die bis jetzt noch niemand von ihnen gesehen hatte.

Dort stand ... Ach. Du. Scheiße.

»Das ...« Gor fehlten sichtlich die Worte. Der Teint verabschiedete sich langsam aus seinem Gesicht. »Das ist jetzt nicht dein Ernst. Oder?«

Danksagung

Neben dem obligatorischen Dank für den besten aller Ehemänner, meinem **Steffen**, gilt mein Dank heute nur zwei weiteren „Personen“:

Zum Einen **David Garrett**, dessen Alben *Rock Symphonies* und *Explosive* standardabweichend die musikalische Untermalung für „Liebe unerschöpflich“ darstellten. Mit der üblichen Schreibmusik wäre die Stimmung dieses Buches definitiv anders ausgefallen. So, wie sie jetzt ist, passt sie aber hervorragend zur Geschichte. Anders hätte sie nicht sein dürfen.

Zum Zweiten und das ist ein echtes Novum, bedanke ich mich bei meinem Protagonisten **Temm**. Dem ist es nämlich wirklich nicht leichtgefallen, mir seine Geschichte zu erzählen. Vieles davon hätte er gerne unter den Tisch fallen und unerwähnt gelassen. So manchen Grabenkampf haben wir ausgefochten, weil er mich die Geschichte partout nicht erzählen lassen wollte, wie ich es mir eingebildet hatte. Er hat sich durchgesetzt, und im Nachhinein hat sich das als genau richtig erwiesen.

Die Autorin

Träume sind Schäume. Das stimmt nicht immer. Schon als Kind und Jugendliche – ich wurde übrigens 1970 in NRW geboren, wuchs aber bei meinen Großeltern in einem kleinen 600-Seelen-Dorf in BW auf, durch das auch heute noch nur der Schulbus fährt – habe ich es geliebt, meine Mitschüler mit spontan ausgedachten Geschichten zu unterhalten. Mit Short-Stories in der Realschule fing es an, 1995 begann ich dann, auch längere Geschichten zu schreiben. Als Hobby im stillen Kämmerlein und als Ausgleich zu meinem Beruf als Sekretärin.

Von da war es kein langer Weg mehr zu dem Traum, meine Geschichten nicht nur für mich, sondern auch für andere zu schreiben, sie mit anderen zu teilen, wie ich es schon als Kind getan hatte. Und er ist wahr geworden.

Mittlerweile ist mein Genre der Liebesroman, ohne Festlegung auf ein spezielles Milieu, und es ist auch für mich immer wieder spannend, welche der in mir schlummernden Geschichten sich als Nächstes ihren Weg aufs Papier bahnen wird. Eine Geschichte kommt raus, wenn die Zeit reif ist, sie zu erzählen, und ich bin selbst schon ganz neugierig, was die Zukunft für mich bereithält.

Neben dem Schreiben zähle ich zu meinen Leidenschaften:

Meinen Mann, der genau so ist, wie ein Ehemann sein sollte – Fels in der Brandung, Schutzwall, Motivation, Inspiration und bester Freund in einem. Der Garten um unser gemietetes Häuschen in der Nähe des wunderschönen Landshut. Und last, but not least: Musik – je lauter und härter, umso toll! *5FDP rulz!*

MAIN Verlag

Alexa Lor

Verschwiegene Wahrheit
Bad Boys 1

ISBN: 978-3-95949-016-0

eBook 5,99 EUR
Print 14,90 EUR

Ein Motorradklub, Drogen, Prostitution ... und mittendrin Jigs und Sheronah.
Ihr Kennenlernen steht unter keinem guten Stern. Wer Vertrauen schenkt, riskiert schon mal sein Leben. Doch kann man sein Glück finden in einer Welt, wo Gewalt an der Tagesordnung steht und ein Menschenleben nicht viel zählt?

Achtung: Die bösen Jungs aus der Motorradgang stehlen Herzen! Suchtgefahr :)!

Alexa Lor

Camerons Geheimnis
Bad Boys 2

ISBN: 978-3-95949-080-1

eBook 5,99 EUR
Print 14,90 EUR

Las Vegas - Paradies für Glücksritter und Glücksspieler.

Ausgerechnet dort soll sich Jayna, Mutter zweier erwachsener Kinder und des achtjährigen Nesthäkchens Nelson, von ihrer Scheidung erholen. Stattdessen trifft sie auf Cameron, neuer Leadgitarrist der Heavy Metal Band "Grave Angels" und kein Kind von Traurigkeit. Zumindest sieht es so aus. Zwischen beiden funkt es sofort. Doch die Zeichen stehen nicht gut für sie. Da ist zum Einen der immense Altersunterschied zwischen dem attraktiven Gitarristen und der wesentlich älteren Jayna. Zum Anderen versucht Jaynas Tochter alles, um Cam in ihr eigenes Bett zu bekommen. Und während Cam mit seiner Vergangenheit kämpft, drängt sich unerwartet auch noch Jaynas Ex wieder in ihr Leben.

Wer wird das Duell um Jaynas Herz gewinnen?

Achtung: Die bösen Jungs aus der Band stehlen ebenso Herzen wie die Rocker! Suchtgefahr!

Alexa Lor

Gefährlicher Geliebter

ISBN: 978-3-95949-026-9

eBook 5,99 EUR
Print 12,90 EUR

Sean führt ein Doppelleben. Seit Jahren verbirgt er seine Homosexualität vor seiner Frau und seiner Umwelt. Nach außen lebt er das glückliche Leben eines Ehemanns, Vaters und harmlosen Biologen für die Firma Phober Pharmaceuticals, doch in Wirklichkeit ist er extrem unglücklich. Sein Job hat sich zu einem regelrechten Horror-Job entwickelt, aus dem er nicht mehr herauszukommen glaubt.

Tarben ist einsam. Er hält Abstand von seinesgleichen, da Homosexualität unter Vampiren nicht akzeptiert wird. Doch das ist im Moment seine geringste Sorge. Von Phober Pharmaceuticals gefangen, steht er auf der Liste neuer Versuchsobjekte in Seans Labor.

Sean und Tarben sind sich in einem Szeneclub näher gekommen. Für beide ist der Schreck groß, als sie sich in dem geheimen Testlabor von Seans Arbeitgeber wiedersehen. Doch je unerträglicher die Situation im Labor wird, desto intensiver werden die Gefühle der beiden, gegen die sie sich zu wehren versuchen.

Wird es Sean gelingen, Tarben zu retten, und wenn ja, hat die Liebe zwischen einem Mensch und einem Vampir überhaupt eine Chance?

Das Buch erscheint in zweiter, überarbeiteter Auflage im MAIN Verlag und wird dort fortgesetzt.

Alexa Lor

Gefährlicher Geliebter
Göttliche Intrigen

ISBN: 978-3-95949-008-5

eBook 5,99 EUR
Print 14,90 EUR

Fast sechs Monate sind vergangen.
Seit Sean vom Vampirkönig Furor amnestiert wurde, lebt er glücklich mit Tarben im königlichen Palast. Was beide nicht ahnen: Furor vermutet desslanische Gene in Sean. Darum fordert er ein Gespräch beim Desslagott Dessmon ein. Die Audienz wird gewährt und Dessmon zeigt sich dem vorgebrachten Anliegen nicht abgeneigt.
Dies jedoch weckt den Zorn der Vampirgöttin Sarpenzia, die sich für diese Respektlosigkeit seitens Furor auf grausame Weise rächt.
Als Tarben nach Sarpenzias Attacke wieder zu sich kommt, kann er sich an nichts erinnern. Weder daran, wer er ist, noch an Sean. Er weiß nur eins: Er ist ein Wempyr und ein Wempyr von Wert ist nicht schwul!
Für Sean bricht eine Welt zusammen. Er kann nicht verstehen, warum Sarpenzia so grausam handelt, und warum Dessmon nichts dagegen unternimmt. Für ihn steht fest: Die Götter müssen verrückt sein!
Neben dem nun anstehenden Kampf gegen Phober, nimmt Sean auch den Kampf gegen Tarbens Zurückweisung auf.
Ist Pentizias Auftauchen das Aus für eine gemeinsame Zukunft mit Tarben? Und welche Rolle spielt Demnenos, ein aus den Klauen von Phober befreiter Vampir, für Seans zukünftiges Leben?